D0454351

J.M.G. Le Clézio

Le chercheur
d'or

Gallimard

J. M. G. Le Clézio est né à Nice le 13 avril 1940 ; il est originaire d'une famille de Bretagne émigrée à l'île Maurice au XVIIIᵉ siècle. Il a poursuivi des études au Collège littéraire universitaire de Nice et est docteur ès lettres.

Malgré de nombreux voyages, J. M. G. Le Clézio n'a jamais cessé d'écrire depuis l'âge de sept ou huit ans : poèmes, contes, récits, nouvelles, dont aucun n'avait été publié avant *Le procès-verbal*, son premier roman paru en septembre 1963 et qui obtint le prix Renaudot. Son œuvre compte aujourd'hui une quinzaine de volumes. En 1980, il a reçu le Grand Prix Paul Morand décerné par l'Académie française pour son roman *Désert*.

pour mon grand-père Léon

pour mon grand-père Léon.

Enfoncement du Boucan, 1892

Du plus loin que je me souvienne, j'ai entendu la mer. Mêlé au vent dans les aiguilles des filaos, au vent qui ne cesse pas, même lorsqu'on s'éloigne des rivages et qu'on s'avance à travers les champs de canne, c'est ce bruit qui a bercé mon enfance. Je l'entends maintenant, au plus profond de moi, je l'emporte partout où je vais. Le bruit lent, inlassable, des vagues qui se brisent au loin sur la barrière de corail, et qui viennent mourir sur le sable de la Rivière Noire. Pas un jour sans que j'aille à la mer, pas une nuit sans que je m'éveille, le dos mouillé de sueur, assis dans mon lit de camp, écartant la moustiquaire et cherchant à percevoir la marée, inquiet, plein d'un désir que je ne comprends pas.

Je pense à elle comme à une personne humaine, et dans l'obscurité, tous mes sens sont en éveil pour mieux l'entendre arriver, pour mieux la recevoir. Les vagues géantes bondissent par-dessus les récifs, s'écroulent dans le lagon, et le bruit fait vibrer la terre et l'air comme une chaudière. Je l'entends, elle bouge, elle respire.

Quand la lune est pleine, je me glisse hors du lit sans faire de bruit, prenant garde à ne pas faire craquer le plancher vermoulu. Pourtant, je sais que Laure ne dort pas, je sais qu'elle a les yeux ouverts dans le noir et

11

qu'elle retient son souffle. J'escalade le rebord de la fenêtre et je pousse les volets de bois, je suis dehors, dans la nuit. La lumière blanche de la lune éclaire le jardin, je vois briller les arbres dont le faîte bruisse dans le vent, je devine les massifs sombres des rhododendrons, des hibiscus. Le cœur battant, je marche sur l'allée qui va vers les collines, là où commencent les friches. Tout près du mur écroulé, il y a le grand arbre chalta, celui que Laure appelle l'arbre du bien et du mal, et je grimpe sur les maîtresses branches pour voir la mer par-dessus les arbres et les étendues de canne. La lune roule entre les nuages, jette des éclats de lumière. Alors, peut-être que tout d'un coup je l'aperçois, par-dessus les feuillages, à la gauche de la Tourelle du Tamarin, grande plaque sombre où brille la tache qui scintille. Est-ce que je la vois vraiment, est-ce que je l'entends ? La mer est à l'intérieur de ma tête, et c'est en fermant les yeux que je la vois et l'entends le mieux, que je perçois chaque grondement des vagues divisées par les récifs, et puis s'unissant pour déferler sur le rivage. Je reste longtemps accroché aux branches de l'arbre chalta, jusqu'à ce que mes bras s'engourdissent. Le vent de la mer passe sur les arbres et sur les champs de canne, fait briller les feuilles sous la lune. Quelquefois je reste là jusqu'à l'aube, à écouter, à rêver. À l'autre bout du jardin, la grande maison est obscure, fermée, pareille à une épave. Le vent fait battre les bardeaux disloqués, fait craquer la charpente. Cela aussi, c'est le bruit de la mer, et les craquements du tronc de l'arbre, les gémissements des aiguilles des filaos. J'ai peur, tout seul sur l'arbre, et pourtant je ne veux pas retourner dans la chambre. Je résiste au froid du vent, à la fatigue qui fait peser ma tête.

Ce n'est pas de la peur vraiment. C'est comme d'être debout devant un gouffre, un ravin profond, et regarder intensément, avec le cœur qui bat si fort que le cou résonne et fait mal, et pourtant, on sait qu'on doit rester, qu'on va enfin savoir quelque chose. Je ne peux pas retourner dans la chambre tant que la mer montera, c'est impossible. Je dois rester accroché à l'arbre chalta, et attendre, tandis que la lune glisse vers l'autre bout du ciel. Je retourne dans la chambre juste avant l'aube, quand le ciel devient gris du côté de Mananava, et je me glisse sous la moustiquaire. J'entends Laure qui soupire, parce qu'elle n'a pas dormi, elle non plus, pendant tout le temps que j'étais dehors. Elle ne me parle jamais de cela. Simplement, le jour, elle me regarde de ses yeux sombres qui interrogent, et je regrette d'être sorti pour entendre la mer.

Chaque jour, je vais jusqu'au rivage. Il faut traverser les champs, les cannes sont si hautes que je vais à l'aveuglette, courant le long des chemins de coupe, quelquefois perdu au milieu des feuilles coupantes. Là, je n'entends plus la mer. Le soleil de la fin de l'hiver brûle, étouffe les bruits. Quand je suis tout près du rivage, je le sens parce que l'air devient lourd, immobile, chargé de mouches. Au-dessus, le ciel est bleu, tendu, sans oiseaux, aveuglant. Dans la terre rouge et poussiéreuse, j'enfonce jusqu'aux chevilles. Pour ne pas abîmer mes souliers, je les enlève et les porte autour de mon cou, noués par les lacets. Ainsi j'ai les mains libres. On a besoin d'avoir les mains libres quand on traverse un champ de canne. Les cannes sont très hautes, Cook, le cuisinier, dit qu'on va les couper le mois prochain. Elles ont des feuilles qui coupent comme des lames de sabre d'abattage, il faut les écarter du plat de la main pour avancer. Denis, le petit-fils de Cook, est devant moi. Je ne le vois plus. Lui va pieds nus depuis toujours, il marche plus vite que moi, armé de sa gaule. Pour s'appeler, on a décidé de faire grincer deux fois une harpe d'herbe, ou alors d'aboyer, comme cela, deux fois : aouha ! les hommes font cela, les

Indiens, quand ils marchent au milieu des hautes cannes, au moment de la coupe, avec leurs longs couteaux.

J'entends Denis loin devant moi : Aouha ! Aouha ! Je réponds avec ma harpe. Il n'y a pas d'autre bruit. La mer est au plus bas ce matin, elle ne montera pas avant midi. Nous allons le plus vite que nous pouvons, pour arriver aux mares. là où se cachent les crevettes et les hourites.

Devant moi, au milieu des cannes, il y a une meule de pierres de lave noires. C'est là-dessus que j'aime grimper, pour regarder l'étendue verte des champs, et, loin derrière moi maintenant, perdues dans le fouillis des arbres et des bosquets, notre maison comme une épave, avec son drôle de toit couleur de ciel, et la petite hutte du capt'n Cook, et plus loin encore. la cheminée de Yemen, et les hautes montagnes rouges dressées vers le ciel. Je tourne sur moi-même au sommet de la pyramide, et je vois tout le paysage, les fumées des sucreries, la rivière Tamarin qui serpente au milieu des arbres, les collines, et enfin, la mer, sombre, étincelante, qui s'est retirée de l'autre côté des récifs.

C'est cela que j'aime. Je crois que je pourrais rester en haut de cette meule pendant des heures, des jours, sans rien faire d'autre que regarder.

Aouha ! Aouha ! Denis m'appelle, à l'autre bout du champ. Il est lui aussi au sommet d'une meule de pierres noires, naufragé sur un îlot au milieu de la mer. Il est si loin que je ne distingue rien de lui. Je ne vois que sa longue silhouette d'insecte, au sommet de la meule. Je mets mes mains en porte-voix et j'aboie à mon tour : Aouha ! Aouha ! Ensemble nous redescendons, nous recommençons à marcher à l'aveuglette parmi les cannes. dans la direction de la mer.

Le matin, la mer est noire, fermée. C'est le sable de la

Grande Rivière Noire et de Tamarin qui fait cela, la poussière de lave. Quand on va vers le nord, ou quand on descend vers le Morne, au sud, la mer s'éclaire. Denis pêche les hourites dans le lagon, à l'abri des récifs. Je le regarde s'éloigner dans l'eau sur ses longues jambes d'échassier, sa gaule à la main. Il n'a pas peur des oursins, ni des laffes. Il marche au milieu des bassins d'eau sombre, de façon que son ombre soit toujours derrière lui. Au fur et à mesure qu'il s'éloigne du rivage, il dérange des vols de gasses, de cormorans, de corbijous. Je le regarde, pieds nus dans l'eau froide. Souvent je lui demande la permission de l'accompagner, mais il ne veut pas. Il dit que je suis trop petit, il dit qu'il a la garde de mon âme. Il dit que mon père m'a confié à lui. Ça n'est pas vrai, jamais mon père ne lui a parlé. Mais j'aime comme il dit « la garde de ton âme ». Il n'y a que moi qui l'accompagne jusqu'au rivage. Mon cousin Ferdinand n'en a pas le droit, bien qu'il soit un peu plus âgé que moi, et Laure non plus, parce qu'elle est une fille. J'aime Denis, il est mon ami. Mon cousin Ferdinand dit que ce n'est pas un ami, puisqu'il est noir, qu'il est le petit-fils de Cook. Mais cela m'est égal. Ferdinand dit cela parce qu'il est jaloux, lui aussi il voudrait marcher dans les cannes avec Denis, jusqu'à la mer.

Quand la mer est très basse, comme cela, tôt le matin. les rochers noirs apparaissent. Il y a de grandes mares obscures, et d'autres si claires qu'on croirait qu'elles fabriquent de la lumière. Au fond, les oursins font des boules violettes, les anémones ouvrent leurs corolles sanglantes, les ophiures bougent lentement leurs longs bras velus. Je regarde le fond des mares, pendant que Denis cherche les hourites avec la pointe de sa gaule, au loin.

Ici, le bruit de la mer est beau comme une musique. Le vent apporte les vagues qui se brisent sur le socle de corail, très loin, et j'entends chaque vibration dans les rochers, et courant dans le ciel. Il y a comme un mur à l'horizon, sur lequel la mer cogne, s'efforce. Des gerbes d'écume jaillissent parfois, retombent sur les récifs. La marée a commencé à monter. C'est le moment où Denis pêche les hourites, parce qu'elles sentent dans leurs tentacules l'eau fraîche du large, et elles sortent de leurs cachettes. L'eau envahit les mares, les unes après les autres. Les ophiures balancent leurs bras dans le courant, les nuages de fretin remontent dans les cascades, et je vois passer un coffre, l'air pressé et stupide. Depuis longtemps, depuis que je suis tout petit, je viens ici. Je connais chaque mare, chaque rocher, chaque recoin, là où sont les villes d'oursins, là où rampent les grosses holothuries, là où se cachent les anguilles, les cent-brasses. Je reste là, sans faire un mouvement, sans faire de bruit, pour qu'ils m'oublient, pour qu'ils ne me voient plus. Alors la mer est belle et bien douce. Quand le soleil est haut dans le ciel, au-dessus de la Tourelle du Tamarin, l'eau devient légère, bleu pâle, couleur de ciel. Le grondement des vagues sur les récifs éclate dans toute sa force. Ébloui par la lumière, je cherche Denis en clignant des yeux. La mer entre par la passe, maintenant, elle gonfle ses vagues lentes qui recouvrent les rochers.

Quand j'arrive sur la plage, à l'estuaire des deux rivières, je vois Denis assis sur le sable, en haut de la plage, à l'ombre des veloutiers. Au bout de sa gaule il y a une dizaine d'hourites qui pendent comme des haillons. Lui, m'attend sans bouger. La chaleur du soleil brûle mes épaules, mes cheveux. En un instant, j'enlève mes habits et je plonge nu dans l'eau de la grève, là où la mer rencontre les deux rivières. Je nage contre le courant de l'eau douce, jusqu'à ce que je sente les petits cailloux aigus contre mon ventre et mes genoux. Quand je suis entré tout à fait dans la rivière, je m'agrippe des deux mains à une grosse pierre et je laisse l'eau des rivières couler sur moi, pour me laver de la brûlure de la mer et du soleil.

Rien n'existe plus, rien ne passe. Il n'y a que cela, que je sens, que je vois, le ciel si bleu, le bruit de la mer qui lutte contre les récifs, et l'eau froide qui coule autour de ma peau.

Je sors de l'eau, frissonnant malgré la chaleur, et je me rhabille sans même me sécher. Le sable crisse dans ma chemise, dans mon pantalon, écorche mes pieds dans mes souliers. Mes cheveux sont encore collés par le sel. Denis, lui, m'a regardé sans bouger. Son visage lisse est sombre, indéchiffrable. Assis à l'ombre des veloutiers, il est resté immobile, les deux mains appuyées sur la longue gaule où les calmars sont accrochés comme des oripeaux. Il ne va jamais se baigner dans la mer, j'ignore même s'il sait nager. Lui, quand il se baigne, c'est à la tombée de la nuit, en haut de la rivière Tamarin, ou dans le ruisseau de Bassin Salé. Parfois il va loin, vers les montagnes, du côté de Mananava, et il se lave avec des plantes dans les ruisseaux des gorges. Il dit que c'est son grand-père qui lui a appris à faire cela, pour avoir de la force, pour avoir un sexe d'homme.

J'aime Denis, il sait tant de choses à propos des arbres, de l'eau, de la mer. Tout ce qu'il sait, il l'a appris de son grand-père, et de sa grand-mère aussi, une vieille Noire qui habite les Cases Noyale. Il connaît le nom de tous les poissons, de tous les insectes, il connaît toutes les plantes qu'on peut manger dans la forêt, tous les fruits sauvages, il est capable de reconnaître les arbres rien qu'à leur odeur, ou bien en mâchonnant un bout de leur écorce. Il sait tellement de choses qu'on ne s'ennuie jamais avec lui. Laure aussi l'aime bien, parce qu'il lui apporte toujours de petits cadeaux, un fruit de la forêt, ou bien une fleur, une coquille, un morceau de silex

17

blanc, une obsidienne. Ferdinand l'appelle Vendredi, pour se moquer de nous, et moi, il m'a surnommé l'homme des bois, parce que c'est l'oncle Ludovic qui a dit cela un jour, en me voyant revenir de la montagne.

Un jour, il y a longtemps déjà, c'était au début de notre amitié, Denis a rapporté pour Laure un petit animal gris, tout drôle avec un long museau pointu, et il a dit que c'était un rat musqué, mais mon père a dit que c'était simplement une musaraigne. Laure l'a gardé une journée avec elle, et il a dormi sur son lit, dans une petite boîte en carton ; mais le soir, au moment de se coucher, il s'est réveillé, et il s'est mis à courir partout, et il a fait tant de bruit que mon père est venu en chemise de nuit avec sa bougie à la main, et il s'est mis en colère et il a chassé le petit animal au-dehors. Après, on ne l'a jamais revu. Je crois que cela a fait beaucoup de peine à Laure.

Quand le soleil est bien haut dans le ciel, Denis se met debout, il sort de l'ombre des velloutiers, et il crie : « Alee-sis ! » C'est sa façon de prononcer mon nom. Alors nous marchons vite à travers les champs de canne, jusqu'au Boucan. Denis s'arrête pour manger dans la cabane de son grand-père, et moi je cours vers la grande maison au toit bleu ciel.

Quand le jour se lève, et que le ciel s'éclaire derrière les montagnes des Trois Mamelles, avec mon cousin Ferdinand je pars le long de la route de terre qui va vers les champs de canne de Yemen. En escaladant les hauts murs, nous entrons dans les « chassés » où vivent les cerfs des grandes propriétés, de Wolmar, de Tamarin, de Magenta, de Barefoot, de Walhalla. Ferdinand sait où il va. Son père est très riche, il l'a emmené dans toutes les propriétés. Il est même allé jusqu'aux maisons de Tamarin Estate, jusqu'à Wolmar et Médine, tout à fait au nord. C'est interdit d'entrer sur les « chassés », mon père serait très en colère s'il savait que nous allons dans les propriétés. Il dit que c'est dangereux, qu'il peut y avoir des chasseurs, qu'on peut tomber dans une fosse, mais je crois que c'est surtout parce qu'il n'aime pas les gens des grands domaines. Il dit que chacun doit rester chez soi, qu'il ne faut pas errer sur les terres d'autrui.

Nous marchons avec précaution, comme si nous étions sur un territoire ennemi. Au loin, dans les broussailles grises, nous apercevons quelques formes rapides qui disparaissent sous le couvert : ce sont les cerfs.

Puis Ferdinand dit qu'il veut descendre jusqu'à Tamarin Estate. Nous sortons des « chassés » et nous marchons à nouveau sur la longue route de terre. Je ne suis jamais allé si loin. Simplement, un jour, avec Denis, je suis monté jusqu'en haut de la Tourelle du Tamarin, là où on voit tout le paysage jusqu'aux montagnes des Trois Mamelles et jusqu'au Morne, et de là, j'ai vu les toits des maisons et la haute cheminée de la sucrerie qui fait sa grosse fumée.

La chaleur monte vite, parce que nous sommes à la veille de l'été. Les champs de canne sont très hauts. Depuis plusieurs jours on a commencé à couper. Tout le long de la route, nous croisons les charrettes tirées par des bœufs, vacillantes sous le poids des cannes. Ce sont de jeunes Indiens qui les conduisent, l'air indifférent, comme s'ils sommeillaient. L'air est plein de mouches, de taons. Ferdinand marche vite, j'ai du mal à le suivre. Chaque fois qu'une charrette arrive, nous sautons de côté dans le fossé, parce qu'il y a juste la place pour les grandes roues cerclées de fer.

Les champs sont pleins d'hommes et de femmes qui travaillent. Les hommes ont des sabres d'abattage, des

19

faucilles, et les femmes vont avec leurs houes. Elles sont vêtues de *gunny*, la tête enveloppée dans de vieux sacs de jute. Les hommes sont torse nu, ils ruissellent de sueur. On entend des cris, des appels, aouha ! la poussière rouge monte des chemins, entre les carrés de cannes. Il y a une odeur âcre dans l'air, l'odeur de la sève des cannes, de la poussière, de la sueur des hommes. Un peu ivres, nous marchons, nous courons vers les maisons de Tamarin, là où arrivent les chargements de cannes. Personne ne fait attention à nous. Il y a tant de poussière sur les chemins que nous sommes déjà rouges des pieds à la tête, et nos vêtements ressemblent à des *gunnies*. Il y a des enfants qui courent avec nous sur les chemins, des Indiens, des Cafres, ils mangent les cannes tombées sur le sol. Tout le monde va vers la sucrerie, pour voir les premières presses.

Nous arrivons enfin devant les bâtiments. J'ai un peu peur, parce que c'est la première fois que je viens ici. Devant le haut mur peint à la chaux, les chariots sont arrêtés, et les hommes déchargent les cannes qu'on va jeter dans les cylindres. La chaudière crache une fumée lourde, rousse, qui obscurcit le ciel et nous suffoque quand le vent la rabat vers nous. Il y a partout du bruit, de grands jets de vapeur. Juste devant nous, je vois le groupe d'hommes qui enfourne la bagasse des cannes broyées dans la fournaise. Ils sont presque nus, pareils à des géants, la sueur coule sur leur dos noir, sur leurs visages crispés par la douleur du feu. Ils ne disent rien. Ils prennent seulement la bagasse dans leurs bras et ils la jettent dans la fournaise, en criant à chaque fois : han !

Je ne sais plus où est Ferdinand. Je reste pétrifié, à regarder la chaudière de fonte, la grande cuve d'acier qui bout comme une marmite de géant, et les rouages qui entraînent les cylindres. À l'intérieur de la sucrerie, des hommes s'affairent, jettent les cannes fraîches entre les mâchoires des cylindres, reprennent les cannes déjà broyées pour en extraire encore de la sève. Il y a tant de bruit, de chaleur, de vapeur que la tête me tourne. Le jus clair ruisselle sur les cylindres, coule vers les cuves bouillantes. Au pied des centrifugeuses sont les enfants. J'aperçois Ferdinand qui attend, debout devant la cuve qui tourne lentement, tandis que le sirop épais achève de se refroidir. Il y a de grandes vagues dans la cuve, et le sucre ruisselle par terre, pend en caillots noirs qui roulent sur la terre couverte de feuilles et de paille. Les enfants se précipitent en criant, ramassent les morceaux de sucre et les emportent à l'écart pour les sucer au soleil. Moi aussi, je guette devant la cuve, et quand le sucre jaillit, roule sur le sol, je m'élance, je prends dans mes mains la pâte brûlante, couverte d'herbes et de morceaux de bagasse. Je l'emporte au-dehors, et je la lèche, accroupi dans la poussière, regardant l'épaisse fumée rousse qui sort de la cheminée. Le bruit, les cris des enfants, l'agitation des hommes, tout cela met une sorte de fièvre en moi, qui me fait trembler. Est-ce le bruit des machines et de la vapeur qui siffle, est-ce la fumée rousse et âcre qui m'enveloppe, la chaleur du soleil, le goût violent du sucre brûlé ? Ma vue se trouble, je sens que je vais vomir. J'appelle mon cousin au secours, mais ma voix est rauque, elle me déchire la gorge. J'appelle aussi Denis, Laure. Mais autour de moi, personne ne fait attention. La masse des enfants se précipite sans cesse auprès de la grande cuve qui tourne sur elle-même, pour guetter le moment où les valves ouvertes, tandis que l'air pénètre en sifflant à l'intérieur des cuiseurs, arrive la vague de sirop bouillant, qui coule le long des gouttières comme un fleuve blond. Je me sens tout à coup si faible, perdu, que j'appuie ma tête sur mes genoux et je ferme les yeux.

Puis je sens une main qui caresse mes cheveux, j'entends une voix qui me parle doucement en créole : « Pourquoi pleurer ? » À travers mes larmes, je vois une femme indienne, grande et belle, enveloppée dans ses *gunnies* tachés de terre rouge. Elle est debout devant moi, droite, calme, sans sourire, et le haut de son corps ne bouge pas à cause de la houe qu'elle porte en équilibre sur des chiffons pliés sur sa tête. Elle me parle doucement, me demande d'où je viens, et maintenant je marche avec elle sur la route encombrée, serré contre sa robe, sentant le balancement lent de ses hanches. Quand elle arrive devant l'entrée du Boucan, de l'autre côté de la rivière, elle m'accompagne jusqu'à la maison du capt'n Cook. Puis elle repart tout de suite, sans attendre de récompense ni de remerciement, elle s'éloigne au milieu de la grande allée, entre les jamroses, et moi je la regarde partir, bien droite, avec la houe en équilibre sur sa tête.

Je regarde la grande maison de bois éclairée par le soleil de l'après-midi, avec son toit bleu ou vert, d'une couleur si belle que je m'en souviens aujourd'hui comme de la couleur du ciel de l'aube. Je sens encore sur mon visage la chaleur de la terre rouge et de la fournaise, je secoue la poussière et les brins de paille qui recouvrent mes vêtements. Quand j'approche de la maison, j'entends la voix de Mam qui fait réciter des prières à Laure, à l'ombre de la varangue. C'est si doux, si clair, que des larmes coulent encore de mes yeux et que mon cœur se met à battre très fort. Je marche vers la maison, pieds nus sur le sol craquelé par la sécheresse. Je vais jusqu'à la réserve d'eau, derrière l'office, je puise l'eau sombre du bassin avec le broc émaillé, et je lave mes mains, ma figure, mon cou, mes jambes, mes pieds. L'eau fraîche réveille la brûlure des égratignures, les coupures des lames des feuilles de canne. À la surface du bassin courent les moustiques, les araignées d'eau, et le long parois tressautent les larves. J'entends le bruit doux des oiseaux du soir, je sens l'odeur de la fumée qui descend sur le jardin, comme si elle annonçait la nuit qui commence dans les ravins de Mananava. Puis je vais jusqu'à l'arbre de Laure, au bout du jardin, le grand arbre chalta du bien et du mal. Tout ce que je sens, tout ce que je vois alors me semble éternel. Je ne sais pas que tout cela va bientôt disparaître.

Il y a aussi la voix de Mam. C'est tout ce que je sais d'elle maintenant, c'est tout ce que j'ai gardé d'elle. J'ai jeté toutes les photos jaunies, les portraits, les lettres, les livres qu'elle lisait, pour ne pas troubler sa voix. Je veux l'entendre toujours, comme ceux qu'on aime et dont on ne connaît plus le visage, sa voix, la douceur de sa voix où il y a tout, la chaleur de ses mains, l'odeur de ses cheveux, sa robe, la lumière, l'après-midi finissant quand nous venions, Laure et moi, sous la varangue, le cœur encore palpitant d'avoir couru, et que commençait pour nous l'enseignement. Mam parle très doucement, très lente-ment, et nous écoutons en croyant ainsi comprendre. Laure est plus intelligente que moi, Mam le répète chaque jour, elle dit qu'elle sait poser les questions quand il le faut. Nous lisons, chacun son tour, debout devant Mam qui se berce dans son fauteuil à bascule en ébène. Nous lisons, puis Mam interroge, d'abord sur la grammaire, la conjugaison des verbes, l'accord des participes et des adjectifs. Ensuite elle nous questionne ensemble, sur le sens de ce que nous venons de lire, sur les mots, les expressions. Elle pose ses questions avec soin, et j'écoute sa voix avec plaisir et inquiétude, parce que j'ai peur de la décevoir. J'ai honte de ne pas comprendre aussi vite que

24

Laure, il me semble que je ne mérite pas ces instants de bonheur, la douceur de sa voix, son parfum, la lumière de la fin du jour qui dore la maison et les arbres, qui vient de son regard et de ses paroles.

Depuis plus d'un an c'est Mam qui nous enseigne, parce que nous n'avons plus d'autre maîtresse. Autrefois, je m'en souviens à peine, il y avait une maîtresse qui venait de Floréal trois fois par semaine. Mais la ruine progressive de mon père ne permet plus ce luxe. Mon père voulait nous mettre en pension, mais Mam n'a pas voulu, elle a dit que nous étions trop jeunes, Laure et moi. Alors c'est elle qui se charge de notre éducation, chaque jour, le soir, parfois le matin. Elle nous enseigne ce dont nous avons besoin : l'écriture, la grammaire, un peu de calcul, et l'histoire sainte. Mon père, au début, doutait de la valeur de cet enseignement. Mais un jour, Joseph Lestang, qui est premier maître au Collège Royal, s'est étonné de nos connaissances. Il a même dit à mon père que nous étions très en avance pour notre âge, et depuis mon père a tout à fait accepté cet enseignement.

Pourtant, je ne pourrais pas dire aujourd'hui ce qu'était vraiment cet enseignement. Nous vivions alors, mon père, Mam, Laure et moi, enfermés dans notre monde, dans cet Enfoncement du Boucan limité à l'est par les pics déchiquetés des Trois Mamelles, au nord par les immenses plantations, au sud par les terres incultes de la Rivière Noire, et à l'ouest, par la mer. Le soir, quand les martins jacassent dans les grands arbres du jardin, il y a la voix douce et jeune de Mam en train de dicter un poème, ou de réciter une prière. Que dit-elle ? Je ne sais plus. Le sens de ses paroles a disparu, comme les cris des oiseaux et la rumeur du vent de la mer. Seule reste la musique, douce, légère presque insaisissable, unie à la lumière sur le feuillage des arbres, à l'ombre de la varangue, au parfum du soir.

25

Je l'écoute sans me lasser. J'entends vibrer sa voix, en même temps que le chant des oiseaux. Parfois je suis du regard un vol d'étourneaux, comme si leur passage entre les arbres, vers les cachettes des montagnes, expliquait la leçon de Mam. Elle, de temps à autre, me fait revenir sur terre, en prononçant lentement mon nom, comme elle sait le faire, si lentement que je m'arrête de respirer.

« Alexis... ? Alexis ? »

Elle est la seule, avec Denis, à m'appeler par mon prénom. Les autres disent, peut-être parce que c'est Laure qui en a eu la première l'idée : Ali. Mon père, lui, ne prononce jamais aucun prénom, sauf peut-être celui de Mam, comme je l'ai entendu, une ou deux fois. Il disait doucement : Anne, Anne. Et alors j'avais compris : « Âme. » Ou peut-être qu'il disait vraiment : âme, avec une voix douce et grave qu'il n'avait qu'en lui parlant. Il l'aimait vraiment beaucoup.

Mam est belle en ce temps-là, je ne saurais dire à quel point elle est belle. J'entends le son de sa voix, et je pense tout de suite à cette lumière du soir au Boucan, sous la varangue, entouré des reflets des bambous, et au ciel clair traversé par les bandes de martins. Je crois que toute la beauté de cet instant vient d'elle, de ses cheveux épais et bouclés, d'un brun un peu fauve qui capte la moindre étincelle de lumière, de ses yeux bleus, de son visage encore si plein, si jeune, de ses longues mains fortes de pianiste. Il y a tant de calme, de simplicité en elle, tant de lumière. Je regarde à la dérobée ma sœur Laure assise très droite sur sa chaise, les poignets appuyés sur le rebord de la table, devant le livre d'arithmétique et le cahier blanc qu'elle tient ouvert du bout des doigts de la main gauche. Elle écrit avec application, la tête un peu inclinée sur l'épaule gauche, son épaisse chevelure noire barrant d'un côté son visage d'Indienne.

Elle ne ressemble pas à Mam, il n'y a rien de commun entre elles, mais Laure la regarde de ses yeux noirs, brillants comme des pierres, et je sais qu'elle ressent la même admiration que moi, la même ferveur. Le soir est long alors, la lumière dorée du crépuscule décline imperceptiblement sur le jardin, entraînant les vols d'oiseaux, emportant au loin les cris des travailleurs dans les champs, la rumeur des attelages sur les routes des cannes.

Chaque soir, il y a une leçon différente, une poésie, un conte, un problème nouveaux, et pourtant aujourd'hui, il me semble que c'est sans cesse la même leçon, interrompue par les aventures brûlantes du jour, par les errances jusqu'au rivage de la mer, ou par les rêves de la nuit. Quand tout cela existe-t-il ? Mam, penchée sur la table, nous explique le calcul en disposant devant nous des tas de haricots. « Trois ici, dont je prends deux, cela fait deux tiers. Huit ici, et j'en mets cinq de côté, cela fait cinq huitièmes... Dix ici, j'en prends neuf, combien cela fait-il ? » Je suis assis devant elle, je regarde ses longues mains aux doigts effilés, que je connais si bien, un par un. L'index de la main gauche, très fort, et le médian, et l'annulaire cerclé d'un fin liseré d'or, usé par l'eau et par le temps. Les doigts de la main droite, plus grands, plus durs, moins fins, et l'auriculaire qu'elle sait lever très haut quand ses autres doigts courent sur le clavier d'ivoire, mais qui tout à coup frappe une note aiguë. « Alexis, tu n'écoutes pas... Tu n'écoutes jamais les leçons d'arithmétique. Tu ne pourras pas entrer au Collège Royal. » Est-ce qu'elle dit cela ? Non, je ne crois pas, c'est Laure qui l'invente, elle est toujours si appliquée, si consciencieuse pour faire des tas de haricots, parce que c'est sa façon à elle d'exprimer son amour pour Mam.

Je me rattrape avec les dictées. C'est l'instant de l'après-midi que je préfère quand, penché sur la page blanche de mon cahier, tenant la plume à la main, j'attends que vienne la voix de Mam, inventant les mots un à un, très lentement, comme si elle nous les donnait, comme si elle les dessinait avec les inflexions des syllabes. Il y a les mots difficiles, qu'elle a choisis avec soin, car c'est elle qui invente les textes de nos dictées : « charrette », « soupirail », « arc-en-ciel », « cavalcade », « attelle », « gué », « apercevoir », et bien sûr, de temps en temps, pour nous faire rire, les « poux », les « choux », les « hiboux » et les « bijoux ». J'écris sans me presser, le mieux que je peux, pour faire durer le temps où résonne la voix de Mam dans le silence de la feuille blanche, dans l'attente aussi du moment où elle me dira, avec un petit signe de tête, comme si c'était la première fois qu'elle le remarquait :

« Tu as une jolie écriture. »

Ensuite elle relit, mais à son rythme, en marquant un léger arrêt pour les virgules, un silence pour les points. Cela non plus ne peut pas s'arrêter, c'est une longue histoire qu'elle raconte, soir après soir, où reviennent les mêmes mots, la même musique, mais brouillés et distribués autrement. La nuit, couché sur mon lit de camp sous le voile de la moustiquaire, juste avant de m'endormir, écoutant les bruits familiers, la voix grave de mon père qui lit un article du journal, ou qui converse avec Mam et la tante Adelaïde, le rire léger de Mam, les voix éloignées des Noirs assis sous les arbres, guettant le bruit du vent de la mer dans les aiguilles des filaos, c'est cette même interminable histoire qui me revient, pleine de mots et de sons, dictée lentement par Mam, quelquefois l'accent aigu qu'elle met sur une syllabe, ou le silence très long qui fait grandir un mot, et la lumière de son regard brille sur ces phrases incompréhensibles et belles. Je crois que je ne m'endors que lorsque j'ai vu briller cette lumière, quand j'ai perçu cette étincelle. Un mot, rien qu'un mot, que j'emporte avec moi dans le sommeil.

J'aime aussi les leçons de morale de Mam, le plus souvent le dimanche matin de bonne heure, avant de réciter la messe. J'aime les leçons de morale parce que Mam raconte toujours une histoire, chaque fois nouvelle, qui se passe dans des endroits que nous connaissons. Ensuite elle nous pose des questions, à Laure et à moi. Ce ne sont pas des questions difficiles, mais elle les pose simplement en nous regardant, et je sens le bleu très doux de son regard qui entre au plus profond de moi.

« Cela se passe dans un couvent, où il y a une douzaine de pensionnaires, douze petites filles orphelines, comme je l'étais quand j'avais votre âge. C'est le soir, pendant le dîner. Savez-vous ce qu'il y a sur la table ? Dans un grand plat, il y a des sardines, et elles aiment beaucoup cela, elles sont pauvres, vous comprenez, pour elles, des sardines c'est une fête ! Et justement, il y a dans le plat autant de sardines que d'orphelines, douze sardines. Non, non, il y en a une de trop, il y a en tout treize sardines. Quand tout le monde a mangé, la sœur montre la dernière sardine qui reste au milieu du plat, et elle demande : Qui va la manger ? Est-ce que parmi vous il y en a une qui la veut ? Pas une main ne se lève, pas une des petites filles ne répond. Eh bien, dit la sœur gaiement, voici ce qu'on va faire : on va souffler la bougie, et quand il fera noir, celle qui voudra la sardine pourra la manger sans avoir honte. La sœur éteint la bougie, et que se passe-t-il ? Chacune des petites filles tend la main dans le noir, pour prendre la sardine, et elle rencontre la main d'une autre petite fille. Il y a douze petites mains posées dans le grand plat ! »

Ce sont les histoires que Mam raconte, je n'en ai jamais entendu de plus belles, de plus drôles.

Mais ce que j'aime vraiment beaucoup, c'est l'histoire

sainte. C'est un gros livre relié de cuir rouge sombre, un vieux livre qui porte sur sa couverture un soleil d'or d'où jaillissent douze rayons. Quelquefois Mam nous laisse le regarder, Laure et moi. Nous tournons les pages très lentement, pour regarder les images, pour lire les mots écrits en haut des pages, les légendes. Il y a des gravures que j'aime plus que tout, comme la tour de Babel, ou bien celle qui dit : « Le prophète Jonas demeure trois jours dans une baleine, et en sort en vie. » Au loin, près de la ligne d'horizon, il y a un grand vaisseau à voiles qui se confond avec les nuages, et quand je demande à Mam qui est dans ce vaisseau, elle ne peut pas me répondre. Il me semble qu'un jour je saurai qui voyageait dans ce grand navire, pour apercevoir Jonas au moment où il quitte le ventre de la baleine. J'aime aussi quand Dieu fait paraître sur Jérusalem des « armées en l'air » au milieu des nuages. Et la bataille d'Éléazar contre Antiochos, où l'on voit un éléphant furieux surgir parmi les guerriers. Ce que Laure préfère, ce sont les commencements, la création de l'homme et de la femme, et l'image où l'on voit le diable en forme de serpent avec une tête d'homme, enroulé autour de l'arbre du bien et du mal. C'est comme cela qu'elle a su que c'était l'arbre chalta qui est au bout de notre jardin, parce qu'il a les mêmes feuilles et les mêmes fruits. Laure aime beaucoup aller jusqu'à l'arbre, le soir, elle monte dans les maîtresses branches et elle cueille les fruits à la peau épaisse, qu'on nous a défendu de manger. Elle ne parle de cela qu'avec moi.

Mam nous lit les histoires de l'Écriture sainte, la tour de Babel, cette ville dont la tour allait jusqu'au ciel. Le sacrifice d'Abraham, ou bien l'histoire de Jacob vendu par ses frères. Cela se passait en l'an 2876 avant Jésus-Christ, douze ans avant la mort d'Isaac. Je me souviens bien de cette date. J'aime aussi beaucoup l'histoire de

Moïse sauvé des eaux, Laure et moi demandons souvent à Mam de nous la lire. Pour empêcher les soldats de Pharaon de tuer son enfant, sa mère l'avait placé dans « un petit berceau de joncs entrelacés », dit le livre, « et elle l'exposa sur les bords du Nil ». Alors la fille de Pharaon vint sur les bords du fleuve « pour se laver, accompagnée de toutes ses servantes. Dès qu'elle aperçut cette corbeille de joncs, sa curiosité voulut s'instruire de ce que c'était, et elle envoya une de ses filles pour l'apporter. Quand elle eut vu ce petit qui criait dans le berceau, elle en eut de la compassion, et la beauté de l'enfant augmentant encore sa tendresse, elle résolut de le sauver ». Nous récitons par cœur l'histoire, et nous nous arrêtons toujours là où la fille de Pharaon adopte l'enfant et lui donne le nom de Moïse, parce qu'elle l'avait sauvé des eaux.

Il y a une histoire que j'aime surtout, c'est celle de la Reine de Saba. Je ne sais pourquoi je l'aime, mais à force d'en parler, je suis arrivé à la faire aimer de Laure aussi. Mam sait cela, et parfois, avec un sourire, elle ouvre le gros livre rouge sur ce chapitre, et elle commence à lire. Je connais chaque phrase par cœur, aujourd'hui encore : « Après que Salomon eut bâti à Dieu un temple si magnifique, il se bâtit pour lui-même un palais, qui dura quatorze ans à faire, où l'or brillait de toutes parts, et où la magnificence des colonnes et des sculptures attirait les yeux de tout le monde... » Alors apparaît la Reine de Saba, « qui vint du fond du midi pour reconnaître si tout ce qu'on disait de ce jeune prince était véritable. Elle vint dans un appareil magnifique, et elle apporta à Salomon de riches présents, six-vingts talents d'or, qui font à peu près huit millions de livres ; des perles très précieuses, et des parfums tels qu'on n'en avait jamais vu de semblables ». Ce ne sont pas les mots que je perçois, mais la voix de Mam m'entraîne dans le palais de Salomon, qui s'est levé de son trône tandis que la Reine de Saba, si

31

belle, conduit les esclaves qui font rouler les trésors à terre. Laure et moi nous aimons beaucoup le roi Salomon, même si nous ne comprenons pas pourquoi, à la fin de sa vie, il a renié Dieu pour adorer les idoles. Mam dit que c'est ainsi, même les plus justes et les plus puissants des hommes peuvent commettre des péchés. Nous ne comprenons pas comment cela est possible, mais nous aimons comme il rendait la justice, et ce magnifique palais qu'il avait fait construire, et où était venue la Reine de Saba. Mais ce que nous aimons, c'est peut-être le livre, avec sa couverture de cuir rouge et ce grand soleil d'or, et la voix douce et lente de Mam, ses yeux bleus qui nous regardent entre chaque phrase, et la lumière du soleil toute dorée sur les arbres du jardin, car je n'ai jamais lu d'autre livre qui m'ait fait une impression aussi profonde.

Les après-midi, quand les leçons de Mam sont finies plus tôt, nous allons, Laure et moi, explorer les combles de la maison. Il y a un petit escalier de bois qui va jusqu'au plafond, et il suffit de pousser une trappe. Sous les toits de bardeaux, il fait gris, et la chaleur est étouffante, mais nous aimons bien être là. À chaque bout du grenier, il y a une lucarne étroite, sans vitres, fermée par des volets disjoints. Quand on entrouvre les volets, on voit le paysage très loin, du côté des champs de canne de Yemen et de Magenta, et la chaîne de montagnes, les Trois Mamelles et la montagne du Rempart.

J'aime rester ici, dans cette cachette, jusqu'à l'heure du dîner, et même plus tard, quand la nuit est venue. Ma cachette, c'est la partie des combles tout à fait au bout du toit, du côté des montagnes. Il y a beaucoup de meubles poussiéreux, rongés par les termites, tout ce qui reste de ce que mon arrière-grand-père avait acheté à la Compagnie des Indes. Je m'assois sur une chaise couturière, très basse, et je regarde par la lucarne, vers le cirque de montagnes qui émerge de l'ombre. Au centre du grenier, il y a de grandes malles pleines de vieux papiers, des revues de France attachées par liasses avec de la ficelle. C'est là que mon père a mis tous ses vieux journaux. Tous les six mois, il a fait un paquet, qu'il pose par terre près des malles. C'est là que Laure et moi venons souvent pour lire et regarder les images. Nous sommes allongés sur le ventre dans la poussière, devant les piles de vieux journaux, et nous tournons lentement les feuilles. Il y a le *Journal des voyages*, avec toujours en première page un dessin représentant une scène extraordinaire, une chasse au tigre aux Indes, ou bien l'assaut des Zoulous contre les Anglais, ou encore l'attaque des Comanches contre le chemin de fer, en Amérique. À l'intérieur, Laure lit à haute voix des passages des *Robinsons marseillais*, un feuilleton qu'elle aime bien. Le journal que nous préférons, c'est l'*Illustrated London News*, et comme je comprends mal l'anglais, je regarde les images avec plus d'attention, pour deviner ce que dit le texte. Laure, elle, a commencé à apprendre l'anglais avec mon père, et elle m'explique le sens, la prononciation des mots. Nous ne restons pas très longtemps, parce que la poussière nous fait bientôt éternuer et pique nos yeux. Quelquefois pourtant nous restons des heures, les dimanches après-midi, quand il fait trop chaud dehors, ou que la fièvre nous oblige à rester à la maison.

Dans les journaux sans images, je regarde les réclames, celle de la Teinturerie parisienne, la Pharmacie A. Fleury & A. Toulorge, le Tabac Coringhy, l'encre au sumac bleu-noir, les montres de poche américaines, les belles bicyclettes qui nous font rêver. Avec Laure, je joue à acheter des choses, et ce sont les réclames qui nous donnent les idées. Laure voudrait une bicyclette, une vraie bicyclette peinte à l'émail noir avec de grandes roues munies de pneumatiques et un guidon chromé, comme celles qu'on voit quand on va du côté du Champ-de-Mars, à Port Louis. Pour moi, il y a plusieurs choses qui me font envie, comme les grands cahiers à dessin, les peintures et les compas du Magasin Wimphen, ou les canifs à douze lames de l'armurerie. Mais il n'y a rien dont j'aie plus envie que la montre de gousset Favre-Leuba importée de Genève. Je la vois toujours au même endroit dans les journaux, à l'avant-dernière page, avec les aiguilles qui marquent la même heure, et la trotteuse des secondes sur midi. Je lis toujours avec le même goût les phrases de la réclame, qui la décrivent « incassable, étanche à l'eau et à l'air, en acier inoxydable, cadran émaillé, merveille de précision, de robustesse, prête à vous servir pour la vie ».

Ainsi nous rêvons, dans notre cachette sous les toits surchauffés par le soleil. Il y a aussi le paysage, comme je le vois par la lucarne, le seul paysage que je connaisse et que j'aime, que je ne verrai plus avec ces yeux : au-delà des arbres sombres du jardin, l'étendue verte des champs de canne, les taches grises et bleues des aloès de Walhalla, de Yemen, les cheminées des sucreries qui fument, et loin, pareille à une muraille semi-circulaire, rouge, flamboyante, la chaîne des montagnes où se dressent les pics des Trois Mamelles. Contre le ciel, les pointes des volcans sont aiguës, légères, pareilles aux tours d'un château de fées. Je les regarde à travers l'étroite lucarne, sans me lasser, comme si j'étais la vigie d'un navire immobile, guettant quelque signal. Écoutant le bruit de la mer au fond de moi, derrière moi, porté par le vent des marées. Et en vérité je suis dans un navire, tandis que craquent les solives et les étais de la charpente, voguant éternellement devant la ligne des montagnes. C'est ici que j'ai entendu la mer pour la première fois, c'est ici que je la ressens le mieux, quand elle vient, avec ses longues lames qui forcent l'entrée de la passe, devant l'estuaire des deux rivières, faisant jaillir haut l'écume sur les barrières de corail.

Nous ne voyons personne, au temps du Boucan. Nous sommes devenus, Laure et moi, de véritables sauvages. Dès que nous le pouvons, nous nous échappons du jardin, nous marchons à travers les cannes, vers la mer. La chaleur est venue, la chaleur sèche qui « pique », comme dit le capt'n Cook Est-ce que nous savons que nous jouissons d'une telle liberté ? Mais nous ne connaissons pas même le sens de ce mot. Nous ne quittons pas l'Enfoncement du Boucan, ce domaine imaginaire limité par les deux rivières, par les montagnes et par la mer.

Maintenant que la longue période des vacances a commencé, mon cousin Ferdinand vient plus souvent, quand l'oncle Ludovic descend sur ses propriétés de Barefoot et de Yemen. Ferdinand ne m'aime pas. Un jour, il m'a appelé « l'homme des bois », comme son père, et il a parlé aussi de Vendredi, à cause de Denis. Il a dit : « en goudron », âme et peau noires, et je me suis fâché. Bien qu'il ait deux ans de plus que moi, j'ai sauté sur lui et j'ai essayé de lui faire une clef au cou, mais il a rapidement pris le dessus, et à son tour il m'a serré la nuque dans le creux de son bras, jusqu'à ce que je sente craquer mes os, et que j'aie des larmes plein les yeux. Il n'est jamais revenu au Boucan depuis ce jour. Je le déteste, et je déteste aussi son père, l'oncle Ludovic, parce qu'il est grand et fort et qu'il parle haut, et qu'il nous regarde toujours avec ses yeux noirs ironiques, et son espèce de sourire un peu crispé. La dernière fois qu'il est venu chez nous, mon père était absent, et Mam n'a pas voulu le voir. Elle a fait dire qu'elle avait de la fièvre, qu'elle était fatiguée. L'oncle Ludovic s'est assis tout de même dans la salle à manger, sur une de nos vieilles chaises qui craquait sous son poids, et il a essayé de nous parler, à Laure et à moi. Il se penchait vers Laure, je m'en souviens, et il lui disait : « Comment t'appelles-tu ? » Ses yeux noirs brillaient quand il me regardait aussi. Laure était pâle, assise très droite sur sa chaise, et elle regardait fixement devant elle sans répondre. Elle est restée un long moment comme cela, immobile, regardant droit devant elle, tandis que l'oncle Ludovic, pour la taquiner, disait : « Quoi ? Tu n'as pas de langue ? » Moi, mon cœur battait très fort de colère, et à la fin je lui ai dit : « Ma sœur ne veut pas vous répondre. » Alors il s'est levé, sans rien dire d'autre, il a pris sa canne et son chapeau et il est reparti. J'écoutais le bruit de ses pas sur les marches de la varangue, puis sur l'allée de terre battue, et ensuite c'est le bruit de sa voiture qu'on a entendu, le cliquetis du harnais et le grondement des roues, et nous nous sommes sentis bien soulagés. Depuis ce jour, il n'est pas revenu chez nous.

Nous avons cru que c'était une sorte de victoire, à ce moment-là. Mais nous n'en avons jamais parlé, Laure et moi, et personne n'a su ce qui s'était passé cet après-midi-là. Nous n'avons guère revu Ferdinand dans les années qui ont suivi. D'ailleurs c'est sans doute cette année-là, l'année du cyclone, que son père l'a placé pensionnaire au Collège Royal. Nous, nous ne savions pas que tout allait changer, que nous étions en train de vivre nos derniers jours à l'Enfoncement du Boucan.

C'est à cette époque-là que nous nous sommes rendu compte, Laure et moi, que quelque chose n'allait pas dans les affaires de notre père. Lui n'en parlait à personne, je crois pas même à Mam, pour ne pas l'inquiéter. Pourtant nous sentions bien ce qui se passait, nous devinions. Laure me dit un jour, alors que nous étions comme d'habitude allongés dans les combles, devant les liasses de vieux journaux :

« Banqueroute, cela veut dire quoi, banqueroute ? »

Elle ne me pose pas la question, puisqu'elle se doute bien que je l'ignore. C'est un mot qui est là, qu'elle a entendu, qui résonne dans sa tête. Plus tard, elle répète d'autres mots qui font peur, aussi : hypothèque, saisie, traite. Sur une grande feuille que je lis à la hâte sur le bureau de mon père, chargée de chiffres fins comme des chiures de mouche, je lis deux mots mystérieux en anglais : *Assets and liabilities*. Qu'est-ce que cela signifie ? Laure ne connaît pas non plus le sens de ces mots, et elle n'ose pas demander à notre père. Ce sont des mots pleins de menace, ils portent en eux un danger que nous ne comprenons pas, comme ces suites de chiffres soulignés, raturés, certains écrits en rouge.

Plusieurs fois, je suis réveillé par des bruits de voix, tard dans la nuit. La chemise de nuit trempée de sueur collant à ma peau, je me glisse le long du corridor jusqu'à la porte de la salle à manger éclairée. Par la porte entrebâillée, j'entends la voix grave de mon père, puis d'autres voix inconnues qui lui répondent. De quoi parlent-ils ? Même si j'écoutais chaque mot, je n'arriverais pas à comprendre. Mais je n'écoute pas les mots. J'entends seulement le brouhaha des voix, les verres qui cognent sur la table, les pieds qui raclent le plancher, les chaises qui grincent. Mam est peut-être là, elle aussi, assise à côté de mon père comme aux heures des repas ? Mais l'odeur forte du tabac me renseigne. Mam n'aime pas la fumée des cigares, elle doit être dans sa chambre, dans son lit de cuivre, regardant elle aussi la ligne de lumière jaune qui passe sous la porte entrebâillée, écoutant les bruits de voix des inconnus, comme moi, qui suis tapi dans l'ombre du couloir, pendant que mon père

37

parle, parle, si longtemps... Ensuite je retourne vers la chambre, je me glisse sous la moustiquaire. Laure ne bouge pas, je sais qu'elle ne dort pas, qu'elle a les yeux grands ouverts dans le noir, et qu'elle écoute elle aussi les voix, à l'autre bout de la maison. Allongé sur mon lit de sangles, j'attends, en retenant mon souffle, jusqu'à ce que j'entende le bruit des pas dans le jardin, les grincements des essieux de la voiture qui s'éloigne. J'attends encore, jusqu'à ce que vienne le bruit de la mer, la marée invisible de la nuit, quand le vent siffle dans les aiguilles des filaos et fait battre les volets, et que la charpente de la maison gémit comme la coque d'un vieux navire. Alors je peux m'endormir.

Les leçons de Denis sont les plus belles. Il m'enseigne le ciel, la mer, les cavernes au pied des montagnes, les champs en friche où nous courons ensemble, cet été-là, entre les pyramides noires des murailles créoles. Parfois nous partons dès l'aube, alors que les sommets des montagnes sont encore pris dans la brume, et que la mer basse, au loin, expose ses récifs. Nous passons à travers les plantations d'aloès, le long d'étroits chemins silencieux. Denis marche devant, je vois sa haute silhouette fine et souple qui avance comme en dansant. Ici, il n'aboie pas, comme il fait dans les champs de canne. De temps à autre il s'arrête. Il ressemble à un chien qui a flairé la trace d'un animal sauvage, un lapin, un tandrac. Quand il s'arrête, il lève un peu la main droite, en signal, et je m'arrête moi aussi, et j'écoute. J'écoute le bruit du vent dans les aloès, le bruit de mon cœur aussi. La première lumière brille sur la terre rouge, éclaire les feuilles sombres. La brume s'effiloche au sommet des montagnes, le ciel est maintenant intense. J'imagine la

38

mer couleur d'azur près de la barrière de corail, encore noire à l'embouchure des rivières. « Guette ! » dit Denis. Il est immobile sur le sentier, et me montre la montagne, du côté des gorges de la Rivière Noire. Je vois un oiseau très haut dans le ciel, qui se laisse glisser sur les courants aériens, la tête un peu tournée de côté, sa longue queue blanche traînant derrière lui. « Paille-en-queue », dit Denis. C'est la première fois que je le vois. Il gire lentement au-dessus des ravins, puis disparaît du côté de Mananava.

Denis s'est remis en marche. Nous suivons la vallée étroite du Boucan, vers les montagnes. Nous franchissons d'anciens champs de canne, maintenant en friche, où ne restent que les courtes murailles de lave ensevelies sous les buissons d'épines. Je ne suis plus dans mon domaine. Je suis sur une terre étrangère, la terre de Denis et des Noirs de l'autre côté, ceux de Chamarel, de Rivière Noire, des Cases Noyale. Au fur et à mesure que Denis s'éloigne du Boucan et qu'il remonte vers la forêt, vers les montagnes, il devient moins méfiant, il parle davantage, il semble plus libre. Il marche lentement maintenant, ses gestes sont plus faciles, même son visage s'éclaire, il m'attend sur la piste, il sourit. Il me montre les montagnes qui sont près de nous, à main droite : « Le Grand Louis, mont Terre Rouge. » Le silence nous entoure, il n'y a plus de vent, je ne sens plus l'odeur de la mer. Les broussailles sont si touffues que nous devons remonter le lit d'un torrent. J'ai enlevé mes souliers, je les ai attachés par les lacets autour de mon cou, comme je fais quand j'accompagne Denis. Nous marchons dans le filet d'eau froide, sur les cailloux aigus. Dans les boucles, Denis s'arrête, il scrute l'eau à la recherche des camarons, des écrevisses.

Le soleil est haut dans le ciel quand nous arrivons à la source du Boucan, tout près des hautes montagnes. La chaleur de janvier est lourde, j'ai du mal à respirer sous les arbres. Des moustiques tigrés sortent de leurs abris et dansent devant mes yeux, je les vois aussi danser autour de la chevelure laineuse de Denis. Sur les berges du torrent, Denis ôte sa chemise et commence à cueillir des feuilles. Je m'approche pour regarder les feuilles vert sombre, couvertes d'un léger duvet gris, qu'il récolte dans sa chemise transformée en sac. « Brèdes songe », dit Denis. Il jette un peu d'eau au creux d'une feuille et me la tend. Sur le fin duvet, la goutte reste prise, pareille à un diamant liquide. Plus loin il cueille d'autres feuilles : « Brèdes emballaze. » Sur le tronc d'un arbre, il me montre une liane : « Liane sept ans. » Des feuilles palmées s'ouvrent en forme de cœur : « Fa'am. » Je savais que la vieille Sara, la sœur de capt'n Cook, était « yangue », qu'elle faisait des breuvages et qu'elle jetait des sorts, mais c'est la première fois que Denis m'emmène quand il va chercher des plantes pour elle. Sara est malgache, elle est venue de la Grand Terre avec Cook, le grand-père de Denis, quand il y avait encore des esclaves. Un jour Cook nous a raconté, à Laure et à moi, qu'il avait eu si peur lorsqu'il était arrivé à Port Louis avec les autres esclaves, qu'il s'était perché sur un arbre de l'Intendance et qu'il ne voulait plus en descendre, parce qu'il croyait qu'on allait le manger, là, sur les quais. Sara vit à la Rivière Noire, autrefois elle venait voir son frère et elle nous aimait bien, Laure et moi. Maintenant elle est trop vieille.

Denis continue à marcher le long du torrent, vers la source. L'eau qui coule est mince, noire, lisse sur les roches de basalte. La chaleur est si lourde que Denis s'asperge le visage et le buste avec l'eau du ruisseau, et me dit de faire de même, pour me ranimer. Je bois è même le ruisseau l'eau fraîche, légère. Denis avance toujours devant moi, le long du ravin étroit. Il porte sur sa

40

tête le ballot de feuilles. Parfois il s'arrête, désigne un arbre dans l'épaisseur de la forêt, une plante, une liane : « Binzoin », « langue bœuf », « bois zozo », « grand baume », « bois mamzel », « prine », « bois cabri », « bois tambour ».

Il cueille une plante rampante, aux feuilles étroites qu'il écrase entre son pouce et son index pour la sentir : « Verveine. » Plus loin encore, il traverse les fourrés jusqu'à un grand arbre au tronc brun. Il enlève un peu d'écorce, incise avec un silex ; la sève dorée coule. Denis dit : « Tatamaka. » Derrière lui, je marche à travers les broussailles, plié pour éviter les branches qui griffent. Denis se coule sans difficulté au milieu de la forêt, silencieux, tous ses sens aux aguets. Sous mes pieds nus le sol est mouillé et tiède. J'ai peur, pourtant je veux aller encore plus loin, m'enfoncer au cœur de la forêt. Devant un tronc très droit, Denis s'arrête. Il arrache un morceau d'écorce et me le fait sentir. C'est une odeur qui m'étourdit. Denis rit, et dit simplement : « Bois colophane. »

Nous continuons, Denis marche plus vite, comme s'il reconnaissait le chemin invisible. La chaleur et l'humidité de la forêt m'oppressent, j'ai du mal à reprendre mon souffle. Je vois Denis arrêté devant un buisson : « Pistache marron. » Dans sa main, une longue gousse entrouverte laisse échapper des graines noires, semblables à des insectes. Je goûte une graine : c'est âpre, huileux, mais cela me donne des forces. Denis dit : « C'était le manger des marrons, avec le grand Sacalavou. » C'est la première fois qu'il me parle de Sacalavou. Mon père nous a dit une fois qu'il était mort ici, au pied des montagnes, quand les Blancs l'avaient rattrapé. Il s'est jeté du haut de la falaise, plutôt que d'être repris. Cela me fait une impression étrange, de manger ce qu'il a mangé, ici, dans cette forêt, avec Denis. Nous sommes loin du

41

ruisseau, à présent, déjà au pied du mont Terre Rouge. La terre est sèche, le soleil brûle à travers le feuillage léger des acacias.

« Patte poule », dit Denis. « Cassi. »

Soudain, il s'arrête. Il a trouvé ce qu'il cherchait. Il va droit à l'arbre, seul au milieu des broussailles. C'est un bel arbre sombre, aux branches basses étalées, qui porte des feuilles épaisses d'un vert aux reflets de cuivre. Denis est accroupi par terre au pied de l'arbre, caché par l'ombre. Quand je m'approche, il ne me regarde pas. Il a posé son ballot à terre.

« Qu'est-ce que c'est ? »

Denis ne répond pas tout de suite. Il fouille dans ses poches.

Il dit : « Affouche. »

Sa main gauche tient quelque chose. Sans se relever, Denis chantonne un peu, comme font les Indiens en prière. Il balance son corps d'avant en arrière, et il chantonne, et dans l'ombre de l'arbre, je ne vois que son dos qui brille de sueur. Quand il a fini sa prière, il creuse un peu la terre au pied de l'arbre, de la main droite. Son poing gauche s'ouvre, et sur la paume, je vois un sou. La pièce glisse, tombe au fond du trou, et Denis la recouvre avec soin de terre et d'un peu de mousse qu'il prend aux racines. Puis il se relève, et sans s'occuper de moi, il cueille les feuilles des branches basses et les pose sur le sol, à côté du ballot. Avec son silex aigu, il détache des morceaux du tronc lisse. Par la blessure coule un lait clair. Denis met les bouts d'écorce et les feuilles de l'affouche dans sa chemise, puis il dit : « Allons. » Sans m'attendre, il s'éloigne vite à travers les broussailles, il redescend les pentes des collines vers la vallée du Boucan. Le soleil est déjà à l'ouest. Par-dessus les arbres, entre les collines sombres, je vois la tache de feu de la mer, l'horizon où naissent les nuages. Derrière

42

moi, le rempart des montagnes est rouge, réverbère la chaleur comme un four. Je marche vite sur les traces de Denis, jusqu'au ruisseau qui est la source du Boucan, et il me semble qu'il y a très longtemps que je suis parti, des jours peut-être, cela fait en moi un vertige.

C'est au cours de cet été-là, de l'année du cyclone, que mon père se lance dans la réalisation de son vieux projet de centrale électrique à la Rivière Noire. Quand cela a-t-il vraiment commencé ? Je n'en ai pas gardé un souvenir précis parce que mon père avait, à ce moment-là, des douzaines de projets différents sur lesquels il rêvait en silence, et dont nous ne percevions, Laure et moi, que des échos atténués. Il avait, je crois, un projet de chantier naval à l'estuaire de la Rivière Noire, et aussi un projet d'aérostat pour le transport des personnes entre les Mascareignes et l'Afrique du Sud. Mais tout cela restait chimérique, et nous n'en savions que ce qu'en disait Mam, ou les gens qui venaient parfois en visite. Le projet de la centrale électrique était certainement le plus ancien, et il n'a commencé à se réaliser que cet été, alors que l'endettement de mon père était déjà irrémédiable. C'est Mam qui nous parle de cela, un jour, après la classe. Elle en parle longtemps, avec émotion, les yeux brillants. Une ère nouvelle allait commencer, nous allions enfin connaître la prospérité, sans peur du lendemain. Notre père avait aménagé le bassin aux Aigrettes, là où se rencontrent les deux bras de la Rivière Noire.

C'était l'endroit qu'il avait choisi pour installer la centrale qui donnerait de l'électricité à toute la région ouest, de Médine jusqu'à Bel Ombre. La génératrice qu'il avait achetée à Londres par correspondance venait juste de débarquer à Port Louis, et elle était venue en char à bœufs le long de la côte jusqu'à la Rivière Noire. Désormais le temps de l'éclairage à l'huile et de la machine à vapeur était fini, et l'électricité, grâce à notre père, allait apporter peu à peu à toute l'île son progrès. Mam nous a aussi expliqué ce que c'était que l'électricité, ses propriétés, son usage. Mais nous étions trop jeunes pour comprendre quoi que ce soit, sauf pour vérifier, comme nous l'avons fait chaque jour à ce moment-là, les mystères des morceaux de papier aimantés par le collier d'ambre de Mam.

Un jour, nous partons tous, Mam, mon père, Laure et moi dans la voiture à cheval pour le bassin aux Aigrettes. C'est très tôt, à cause de la chaleur, car Mam veut être de retour avant midi. À la deuxième boucle de la route vers la Rivière Noire, nous trouvons le chemin qui remonte le long de la rivière. Mon père a fait nettoyer le chemin pour permettre le passage du char à bœufs transportant la génératrice, et notre voiture roule dans un grand nuage de poussière.

C'est la première fois que nous remontons, Laure et moi, le long de la Rivière Noire, et nous regardons autour de nous avec curiosité. La poussière du chemin monte autour de nous, nous enveloppe dans un nuage ocre. Mam a entouré son visage d'un châle, elle ressemble à une Indienne. Mon père est joyeux, il parle en guidant le cheval. Je le vois, tel que je ne peux plus l'oublier : très grand et mince, élégant, vêtu de son costume gris-noir, ses cheveux noirs rejetés en arrière. Je vois son profil, son nez fin et busqué, sa barbe soignée, ses mains élégantes qui tiennent toujours une cigarette entre le pouce et l'index, à la manière d'un crayon. Mam aussi le regarde, je vois la lumière de son regard, ce matin-là, sur la route de poussière qui longe la Rivière Noire.

Quand nous arrivons près du Bassin aux Aigretttes,

mon père attache le cheval à la branche d'un tamarin. L'eau de la mare est claire, couleur de ciel. Le vent fait des ridules qui agitent les roseaux. Laure et moi disons que nous aimerions bien nous baigner, mais mon père marche déjà vers l'échafaudage qui abrite la génératrice. Dans une cabane de bois, il nous montre la dynamo reliée à la turbine par des fils et des courroies. Dans la pénombre, les engrenages brillent d'un éclat étrange, qui nous fait un peu peur. Notre père nous montre aussi l'eau du bassin qui s'écoule par un canal et rejoint la Rivière Noire. De grosses bobines de câble sont posées par terre, devant la génératrice. Mon père explique que les câbles voleront tout le long de la rivière, jusqu'à la sucrerie, puis de là, à travers les collines, vers Tamarin et l'Enfoncement du Boucan. Plus tard, quand l'installation aura fait ses preuves, l'électricité ira encore plus au nord, vers Médine, vers Wolmar, peut-être même jusqu'à Phenix. Mon père parle pour nous, pour ma mère, mais son visage est tourné ailleurs, vers un autre temps, un autre monde.

Alors, nous ne cessons de penser à l'électricité. Laure et moi, nous croyons qu'elle va venir chaque soir, comme si, par miracle, elle allait soudain tout illuminer à l'intérieur de notre maison, et briller au-dehors sur les plantes et sur les arbres comme le feu Saint-Elme. « Quand viendra-t-elle ? » Mam sourit quand nous lui posons la question. Nous voulons hâter un mystère. « Bientôt... » Elle explique qu'il faut monter la turbine, consolider le barrage, planter les poteaux de bois et y accrocher les câbles. Tout cela demande des mois, des années peut-être. Non, c'est impossible qu'il faille attendre si longtemps. Mon père est plus impatient encore, l'électricité c'est aussi la fin de ses soucis, le commencement d'une fortune nouvelle. L'oncle Ludovic verra, il comprendra, lui qui n'a pas voulu y croire. Quand dans

45

toutes les sucreries de l'ouest, les turbines électriques remplaceront les machines à vapeur. Mon père va presque chaque jour à Port Louis, à Rempart Street. Il voit des gens importants, des banquiers, des hommes d'affaires. L'oncle Ludovic ne vient plus au Boucan. Il paraît qu'il ne croit pas à l'électricité, du moins à cette électricité-là. Laure a entendu notre père dire cela, un soir. Mais si l'oncle Ludovic n'y croit pas, comment viendra-t-elle jusqu'ici ? Car c'est lui qui possède toutes les terres alentour, c'est lui qui possède tous les cours d'eau. Même l'Enfoncement du Boucan est à lui. Laure et moi passons ce dernier été, le long mois de janvier, à lire allongés par terre dans les combles. Nous nous arrêtons chaque fois qu'il est question d'une machine électrique, d'une dynamo, ou même simplement d'une lampe à filament.

Les nuits sont lourdes, il y a maintenant comme une attente, dans la moiteur des draps, sous la moustiquaire. Quelque chose doit venir. Dans le noir, je guette le bruit de la mer, je regarde le lever de la pleine lune à travers les volets. Comment savons-nous ce qui doit venir ? C'est peut-être dans le regard de Mam chaque soir, à l'heure des leçons. Elle s'efforce de ne rien laisser paraître, mais sa voix n'est pas la même, ses mots ont changé. Nous sentons en elle l'inquiétude, l'impatience. Parfois elle s'arrête au milieu d'une dictée, et elle regarde du côté des grands arbres, comme si quelque chose devait apparaître.

Un jour, en fin d'après-midi, comme je reviens d'une longue errance avec Denis dans les bois, du côté des gorges, j'aperçois mon père et Mam sur la varangue. Laure est à côté d'eux, un peu en retrait. Mon cœur me fait mal, parce que je devine tout de suite qu'il est arrivé quelque chose de grave pendant que j'étais dans la forêt. J'ai peur aussi des réprimandes de mon père. Il est debout près de l'escalier, l'air sombre très maigre dans

son costume noir qui flotte sur lui. Il a toujours sa cigarette entre le pouce et l'index de la main droite.

« Où es-tu allé ? »

Il me pose la question alors que je monte les marches,
et je m'arrête. Il n'attend pas ma réponse. Il dit seulement, d'une voix que je ne lui connaissais pas, une voix
bizarre, un peu voilée :

« Des événements graves risquent de se produire... »

Il ne sait pas comment continuer.

Mam parle à son tour. Elle est pâle, elle a l'air égaré.
C'est cela surtout qui me fait mal. Je voudrais tant ne
pas entendre ce qu'elle a à me dire

« Alexis, nous devrons quitter cette maison. Nous
allons devoir partir d'ici, pour toujours. »

Laure ne dit rien. Elle est debout bien droite sur la
varangue, elle regarde fixement devant elle. Elle a le
même visage impassible et durci que lorsque l'oncle
Ludovic lui a demandé son nom avec sa voix ironique.

C'est le crépuscule déjà. La nuit douce commence sur
le jardin. Devant nous, tout d'un coup, au-dessus des
arbres, brille la première étoile, avec un éclat magique.
Laure et moi, nous la regardons, et Mam se tourne elle
aussi vers le ciel, elle fixe l'étoile, comme si c'était la
première fois qu'elle la voyait, au-dessus de la Rivière
Noire.

Pendant longtemps nous restons immobiles sous le
regard de l'étoile. L'ombre descend sous les arbres, nous
entendons les craquements de la nuit, les frôlements, la
musique aiguë des moustiques.

C'est Mam qui rompt la première le silence. Elle dit
avec un soupir :

« Comme c'est beau ! » Puis avec enjouement, en des-
cendant les marches de la varangue :

« Venez, nous allons chercher le nom des étoiles. »

Mon père est descendu lui aussi. Il marche lentement,

un peu voûté, les mains derrière le dos. Je marche près de lui, et Laure a enlacé Mam. Ensemble nous faisons le tour de la grande maison, comme d'un navire échoué. Dans la hutte de capt'n Cook, il y a une lumière qui vacille, on entend des bruits de voix étouffés. Il est le dernier à être resté sur la propriété, avec sa femme. Où iraient-ils ? Quand il est venu la première fois au Boucan, du temps de mon grand-père, il devait avoir vingt ans. Il venait juste d'être émancipé. J'entends sa voix qui résonne dans sa hutte, il parle seul, ou il chante. Au loin, il y a d'autres voix qui résonnent, du côté des champs de canne, ce sont les *gunnies* qui sont en train de glaner, ou qui marchent vers Tamarin par le chemin de La Coupe. Il y a aussi les crissements des insectes et les chants des crapauds dans le ravin, à l'autre bout du jardin.

Pour nous le ciel s'éclaire. Il faut tout oublier, et ne penser plus qu'aux étoiles. Mam nous montre les lumières, elle appelle mon père, pour nous poser des questions. J'entends dans le noir sa voix claire, jeune, et cela me fait du bien, me rassure.

« Regardez, là... N'est-ce pas Bételgeuse, au sommet d'Orion ? Et les trois Rois Mages ! Regardez vers le nord, vous allez voir le Chariot. Comment s'appelle la petite étoile qui est tout à fait au bout du Chariot, sur le timon ? »

Je regarde de toutes mes forces. Je ne suis pas sûr de la voir.

« Une étoile très petite, posée en haut du Chariot, au-dessus de la deuxième étoile ? » Mon père pose la question gravement, comme si cela avait, ce soir, une importance exceptionnelle.

« Oui, c'est ça. Elle est toute petite, je la vois, et elle disparaît. »

« C'est Alcor, dit mon père. On l'appelle aussi le

Cocher du Grand Chariot, les Arabes l'ont nommée Alcor, ce qui veut dire épreuve, parce qu'elle est si petite que seuls des yeux très perçants peuvent la distinguer. » Il se tait un instant, puis il dit à Mam, d'une voix plus gaie : « Tu as de bons yeux. Moi je ne peux plus la voir. »

Moi aussi, j'ai vu Alcor, ou plutôt, je rêve que je l'ai aperçue, fine comme une poussière de feu au-dessus du timon du Grand Chariot. Et de l'avoir vue, cela efface tous les mauvais souvenirs, toutes les inquiétudes.

C'est mon père qui nous a appris à aimer la nuit. Parfois, le soir, quand il ne travaille pas dans son bureau, il nous prend par la main, Laure à sa droite et moi à gauche, et il nous conduit le long de l'allée qui traverse le jardin jusqu'en bas, vers le sud. Il dit : l'*allée des étoiles*, parce qu'elle va vers la région du ciel la plus peuplée. En marchant il fume une cigarette, et nous sentons l'odeur douce du tabac dans la nuit, et nous voyons la lueur qui rougeoie près de ses lèvres, et éclaire son visage. J'aime l'odeur du tabac dans la nuit.

Les plus belles nuits sont en juillet, quand le ciel est froid et brillant et qu'on voit, au-dessus des montagnes de la Rivière Noire, toutes les plus belles lumières du ciel : Véga, Altaïr de l'Aigle — Laure dit qu'elle ressemble plutôt à la lampe d'un cerf-volant — et cette troisième dont je ne me rappelle jamais le nom, pareille à un joyau au sommet de la grande croix. Ce sont les trois étoiles que mon père appelle les Belles de nuit, qui brillent en triangle dans le ciel pur. Il y a aussi Jupiter, et Saturne, tout à fait au sud, qui sont des feux fixes au-dessus des montagnes. Nous regardons beaucoup Saturne, Laure et moi, parce que notre tante Adelaïde nous a dit que c'était notre planète, celle qui régnait dans le ciel quand nous sommes nés, en décembre. Elle est belle, un peu bleutée, et elle brille au-dessus des arbres. C'est

49

vrai qu'il y a en elle quelque chose qui effraie, une lumière pure et acérée comme celle qui brille parfois dans les yeux de Laure. Mars n'est pas loin de Saturne. Elle est rouge et vive, et sa lumière aussi nous attire. Mon père n'aime pas les choses qu'on raconte sur les astres. Il nous dit : « Venez, nous allons regarder la Croix du Sud. » Il marche devant nous, jusqu'au bout de l'allée, du côté de l'arbre chalta. Pour bien voir la Croix du Sud, il faut être loin des lumières de la maison. Nous regardons le ciel, presque sans respirer. Tout de suite, je repère les « suiveuses », haut dans le ciel, au bout du Centaure. À droite, la Croix est pâle et légère, elle flotte un peu inclinée, comme une voile de pirogue. Laure et moi nous l'apercevons en même temps, et nous n'avons pas besoin de le dire. Ensemble nous regardons la Croix, sans parler. Mam vient nous rejoindre, et elle ne dit rien à notre père. Nous restons là, et c'est comme si nous écoutions le bruit des astres dans la nuit. C'est si beau qu'on n'a pas besoin de le dire. Mais je sens mon cœur qui me fait mal, et ma gorge qui se serre, parce que cette nuit-là, quelque chose a changé, quelque chose dit que tout doit finir. Peut-être que c'est écrit dans les étoiles, voilà ce que je pense, peut-être qu'il est écrit dans les étoiles comment il faudrait faire pour que rien ne change et que nous soyons sauvés.

Il y a tant de signes dans le ciel. Je me souviens de toutes ces nuits d'été, lorsque nous étions couchés dans l'herbe du jardin, et que nous guettions les étoiles filantes. Un soir, nous avons vu une pluie d'étoiles, et Mam a dit tout de suite : « C'est un signe de guerre. » Mais elle s'est tue parce que notre père n'aime pas qu'on dise des choses comme cela. Nous avons regardé longtemps les traînées incandescentes qui traversaient le ciel dans tous les sens, certaines si longues que nous pouvions les suivre du regard, d'autres très brèves, qui explosaient aussitôt. Aujourd'hui encore, je sais que Laure, comme moi, cherche à voir dans les nuits d'été ces traits de feu qui tracent la destinée des hommes et permettent aux secrets de se réaliser. Nous regardons le ciel avec une telle attention que la tête nous tourne, que nous titubons de vertige. J'entends Mam qui parle bas à mon père, mais je ne comprends pas le sens de leurs paroles. À l'est, allant jusqu'au nord, il y a le grand fleuve pâle de la Galaxie. qui forme des îles près de la Croix du Cygne, et coule vers Orion. Un peu au-dessus, du côté de notre maison, j'aperçois la lueur confuse des Pléiades, pareilles à des lucioles. Je connais chaque endroit du ciel, chaque constellation. Mon père nous enseigne le ciel nocturne, et chaque soir, ou presque, il nous montre leur place sur une grande carte épinglée sur le mur de son bureau. « Celui qui connaît bien le ciel ne peut rien craindre de la mer », dit mon père. Lui qui est tellement secret, silencieux, quand il s'agit d'étoiles, il parle, il s'anime, ses yeux brillent. Il dit alors de belles choses sur le monde, sur la mer, sur Dieu. Il parle des voyages des grands marins, ceux qui ont découvert la route des Indes, l'Océanie, l'Amérique. Dans l'odeur du tabac qui flotte dans son bureau, je regarde les cartes. Il parle de Cook, de Drake, de Magellan qui découvrait les mers du Sud sur le *Victoria*, puis qui est mort dans les îles de la Sonde. Il parle de Tasman, de Biscoe, de Wilkes qui est allé jusqu'aux glaces éternelles du pôle Sud, et aussi des voyageurs extraordinaires, Marco Polo en Chine, de Soto en Amérique, Orellana qui a remonté le fleuve des Amazones, Gmelin qui est allé au bout de la Sibérie, Mungo Park, Stanley, Livingstone, Prjevalski. J'écoute ces histoires, les noms de pays, l'Afrique, le Tibet, les îles du Sud : ce sont des noms magiques, ils sont pour moi comme les noms des étoiles, comme les dessins des constellations. Le soir, couché sur mon lit de camp.

51

j'écoute le bruit de la mer qui vient, le vent dans les aiguilles des filaos. Alors je pense à tous ces noms, il me semble que le ciel nocturne s'ouvre, et que je suis sur un navire aux voiles gonflées, sur la mer infinie, voguant jusqu'à Moluques, jusqu'à la baie de l'Astrolabe, jusqu'à Fidji, Moorea. Sur le pont de ce navire, avant de m'endormir, je vois le ciel comme je ne l'ai jamais vu encore, si grand, bleu sombre sur la mer phosphorescente. Je passe lentement de l'autre côté de l'horizon, et je vogue vers les Rois Mages, vers la Croix du Sud.

Je me souviens de mon premier voyage en mer. C'était en janvier, je crois, parce que alors la chaleur est torride bien avant l'aube, et qu'il n'y a pas un souffle sur l'Enfoncement du Boucan. Dès la première aube, sans faire de bruit, je me glisse hors de la chambre. Il n'y a pas encore de bruit dehors, et tout le monde dort dans la maison. Seule une lueur brille dans la hutte du capt'n Cook, mais à cette heure-ci, il ne s'occupe de personne. Il regarde le ciel gris en attendant que le jour se lève. Peut-être que le riz est déjà en train de bouillir, dans la grande marmite noire au-dessus du feu. Pour ne pas faire de bruit, je marche pieds nus sur la terre sèche de l'allée, jusqu'au bout du jardin. Denis m'attend sous le grand arbre chalta, et quand je suis là, il se lève sans dire un mot, et il commence à marcher vers la mer. Il va vite à travers les plantations, sans se soucier de moi qui m'essouffle. Des tourterelles courent entre les cannes, craintives mais sans oser s'envoler. Quand la lumière du jour apparaît, nous avons rejoint la route de Rivière Noire. La terre est déjà chaude sous mes pieds, et l'air sent la poussière. Déjà les premiers chars à bœufs roulent sur les chemins des plantations, et je vois au loin la fumée blanche des cheminées des sucreries. J'attends le bruit du vent. Soudain Denis s'arrête. Nous restons immobiles au milieu des cannes. J'entends alors la rumeur des vagues sur les récifs. « Gros la mer », dit Denis. Le vent de la marée vient vers nous.

Nous arrivons à la Rivière Noire au moment où le soleil se lève derrière les montagnes. Je n'ai jamais été si loin du Boucan, et mon cœur bat fort tandis que je cours derrière la silhouette noire de Denis. Nous traversons la rivière à gué, près de l'estuaire, et l'eau froide nous enveloppe jusqu'à la taille, puis nous marchons le long des dunes de sable noir. Sur la plage sont les pirogues des pêcheurs, alignées sur le sable, certaines avec l'étrave déjà dans l'eau. Les hommes poussent les pirogues dans les vagues, tiennent la corde de la voile que le vent de la marée gonfle et fait claquer. La pirogue de Denis est au bout de la plage. Il y a deux hommes qui la poussent vers la mer, un vieil homme au visage ridé et couleur de cuivre, et un grand Noir athlétique. Avec eux il y a une jeune femme très belle, debout sur la plage, les cheveux serrés dans un foulard rouge. « C'est ma sœur, dit Denis, fièrement. Et lui, c'est son fiancé. La pirogue est à lui. » La jeune femme voit Denis, elle l'appelle. Ensemble nous poussons la pirogue à l'eau. Quand la vague détache l'arrière de la pirogue, Denis me crie : « Monte ! » Et lui-même saute à bord. Il court vers l'avant, s'empare de la perche, pour guider la pirogue vers le large. Le vent au plus près gonfle la grande voile comme un drap, et la pirogue bondit à travers les lames. Nous sommes déjà loin du rivage. Trempé par les vagues qui déferlent, je grelotte, mais je regarde la terre noire qui s'éloigne. Il y a si longtemps que j'attends ce jour ! Denis m'a parlé un jour de la mer, de cette pirogue, et je lui ai demandé : « Quand est-ce que tu m'emmèneras avec toi sur la pirogue ? » Il m'a regardé sans rien dire, comme s'il réfléchissait. Moi je n'en ai parlé à personne, pas même à Laure, parce que j'ai eu peur qu'elle ne le dise à mon père. Laure n'aime pas la mer, peut-être qu'elle a peur que je me noie. Alors, quand je suis parti, ce matin, pieds nus pour ne pas faire de bruit, elle s'est retournée dans son lit vers le mur, pour ne pas me voir.

Que va-t-il se passer quand je reviendrai ? Mais maintenant, je n'ai pas envie d'y penser, c'est un peu comme si je n'allais jamais revenir. La pirogue plonge dans le creux des vagues, fait jaillir des gerbes d'écume dans la lumière. Le vieil homme et le fiancé ont attaché la voile triangulaire au beaupré, et le vent violent qui vient par la passe fait basculer la pirogue. Denis et moi sommes accroupis à l'avant de la pirogue, contre la toile qui vibre, trempés par les embruns. Les yeux de Denis brillent quand il me regarde. Sans parler, il me montre la haute mer bleu sombre, ou bien derrière nous, très loin déjà, la ligne noire de la plage et les silhouettes des montagnes contre le ciel clair.

La pirogue file sur la haute mer. J'entends le bruit profond des vagues, le vent emplit mes oreilles. Je n'ai plus froid, ni peur. Le soleil brûle, fait étinceler les crêtes des vagues. Je ne vois rien d'autre, je ne pense à rien d'autre : la mer profonde, bleue, l'horizon qui bouge, le goût de la mer, le vent. C'est la première fois que je suis en bateau, et je n'ai jamais rien connu d'aussi beau. La pirogue traverse la passe, court le long des récifs, dans le tonnerre des vagues et le jaillissement des gerbes d'écume.

Denis est penché sur l'étrave, il regarde l'eau sombre, comme s'il guettait quelque chose. Puis il tend la main, il montre un grand rocher brûlé, droit devant. Il dit :

« Le Morne. »

Je ne l'ai jamais vu d'aussi près. Le Morne est dressé au-dessus de la mer, pareil à un caillou de lave, sans un arbre, sans une plante. Autour de lui s'étendent les plages de sable clair, l'eau des lagons. C'est comme si nous allions vers le bout du monde. Les oiseaux de mer volent autour de nous en criant, mouettes, sternes, pétrels blancs, frégates immenses. Mon cœur bat fort et je tremble d'inquiétude, parce que j'ai l'impression d'être allé très loin, de l'autre côté de la mer. Les vagues lentes frappent la pirogue par le travers, et l'eau envahit le fond. Denis se faufile sous la voile, ramasse deux calebasses au fond de la pirogue et m'appelle. Ensemble, nous écopons. À l'arrière, le grand Noir, un bras passé autour de la sœur de Denis, maintient la corde de la voile, tandis que le vieil homme au visage d'Indien appuie sur la barre. Ils ruissellent d'eau de mer, mais il rient en nous voyant écoper l'eau qui revient sans cesse. Accroupi au fond de la pirogue, je rejette l'eau par-dessus bord, sous le vent, et je vois par moments, sous la voile, la muraille noire du Morne et les taches d'écume sur les brisants.

Puis nous changeons de cap, et le vent balaie la grande voile au-dessus de nos têtes. Denis me montre la côte :

« Là, la passe. L'île aux Bénitiers. »

Nous cessons d'écoper, et nous nous glissons à l'avant de la pirogue, pour mieux voir. La ligne blanche des brisants s'ouvre devant nous. Poussée par les lames, la pirogue file droit vers le Morne. Le rugissement des vagues sur la barrière de corail est tout proche. Les vagues roulent obliquement, déferlent. Denis et moi guettons l'eau profonde, d'un bleu qui donne le vertige. Peu à peu, devant l'étrave, la couleur s'éclaire. On voit des reflets verts, des nuages d'or. Le fond apparaît, filant à toute vitesse, plaques de corail, boules violacées des oursins, bancs de poissons argentés. L'eau est calme, maintenant, et le vent a cessé. La voile dégonflée bat autour du mât, comme un drap. Nous sommes dans le lagon du Morne, là où les hommes viennent pêcher.

Le soleil est haut. La pirogue glisse sur les eaux tranquilles, en silence, poussée par la perche de Denis. À l'arrière, le fiancé, sans quitter la sœur de Denis, rame avec une petite pagaie, d'une main. Le vieil homme guette l'eau contre le soleil, il cherche les poissons dans les trous des coraux. Il a une longue ligne à la main, dont il fait siffler les plombs dans l'air. Après la violence de la haute mer sombre, après les rafales du vent et les embruns, je suis ici comme dans un rêve tiède, plein de lumière. Je sens la brûlure du soleil sur mon visage, sur mon dos. Denis a ôté ses habits pour les faire sécher, et je l'imite. Quand il est nu, brusquement il plonge dans l'eau transparente, presque sans bruit. Je le vois nager sous l'eau, puis il disparaît. Quand il refait surface, il tient un gros poisson rouge qu'il a harponné, et il le jette dans le fond de la pirogue. Il replonge aussitôt. Son corps noir glisse entre deux eaux, reparaît, plonge encore. Enfin il rapporte un autre poisson aux écailles bleutées, qu'il jette aussi dans la pirogue. La pirogue est tout près de la barrière de corail, maintenant. Le grand Noir et le vieil homme au visage d'Indien jettent leurs lignes. Ils ramènent plusieurs fois des poissons, des vieilles, des dames berri, des cordonniers.

Nous restons longtemps à pêcher, tandis que la pirogue dérive le long des récifs. Le soleil brûle au centre du ciel sombre, mais c'est de la mer que jaillit la lumière, une lumière aveuglante qui enivre. Comme je reste immobile, penché sur l'étrave, à regarder l'eau qui miroite, Denis me touche l'épaule et me sort de ma torpeur. Son regard brille comme des pierres noires, sa voix chantonne drôlement en créole :

« Lizié mani mani. »

C'est un vertige qui vient de la mer, comme un charme du soleil et des reflets, qui me troublent et prennent mes forces. Malgré la chaleur torride, je suis froid.

La sœur de Denis et son fiancé m'allongent au fond de la pirogue, à l'ombre de la voile qui flotte dans la brise. Denis prend de l'eau de mer dans ses mains et mouille mon visage et mon corps. Puis, poussant sur la perche, il conduit la pirogue vers le rivage. Un peu plus tard, nous abordons sur la plage blanche, près de la pointe du Morne. Là, il y a quelques arbustes, des veloutiers. Aidé par Denis, je marche jusqu'à l'ombre d'un veloutier. La sœur de Denis me donne à boire d'une gourde un breuvage acide qui brûle ma langue et ma gorge, et me réveille. Je veux déjà me lever, marcher vers la pirogue, mais la sœur de Denis dit que je dois rester à l'ombre encore, jusqu'à ce que le soleil ait baissé vers l'horizon. Le vieil homme est resté dans la pirogue, appuyé sur la perche. Ils s'éloignent maintenant sur l'eau qui miroite, pour continuer à pêcher.

Denis est resté assis à côté de moi. Il ne parle pas. Il est avec moi à l'ombre du veloutier, ses jambes tachées de sable blanc. Il n'est pas comme les autres enfants, qui vivent dans les beaux domaines. Il n'a pas besoin de parler. Il est mon ami, et son silence, ici, à côté de moi, est une façon de le dire.

Tout est beau et calme, en cet endroit. Je regarde l'étendue verte du lagon, la frange d'écume le long de la barrière de corail, et le sable blanc des plages, les dunes, le sable mêlé d'arbustes épineux, les bois sombres des filaos, l'ombre des veloutiers, des badamiers, et devant nous, le rocher brûlé du Morne, pareil à un château peuplé d'oiseaux de mer. C'est comme si nous étions naufragés, là, depuis des mois, loin de toute habitation, attendant que vienne un navire à l'horizon pour nous reprendre. Je pense à Laure qui doit guetter dans l'arbre chalta, je pense à Mam et à mon père, et je voudrais que cet instant ne finisse pas.

Mais le soleil descend vers la mer, la transforme en

métal, en verre opaque. Les pêcheurs reviennent. C'est Denis qui les aperçoit le premier. Il marche sur le sable blanc, et sa silhouette dégingandée ressemble à l'ombre de son ombre. Il nage au-devant de la pirogue, dans l'eau pleine d'étincelles. J'entre dans la mer derrière lui. L'eau fraîche lave ma fatigue, et je nage dans le sillage de Denis jusqu'à la pirogue. Le fiancé nous tend la main et nous hisse sans effort. Le fond de la pirogue est rempli de poissons de toutes sortes. Il y a même un petit requin bleu que le fiancé a tué d'un coup de harpon quand il s'est approché pour manger une prise. Transpercé au milieu du corps, le squale est figé, la gueule ouverte montrant ses dents triangulaires. Denis dit que les Chinois mangent du requin, et qu'on fera aussi un collier avec les dents.

Malgré la chaleur du soleil, je frissonne. J'ai ôté mes habits et les ai mis à sécher près de l'étrave. Maintenant, la pirogue glisse vers la passe, déjà l'on sent les longs rouleaux qui viennent toujours de la haute mer, qui s'effondrent sur la barrière de corail. Tout d'un coup, la mer devient violette, dure. Le vent se lève quand nous franchissons la passe, le long de l'île aux Bénitiers. La grande voile se tend à côté de moi et résonne, l'écume jaillit à la proue. Denis et moi plions à la hâte nos vêtements et les cachons près du mât. Les oiseaux de mer suivent la pirogue, à cause des poissons qu'ils ont sentis. Ils cherchent même parfois à s'emparer d'un poisson, et Denis crie en agitant les bras pour les effrayer. Ce sont des frégates noires au regard perçant, qui planent dans le vent à côté de la pirogue, en caquetant. Derrière nous, le grand rocher brûlé du Morne s'éloigne, dans la lumière voilée du crépuscule, pareil à un château gagné par l'ombre. Tout près de l'horizon, le soleil est brouillé par de longs nuages gris.

Jamais je n'oublierai cette journée si longue, cette

journée pareille à des mois, à des années, où j'ai connu la mer pour la première fois. Je voudrais qu'elle ne cesse pas, qu'elle dure encore. Je voudrais que la pirogue ne cesse de courir sur les vagues, dans les jaillissements d'écume, jusqu'aux Indes, jusqu'en Océanie même, allant d'île en île, éclairée par un soleil qui ne se coucherait pas.

Il fait nuit quand nous débarquons à la Rivière Noire. Avec Denis je marche vite jusqu'au Boucan, pieds nus dans la poussière. Mes vêtements et mes cheveux sont pleins de sel, mon visage et mon dos brûlent de la lumière du soleil. Quand j'arrive devant la maison, Denis s'en va, sans rien dire. Je marche sur l'allée, le cœur battant, et je vois mon père debout sur la varangue. À la lumière de la lampe tempête, il semble plus grand et mince dans son costume noir. Son visage est pâle, tiré par l'inquiétude et la colère. Quand je suis devant lui, il ne dit rien, mais son regard est dur et froid, et ma gorge se serre, non à cause de la punition qui m'attend, mais parce que je sais que je ne pourrai plus retourner en mer, que cela est fini. Cette nuit-là, malgré la fatigue, la faim et la soif, immobile dans le lit qui brûle mon dos, indifférent aux moustiques, j'écoute chaque mouvement de l'air, chaque souffle, chaque vide, qui me rapproche de la mer.

Nous vivons, Laure et moi, les derniers jours de cet été-là, l'année du cyclone, encore plus repliés sur nous-mêmes, isolés dans l'Enfoncement du Boucan où plus personne ne vient nous voir. C'est peut-être à cause de cela que nous ressentons cette impression étrange d'une menace, d'un danger qui s'approche de nous. Ou bien la solitude nous a rendus sensibles aux signes avant-coureurs de la fin du Boucan. C'est peut-être aussi la chaleur presque insupportable qui pèse sur les rivages, dans la vallée de Tamarin, jour et nuit. Même le vent de la mer ne parvient pas à alléger le poids de la chaleur sur les plantations, sur la terre rouge. Près des champs d'aloès de Walhalla, de Tamarin, la terre brûle comme un four, et les ruisseaux sont asséchés. Le soir, je regarde la fumée de la distillerie de Kah Hin, mêlée aux nuages de poussière rouge. Laure me parle de la pluie de feu que Dieu a envoyée sur les villes maudites de Sodome et de Gomorrhe, et aussi de l'éruption du Vésuve en l'an 79 quand la ville de Pompéi fut engloutie sous une pluie de cendres chaudes. Mais ici, nous guettons en vain, et le ciel au-dessus de la montagne du Rempart et des Trois Mamelles reste clair, à peine voilé par quelques nuages inoffensifs. Mais c'est au fond de nous que nous sentons le danger, par instants.

Depuis des semaines déjà, Mam est malade, et elle a cessé ses leçons. Notre père, lui, est sombre et fatigué, il reste enfermé dans son bureau à lire ou à écrire, ou à fumer en regardant par la fenêtre d'un air absent. Je crois que c'est à cette époque qu'il m'a parlé vraiment du trésor du Corsaire inconnu, et des documents qu'il a gardés là-dessus. Il y a longtemps que j'ai entendu parler de cela pour la première fois, par Mam peut-être, qui n'y croit guère. Mais c'est à cette époque qu'il m'en parle longuement, comme d'un secret important. Qu'a-t-il dit ? Je ne puis m'en souvenir avec certitude, parce que cela se mêle dans ma mémoire à tout ce que j'ai entendu et lu par la suite, mais je me souviens de l'air étrange qu'il a, cet après-midi, quand il me fait entrer dans son bureau.

C'est une pièce où nous n'entrons jamais, sauf en cachette, non pas que ce soit expressément défendu, mais il y a dans ce bureau une sorte de secret qui nous intimidait, nous effrayait même un peu. En ce temps-là, le bureau de mon père, c'est une longue chambre étroite, tout à fait au bout de la maison, prise entre le salon et la chambre à coucher de nos parents, une pièce silencieuse, ouverte au nord, avec un parquet et des murs en bois verni, et meublée seulement d'une grande table à écrire sans tiroirs et d'un fauteuil, et de quelques malles en métal contenant les papiers. La table se trouvait tout contre la fenêtre, de sorte que lorsque les volets étaient ouverts, Laure et moi pouvions voir, cachés derrière les arbustes du jardin, la silhouette de notre père en train de lire ou d'écrire, enveloppé dans les nuages de la fumée de cigarette. De son bureau, il pouvait voir les Trois Mamelles et les montagnes des gorges de la Rivière Noire, surveiller la marche des nuages.

Je me souviens alors d'être entré dans son bureau, retenant mon souffle presque, regardant les livres et les journaux empilés par terre, les cartes épinglées aux murs. La carte que je préfère, c'est celle des constellations, qu'il m'a déjà montrée pour m'enseigner l'astronomie. Quand nous entrons dans le bureau, nous lisons avec émotion les noms des étoiles et des figures du ciel : Sagittaire, guidé par l'étoile Nunki. Lupus, Aquila, Orion. Bootes, qui porte à l'est Alphecca, à l'ouest Arcturus. Scorpio au dessin menaçant, portant à la queue, comme un dard lumineux, l'étoile Shaula, et dans sa tête la rouge Antarès. La Grande Ourse, chaque étoile dans sa courbe : Alkaïd, Mizar, Alioth, Megrez, Phecda, Dubhe, Merak. Auriga, dont l'étoile majeure résonne bizarrement dans ma mémoire, Menikalinan.

Je me souviens du Grand Chien, qui porte dans sa gueule, comme un croc, la belle Sirius, et en bas un triangle où palpite Adhara. Je vois encore le dessin parfait, celui que j'aime le plus, et que j'ai cherché nuit après nuit dans le ciel d'été, au sud, dans la direction du Morne : le navire Argo, que je dessine parfois dans la poussière des chemins, comme ceci :

Mon père est debout, il parle, et je ne comprends pas bien ce qu'il dit. Ce n'est pas vraiment à moi qu'il parle, pour cet enfant aux cheveux trop longs, au visage hâlé par le soleil, aux habits déchirés par les courses dans les broussailles et les champs de canne. Il parle à lui-même, ses yeux brillent, sa voix est un peu étouffée par l'émotion. Il parle de cet immense trésor qu'il va découvrir, car il sait enfin l'endroit où il se cache, il a découvert l'île où le Corsaire inconnu a placé son dépôt. Il ne dit pas le nom du corsaire, mais seulement, comme je le lirai plus tard dans ses documents, le Corsaire inconnu, et ce nom aujourd'hui encore me semble plus vrai et plus chargé de mystère que n'importe quel autre nom. Il me parle pour la première fois de l'île Rodrigues, une dépendance de Maurice, à plusieurs jours de bateau. Sur le mur de son bureau, il a épinglé un relevé de l'île, recopié par lui à l'encre de Chine et colorié à l'aquarelle, couvert de signes et de points de repère. Au bas de la carte, je me souviens d'avoir lu ces mots : *Rodriguez Island*, et au-dessous : *Admiralty Chart, Wharton, 1876.* J'écoute mon père sans l'entendre, comme au fond d'un rêve. La légende du trésor, les recherches que l'on a faites depuis cent ans, à l'île d'Ambre, à Flic en Flac, aux Seychelles. C'est peut-être l'émotion, ou l'inquiétude, qui m'empêchent de comprendre, parce que je devine que c'est la chose la plus importante du monde, un secret qui peut, à chaque instant, nous sauver ou nous perdre. Il n'est plus question de l'électricité maintenant, ni d'aucun autre projet. La lumière du trésor de Rodrigues m'éblouit, et fait pâlir toutes les autres. Mon père parle longuement, cet après-midi-là, marchant de long en large dans la chambre étroite, soulevant des papiers pour les regarder, puis les reposant sans même me les montrer, tandis que je reste debout près de sa table, sans bouger, regardant furtivement la carte de l'île Rodrigues épinglée sur le mur à côté du plan du ciel. C'est peut-être pour cela que, plus tard, je garderai cette impression que tout ce qui est arrivé par la suite, cette aventure, cette quête, étaient dans les contrées du ciel et non pas sur la terre réelle, et que j'avais commencé mon voyage à bord du navire Argo.

Ce sont les derniers jours de l'été, et ils me semblent très longs, chargés de tant d'événements, à chaque moment du jour ou de la nuit : ils sont plutôt des mois ou des années, modifiant profondément l'univers autour de nous, et nous laissant vieux. Jours de canicule, quand l'air est dense, lourd et liquide sur la vallée de Tamarin, et qu'on se sent prisonnier du cirque des montagnes. Au-delà, le ciel est clair, changeant, les nuages glissent dans le vent, leur ombre court sur les collines brûlées. Les dernières récoltes vont bientôt se terminer, et la colère gronde chez les travailleurs des champs, parce qu'ils n'ont plus à manger. Parfois, le soir, je vois les fumées rouges des incendies dans les champs de canne, le ciel alors est d'une couleur étrange, menaçante, rougeoyante qui fait mal aux yeux et serre la gorge. Malgré le danger, je vais presque chaque jour à travers les plantations, pour voir les incendies. Je vais jusqu'à Yemen, quelquefois jusqu'à Tamarin Estate, ou bien remontant vers Magenta et Belle Rive. Du haut de la Tourelle, je vois d'autres fumées qui montent, au nord, du côté de Clarence, Marcenay, aux limites de Wolmar. Je suis seul maintenant. Depuis le voyage en pirogue, mon père m'a interdit de revoir Denis. Il ne vient plus au Boucan. Laure dit qu'elle a entendu son grand-père, le capt'n Cook, lui crier après parce qu'il était venu le voir malgré l'interdiction. Depuis, il a disparu. Cela m'a fait une impression de vide, de grande solitude, ici, comme si nous étions, mes parents, Laure et moi, les derniers habitants du Boucan.

Alors je m'en vais loin, de plus en plus loin. Je monte au sommet des murailles créoles, et je guette les fumées des révoltes. Je cours à travers les champs dévastés par la coupe. Il y a encore des travailleurs, par endroits, des femmes très pauvres et vieilles vêtues de *gunny*, qui glanent ou qui coupent l'herbe sifflette avec leurs serpes. Quand elles me voient, le visage hâlé et les vêtements tachés de terre rouge, pieds nus et portant mes souliers attachés autour du cou, elles me chassent en criant, parce qu'elles ont peur. Jamais aucun Blanc ne s'aventure jusqu'ici. Parfois aussi les *sirdars* m'insultent et me jettent des pierres, et je cours à travers les cannes jusqu'à perdre haleine. Je hais les sirdars. Je les méprise plus que tout au monde, parce qu'ils sont endurcis et méchants, et qu'ils battent les pauvres à coups de bâton quand les fardeaux de canne n'arrivent pas assez vite jusqu'à la charrette. Mais le soir, ils reçoivent double paye et ils se saoulent à l'arak. Ils sont lâches et obséquieux avec les *field managers*, ils leur parlent en ôtant leur casquette et en feignant d'aimer ceux qu'ils ont maltraités auparavant. Dans les champs, il y a des hommes presque nus, le corps seulement couvert d'un haillon, qui arrachent les « chicots », les souches des vieilles cannes, avec ces lourdes pinces de fer qu'on appelle des « macchabées ». Ils portent les blocs de basalte sur l'épaule, jusqu'au char à bœufs, puis ils vont les entasser au bout du champ, construisant de nouvelles pyramides. Ce sont ceux que Mam appelle les « martyrs de la canne ». Ils chantent en travaillant, et j'aime bien entendre leurs voix monotones dans l'étendue solitaire des plantations, installé en haut d'une pyramide noire. J'aime bien chanter, pour moi-même, la vieille chanson en créole que le capt'n Cook chantait pour Laure et pour moi, quand nous étions tout petits, et qui dit :

65

Mo passé la rivière Tanier
rencontré en' grand maman,
Mo dire li qui li faire là
Li dire mo mo la pes cabot

Waï, waï, mo zenfant
Faut travaï pou gagn' son pain
Waï waï mo zenfant
Faut travaï pou gagn' son pain...

C'est là, sur le monticule de pierres, que je vois les
fumées d'incendies du côté de Yemen et de Walhalla.
Elles sont très proches, ce matin-là, tout près des baraquements de la rivière Tamarin, et je comprends qu'il
est en train de se passer quelque chose de grave. Le cœur
battant, je dévale à travers champs, jusqu'à la route de
terre. Le toit bleu clair de notre maison est trop loin
pour que je puisse avertir Laure de ce qui se passe. Déjà
j'entends le bruit de l'émeute, en arrivant au gué du
Boucan. C'est une rumeur comme celle de l'orage, qui
semble venir de tous les côtés à la fois, qui résonne dans
les gorges des montagnes. Il y a des cris, des grondements, des coups de feu aussi. Malgré la peur, je cours au
milieu du champ de canne, sans prendre garde aux coupures. Arrivé tout d'un coup devant la sucrerie, je suis
au milieu du bruit, je vois l'émeute. La foule des *gunnies*
est massée devant la porte, toutes les voix crient ensemble. Devant la foule, il y a trois hommes à cheval, et
j'entends le bruit des sabots sur les pavés quand ils font
cabrer leurs montures. Au fond, je vois la gueule béante
du four à bagasse, où tourbillonnent les étincelles.
  La masse des hommes avance, recule, dans une sorte
de danse étrange, tandis que les cris font une modula-
tion stridente. Les hommes brandissent des sabres
d'abattage, des faux, et les femmes des houes et des serpes. Pris par la peur, je reste immobile, tandis que la

foule me bouscule, m'entoure. J'étouffe, je suis aveuglé
par la poussière. À grand-peine, je me fraie un passage
jusqu'au mur de la sucrerie. À cet instant, sans que je
comprenne ce qui se passe, je vois les trois cavaliers qui
s'élancent contre la foule qui les enserre. Les poitrails
des chevaux poussent les hommes et les femmes, et les
cavaliers frappent à coups de crosse. Deux chevaux
s'échappent vers les plantations, poursuivis par les cris
de colère de la foule. Ils sont passés si près de moi que je
me suis jeté à terre dans la poussière, de peur d'être piétiné. Puis j'aperçois le troisième cavalier. Il est tombé de
son cheval, et les hommes et les femmes le tiennent par
les bras, le bousculent. Je reconnais son visage, malgré
la peur qui le déforme. C'est un parent de Ferdinand, le
mari d'une cousine, qui est *field manager* sur les plantations de l'oncle Ludovic, un certain Dumont. Mon père
dit qu'il est pire qu'un sirdar, qu'il frappe les ouvriers à
coups de canne, et qu'il vole la paye de ceux qui se plai-
gnent de lui. Maintenant, ce sont les hommes des plantations qui le malmènent, lui donnent des coups, l'insultent, le font tomber par terre. Un instant, dans la foule
qui le bouscule, il est si près de moi que je vois son
regard égaré, j'entends le bruit rauque de sa respiration.
J'ai peur, parce que je comprends qu'il va mourir. La
nausée monte dans ma gorge, m'étouffe. Les yeux pleins
de larmes, je me bats à coups de poing contre la foule en
colère, qui ne me voit même pas. Les hommes et les
femmes en *gunny* continuent leur danse étrange, leurs
cris. Quand je parviens à sortir de la foule, je me
retourne, et je vois l'homme blanc. Ses habits sont
déchirés, et il est porté à bout de bras par des hommes
noirs à demi nus, jusqu'à la gueule du four à bagasse.
L'homme ne crie pas, ne bouge pas. Son visage est une
tache blanche de peur, tandis que les Noirs le soulèvent
par les bras et les jambes et commencent à le balancer

67

devant la porte rouge du four. Je reste pétrifié, seul au milieu du chemin, écoutant les voix qui crient de plus en plus fort, et maintenant c'est comme un chant lent et douloureux qui rythme les balancements du corps au-dessus des flammes. Puis il y a un seul mouvement de la foule, et un grand cri sauvage, quand l'homme disparaît dans la fournaise. Alors tout d'un coup, la clameur se tait, et j'entends à nouveau le ronflement sourd des flammes, les gargouillements du vesout dans les grandes cuves brillantes. Je ne peux pas détacher mon regard de la gueule flamboyante du four à bagasse, où maintenant les Noirs enfournent des pelletées de cannes séchées, comme si rien ne s'était passé. Puis lentement, la foule se divise. Les femmes en *gunny* marchent dans la poussière, le visage enveloppé dans leurs voiles. Les hommes s'éloignent vers les chemins des cannes, leur sabre à la main. Il n'y a plus de clameurs ni de bruits, seulement le silence du vent sur les feuilles de cannes tandis que je marche vers la rivière. C'est un silence qui est en moi, qui m'emplit et me donne le vertige, et je sais que je ne pourrai parler à personne de ce que j'ai vu ce jour-là.

Quelquefois, Laure vient avec moi dans les champs. Nous marchons sur les sentiers, au milieu des cannes coupées, et quand la terre est trop meuble, ou qu'il y a des monceaux de cannes abattues, je la porte sur mon dos pour qu'elle n'abîme pas sa robe et ses bottines. Elle a beau avoir un an de plus que moi, Laure est si légère et fragile que j'ai l'impression de porter un petit enfant. Elle aime beaucoup quand nous marchons comme cela, et que les feuilles coupantes des cannes s'écartent devant son visage et se referment derrière elle. Un jour, dans les combles, elle m'a montré un numéro ancien de l'*Illus-*

trated London News avec un dessin qui représente Naomi portée sur les épaules d'Ali, au milieu des champs d'orge. Naomi rit aux éclats en arrachant les épis qui viennent frapper son visage. Elle me dit que c'est à cause de ce dessin qu'elle m'a appelé Ali. Laure me parle aussi de Paul et Virginie, mais c'est une histoire que je n'aime pas, parce que Virginie avait si peur de se déshabiller pour entrer dans la mer. Je trouve cela ridicule, et je dis à Laure que ce n'est sûrement pas une histoire vraie, mais cela la met en colère. Elle dit que je n'y comprends rien.

Nous allons vers les collines, là où commence le domaine de Magenta, et les « chassés » des riches. Mais Laure ne veut pas entrer dans la forêt. Alors nous redescendons ensemble vers la source du Boucan. Dans les collines, l'air est humide, comme si la brume du matin restait accrochée longtemps aux feuillages des arbustes. Laure et moi, nous aimons bien nous asseoir dans une clairière, quand les arbres sortent à peine de l'ombre de la nuit, et nous guettons le passage des oiseaux de mer. Quelquefois nous voyons passer un couple de pailles-en-queue. Les beaux oiseaux blancs sortent des gorges de la Rivière Noire, du côté de Mananava, et ils planent longuement au-dessus de nous, leurs ailes ouvertes, pareils à des croix d'écume, leurs longues queues traînant derrière eux. Laure dit qu'ils sont les esprits des marins morts en mer, et des femmes qui attendent leur retour, en vain. Ils sont silencieux, légers. Ils vivent à Mananava, là où la montagne est sombre et où le ciel se couvre. Nous croyons que c'est là que naît la pluie.

« Un jour, j'irai à Mananava. »

Laure dit :

« Cook dit qu'il y a toujours des marrons à Mananava. Si tu vas là-bas, ils te tueront. »

« Ce n'est pas vrai. Il n'y a personne là-bas. Denis est

allé tout près, il m'a dit que quand on y arrive, tout devient noir, on dirait que la nuit tombe, alors il faut revenir en arrière. »

Laure hausse les épaules. Elle n'aime pas entendre ces choses-là. Elle se lève, elle regarde le ciel où les oiseaux ont disparu. Elle dit avec impatience :

« Allons ! »

À travers champs, nous revenons vers le Boucan. Au milieu des feuillages, le toit de notre maison brille comme une flaque.

Depuis qu'elle est malade de fièvres, Mam ne nous donne plus de leçons, seulement quelques récitations et l'instruction religieuse. Elle est maigre et toute pâle, elle ne sort plus de sa chambre que pour s'asseoir sur la chaise longue, sur la varangue. Le médecin est venu de Floréal dans sa voiture à cheval, il s'appelle Koenig. Il a dit à mon père en s'en allant, la fièvre est tombée, mais qu'elle n'aille pas faire une autre crise, car ce serait *irré-missible*. Il a dit cela, et je ne peux pas oublier ce mot, il est dans ma tête à chaque instant, le jour, la nuit. C'est pour cela que je ne peux pas rester en place. Il faut que je bouge tout le temps, par monts et par vaux comme dit mon père, dans les champs de canne brûlés par le soleil dès le matin, écoutant les *gunnies* en train de chanter leurs chants monotones, ou bien vers le rivage de la mer, espérant encore rencontrer Denis de retour de la pêche.

C'est la menace qui est sur nous, je la sens peser sur le Boucan. Laure aussi ressent cela. Nous n'en parlons pas, mais c'est sur son visage, dans son regard inquiet. La nuit, elle ne dort pas, et nous restons immobiles tous les deux à guetter le bruit de la mer. J'entends le souffle régulier de Laure, trop régulier, et je sais qu'elle a les yeux ouverts dans le noir. Moi aussi je reste immobile sur mon lit sans dormir, la moustiquaire écartée à cause de la chaleur, écoutant la danse des moustiques. Je ne sors plus la nuit depuis que Mam est malade, pour ne pas l'inquiéter. Mais au petit jour, avant l'aube, je commence ma course à travers les champs, ou bien je descends vers la mer, jusqu'aux limites de la Rivière Noire. Je crois que j'espère encore voir Denis apparaître au détour des broussailles, ou bien assis sous un badamier. Parfois même je l'appelle selon le signal dont nous étions convenus, en faisant grincer la harpe d'herbe. Mais il ne vient jamais. Laure croit qu'il est parti de l'autre côté de l'île, vers Ville Noire. Je suis seul maintenant comme Robinson sur son île. Même Laure est plus silencieuse à présent.

Alors nous lisons les épisodes du roman qui paraît chaque semaine dans l'*Illustrated London News*, *Nada the Lily* de Rider Haggard, illustré de gravures qui font peur un peu et font rêver. Le journal arrive chaque lundi avec trois ou quatre semaines de retard, quelquefois par paquets de trois numéros, sur les navires de la British India Steam Navigation. Notre père les feuillette distraitement, puis les abandonne sur la table du corridor, et c'est là que nous guettons leur arrivée. Nous les emportons dans notre cachette sous les toits pour les lire à notre aise, allongés sur le plancher, dans la pénombre chaude. Nous lisons à haute voix, sans comprendre la plupart du temps, mais avec une telle conviction que ces mots sont restés gravés dans ma mémoire. Le sorcier Zweeke dit : « You ask me, my father, to tell you the youth of Umslopogaas, who was named Bulalio the Slaughterer, and of his love for Nada, the most beautiful of Zulu women. » Chacun de ces noms est au fond de moi, comme les noms d'êtres vivants que nous rencontrons cet été, dans l'ombre de cette maison que nous

71

allons bientôt quitter. « I am Mopo who slew Chaka the king », dit le vieil homme. Dingaan, le roi qui mourut pour Nada. Baleka, la jeune fille dont les parents furent tués par Chaka, et qui fut contrainte de devenir sa femme. Koos, le chien de Mopo, qui s'approche de son maître pendant la nuit, tandis qu'il épie l'armée de Chaka. Les morts hantent la terre conquise par Chaka : « We could not sleep, for we heard Itongo, the ghosts of the dead people, moving about and calling each other. » Je frissonne quand j'entends Laure me lire et traduire ces mots, et aussi quand Chaka paraît devant ses guerriers :

« O Chaka, ô Éléphant ! Sa justice est brillante et terrible comme le soleil ! » Je regarde les gravures, là où les vautours du crépuscule planent devant le disque du soleil déjà à demi caché par l'horizon.

Il y a Nada aussi, Nada the Lily, avec ses grands yeux et ses cheveux bouclés, sa peau couleur de cuivre, descendante d'une princesse noire et d'un Blanc, seule survivante du *kraal* assassiné par Chaka. Elle est belle, étrange dans sa peau de bête. Umslopogaas, le fils de Chaka, qu'elle croit son frère, l'aime à la folie. Je me souviens du jour où Nada demande au jeune homme de lui rapporter un lionceau, et Umslopogaas se glisse dans la tanière de la lionne. Mais voici que les lions reviennent de la chasse, et le mâle rugissait « au point que tremblait la terre ». Les Zoulous combattent le lion, mais la lionne emporte Umslopogaas dans sa gueule, et Nada pleure la mort de son frère. Comme nous aimons lire cette histoire ! Nous la savons par cœur. La langue anglaise, que notre père a commencé à nous enseigner, est pour nous la langue des légendes. Quand nous voulons dire quelque chose d'extraordinaire, ou de secret, nous le disons dans cette langue, comme si personne d'autre ne pouvait le comprendre.

Je me souviens aussi du guerrier qui frappe Chaka au visage. Il dit ‹ I smell out the Heavens above me. » Et encore l'apparition de la Reine du Ciel, Inkosazana-y-Zulu, qui annonce le châtiment prochain de Chaka : « Et sa beauté était terrible à voir... » Quand Nada the Lily marche jusqu'à l'assemblée, « la splendeur de Nada était sur chacun d'eux... ». Ce sont les phrases que nous répétons sans nous lasser, dans les combles, à la lumière confuse de la fin du jour. Il me semble aujourd'hui qu'elles portaient en elles une signification particulière, l'inquiétude sourde qui précède les métamorphoses.

Nous rêvons toujours devant les images des journaux, mais maintenant elles nous paraissent inaccessibles : les bicyclettes *Junon*, ou celles de Coventry Machinists' & Co, les lunettes d'opéra *Liliput*, avec lesquelles j'imagine que je pourrais parcourir le fond de Mananava, les montres « keyless » de Benson's, ou bien les célèbres Waterbury en nickel, avec leurs cadrans émaillés. Laure et moi nous lisons solennellement, comme si c'était un vers de Shakespeare, la phrase inscrite sous le dessin des montres : « Compensation balance, duplex escapement, keyless, dustproof, shock-proof, non-magnetic. » Nous aimons bien aussi la réclame du savon Brooke, qui représente un singe jouant de la mandoline sur un croissant de lune. et ensemble nous déclamons :

« We're a capital couple the Moon and I,
I polish the earth, she brightens the sky... »

Et nous éclatons de rire. Noël est déjà loin derrière nous — bien triste cette année-là, avec les ennuis financiers, la maladie de Mam et la solitude du Boucan — mais nous jouons à choisir nos cadeaux dans les pages des journaux. Comme ce n'est qu'un jeu, nous n'hésitons pas à choisir les objets les plus coûteux. Laure choisit un piano d'étude Chapell en ébène, un collier de perles d'Orient, et une broche émail et diamant de Goldsmith & Silversmith, figurant un poussin sortant de son œuf ! Et cela coûte neuf livres ! Pour elle, je choisis une carafe en argent et en verre ciselé, et pour Mam j'ai le cadeau idéal : la mallette de toilette Mappin en cuir, avec assortiment de flacons, de boîtes, brosses, ustensiles à ongles, etc. Laure aime beaucoup cette mallette, elle dit qu'elle en aura une, elle aussi, plus tard, quand elle sera une jeune fille. Pour moi, je choisis une lanterne magique Negretti & Zambra, un gramophone avec disques et aiguilles et, bien sûr, une bicyclette Junon, ce sont les meilleures. Laure, qui sait ce que j'aime, choisit pour moi une boîte de pétards Tom Smith, et cela nous fait bien rire.

Nous lisons aussi les nouvelles, déjà vieilles de plusieurs mois, parfois de plusieurs années, mais qu'importe ? Les récits des naufrages, le tremblement de terre à Osaka, et nous regardons longuement les illustrations. Il y a aussi le thé avec les lamas de Mongolie, le phare de Eno's *Fruit Salt*, et *The Haunted Dragoon*, une fée seule au milieu d'un troupeau de lions, dans une « forêt enchantée », et le dessin d'un des épisodes de Nada the Lily qui nous fait frissonner : le « Ghost Mountain », un géant de pierre dont la bouche ouverte est la caverne où va mourir la belle Nada.

Ce sont les images que je garde de ce temps, mêlées au bruit du vent dans les filaos, dans l'air alourdi des combles surchauffés, quand l'ombre de la nuit envahit peu à peu le jardin autour de la maison, et que les martins commencent leur bavardage.

Nous attendons, sans savoir ce qu'il faut attendre. Le soir, sous la moustiquaire avant de dormir, je rêve que je suis dans un navire aux voiles gonflées qui avance au milieu de la mer sombre, et que je regarde les étincelles du soleil. J'écoute la respiration de Laure, lente et régulière, et je sais qu'elle aussi a les yeux ouverts. À quoi rêve-t-elle ? Je pense que nous sommes tous sur un navire qui va vers le nord, vers l'île du Corsaire inconnu. Puis aussitôt je suis transporté au fond des gorges de la Rivière Noire, du côté de Mananava, là où la forêt est sombre et impénétrable, et où l'on entend parfois les soupirs du géant Sacalavou qui s'est tué pour échapper aux Blancs des plantations. La forêt est pleine de cachettes et de poisons, elle résonne des cris des singes, et au-dessus de moi passe devant le soleil l'ombre blanche des pailles-en-queue. Mananava, c'est le pays des rêves.

Les jours qui nous conduisent au vendredi 29 avril sont longs. Ils sont soudés les uns aux autres comme s'il n'y avait qu'une seule longue journée, entrecoupée de nuits et de rêves, loin de la réalité, déjà partie dans la mémoire à l'instant où je la vis, et je ne peux comprendre ce que ces jours portent en eux, cette charge de destinée. Comment pourrais-je le savoir, alors que je n'ai pas de repère ? Seuls, la Tourelle, que je regarde entre les arbres, de loin, parce qu'elle est ma vigie pour voir la mer, et de l'autre côté, les rochers aigus des Trois Mamelles et la montagne du Rempart, qui gardent les frontières de ce monde.

Il y a le soleil qui brûle dès l'aurore, sèche la terre rouge le long du fossé que les pluies ont creusé en dégoulinant sur le toit de tôle bleue. Il y a eu les orages de février, avec ce vent d'est-nord-est qui a soufflé sur les montagnes, la pluie qui a raviné les collines et les plantations d'aloès, et les torrents qui ont fait une grande tache dans le bleu des lagons.

Alors mon père reste debout dès le matin, à l'abri de la varangue, à regarder le rideau de pluie qui avance sur les champs, qui recouvre les sommets, du côté du mont Machabé, du Brise-Fer, là où se trouve la génératrice électrique. Quand la terre détrempée luit au soleil, je m'assois sur les marches de la varangue et je sculpte de petites statues de boue pour Mam : un chien, un cheval des soldats et même un navire dont les mâts sont des brindilles et les voiles des feuilles.

Mon père part souvent pour Port Louis, et de là il prend le train de Floréal, pour aller voir ma tante Adelaïde. C'est elle qui doit m'héberger l'année prochaine, quand j'entrerai au Collège Royal. Tout cela ne m'intéresse guère. C'est une menace qui pèse ici, sur le monde du Boucan, comme un orage incompréhensible.

Je sais que c'est ici que je vis, nulle part ailleurs. C'est ce paysage que je scrute sans me lasser, depuis si longtemps, et dont je connais chaque creux, chaque tache d'ombre, chaque cachette. Et toujours, derrière moi, le gouffre sombre des gorges de la Rivière Noire, le ravin mystérieux de Mananava.

Il y a les cachettes du soir aussi, l'arbre du bien et du mal où je vais avec Laure. Nous nous juchons sur les maîtresses branches, les jambes pendantes, et nous restons là sans nous parler, regardant la lumière s'estomper sous l'épaisseur du feuillage. Quand la pluie se met à tomber, vers le soir, nous écoutons le bruit des gouttes sur les larges feuilles, comme une musique.

Nous avons une autre cachette. C'est un ravin au fond duquel coule un ruisseau ténu qui se jette plus loin dans la rivière du Boucan. Les femmes viennent parfois s'y baigner un peu plus bas, ou bien un troupeau de cabris chassés par un petit garçon. Laure et moi, nous allons jusqu'au fond du ravin, là où il y a une plate-forme et un vieux tamarinier penché au-dessus du vide. À califourchon sur le tronc nous rampons vers les branches, et nous restons là, la tête appuyée contre le bois, à rêver en regardant l'eau fuir au fond du ravin, sur les pierres de lave. Laure croit qu'il y a de l'or dans le ruisseau, et c'est pour cela que les femmes viennent y laver leur linge, pour trouver des paillettes dans le tissu de leurs robes. Alors nous regardons interminablement l'eau qui coule, et nous cherchons les reflets du soleil dans le sable noir, sur les plages. Quand nous sommes là, nous ne pensons plus à rien, nous ne sentons plus la menace. Nous ne pensons plus à la maladie de Mam, ni à l'argent qui manque, ni à l'oncle Ludovic qui est en train de racheter toutes nos terres pour ses plantations. C'est pour cela que nous allons dans ces cachettes.

À l'aube, mon père est parti pour Port Louis dans la voiture à cheval. Je suis sorti dans les champs tout de suite, et je suis allé d'abord vers le nord, pour voir les montagnes que j'aime, puis j'ai tourné le dos à Mananava, et maintenant je marche vers la mer. Je suis seul, Laure ne peut pas venir avec moi, parce qu'elle est indisposée. C'est la première fois qu'elle me dit cela, qu'elle me parle du sang qui vient aux femmes quand c'est le temps de la lune. Ensuite elle n'en parlera plus jamais, comme si la honte était venue après. Je me souviens d'elle ce jour-là, une petite fille pâle aux longs cheveux noirs, l'air entêté, avec ce beau front très droit pour se mesurer au monde, et quelque chose qui a changé déjà, qui l'éloigne, qui la rend étrangère. Laure debout sur la varangue, vêtue de sa longue robe de coton bleu clair, les manches enroulées montrant ses bras maigres, et son sourire quand je m'en vais, l'air de dire : je suis la sœur de l'homme des bois.

Je cours sans m'arrêter jusqu'au pied de la Tourelle, tout près de la mer. Je ne veux plus aller sur la plage de la Rivière Noire, ni sur le barachois de Tamarin, à cause des pêcheurs. Depuis l'aventure en pirogue, depuis qu'on nous a punis, Denis et moi, en nous séparant, je ne veux plus aller là où nous allions autrefois. Je vais en haut de la Tourelle, ou sur l'Étoile, dans les cachettes des broussailles, et je regarde la mer et les oiseaux. Même Laure ne sait pas où me trouver.

Je suis seul et je me parle à moi-même, à haute voix. Je fais les questions et les réponses, comme ceci :

« Viens, on va s'asseoir là.

Où ça ?

Là-bas, sur la roche plate.

Tu cherches quelqu'un ?

Non, non, bonhomme, je guette la mer.

Tu veux voir les corbijous ?

Regarde, un bateau qui passe. Tu vois son nom ?

Je le connais, c'est Argo. C'est mon bateau, il vient me chercher.

Tu vas partir ?

Oui, je vais partir bientôt. Demain, ou après-demain, je vais partir... »

Je suis sur l'Étoile quand la pluie commence à arriver.

Il faisait beau, le soleil brûlait la peau à travers mes habits, les cheminées fumaient au loin, dans les champs de canne. Je regarde l'étendue de la mer bleu sombre, violente, au-delà des récifs.

La pluie arrive, balaye la mer du côté de Port Louis, un grand rideau gris en demi-cercle qui vient vers moi à toute allure. C'est tellement brutal que je ne pense même pas à chercher un abri. Je reste debout sur le promontoire de rocher, le cœur battant. J'aime voir arriver la pluie.

78

Au début, il n'y a pas de vent. Tous les bruits sont suspendus, comme si les montagnes retenaient le souffle. C'est cela aussi qui fait battre mon cœur, ce silence qui vide le ciel, qui fige tout.

D'un seul coup le vent froid arrive sur moi, bousculant les feuillages. Je vois les vagues courir sur les champs de canne. Le vent tourbillonne, m'enveloppe, avec des rafales qui m'obligent à m'accroupir sur le rocher pour ne pas être renversé. Du côté de la Rivière Noire, je vois la même chose : le grand rideau sombre qui galope vers moi, recouvre la mer et la terre. Alors je comprends qu'il faut m'en aller, très vite. Ce n'est pas une simple pluie, c'est une tempête, un ouragan comme celui qui est passé en février, qui a duré deux jours et deux nuits. Mais aujourd'hui il y a ce silence, comme je n'en ai jamais entendu auparavant. Pourtant, je ne bouge pas. Je n'arrive pas à détacher mon regard du grand rideau gris qui avance à toute allure sur la vallée, sur la mer, qui engloutit les collines, les champs, les arbres. Déjà le rideau recouvre les brisants. Puis disparaissent la montagne du Rempart, les Trois Mamelles. Le nuage sombre est passé sur elles, les a effacées. Maintenant il dévale la pente des montagnes vers le Tamarin et l'Enfoncement du Boucan. Je pense tout à coup à Laure, à Mam, qui sont seules dans la maison, et l'inquiétude m'arrache au spectacle de la pluie qui accourt. Je bondis du rocher, et je descends aussi vite que je le peux la pente de l'Étoile, sans hésiter à travers les broussailles qui griffent mon visage et mes jambes. Je cours comme si j'avais une meute de chiens fous à mes trousses, comme si j'étais un cerf échappé d'un « chassé ». Sans comprendre, je trouve tous les raccourcis, je dévale un torrent sec qui va vers l'est, et en un instant je suis à Panon.

Alors le vent me frappe, le mur de la pluie s'écroule

sur moi. Jamais je n'ai ressenti cela. L'eau m'enveloppe, ruisselle sur ma figure, entre dans ma bouche, dans mes narines. Je suffoque, je suis aveuglé, je titube dans le vent. C'est le bruit surtout qui est effrayant. Un bruit profond, lourd, qui résonne dans la terre, et je pense que les montagnes sont en train de s'écrouler. Je tourne le dos à la tempête, je marche à quatre pattes au milieu des buissons. Des branches d'arbre arrachées fouettent l'air, filent comme des flèches. Accroupi au pied d'un grand arbre, la tête cachée dans mes bras, j'attends. L'instant d'après la rafale est passée. La pluie tombe à verse, mais je peux me redresser, respirer, voir où je suis. Les broussailles au bord du ravin sont piétinées. Non loin, un grand arbre comme celui qui m'a abrité est renversé, avec ses racines qui tiennent encore la terre rouge. Je recommence à marcher, au hasard, et tout à coup, dans une accalmie, je vois la butte Saint Martin, les ruines de l'ancienne sucrerie. Il n'y a pas à hésiter : c'est là que je vais m'abriter.

Je connais ces ruines. Je les ai vues souvent, quand je parcourais les friches avec Denis. Lui n'a pas voulu s'en approcher, il dit que c'est la maison de Mouna Mouna, qu'on y bat le « tambour du diable ». Dans les vieux murs, je me blottis dans un recoin, sous un pan de voûte. Mes vêtements trempés collent à ma peau, je grelotte de froid, de peur aussi. J'entends les rafales arriver à travers la vallée. Cela fait le bruit d'un énorme animal se couchant sur les arbres, écrasant les fourrés et les branches, brisant les troncs comme de simples brindilles. Les trombes d'eau avancent sur le sol, entourent les ruines, cascadent vers le ravin. Les ruisseaux apparaissent comme si des sources venaient de naître de la terre. L'eau glisse, s'écarte, fait des nœuds, des tourbillons. Il n'y a plus ni ciel ni terre, seulement cette masse liquide, et le vent, qui emportent les arbres et la boue rouge. Je regarde droit devant moi, espérant apercevoir le ciel à travers le mur de l'eau. Où suis-je ? Les ruines de Panon sont peut-être tout ce qui reste sur la terre, le déluge a peut-être noyé tout le monde. Je voudrais prier, mais mes dents s'entrechoquent, et je ne me souviens même plus des paroles. Je me souviens seulement de l'histoire du déluge, que Mam nous lisait dans le grand livre rouge, lorsque l'eau s'est abattue sur la terre et a recouvert jusqu'aux montagnes, et le grand bateau qu'avait construit Noé pour s'échapper, dans lequel il avait enfermé un couple de chaque espèce animale. Mais moi, comment pourrais-je faire un bateau ? Si Denis était là, peut-être qu'il saurait faire une pirogue, ou un radeau avec des troncs. Et pourquoi Dieu punirait-il encore la terre ? Est-ce parce que les hommes sont endurcis, comme dit mon père, et qu'ils mangent la pauvreté des travailleurs dans les plantations ? Et puis je pense à Laure et à Mam, dans la maison abandonnée, et l'inquiétude m'étreint si fort que je peux à peine respirer. Que sont-elles devenues ? Le vent furieux, la muraille liquide les ont peut-être englouties, emportées, et j'imagine Laure se débattant dans le fleuve de boue, essayant de s'accrocher aux branches des arbres, glissant vers le ravin. Malgré les rafales du vent et la distance, je me lève, je crie : « Laure !... Laure ! »

Mais je me rends compte que cela ne sert à rien, le bruit du vent et de l'eau couvre mes appels. Alors je m'accroupis à nouveau contre la muraille, le visage caché entre mes bras, et l'eau qui ruisselle sur ma tête se mêle à mes larmes, car je ressens un désespoir immense, un vide sombre qui m'avale, sans que je puisse rien faire, et je tombe, assis sur mes talons, à travers la terre liquide.

Je reste longtemps sans bouger, tandis que le ciel change au-dessus de moi, et que les murailles d'eau avancent, pareilles à des vagues. Enfin, la pluie diminue, le vent faiblit. Je me lève, je marche, les oreilles assourdies par le tintamarre qui a cessé. Le ciel s'est déchiré au nord, et je vois apparaître la silhouette de la montagne du Rempart, les Trois Mamelles. Jamais elles ne m'ont paru si belles. Mon cœur bat fort, comme si elles étaient des personnes amies que j'avais perdues et que je retrouvais. Elles sont irréelles, bleu sombre au milieu des nuages gris. Je vois chaque détail de leur ligne, chaque rocher. Le ciel autour d'elles est immobile, descendu dans le creux de Tamarin, d'où émergent lentement d'autres rochers, d'autres collines. En me retournant, j'aperçois sur la mer des nuages les îles des collines voisines : la Tourelle, le mont Terre Rouge, le Brise-Fer, le Morne Sec. Loin, éclairé par un soleil incroyable, le Grand Morne.

Tout cela est si beau que je reste immobile. Je m'attarde à contempler le paysage blessé, où les lambeaux de nuages s'accrochent. Du côté des Trois Mamelles, vers Cascades peut-être, il y a un arc-en-ciel magnifique. Je voudrais bien que Laure soit avec moi pour voir cela. Elle dit que les arcs-en-ciel sont les routes de la pluie. L'arc-en-ciel est puissant, il s'appuie à l'ouest, sur la base des montagnes, et il va jusque de l'autre côté des cimes, vers Floréal ou vers Phoenix. Les gros nuages roulent encore. Mais tout à coup, dans une déchirure, je vois au-dessus de moi le ciel d'un bleu pur, éblouissant. Alors c'est comme si le temps faisait un bond en arrière, renversait son cours. Il y a quelques instants encore, c'était le soir, la lumière s'éteignait, mais un soir infini, qui conduisait au néant. Et maintenant, je vois qu'il est juste midi, le soleil est au zénith, et je sens sa chaleur et sa lumière sur mon visage et sur mes mains.

Je cours à travers les herbes mouillées, je redescends la colline vers la vallée du Boucan. Partout, la terre est inondée, les ruisseaux débordent d'une eau rouge et ocre, il y a des arbres cassés sur mon chemin. Mais je n'y prends pas garde. C'est fini, c'est ce que je pense, tout est fini puisque l'arc-en-ciel est apparu pour sceller la paix de Dieu.

Quand j'arrive devant notre maison, l'inquiétude coupe mes forces. Le jardin, la maison sont intacts. Il y a seulement des feuilles d'arbre, des branches cassées qui jonchent l'allée, des flaques de boue partout. Mais la lumière du soleil luit sur le toit clair, sur les feuillages des arbres, et tout semble plus neuf, rajeuni.

Laure est sur la varangue, dès qu'elle me voit elle crie : « Alexis !... » Elle court vers moi, elle se serre contre moi. Mam est là aussi, debout devant la porte, pâle, inquiète. J'ai beau lui dire : « C'est fini, Mam, tout est fini, il n'y aura pas de déluge ! » je ne la vois pas sourire. Alors seulement je pense à notre père qui est allé à la ville, et j'ai mal en moi. « Mais il va venir, maintenant ? Il va venir ? » Mam me serre le bras, elle dit de sa voix enrouée : « Oui, bien sûr qu'il va venir... » Mais elle ne sait pas cacher son inquiétude, et c'est moi qui dois répéter, en lui tenant la main de toutes mes forces : « C'est fini, maintenant, il n'y a plus rien à craindre. »

Nous restons ensemble, serrés les uns contre les autres sur la varangue, à scruter le fond du jardin, et le ciel, où de grands nuages noirs sont à nouveau rassemblés. Il y a encore ce silence étrange, menaçant, qui pèse sur la vallée autour de nous, comme si nous étions seuls au monde. La hutte de Cook est vide. Il est parti ce matin avec sa femme pour Rivière Noire. Dans les champs, on n'entend pas un cri, pas un bruit de voiture.

C'est ce silence, qui entre en nous au plus profond de notre corps, ce silence de menace et de mort que je ne pourrai pas oublier. Il n'y a pas d'oiseaux dans les arbres, pas d'insectes, pas même le bruit du vent dans les aiguilles des filaos. Le silence est plus fort que les bruits, il les avale, et tout se vide et s'anéantit autour de nous. Nous restons immobiles sur la varangue. Je grelotte dans mes habits mouillés. Nos voix, quand nous parlons, résonnent étrangement dans le lointain, et nos paroles disparaissent aussitôt.

Puis vient sur la vallée le bruit de l'ouragan, comme un troupeau qui court à travers les plantations et les broussailles, et j'entends aussi le bruit de la mer, terriblement proche. Nous restons figés sur la varangue, et je sens la nausée dans ma gorge, parce que je comprends que l'ouragan n'est pas fini. Nous étions dans l'œil du cyclone, là où tout est calme et silencieux. Maintenant j'entends le vent qui vient de la mer, qui vient du sud, et de plus en plus fort le corps du grand animal furieux qui brise tout sur son passage.

Cette fois, il n'y a pas le mur de la pluie, c'est le vent qui vient seul. Je vois les arbres bouger au loin, les nuages avancent pareils à des fumées, longues traînées fuligineuses marquées de taches violettes. C'est le ciel surtout qui effraie. Il se déplace à toute vitesse, s'ouvre, se referme, et j'ai l'impression de glisser en avant, de tomber.

« Vite ! Vite, mes enfants ! »

C'est Mam qui a parlé, enfin. Sa voix est rauque. Mais elle a réussi à rompre le charme, notre fascination horrifiée devant le ciel en train de se détruire. Elle nous tire, elle nous pousse à l'intérieur de la maison, dans la salle à manger aux volets fermés. Elle bloque la porte avec les crochets. La maison est pleine d'ombre. C'est comme l'intérieur d'un navire où nous écoutons le vent qui arrive. Malgré la chaleur lourde, je grelotte de froid, d'inquiétude. Mam s'en aperçoit. Elle va dans sa chambre chercher une couverture. Pendant son absence, le vent frappe la maison comme une avalanche. Laure se serre contre moi, et nous entendons les planches crier. Les branches brisées heurtent les murs de la maison, les cailloux roulent contre les volets et la porte.

À travers les fentes des volets, nous voyons tout d'un coup la lumière du jour s'éteindre, et je comprends que les nuages recouvrent à nouveau la terre. Puis l'eau tombe du ciel, fouette les murs à l'intérieur de la varangue. Elle se glisse sous la porte, par les fenêtres, envahit le plancher autour de nous en ruisseaux sombres, couleur de sang. Laure regarde l'eau qui avance vers nous, coule autour de la grande table et des chaises. Mam revient, et je suis si effrayé de son regard que je prends la couverture pour essayer de boucher l'espace sous la porte, mais l'eau l'imprègne et déborde aussitôt. Les hurlements du vent au-dehors nous étourdissent, et nous entendons aussi les craquements sinistres de la charpente, les détonations des bardeaux arrachés. La pluie cascade maintenant dans les combles, et je pense à nos vieux journaux, nos livres, tout ce que nous aimons qui va être détruit. Le vent a pulvérisé les lucarnes et traverse les combles en hurlant, fracasse les meubles. Dans un bruit de tonnerre, il arrache un arbre qui écrase la façade sud de la maison, l'éventre. Nous entendons le bruit de la varangue qui s'écroule. Mam nous entraîne hors de la salle à manger à l'instant où une branche énorme traverse une des fenêtres.

Le vent entre par la brèche comme un animal furieux et invisible, et pendant un instant, j'ai l'impression que le ciel est descendu sur la maison pour l'écraser. J'entends le fracas des meubles qui s'écroulent, des fenêtres qui se brisent. Mam nous entraîne je ne sais comment de l'autre côté de la maison. Nous nous réfugions dans le bureau de notre père, et nous restons là, blottis tous les trois contre le mur où il y a la carte de Rodrigues et le grand plan du ciel. Les volets sont fermés, mais malgré cela le vent a brisé les vitres et l'eau de l'ouragan coule sur le parquet, sur le bureau, sur les livres et les papiers de notre père. Laure essaye maladroitement de ranger quelques papiers, puis elle se rassoit découragée. Dehors, à travers les fentes des volets, le ciel est si sombre qu'on croirait la nuit. Le vent file autour de la maison, tourbillonne contre la barrière des montagnes. Et sans arrêt, le fracas des arbres qui se brisent autour de nous.

« Prions », dit Mam. Elle cache son visage dans ses mains. Le visage de Laure est pâle. Elle regarde sans ciller vers la fenêtre, et moi j'essaie de penser à l'archange Gabriel. C'est toujours à lui que je pense quand j'ai peur. Il est grand, enveloppé de lumière, armé d'une épée. Se peut-il qu'il nous ait condamnés, abandonnés à la fureur du ciel et de la mer ? La lumière ne cesse de décliner. Le bruit du vent est rauque, aigu, et je sens les murs de la maison qui tremblent. Des morceaux de bois se détachent de la varangue, les bardeaux sont arrachés du toit. Les branches tourbillonnent contre les fenêtres comme des herbes. Mam nous serre contre elle. Elle ne prie pas, elle non plus. Elle regarde avec des yeux fixes, effrayants, tandis que le rugissement du vent fait tressaillir notre cœur. Je ne pense à rien, je ne peux plus rien dire. Même si je voulais parler, le bruit est tel que Mam et Laure ne pourraient pas m'entendre. Un déchirement sans fin qui va jusqu'au fond de la terre, une vague qui lentement, inévitablement, sur nous déferle.

Cela dure longtemps, et nous tombons à travers le ciel déchiré, à travers la terre ouverte. J'entends la mer comme jamais je ne l'ai entendue jusqu'alors. Elle a franchi les barrières de corail et elle remonte l'estuaire des rivières, poussant devant elle les torrents qui débordent. J'entends la mer dans le vent, je ne peux plus bouger : tout est fini pour nous. Laure, elle, se bouche les oreilles avec ses mains, appuyée contre Mam, sans parler. Mam fixe de ses yeux agrandis l'espace sombre de la fenêtre, comme pour maintenir au loin la fureur des éléments. Notre pauvre maison est secouée de fond en comble. Une partie du toit a été arrachée sur la façade sud. Les trombes d'eau et le vent saccagent les pièces éventrées. La cloison de bois du bureau craque, elle aussi. Tout à l'heure, par le trou fait par l'arbre, j'ai vu la cabane du capt'n Cook s'envoler dans l'air, comme un jouet. J'ai vu aussi la grande haie de bambous se plier jusqu'au sol comme si une main invisible appuyait sur elle. J'entends au loin le vent qui cogne contre le rempart des montagnes, avec un grondement de tonnerre, qui se joint au bruit de la mer déchaînée qui remonte les fleuves.

À quel moment me suis-je rendu compte que le vent diminuait ? Je ne sais. Avant que ne cessent le bruit de la mer et les craquements des arbres, c'est en moi, je suis sûr, que quelque chose s'est libéré. J'ai respiré, le cercle qui serrait mes tempes s'est défait.

Puis le vent est tombé, d'un seul coup, et il y a eu de nouveau un grand silence autour de nous. On entendait le ruissellement de l'eau partout, sur le toit, dans les arbres, et même dans la maison, des milliers de ruisseaux qui coulaient. Les bambous craquaient. La lumière du jour est revenue, peu à peu, et c'était la lumière douce et chaude du crépuscule. Mam a ouvert les volets. Nous sommes restés là, sans oser bouger, serrés les uns contre les autres, à regarder par la fenêtre les silhouettes des montagnes qui émergeaient des nuages, et c'étaient comme des personnes familières et rassurantes.

Alors Mam s'est mise à pleurer à ce moment-là, parce qu'elle était à bout de forces, et tout d'un coup, avec ce calme, le courage lui manquait. Laure et moi nous mettons à pleurer nous aussi, je m'en souviens, je crois que je n'ai jamais plus pleuré comme cela. Ensuite nous nous sommes allongés par terre et nous avons dormi enlacés à cause du froid.

C'est la voix de notre père qui nous a réveillés à l'aube. Était-il venu dans la nuit ? Je me souviens de son visage défait, de ses habits tachés de boue. Alors il raconte comment, au plus fort de l'ouragan, il a sauté de sa voiture et il s'est couché dans un fossé, au bord de la route. C'est là que la tempête est passée sur lui, entraînant la voiture et le cheval on ne sait où. Il a vu des choses inouïes, des bateaux projetés à l'intérieur des terres jusque dans les branches des arbres de l'Intendance. La mer gonflée qui envahit l'embouchure des rivières, noyant les gens dans leurs huttes. Le vent surtout, qui renversait tout, qui arrachait les toits des maisons, qui brisait les cheminées des sucreries et démolissait les hangars et qui avait détruit la moitié de Port Louis. Quand il a pu sortir de son fossé, il s'est abrité pour la nuit dans une case de Noirs, du côté de Médine, parce que les routes étaient inondées. Au lever du jour, un Indien l'avait emmené dans sa charrette jusqu'à Tamarin Estate, et pour venir jusqu'au Boucan, mon père avait dû traverser la rivière avec de l'eau jusqu'à la poitrine. Il parle aussi du baromètre. Mon père était dans un bureau de Rempart Street quand le baromètre est tombé. Il dit que c'était incroyable, terrifiant. Jamais il n'avait vu le baromètre descendre aussi bas, aussi vite. Comment la chute du mercure peut-elle être terrifiante ? Je ne comprends pas cela, mais la voix de mon père quand il en parle est restée dans mon oreille, je ne pourrai pas l'oublier.

88

Plus tard, il y a une sorte de fièvre, qui annonce la fin de notre bonheur. Nous vivons maintenant dans l'aile nord de la maison, dans les seules pièces épargnées par le cyclone. Du côté sud, la maison est à demi effondrée, ravagée par l'eau et par le vent. Le toit est crevé, la varangue n'existe plus. Ce que je ne pourrai pas oublier non plus, c'est l'arbre qui a transpercé le mur de la maison, la longue branche noire qui a traversé le volet de la fenêtre de la salle à manger et qui reste immobile comme l'ongle d'un animal fabuleux qui a frappé avec la puissance du tonnerre.

Laure et moi, nous nous sommes aventurés par l'escalier disloqué jusqu'au grenier. Par les trous du toit, l'eau s'est déversée avec fureur, a tout dévasté. Des piles de livres et de journaux, il ne reste que quelques feuilles détrempées. Nous ne pouvons même plus marcher dans les combles, parce que le plancher est crevé en plusieurs endroits, la charpente est disjointe. La faible brise qui vient de la mer, chaque soir, fait craquer toute la structure de la maison affaiblie. Une épave, c'est à cela que ressemble notre maison, en vérité, à l'épave d'un navire naufragé.

Nous parcourons les alentours pour mesurer l'étendue du désastre. Nous cherchons ce qui était encore là hier, les beaux arbres, les plantations de palmistes, les goyaviers, les manguiers, les massifs de rhododendrons, de bougainvillées, d'hibiscus. Nous errons en vacillant, comme après une longue maladie. Partout nous voyons la terre meurtrie, souillée, avec ses herbes couchées, ses branches brisées, et les arbres dont les racines sont renversées vers le ciel. Avec Laure, je vais jusqu'aux plantations, du côté de Yemen et de Tamarin, et partout les cannes vierges ont été fauchées comme par une gigantesque faux.

Même la mer a changé. Du haut de l'Étoile, je regarde

les grandes nappes de boue qui s'étalent sur le lagon. À l'embouchure de la Rivière Noire, il n'y a plus de village. Je pense à Denis. A-t-il pu s'échapper ?

Laure et moi, nous restons perchés presque tout le jour, en haut d'une pyramide créole, au milieu des champs dévastés. Il y a une odeur étrange dans l'air, une odeur fade que le vent apporte par bouffées. Pourtant, le ciel est pur, et le soleil brûle nos visages et nos mains, comme au plus fort de l'été. Autour du Boucan, les montagnes sont vert sombre, nettes, elles semblent plus proches qu'avant. Nous regardons tout cela, la mer au-delà des récifs, le ciel brillant, la terre meurtrie, comme cela, sans penser à rien, les yeux brûlants de fatigue. Il n'y a personne dans les champs, personne ne marche sur les chemins.

Le silence est aussi dans notre maison. Personne n'est venu, depuis la tempête. Nous mangeons juste un peu de riz, accompagné de thé chaud. Mam reste couchée sur un lit de fortune, dans le bureau de notre père, et nous dormons dans le corridor, car ce sont les seuls endroits épargnés par le cyclone. Un matin, j'accompagne mon père jusqu'au bassin aux Aigrettes. Nous avançons à travers les terres dévastées, en silence. Nous savons déjà ce que nous allons trouver, et cela nous serre la gorge. Quelque part, sur le bord du chemin, une vieille *gunny* noire est assise devant les restes de sa maison. Quand nous passons, elle élève seulement un peu sa plainte, et mon père s'arrête pour lui donner une pièce. Quand nous arrivons devant le bassin, nous voyons tout de suite ce qui reste de la génératrice. La belle machine neuve est renversée, à demi immergée dans l'eau boueuse. Le hangar a disparu, et il ne reste de la turbine que des morceaux de tôle tordus, méconnaissables. Mon père s'arrête, il dit seulement à voix haute, clairement : « C'est fini. » Il est grand et pâle, la lumière du soleil brille sur

ses cheveux et sur sa barbe noirs. Il s'approche de la
génératrice, sans prendre garde à la boue qui lui vient à
mi-jambes. Il a un mouvement presque enfantin pour
essayer de redresser la machine. Puis il fait demi-tour, il
s'éloigne sur le sentier. Quand il passe près de moi, il
met sa main sur ma nuque, il dit : « Viens, rentrons. »
Cet instant est vraiment tragique, il me semble alors que
tout est fini, pour toujours, et mes yeux et ma gorge se
remplissent de larmes. Je marche vite sur les traces de
mon père, regardant sa silhouette haute, maigre, voû-
tée.

C'est durant ces jours-là que tout va à sa fin, mais
nous ne le savons pas encore très bien. Nous sentons,
Laure et moi, cette menace plus précise. Cela vient avec
les premières nouvelles de l'extérieur, colportées par les
travailleurs des plantations, les *gunnies* de Yemen, de
Walhalla. Les nouvelles arrivent, répétées, amplifiées,
racontant l'île ravagée par le cyclone. Port Louis, dit
mon père, est une ville anéantie, comme après un bombardement. La plupart des maisons de bois ont été
détruites, et des rues entières ont disparu, la rue Ma-
dame, la rue Emmikillen, la rue Poivre. De la Montagne
des Signaux au Champ-de-Mars il n'y a que des ruines.
Les bâtiments publics, les églises se sont écroulés, et des
gens ont été brûlés vifs dans les explosions. À quatre
heures de l'après-midi, raconte mon père, le baromètre
était au plus bas, et le vent a soufflé à plus de cent milles
à l'heure, atteignant cent vingt milles à ce qu'on dit. La
mer s'est enflée de façon effrayante, recouvrant les rivages, et les bateaux ont été projetés jusqu'à cent mètres à
l'intérieur des terres. À la rivière du Rempart, la mer a
fait déborder le fleuve en crue, et les habitants ont été
noyés. Les noms des villages détruits font une longue
liste, Beau Bassin, Rose Hill, Quatre Bornes, Vacoas,
Phoenix, Palma, Médine, Beaux Songes. À Bassin, de

l'autre côté des Trois Mamelles, le toit d'une sucrerie s'est écroulé, ensevelissant cent trente hommes qui s'étaient abrités là. À Phoenix, soixante hommes sont morts, et d'autres encore à Bambous, à Belle Eau, et au nord de l'île, à Mapou, à Mont Goût, à Forbach. Le nombre des victimes augmente chaque jour, gens emportés par le fleuve de boue, écrasés sous les maisons, sous les arbres. Mon père dit qu'il y a plusieurs centaines de morts, mais les jours suivants, le chiffre est de mille, puis mille cinq cents.

Laure et moi, nous restons tout le jour dehors, absents, cachés dans les bosquets meurtris autour de la maison, sans oser nous éloigner. Nous allons voir le ravin où le torrent est encore plein de colère, charriant la boue et les branches brisées. Ou bien du haut de l'arbre chalta, nous regardons les champs dévastés éclairés par le soleil. Les femmes en *gunny* ramassent les cannes vierges et les tirent sur le sol boueux. Des enfants affamés viennent voler les fruits tombés et les choux palmistes près de notre maison.

Mam attend dans la maison, en silence. Elle est couchée sur le sol du bureau, enveloppée de couvertures malgré la chaleur. Son visage est brûlant de fièvre et ses yeux sont rouges, brillant d'un éclat douloureux. Mon père reste sur la varangue en ruine, regardant au loin la ligne des arbres en fumant des cigarettes, sans parler à personne.

Plus tard, Cook est revenu avec sa fille. Il a parlé un peu de la Rivière Noire, des bateaux naufragés, des maisons détruites. Cook, qui est très vieux, dit qu'il n'a pas connu cela depuis le temps où il est venu la première fois sur l'île, quand il était esclave. Il y a eu l'ouragan qui a cassé la cheminée de la résidence et qui a failli tuer le gouverneur Barkly, mais il dit que ça n'était pas aussi fort. Nous pensons que, puisque le vieux Cook n'est pas mort, et qu'il est revenu, tout va redevenir comme avant. Mais il a regardé ce qui restait de sa hutte en hochant la tête, il a poussé du pied quelques bouts de planche, et puis, avant qu'on ait pu comprendre, il est reparti. « Où est Cook ? » demande Laure. Sa fille hausse les épaules : « Parti, mamzelle Laure. » « Et où est-il parti ? » « Dans sa case, mamzelle Laure. » « Mais il va revenir ? » Laure a une voix inquiète. « Quand va-t-il revenir ? » La réponse de la fille de Cook nous serre le cœur : « Dieu le sait, mamzelle Laure. Peut-être jamais. » Elle est venue chercher de la nourriture et un peu d'argent. Le capt'n Cook ne vivra plus ici, il ne reviendra jamais, nous le savons bien.

Alors le Boucan reste comme il est depuis la tempête : un endroit solitaire, abandonné du monde. Un Noir des plantations est venu avec ses bœufs pour arracher le tronc qui avait éventré la salle à manger. Avec mon père, nous avons enlevé tous les débris qui jonchent la maison : papiers, verre, vaisselle en miettes mêlés aux branches et aux feuilles, à la boue. Avec ses murs troués, la varangue en ruine et le toit qui laisse voir le ciel, notre maison ressemble encore davantage à l'épave d'un navire. Nous sommes nous-mêmes des naufragés, accrochés à leur épave, dans l'espoir que tout redeviendra comme avant.

Pour lutter contre l'inquiétude qui grandit chaque jour, nous partons, Laure et moi, de plus en plus loin, à travers les plantations, jusqu'aux limites des forêts. Nous allons tous les jours, attirés par la vallée sombre de Mananava, là où vivent les pailles-en-queue qui tournoient très haut dans le ciel. Mais eux aussi ont disparu. Je crois que l'ouragan a dû les emporter, les fracasser contre les parois des gorges, ou bien les a jetés si loin sur l'océan qu'ils ne pourront plus revenir.

Chaque jour, nous les cherchons dans le ciel vide. Le silence est terrible dans la forêt, comme si le vent allait revenir.

Où aller ? Mais il n'y a plus d'hommes ici, on n'entend plus les aboiements des chiens dans les fermes, ni les cris des enfants près des ruisseaux. Il n'y a plus de fumées dans le ciel. Grimpés sur une pyramide créole, nous scrutons l'horizon, du côté de Clarence, de Wolmar. Les fumées ont cessé. Au sud, vers Rivière Noire, le ciel est sans traces. Nous ne parlons pas. Nous restons exposés au soleil de midi, regardant la mer au loin jusqu'à ce que nos yeux nous fassent mal.

Le soir, nous revenons le cœur triste vers le Boucan. L'épave est toujours là, à demi effondrée sur la terre encore humide, dans les ruines du jardin dévasté. Nous nous glissons furtivement dans la maison, pieds nus sur le plancher où la terre fait déjà une couche de poussière crissante, mais notre père ne s'est même pas aperçu de notre absence. Nous mangeons ce que nous trouvons, affamés par nos longues errances : des fruits glanés dans les propriétés, des œufs, le « lampangue » du riz dans la grande marmite que mon père fait bouillir chaque matin.

Un jour, pendant que nous étions près de la forêt, Koenig, le médecin de Floréal, est venu pour Mam. C'est Laure qui voit les traces des roues de sa voiture dans la boue du chemin, en revenant. Je n'ose pas aller plus loin, et j'attends, tremblant, tandis que Laure court jusqu'à la varangue, saute dans la maison. Quand j'entre à mon tour, par la façade nord, je vois Laure qui tient Mam serrée contre elle, qui appuie sa tête contre sa poitrine. Mam sourit, malgré sa fatigue. Elle va vers le réduit où est installé le réchaud à alcool.

Elle veut réchauffer du riz, préparer du thé pour nous.

« Mangez, mes enfants, mangez. Il est si tard, où étiez-vous ? »

Elle parle vite, avec une sorte d'oppression, mais sa joie n'est pas feinte.

« Nous allons partir, nous quittons le Boucan. »

« Où allons-nous, Mam ? »

« Ah, je ne devrais pas vous le dire, ce n'est pas encore sûr, enfin, ce n'est pas encore tout à fait décidé. Nous irons à Forest Side. Votre père a trouvé une maison, pas loin de votre tante Adelaïde. »

Elle nous serre tous deux contre elle, et nous ne sentons rien d'autre que son bonheur, nous ne pensons à rien d'autre.

Mon père est reparti à la ville, dans la voiture de Koenig, sans doute. Il doit préparer le départ, la nouvelle maison de Forest Side. Plus tard, j'ai su tout ce qu'il avait fait alors, pour tenter de retarder l'inévitable. J'ai su tous les papiers signés par lui chez les usuriers de la ville, les reconnaissances de dette, les hypothèques, les prêts sur gage. Toutes les terres du Boucan, les friches, les arpents du jardin, les bois, jusqu'à la maison elle-même, tout était gagé, vendu. Il ne pouvait pas s'en sortir. Son dernier espoir, il l'avait placé dans cette folie, cette génératrice électrique de la mare aux Aigrettes, qui devait apporter le progrès à tout l'ouest de l'île et qui n'était plus alors qu'un tas de ferrailles englouti dans la boue. Comment aurions-nous pu comprendre cela, nous qui n'étions que des enfants ? Mais nous n'avons pas besoin de comprendre les choses, à ce moment-là. Nous devinons peu à peu tout ce qu'on ne nous dit pas. Quand l'ouragan est arrivé, nous savions très bien que tout était déjà perdu. C'était comme le déluge.

« C'est l'oncle Ludovic qui s'installera ici quand nous serons partis ? » demande Laure. Il y a tant de colère et de chagrin dans sa voix que Mam ne peut pas répondre.

95

Elle détourne son regard. « C'est lui ! C'est lui qui a tout fait ! » dit Laure. Je voudrais bien qu'elle se taise. Elle est pâle et elle tremble, sa voix tremble aussi. « Je le déteste ! » « Tais-toi », dit Mam. « Tu ne sais pas ce que tu dis. » Mais Laure ne veut pas lâcher prise. Pour la première fois elle lui tient tête, comme si elle défendait tout cela, ce que nous aimons, cette maison en ruine, ce jardin, les grands arbres, notre ravin, et au-delà même, les montagnes sombres, le ciel, le vent qui porte le bruit de la mer. « Pourquoi ne nous a-t-il pas aidés ? Pourquoi n'a-t-il rien fait ? Pourquoi veut-il que nous partions, pour prendre notre maison ? » Mam est assise sur la chaise longue, dans l'ombre de la varangue disloquée, comme autrefois quand elle s'apprêtait à nous lire l'Écriture sainte, ou pour commencer une dictée. Mais aujourd'hui, beaucoup de temps s'est écoulé en un seul jour, et nous savons que plus rien de cela ne sera possible. C'est pour cela que Laure crie, et que sa voix tremble et que ses yeux s'emplissent de larmes, parce qu'elle veut dire combien elle a mal : « Pourquoi a-t-il mis tout le monde contre nous, quand il n'avait qu'un mot à dire, lui qui est si riche ! Pourquoi veut-il que nous nous en allions, pour prendre notre maison, pour prendre notre jardin et mettre des cannes partout ? » « Tais-toi, tais-toi ! » crie Mam. Son visage est crispé par la colère, par la détresse. Laure ne crie plus. Elle est debout devant nous, pleine de honte, les yeux brillant de larmes, et tout d'un coup elle se retourne, elle saute dans le jardin d'ombre, elle s'enfuit en courant. J'entends les brindilles qui se brisent sur son passage, puis le silence de la nuit qui vient. Je cours derrière elle : « Laure ! Laure ! Reviens ! » Je la cherche à la hâte, sans la trouver. Puis je réfléchis, et je sais où elle est, comme si je la voyais à travers les fourrés. C'est la dernière fois. Elle est dans notre cachette, de l'autre côté du champ de palmistes

96

ravagé, sur la branche maîtresse du tamarinier, au-dessus du ravin, écoutant le bruit de l'eau qui coule. Dans le ravin, la lumière est cendrée, la nuit a déjà commencé. Il y a quelques oiseaux qui sont revenus, déjà, et des insectes qui crissent.

Laure n'est pas montée sur la branche. Elle est assise sur une grosse pierre, près du tamarinier. Sa robe bleu clair est tachée de boue. Elle est pieds nus.

Quand j'arrive, elle ne bouge pas. Elle ne pleure pas. Son visage a l'expression butée que j'aime. Je crois qu'elle est heureuse que je sois venu. Je m'assois à côté d'elle, je l'entoure de mes bras. Nous parlons. Nous ne parlons pas de l'oncle Ludovic, ni de notre prochain départ, rien de tout cela. Nous parlons d'autre chose, de Denis, comme s'il allait revenir, apportant comme autrefois des objets bizarres, un œuf de tortue, une plume de la tête d'un condé, une graine de tombalacoque, ou bien des choses de la mer, des coquilles, des cailloux, de l'ambre. Nous parlons aussi de Nada the Lily, et il faut beaucoup en parler, parce que l'ouragan a détruit notre collection de journaux, l'a soufflée jusqu'en haut des montagnes peut-être. Quand la nuit est vraiment venue, nous montons comme autrefois le long du tronc oblique, et nous restons un instant suspendus, sans voir, les jambes et les bras ballants dans le vide.

Cette nuit-là est longue, comme les nuits qui précèdent les grands voyages. Et c'est vrai que c'est le premier voyage que nous allons faire, en quittant la vallée du Boucan. Nous sommes couchés sur le plancher, dans nos couvertures, et nous regardons la lumière de la veilleuse qui vacille au bout du corridor, sans dormir. Si nous sombrons dans le sommeil, c'est par instants seulement. Dans le silence de la nuit, nous entendons le froissement de la longue robe blanche de Mam, tandis qu'elle marche dans le bureau vide. Nous l'entendons soupirer, et quand elle retourne s'asseoir dans le fauteuil, près de la fenêtre, nous pouvons nous rendormir.

À l'aube, mon père est revenu. Avec lui, il a amené une charrette à cheval et un Indien de Port Louis, que nous ne connaissons pas, un grand homme maigre qui ressemble à un marin. Dans la charrette, mon père et l'Indien chargent les meubles que l'ouragan a épargnés : quelques chaises, des fauteuils, des tables, une armoire qui était dans la chambre de Mam, son lit de cuivre et sa chaise longue. Puis les malles qui contiennent les papiers du trésor, et des vêtements. Pour nous, ce n'est pas vraiment un départ, puisque nous n'avons rien à emporter. Tous nos livres, tous nos jouets ont disparu dans la tempête, et les liasses de journaux n'existent plus. Nous n'avons pas d'autres vêtements que ceux que nous portons, qui sont tachés et déchirés par les longues errances dans les broussailles. C'est mieux ainsi. Qu'aurions-nous pu emporter ? Ce qu'il nous aurait fallu, c'est le jardin avec ses beaux arbres, les murs de notre maison et son toit couleur de ciel, la petite hutte du capt'n Cook, les collines de Tamarin et de l'Étoile, les montagnes, et la vallée sombre de Mananava où vivent les deux pailles-en-queue. Nous restons debout au soleil, pendant que mon père charge les derniers objets à bord de la charrette.

Un peu avant une heure, sans avoir mangé, nous partons. Mon père est assis devant, à côté du cocher. Mam, Laure et moi sommes sous la bâche, au milieu des chaises qui brinqueballent et des caisses où s'entrechoquent les pièces rescapées de la vaisselle. Nous ne cherchons même pas à voir à travers les trous de la bâche le paysage qui s'éloigne. C'est ainsi que nous partons, ce mercredi 31 août, c'est ainsi que nous quittons notre monde, car nous n'en avons pas connu d'autre, nous perdons tout cela, la grande maison du Boucan où nous sommes nés, la varangue où Mam nous lisait l'Écriture sainte, l'histoire de Jacob et de l'Ange, Moïse sauvé des eaux, et ce jardin touffu comme l'Éden, avec les arbres de l'Intendance, les goyaviers et les manguiers, le ravin du tamarinier penché, le grand arbre chalta du bien et du mal, l'allée des étoiles qui conduit vers l'endroit du ciel où il y a le plus de lumières. Nous partons, nous quittons cela, et nous savons que plus rien de cela n'existera jamais, parce que c'est comme la mort, un voyage sans retour.

Forest Side

Alors j'ai commencé à vivre dans la compagnie du Corsaire inconnu, le *Privateer*, comme l'appelait mon père. Toutes ces années-là, j'ai pensé à lui, j'ai rêvé de lui. Il partageait ma vie, ma solitude. Dans l'ombre froide et pluvieuse de Forest Side, puis au Collège Royal de Curepipe, c'était avec lui que je vivais vraiment. Il était le *Privateer*, cet homme sans visage et sans nom qui avait parcouru les mers, capturant avec son équipage de forbans les navires portugais, anglais, hollandais, puis disparaissant un jour sans laisser d'autres traces que ces vieux papiers, cette carte d'une île sans nom, et un cryptogramme écrit en signes cunéiformes.

La vie à Forest Side, loin de la mer, cela n'existait pas. Depuis que nous avions été chassés du Boucan, nous n'étions plus retournés au bord de la mer. La plupart de mes camarades du Collège, les jours de congé, prenaient le train en famille et allaient passer quelques jours dans les « campements » du côté de Flic en Flac, ou bien de l'autre côté de l'île, vers Mahébourg, ou jusqu'à Poudre d'Or. Ils allaient parfois à l'île aux Cerfs, et ils racontaient ensuite longuement leur voyage, une fête sous les palmiers, les déjeuners, les goûters où venaient beaucoup de jeunes filles en robes claires et ombrelles. Nous, nous

103

étions pauvres, nous ne partions jamais. D'ailleurs Mam ne l'aurait pas voulu. Depuis le jour de l'ouragan, elle haïssait la mer, la chaleur, les fièvres. À Forest Side, elle avait guéri de cela, même si elle traînait un état de langueur et d'abandon. Laure restait auprès d'elle tout le temps, sans voir quiconque. Au commencement, elle était allée à l'école, comme moi, parce qu'elle disait qu'elle voulait apprendre à travailler pour ne pas avoir besoin de se marier. Mais à cause de Mam, elle a dû y renoncer. Mam a dit qu'elle avait besoin d'elle à la maison. Nous étions si pauvres, qui l'aiderait dans les tâches ménagères ? Il fallait accompagner Mam au marché, préparer les repas, nettoyer. Laure n'a rien dit. Elle a renoncé à aller à l'école, mais elle est devenue sombre, taciturne, ombrageuse. Alors elle ne se déridait que lorsque je revenais du Collège, pour passer à la maison la nuit du samedi et la journée du dimanche. Parfois elle venait à ma rencontre, le samedi, sur la route Royale. Je la reconnaissais de loin, sa silhouette longue et mince serrée dans sa robe bleue. Elle ne mettait pas de chapeau, et portait ses cheveux noirs en une longue tresse pliée et nouée dans le dos. Quand il crachinait, elle venait avec un grand châle entourant sa tête et ses épaules, comme une femme indienne.

Du plus loin qu'elle m'apercevait, elle criait en courant vers moi : « Ali !... Ali ! » Elle se serrait contre moi et commençait à parler, racontant des quantités de choses sans importance, qu'elle avait gardées en elle toute la semaine. Ses seules amies étaient des Indiennes, des femmes plus pauvres qu'elle qui vivaient sur les collines de Forest Side, à qui elle apportait un peu de nourriture, des vêtements usés, ou bien avec qui elle bavardait de longs moments. Peut-être pour cela avait-elle fini par leur ressembler un peu, avec sa silhouette mince, ses longs cheveux noirs et ses grands châles.

Pour moi, je l'écoutais à peine, parce qu'en ce temps-là, je n'avais d'autres pensées que pour la mer, et pour le *Privateer*, ses voyages, ses repaires, à Antongil, à Diego Suarez, au Monomotapa, ses expéditions, rapides comme le vent, jusqu'au Carnatic en Inde, pour couper la route aux orgueilleux et lourds vaisseaux des compagnies hollandaise, anglaise, française. Je lisais alors les livres où l'on parlait des forbans, et leurs noms et leurs exploits résonnaient dans mon imagination : Avery, surnommé le « petit roi », qui avait ravi et capturé la fille du Grand Mogol, Martel, Teach, le major Stede Bonnet, qui devint pirate « par désordre de son esprit », le capitaine England, Jean Rackham, Roberts, Kennedy, le capitaine Anstis, Taylor, Davis, et le fameux Olivier Le Vasseur, surnommé La Buse, qui, avec l'aide de Taylor, s'était emparé du vice-roi de Goa et d'un vaisseau qui contenait le fabuleux butin de diamants provenant du trésor de Golconde. Mais celui que j'aimais par-dessus tout, c'était Misson, le pirate philosophe qui, aidé du moine défroqué Caraccioli, avait fondé à Diego Suarez la république du Libertalia, où tous les hommes devaient vivre libres et égaux, quelles que soient leurs origines ou leur race.

Je ne parlais guère de cela avec Laure, parce qu'elle disait que c'étaient des chimères, comme celles qui avaient ruiné notre famille. Mais je partageais parfois mon rêve de la mer et du Corsaire inconnu avec mon père, et je pouvais regarder longuement les documents relatifs au trésor, qu'il gardait dans une cassette couverte de plomb, sous la table qui lui servait de bureau. Chaque fois que j'étais à Forest Side, le soir, enfermé dans cette longue pièce humide et froide, à la lueur d'une bougie je regardais les lettres, les cartes, les documents que mon père avait annotés et les calculs qu'il avait faits à partir des indications laissées par le *Priva-*

teer. Je recopiais avec soin les documents et les cartes, et je les emportais avec moi au Collège pour rêver.

Les années ont passé ainsi, dans un isolement peut-être encore plus grand que jadis au Boucan, car la vie, dans le froid du Collège et de ses dortoirs, était triste et humiliante. Il y avait la promiscuité des autres élèves, leur odeur, leur contact, leurs plaisanteries souvent obscènes, leur goût pour les mots orduriers et leur obsession du sexe, tout ce que je n'avais pas connu jusqu'alors et qui avait commencé lorsque nous avions été chassés du Boucan.

Il y avait la saison des pluies, non pas la violence des tempêtes du bord de mer, mais une pluie fine, monotone, qui s'installait sur la ville et les collines pendant des jours, des semaines. Aux heures de liberté, transi de froid, j'allais à la bibliothèque Carnegie et je lisais tous les livres que je pouvais trouver, en français ou en anglais. Les *Voyages et aventures en deux îles désertes* de François Leguat, *Le Neptune oriental*, de d'Après de Mannevillette, les *Voyages à Madagascar, à Maroc et aux Indes Orientales* de l'Abbé Rochon, et aussi Charles Alleaume, Grenier, Ohier de Grandpré, et je feuilletais les journaux à la recherche d'images, de noms, pour nourrir mon rêve de la mer.

La nuit, dans le froid du dortoir, je récitais par cœur les noms des navigateurs qui avaient parcouru les océans, fuyant les escadres, poursuivant des chimères, des mirages, le reflet insaisissable de l'or. Avery, toujours, le capitaine Martel, et Teach, qu'on appelait Barbe Noire, qui répondait, quand on lui demandait où il avait caché son or, « qu'il n'y avait que lui et le diable qui le sussent, et que le dernier vivant emporterait le tout ». Ainsi le racontait Charles Johnson dans son *Histoire de pyrates anglois*. Le capitaine Winter, et son fils adoptif,

106

England. Howell Davis, qui rencontra un jour sur sa route le vaisseau de La Buse, et, chacun ayant hissé pavillon noir, ils décidèrent alors de s'allier et de naviguer ensemble. Cochlyn le forban, qui les aida dans la capture du fort de Sierra Leone. Marie Read, déguisée en homme, et Anne Bonny, la femme de Jean Rackham. Tew, qui s'allia à Misson et soutint le Libertalia, Cornelius, Camden, John Plantain qui fut roi de Rantabé, John Falemberg, Edwarg Johner, Daniel Darwin, Julien Hardouin, François Le Frère, Guillaume Ottroff, John Allen, William Martin, Benjamin Melly, James Butter, Guillaume Plantier, Adam Johnson.

Et tous les voyageurs qui parcouraient alors la mer sans frontières, inventant de nouvelles terres. Dufougeray, Jonchée de la Goleterie, Charles Nicolas Mariette, le capitaine Le Meyer qui vit peut-être passer non loin de lui le vaisseau pirate la *Cassandra* de Taylor, « riche de cinq à six millions venant de Chine, où il avait pillé ces trésors », dit Charles Alleaume. Jacob de Bucquoy, qui assista Taylor dans son agonie, et recueillit peut-être son ultime secret. Grenier, qui explora le premier l'archipel des Chagos, Sir Robert Farquhar, De Langle qui accompagna La Pérouse en Alaska, ou encore cet homme dont je porte le nom, L'Étang, qui contresigna l'acte de prise de possession de l'île Maurice par Guillaume Dufresne commandant du *Chasseur*, un 20 septembre de l'année 1715. Ce sont les noms que j'entends la nuit, les yeux grands ouverts dans le noir du dortoir. Je rêve aussi aux noms des navires, les plus beaux noms du monde, écrits à la poupe, traçant le sillage blanc sur la mer profonde, écrits à jamais dans la mémoire qui est la mer, le ciel et le vent. Le *Zodiaque*, le *Fortuné*, le *Vengeur*, le *Victorieux* que commandait La Buse, puis le *Galderland* qu'il avait capturé, la *Défense* de Taylor, le *Revenant* de Surcouf, le *Flying Dragon* de Camden, le *Volant* qui emmenait Pingré vers Rodrigues, l'*Amphitrite*, et la *Grande Hirondelle* que commandait le corsaire Le Même avant de périr sur la *Fortune*. La *Néréide*, l'*Otter*, le *Saphire* sur lesquels sont venus les Anglais de Rowley en septembre 1809 jusqu'à la Pointe aux Galets pour conquérir l'île de France. Il y a les noms des îles aussi, noms fabuleux que je connaissais par cœur, simples îlots où s'étaient arrêtés les explorateurs et les corsaires à la recherche d'eau ou d'œufs d'oiseaux, cachettes au creux des baies, antres de forbans, où ils fondaient leurs villes, leurs palais, leurs États : la baie de Diego Suarez, la baie de Saint Augustin, la baie d'Antongil à Madagascar, l'île Sainte-Marie, Foulpointe, Tintingue. Les îles Comores, Anjouan, Maheli, Mayotte. L'archipel des Seychelles et des Amirantes, l'île Alphonse, Coetivi, George, Roquepiz, Aldabra, l'île de l'Assomption, Cosmoledo, Astove, Saint Pierre, Providence, Juan de Nova, le groupe des Chagos : Diego Garcia, Egmont, Danger, Aigle, Trois Frères, Peros Banhos, Salomon, Legour. Les Cargados Carajos, l'île merveilleuse de Saint Brandon, où les femmes ne peuvent pas aller ; Raphaël, Tromelin, l'île du Sable, le Banc Saya de Malha, le Banc Nazareth, Agalega... C'étaient les noms que j'entendais dans le silence de la nuit, les noms si lointains et pourtant si familiers, et maintenant encore tandis que je les écris mon cœur bat plus vite et je ne sais plus si je n'y suis pas allé.

Les instants de vie, c'était quand nous nous retrouvions, Laure et moi, après une semaine de séparation. Le long du sentier boueux qui allait vers Forest Side, longeant la voie ferrée jusqu'à Eau Bleue, sans prêter attention aux gens sous leurs parapluies, nous parlions pour nous remémorer les journées du Boucan, nos aventures à travers les cannes, le jardin, le ravin, le bruit du vent dans les filaos. Nous parlions vite, et tout cela semblait parfois un songe. « Et Mananava ? » disait Laure. Je ne pouvais pas lui répondre, parce que j'avais mal au centre de moi-même, et je pensais aux nuits sans sommeil, les yeux ouverts dans le noir, à écouter la respiration trop calme de Laure, à guetter l'arrivée de la mer. Mananava, la vallée sombre où naissait la pluie, où nous n'avions jamais osé entrer. Je pensais aussi au vent de la mer qui poussait lentement, comme des esprits de légende, les deux pailles-en-queue très blancs et j'entendais encore répercuté par les échos de la vallée, leur cri rauque pareil au bruit d'une crécelle. Mananava, où la femme du vieux Cook disait que vivaient les descendants des Noirs marrons, qui avaient tué les maîtres et brûlé les champs de canne. C'était là qu'avait fui Sengor, et c'était là que le grand Sacalavou s'était jeté du haut d'une falaise pour échapper aux Blancs qui le poursuivaient. Alors elle disait que lorsque venait la tempête, on entendait un gémissement qui montait de Mananava, une plainte éternelle.

Laure et moi nous marchions en nous souvenant, nous tenant par la main comme des amoureux. Je répétais la promesse que j'avais faite à Laure, il y avait très longtemps : nous irons à Mananava.

Comment les autres auraient-ils pu être nos amis, nos semblables ? A Forest Side, personne ne connaissait Mananava.

Nous avons vécu ces années-là dans une pauvreté à laquelle nous avions appris à devenir indifférents. Trop pauvres pour avoir des habits neufs, nous ne fréquentions personne, nous n'allions à aucun goûter, à aucune fête. Laure et moi prenions même une sorte de plaisir à cette solitude. Mon père, pour nous faire vivre, avait pris un travail de comptabilité dans un des bureaux de l'oncle Ludovic à Rempart Street à Port Louis, et Laure s'indignait de ce que l'homme qui avait le plus contribué à notre ruine et à notre départ du Boucan était celui qui nous nourrissait, comme d'une aumône.

Mais c'était moins de pauvreté que nous souffrions, que de l'exil. Je me souviens de ces après-midi obscurs dans la maison de bois de Forest Side, le froid humide des nuits, le bruit de l'eau ruisselant sur la tôle du toit. Maintenant, pour nous, la mer n'existait plus. À peine l'apercevions-nous quelquefois, quand nous prenions le train pour accompagner notre père jusqu'à Port Louis, ou quand nous allions avec Mam du côté du Champ-de-Mars. Au loin, c'était une étendue qui brillait durement au soleil entre les toits des docks et les cimes des arbres. Mais nous n'approchions pas d'elle. Laure et moi détournions notre regard, préférant brûler nos yeux sur les flancs pelés de la Montagne des Signaux.

En ce temps-là, Mam parlait de l'Europe, de la France. Bien qu'elle n'eût aucune famille là-bas, elle parlait de Paris comme d'un refuge. Nous prendrions le paquebot à vapeur de la British India Steam Navigation en provenance de Calcutta, et nous irions jusqu'à Marseille. D'abord nous traverserions l'océan jusqu'à Suez, et nous énumérions les villes que nous pourrions voir, Monbaz, Aden, Alexandrie, Athènes, Gênes. Ensuite nous prendrions le train jusqu'à Paris, où vivait un de nos oncles, un frère de mon père qui n'écrivait jamais et que nous ne connaissions que sous le nom d'oncle Pierre, un musicien célibataire qui avait, d'après mon père, très mauvais caractère mais qui était très généreux. C'est lui qui envoyait de l'argent pour nos études, et qui, après la mort de mon père, est venu au secours de Mam. Ainsi en avait décidé Mam, nous irions habiter chez lui, du moins les premiers temps, avant de trouver un logement. La fièvre de ce voyage avait même touché notre

110

père, qui rêvait tout haut de ces projets. Pour moi, je ne pouvais pas oublier le Corsaire inconnu, ni son or secret. Est-ce que là-bas, dans Paris, il y avait la place pour un corsaire ?

Alors nous resterions dans cette ville mystérieuse, où il y avait tant de belles choses, et tant de dangers aussi. Laure avait lu en feuilleton les *Mystères de Paris*, un roman interminable qui parlait de bandits, d'enleveurs d'enfants, de criminels. Mais ces dangers pour elle étaient estompés par les gravures des journaux qui représentaient le Champ-de-Mars (le vrai), la colonne, les grands boulevards, les modes. Durant les longues soirées du samedi, nous parlions du voyage, en écoutant la pluie tambouriner sur le toit de tôle, et le bruit des charrettes des *gunnies* roulant dans la boue du chemin. Laure parlait des endroits que nous irions visiter, du cirque surtout, car elle avait vu dans les journaux de mon père les dessins qui représentaient un chapiteau immense sous lequel évoluaient des tigres, des lions et des éléphants montés par des fillettes vêtues en bayadères. Mam nous ramenait à des choses plus sérieuses : nous étudierions, moi le droit, Laure la musique, nous irions dans les musées, peut-être visiter les grands châteaux. Nous restions silencieux de longs moments, à court d'imagination.

Mais le meilleur, pour Laure et pour moi, c'était lorsque nous parlions du jour — lointain, évidemment — où nous reviendrions chez nous, à Maurice, comme ces aventuriers vieillis qui cherchent à retrouver leur terre d'enfance. Nous arriverions un jour, peut-être par le même paquebot qui nous avait emportés, et nous marcherions dans les rues de la ville sans rien reconnaître. Nous irions à l'hôtel quelque part à Port Louis, sur le *Wharf* peut-être, au New Oriental, ou bien au Garden Hotel, dans Comedy Street. Ou encore nous prendrions le train en première classe, et nous irions au Family Hotel à Curepipe, et personne ne devinerait qui nous sommes. Sur le registre, j'écrirais nos noms :

Monsieur, Mademoiselle L'Étang
touristes.

Puis nous partirions à cheval à travers les champs de canne, vers l'ouest jusqu'à Quinze Cantons, et au-delà, et nous descendrions le chemin qui passe entre les pics des Trois Mamelles, puis le long de la route de Magenta, et ce serait le soir quand nous arriverions au Boucan, et là, rien n'aurait changé. Il y aurait toujours notre maison, un peu inclinée depuis le passage de l'ouragan, avec son toit peint couleur de ciel, et les lianes qui auraient envahi la varangue. Le jardin serait plus sauvage, et il y aurait toujours, près du ravin, le grand arbre chalta du bien et du mal où les oiseaux viennent se réunir avant la nuit. Même, nous irions jusqu'aux limites de la forêt, devant l'entrée de Mananava, là où commence toujours la nuit, et dans le ciel il y aurait les deux pailles-en-queue blancs comme l'écume qui tourneraient lentement au-dessus de nous en faisant leurs cris étranges de crécelle, puis qui disparaîtraient dans l'ombre.

Il y aurait la mer, l'odeur de la mer portée par le vent, le bruit de la mer, et nous écouterions en frissonnant sa voix oubliée qui nous dirait : ne partez plus, ne partez plus...

Mais le voyage en Europe n'eut jamais lieu, parce qu'un soir du mois de novembre, juste avant le début du nouveau siècle, notre père mourut, foudroyé par une attaque. La nouvelle arriva dans la nuit, portée par un courrier indien. On vint me réveiller dans le dortoir du

112

Collège, pour me conduire au bureau du Principal, anormalement éclairé à cette heure. On m'apprit ce qui était arrivé avec ménagement, mais je ne sentais rien qu'un grand vide. À la première heure, on me conduisit en voiture à Forest Side, et quand j'arrivai, au lieu de la foule que je redoutais, je ne vis que Laure et notre tante Adélaïde, et Mam, pâle et prostrée sur une chaise devant le lit où gisait mon père tout habillé. Cette mort brutale survenant après la chute de la maison où nous étions nés avait pour moi, comme pour Laure, quelque chose d'incompréhensible et de fatal qui nous semblait un châtiment du ciel. Mam ne s'en remit jamais tout à fait.

La première conséquence de la disparition de notre père fut un dénuement encore plus grand, pour Mam surtout. Il ne pouvait plus être question d'Europe, à présent. Nous étions prisonniers de notre île, sans espoir d'en sortir. Je me mis à détester cette ville froide et pluvieuse, ces routes encombrées de misérables, ces charrettes qui transportaient sans cesse les fardeaux de cannes vers le train du sucre, et même ce que j'avais tant aimé autrefois, ces immenses étendues des plantations où le vent faisait courir des vagues. Serais-je obligé de travailler un jour comme *gunny*, de charger les faisceaux de cannes sur les chars à bœufs, pour les enfourner dans la gueule du moulin, chaque jour de ma vie, sans espoir, sans liberté ? Ce ne fut pas même cela, mais peut-être pire encore. Ma bourse au Collège étant finie, je dus prendre un travail, et ce fut la place que mon père avait occupée dans les bureaux gris de W.W. West, la compagnie d'assurances et d'export qui était dans la main puissante de l'oncle Ludovic.

Alors j'ai eu le sentiment de rompre les liens qui m'unissaient à Laure et à Mam, le sentiment surtout que le Boucan et Mananava disparaissaient à tout jamais.

À Rempart Street, c'était un autre monde. J'arrivais chaque matin par le train avec la foule des saute-ruisseau, et des commerçants chinois et indiens qui venaient faire leurs affaires. Des wagons de première classe sortaient les gens importants, les hommes d'affaires, les avocats, vêtus de leurs costumes sombres, portant canne et chapeau. C'était ce flot qui me portait jusqu'à la porte des bureaux de W.W. West, où m'attendaient, dans la pénombre chaude du cabinet, les registres et les piles de factures. J'y restais jusqu'au soir à cinq heures, avec un arrêt d'une demi-heure vers midi pour déjeuner. Mes collègues allaient manger ensemble chez un Chinois de la rue Royale, mais moi, par économie, et aussi par goût de la solitude, je me contentais de grignoter quelques gâteaux-piment devant la boutique du Chinois, et parfois, comme un luxe, une orange du Cap que je découpais en quartiers, assis sur un muret à l'ombre d'un arbre, en regardant les paysannes indiennes revenir du marché.

C'était une vie sans heurt, sans surprise, et il me semblait souvent que tout cela n'était pas réel, que c'était un songe que je faisais tout éveillé, tout cela, le train, les chiffres sur les registres, l'odeur de la poussière dans les bureaux, les voix des employés de W.W. West qui parlaient en anglais, et ces femmes indiennes qui revenaient lentement du marché, portant sur leur tête leur panier vide, le long des rues immenses sous la lumière du soleil.

Mais il y avait les bateaux. C'était pour eux que j'allais sur le port, chaque fois que je le pouvais, quand je disposais d'une heure avant l'ouverture des bureaux de W.W. West, ou après cinq heures, quand Rempart Street était vide. Les jours de congé, quand les jeunes gens allaient se promener au bras de leur fiancée le long des allées du Champ-de-Mars, je préférais flâner sur les quais, au milieu des cordages et des filets de pêche, pour écouter parler les pêcheurs, et pour regarder les bateaux qui se balançaient sur l'eau grasse, suivant du regard l'entrelacs des gréements. Déjà je rêvais de partir, mais je devais me contenter de lire les noms des bateaux sur les poupes. Parfois c'étaient de simples barques de pêche qui portaient seulement un dessin naïf représentant un paon, un coq, ou un dauphin. Je regardais à la dérobée le visage des marins, de vieux Indiens, des Noirs, des Comoriens enturbannés, assis à l'ombre des grands arbres, fumant leurs cigares presque sans bouger.

Je me souviens encore aujourd'hui des noms que je lisais sur les poupes des navires. Ils sont marqués en moi comme les mots d'une chanson : *Gladys, Essalaam, Star of the Indian Sea, L'Amitié, Rose Belle, Kumuda, Rupanika, Tan Rouge, Rosalie, Poudre d'or, Belle of the South*. C'étaient pour moi les plus beaux noms du monde, car ils parlaient de la mer, ils disaient les longues vagues du large, les récifs, les archipels lointains, les tempêtes même. Quand je les lisais, j'étais loin de la terre, loin des rues de la ville, loin surtout de l'ombre poussiéreuse des bureaux et des registres couverts de chiffres.

Un jour, Laure est venue avec moi sur les quais. Nous avons marché longtemps le long des bateaux, sous le regard indifférent des marins assis à l'ombre des arbres. C'est elle qui m'a parlé la première de mon rêve secret, en me demandant : « Tu vas bientôt partir sur un bateau ? » J'ai ri un peu, étonné de sa question, comme si c'était une plaisanterie. Mais elle m'a regardé sans rire, ses beaux yeux sombres pleins de tristesse. « Si, si, je crois que tu peux partir sur n'importe lequel de ces bateaux, partir n'importe où, comme avec Denis sur la pirogue. » Comme je ne répondais rien, elle a dit, presque gaiement tout à coup : « Tu sais, j'aimerais beaucoup cela, moi, partir n'importe où, sur un bateau, en Inde, en Chine, en Australie, n'importe où. Mais c'est telle-

115

ment impossible ! » « Tu te souviens du voyage en France ? » « Je ne voudrais plus y aller, maintenant », dit encore Laure. « En Inde, en Chine, n'importe où, mais plus en France. » Elle s'est arrêtée de parler, et nous avons continué à regarder les bateaux amarrés le long du quai, et moi, j'étais heureux, je savais pourquoi j'étais heureux chaque fois qu'un bateau hissait ses voiles et s'éloignait vers le large.

C'est cette année-là que j'ai fait connaissance du capitaine Bradmer et du *Zeta*. Je voudrais maintenant me souvenir de chaque détail de ce jour-là, pour le revivre, parce que ç'a été un des jours les plus importants de ma vie.

C'était un dimanche matin, dès l'aube j'étais sorti de la vieille maison de Forest Side et j'avais pris le train pour Port Louis. J'errais comme à mon habitude le long des quais, au milieu des pêcheurs qui revenaient déjà de la mer avec leurs couffins remplis de poissons. Les bateaux étaient encore mouillés par la haute mer, fatigués, leurs voiles pendant le long des mâts pour sécher au soleil. J'aimais bien être là au retour de la pêche, entendre le gémissement des coques, sentir l'odeur de la mer, qui était encore sur eux. Alors, parmi les barques de pêche, les chasse-marée, et la foule des pirogues à voile, je l'ai vu : c'était un bateau déjà ancien, avec la silhouette fine et élancée des goélettes, deux mâts légèrement inclinés en arrière, et deux belles voiles auriques qui claquaient dans le vent. Sur la longue coque noire relevée vers la proue j'ai lu son nom étrange, écrit en lettres blanches : ZETA.

Au milieu des autres bateaux de pêche, il ressemblait à un pur-sang prêt pour la course, avec ses grandes voiles très blanches et son gréement qui volait du hunier au beaupré. Je suis resté longtemps immobile, à l'admirer.

116

D'où venait-il ? Allait-il repartir pour un voyage que j'imaginais sans retour ? Un marin était debout sur le pont, un Noir comorien. J'ai osé lui demander d'où il venait, et il m'a répondu : « Agalega. » Quand je lui ai demandé à qui était le navire, il m'a dit un nom que j'ai mal compris : « Capitaine Bras-de-Mer. » C'est peut-être ce nom qui évoquait le temps des corsaires, qui a mis d'abord mon imagination en éveil, m'a attiré vers ce bateau. Qui était ce « Bras-de-Mer » ? Comment pouvait-on le voir ? Ce sont les questions que j'aurais voulu poser au marin, mais le Comorien m'a tourné le dos et s'est assis sur un fauteuil, à l'arrière du bateau, à l'ombre des voiles.

Plusieurs fois je suis revenu ce jour-là, pour regarder le schooner amarré au quai, inquiet à l'idée qu'il pourrait s'en aller à la marée du soir. Le marin comorien était toujours assis sur le fauteuil, à l'ombre de la voile qui flottait dans le vent. Vers trois heures de l'après-midi, la marée a commencé à monter, et le marin a cargué la voile sur la vergue. Puis il a fermé soigneusement les écoutilles avec des cadenas, et il est descendu sur le quai. Quand il m'a vu de nouveau devant le bateau, il s'est arrêté, et il m'a dit : « Le capitaine Bras-de-Mer va venir maintenant. »

L'après-midi m'a semblé bien long, à l'attendre. Je suis resté longtemps assis sous les arbres de l'Intendance pour échapper au soleil brûlant. Au fur et à mesure que le jour passait, les activités des gens de mer se ralentissaient, et bientôt il n'y avait plus personne, sauf quelques mendiants qui dormaient à l'ombre des arbres, ou qui glanaient les débris du marché. Avec la marée, le vent soufflait de la mer, et je voyais au loin, entre les mâts, l'horizon qui brillait.

Au crépuscule je suis retourné devant le *Zeta*. Il bougeait à peine au bout de ses amarres, dans la houle.

Posée sur le pont en guise de coupée, une simple planche grinçait en suivant le mouvement.

À la lumière dorée du soir, dans l'abandon du port où seules passaient quelques mouettes, avec le bruit léger du vent qui sifflait dans les agrès, et peut-être aussi à cause de cette longue attente dans le soleil, comme autrefois lorsque je courais dans les champs, le navire avait pris quelque chose de magique, avec ses hauts mâts inclinés, ses vergues prisonnières du réseau de cordages, la flèche aiguë du beaupré pareille à un rostre. Sur le pont brillant, le fauteuil vide placé devant la roue de la barre donnait une impression d'étrangeté encore plus grande. Ce n'était pas un fauteuil de bateau : c'était plutôt un fauteuil de bureau, en bois tourné, comme ceux que je voyais chaque jour chez W.W. West ! Et il était là, à la poupe du navire, terni par les embruns, portant la marque des voyages à travers l'océan !

L'attirance était trop forte. D'un bond, j'ai franchi la planche qui servait de coupée, et je me suis retrouvé sur le pont du *Zeta*. J'ai marché jusqu'au fauteuil et je m'y suis assis, pour attendre, devant la grande roue de bois de la barre. J'étais tellement pris par la magie du navire, dans la solitude du port et la lumière dorée du soleil couchant, que je n'ai même pas entendu le capitaine arriver. Il est venu jusqu'à moi, et m'a regardé avec curiosité, sans se mettre en colère, et il m'a dit, d'un drôle d'air, à la fois moqueur et sérieux :

« Eh bien, monsieur ? Quand partons-nous ? »

Je me souviens bien de la façon dont il m'a posé cette question, et de la rougeur qui a couvert mon visage, parce que je ne savais pas quoi lui répondre.

Qu'ai-je dit, pour m'excuser ? Je me souviens surtout de l'impression que m'a faite alors le capitaine, son corps massif, ses habits usés comme son navire, constellés de traces indélébiles comme des cicatrices, son visage d'Anglais à la peau très rouge, lourd, sérieux, que démentaient des yeux noirs brillants, la lueur de moquerie juvénile de son regard. C'est lui qui m'a parlé d'abord, et j'ai su que « Bras-de-Mer » était en réalité le capitaine Bradmer, un officier de la Marine Royale qui arrivait au bout de ses aventures solitaires.

Je crois que je l'ai su tout de suite : je partirais sur le *Zeta*, ce serait mon navire Argo, celui qui me conduirait à travers la mer jusqu'au lieu dont j'avais rêvé, à Rodrigues, pour ma quête d'un trésor sans fin.

Vers Rodrigues, 1910

J'ouvre les yeux, et je vois la mer. Ce n'est pas la mer d'émeraude que je voyais autrefois, dans les lagons, ni l'eau noire devant l'estuaire de la rivière du Tamarin. C'est la mer comme je ne l'avais jamais vue encore, libre, sauvage, d'un bleu qui donne le vertige, la mer qui soulève la coque du navire, lentement, vague après vague, tachée d'écume, parcourue d'étincelles.

Il doit être tard, le soleil est déjà haut dans le ciel. J'ai dormi si profondément que je n'ai même pas entendu le navire appareiller, franchir la passe, lorsque la marée est venue.

Hier soir j'ai marché sur les quais, tard dans la nuit, en sentant l'odeur de l'huile, du safran, l'odeur des fruits pourris qui flotte sur l'emplacement du marché. J'entendais les voix des hommes de mer, dans les bateaux, les exclamations des joueurs de dés, je sentais aussi l'odeur de l'« arak », du tabac. Je suis monté à bord du navire, je me suis couché sur le pont, pour échapper à l'étouffement de la cale, à la poussière des sacs de riz. J'ai regardé le ciel à travers les cordages du mât, la tête appuyée sur ma malle. J'ai lutté contre le sommeil jusqu'après minuit, regardant le ciel sans étoiles, écoutant les voix, les grincements de la coupée sur le quai, et

123

au loin une musique de guitare. Je ne voulais penser à personne. Seule Laure a su mon départ, mais elle n'en a rien dit à Mam. Elle n'a pas versé une larme, au contraire, ses yeux brillaient d'une lumière inhabituelle. Nous nous reverrons bientôt, ai-je dit. Là-bas, à Rodrigues, nous pourrons commencer une vie nouvelle, nous aurons une grande maison, des chevaux, des arbres. Est-ce qu'elle pouvait me croire ?

Elle n'a pas voulu que je la rassure. Tu pars, tu t'en vas, peut-être pour toujours. Tu dois aller au bout de ce que tu cherches, au bout du monde. C'est cela qu'elle voulait me dire, quand elle me regardait, mais moi je ne pouvais pas la comprendre. Maintenant, c'est pour elle que j'écris, pour lui dire ce que c'était, cette nuit-là, couché sur le pont du *Zeta*, au milieu des cordages, écoutant la voix des hommes de mer, et la guitare qui jouait sans cesse la même chanson créole. La voix, à un moment, est devenue plus forte, peut-être que le vent s'était levé, ou bien le chanteur s'était tourné vers moi, dans l'ombre du port.

> *Vale, vale, prête mo to fizi*
> *Avla l'oiseau prêt envolé*
> *Si mo gagne bonher touyé l'oiseau*
> *Mo gagne l'arzent pou mo voyaze,*
> *En allant, en arrivant !*

Je me suis endormi en écoutant les paroles de la chanson.

Et quand la marée est venue, le *Zeta* a hissé ses voiles en silence, il a glissé sur l'eau noire, vers les forts de la passe, et moi je n'en savais rien. J'ai dormi sur le pont, à côté du capitaine Bradmer, la tête appuyée sur ma malle.

Quand je me réveille, et que je regarde autour de moi, ébloui par le soleil, la terre n'existe plus. Je vais tout à fait à l'arrière, je m'appuie contre le bastingage. Je regarde la mer tant que je peux, les longues vagues qui glissent sous la coque, le sillage comme un chemin qui étincelle. Il y a si longtemps que j'attends cet instant ! Mon cœur bat très fort, mes yeux sont pleins de larmes.

Le *Zeta* s'incline lentement sous le passage des vagues, puis se redresse. Aussi loin que je puisse voir, il n'y a que cela : la mer, les vallées profondes entre les vagues, l'écume sur les crêtes. J'écoute le bruit de l'eau qui serre la coque du navire, le déchirement d'une lame contre l'étrave. Le vent surtout, qui gonfle les voiles et fait crier les agrès. Je reconnais bien ce bruit, c'est celui du vent dans les branches des grands arbres, au Boucan, le bruit de la mer qui monte, qui se répand jusque dans les champs de canne. Mais c'est la première fois que je l'entends ainsi, seul, sans obstacle, libre d'un bout à l'autre du monde.

Les voiles sont belles, gonflées par le vent. Le *Zeta* navigue au plus près, et la toile blanche ondule en claquant, du haut vers le bas. À l'avant, il y a les trois focs effilés comme des ailes d'oiseau de mer, qui semblent guider le navire vers l'horizon. Parfois, après une saute du vent d'ouest, la toile des voiles se retend dans un ourlet violent qui résonne comme un coup de canon. Tous les bruits de la mer m'étourdissent, la lumière m'aveugle. Il y a le bleu de la mer surtout, ce bleu profond et sombre, puissant, plein d'étincelles. Le vent tourbillonne et m'enivre, et je sens le goût salé des embruns quand la vague couvre l'étrave.

Tous les hommes sont sur le pont. Ce sont des marins indiens, comoriens, il n'y a pas d'autre passager à bord. Tous, nous ressentons la même ivresse du premier jour en mer. Même Bradmer doit ressentir cela. Il est debout sur le pont, près de l'homme de barre, les jambes écartées pour résister au roulis. Depuis des heures il n'a pas bougé, il n'a pas quitté la mer des yeux. Malgré l'envie que j'ai, je n'ose pas lui poser de questions. Je dois attendre. Impossible de rien faire d'autre que de regarder la mer et d'écouter le bruit du vent, et pour rien au monde je ne voudrais descendre dans la cale. Le soleil brûle le pont, brûle l'eau sombre de la mer.

Je vais m'asseoir plus loin sur le pont, au bout de la bôme qui vibre. Les vagues soulèvent la poupe du navire, puis la laissent tomber lourdement. C'est une route sans fin qui s'élargit vers l'horizon, en arrière. Il n'y a plus de terre nulle part. Il n'y a que l'eau profonde, imprégnée de lumière, et le ciel où les nuages semblent immobiles, légères fumées nées de l'horizon.

Où allons-nous ? C'est cela que je voudrais demander à Bradmer. Hier il n'a rien dit, il est resté silencieux comme s'il réfléchissait, ou comme s'il ne voulait pas le dire. À Mahé, peut-être, à Agalega, cela dépend des vents, m'a dit le timonier, un vieil homme couleur de terre cuite, dont les yeux clairs vous regardent sans ciller. Le vent est sud-sud-est maintenant continu, sans rafales, et nous allons cap au nord. Le soleil est à la poupe du *Zeta*, sa lumière semble gonfler les voiles.

L'ivresse du début du jour ne cède pas. Les marins noirs et indiens restent debout sur le pont, près du mât de misaine, accrochés aux cordages. Maintenant Bradmer s'est assis sur son fauteuil, derrière le timonier, et il continue à regarder devant lui, vers l'horizon, comme s'il attendait vraiment que quelque chose apparaisse. Il n'y a que les vagues, accourant vers nous, pareilles à des bêtes, tête dressée, crête étincelante, puis cognant la coque du navire et se glissant sous elle. En me retournant, je les vois fuir, à peine marquées par le tranchet de la quille, vers l'autre bout du monde.

Mes pensées se heurtent en moi, suivant le rythme des

126

vagues. Je crois que je ne suis plus le même, que je ne serai plus jamais le même. Déjà la mer me sépare de Mam et de Laure, de Forest Side, de tout ce que j'ai été.

Quel jour sommes-nous ? Il me semble que j'ai toujours vécu ici, à la poupe du *Zeta*, regardant par-dessus le bastingage l'étendue de la mer, écoutant sa respiration. Il me semble que tout ce que j'ai vécu depuis notre expulsion du Boucan, à Forest Side, au Collège Royal, puis dans les bureaux de W. W. West, tout cela n'était qu'un songe, et qu'il a suffi que j'ouvre les yeux sur la mer pour que cela s'efface.

Dans le bruit des vagues et du vent, j'entends une voix répéter au fond de moi, sans cesse : la mer ! La mer ! Et cette voix recouvre toutes les autres paroles, toutes les pensées. Le vent qui nous chasse vers l'horizon parfois tourbillonne, fait basculer le navire. J'entends les détonations des voiles, les sifflements des agrès. Cela aussi, ce sont des paroles qui m'emportent, qui m'éloignent. La terre où j'ai vécu tout ce temps, où est-elle maintenant ? Elle est devenue toute petite, pareille à un radeau perdu, tandis que le *Zeta* avance sous la poussée du vent et de la lumière. Elle dérive quelque part, de l'autre côté de l'horizon, mince filet de boue perdu dans l'immensité bleue.

Je suis tellement occupé à regarder la mer et le ciel, chaque creux d'ombre entre les vagues, et les lèvres du sillage qui s'écartent, j'écoute avec tellement d'attention le bruit de l'eau sur l'étrave, le bruit du vent, que je n'ai pas remarqué que les hommes de l'équipage sont en train de manger. C'est Bradmer qui vient vers moi. Il me regarde, toujours avec cette lueur de moquerie dans ses petits yeux noirs.

127

« Eh bien, monsieur ? C'est le mal de mer qui vous coupe l'appétit ? » dit-il en anglais.

Je me lève aussitôt, pour lui montrer que je ne suis pas malade.

« Non, monsieur. »

« Alors, venez manger. » C'est presque un ordre.

Nous descendons dans la cale par l'échelle. Au fond du bateau, la chaleur est étouffante, et l'air est chargé des odeurs de cuisine et de marchandises. Malgré les écoutilles ouvertes, il fait sombre. L'intérieur du bateau n'est qu'une seule grande cale, dont la partie centrale est occupée par les caisses et les ballots de marchandises, et l'arrière par les matelas à même le sol où dorment les marins. Sous l'écoutille avant, le cuisinier chinois est occupé à distribuer les rations de riz-cari qu'il a fait cuire sur un vieux réchaud à alcool, et à verser le thé d'une grande bouilloire en étain.

Bradmer s'accroupit à l'indienne, le dos appuyé contre une poutre, et je fais comme lui. Ici, à fond de cale, le bateau roule terriblement. Le cuisinier nous donne des assiettes émaillées pleines de riz, et deux quarts de thé brûlant.

Nous mangeons sans parler. Dans la pénombre, je distingue les marins indiens accroupis eux aussi, en train de boire leur thé. Bradmer mange rapidement, en se servant de la cuiller cabossée comme d'une baguette, poussant le riz dans sa bouche. Le riz est huileux, imprégné de sauce de poisson, mais le cari est si fort qu'on sent à peine le goût. Le thé brûle mes lèvres et ma gorge, mais cela désaltère après le riz pimenté.

Quand Bradmer a fini, il se lève, et pose l'assiette et le quart par terre, près du Chinois. Au moment de remonter l'échelle vers le pont, il fouille dans la poche de sa veste, et il en sort deux cigarettes bizarres, faites d'une feuille de tabac encore vert roulée sur elle-même. Je prends une des cigarettes et je l'allume au briquet du capitaine. Nous montons l'échelle l'un après l'autre, et nous sommes à nouveau sur le pont, dans le vent violent.

Après être resté quelques instants dans la cale, la lumière m'éblouit si fort que j'ai les yeux pleins de larmes. À tâtons presque, courbé sous la bôme, je regagne ma place à la poupe, je m'assois près de ma malle. Bradmer, lui, est retourné s'asseoir dans son fauteuil vissé au pont, et il regarde au loin, sans parler au timonier, en fumant sa cigarette.

L'odeur du tabac est âcre et douce, elle m'écœure. Cela ne va pas pour moi avec le bleu si pur de la mer et du ciel, avec le bruit du vent. J'éteins la cigarette sur le pont, mais je n'ose pas la jeter à la mer. Je ne peux pas admettre cette souillure, ce corps étranger flottant sur cette eau si belle, lisse, vivante.

Le *Zeta* n'est pas une souillure. Il a tellement parcouru cette mer, et d'autres mers aussi, au-delà de Madagascar, jusqu'aux Seychelles, ou vers le sud, jusqu'à Saint Paul. L'océan l'a purifié, l'a rendu semblable aux grands oiseaux de mer qui planent dans le vent.

Le soleil descend lentement dans le ciel, il éclaire l'autre côté des voiles maintenant. Je vois l'ombre de la voilure sur la mer qui grandit d'heure en heure. En fin d'après-midi, le vent a perdu son souffle. C'est une brise légère qui appuie à peine sur les grandes voiles, qui lisse et arrondit les vagues, fait frissonner la surface de la mer comme une peau. La plupart des marins sont descendus dans la cale, ils boivent du thé et parlent. Certains dorment sur les matelas à même le sol, pour se préparer à la navigation de nuit.

Le capitaine Bradmer est resté assis dans son fauteuil, derrière le timonier. Ils parlent à peine, quelques mots indistincts. Ils fument sans se lasser les cigarettes de tabac vert, dont l'odeur me parvient par instants, quand il y a un tourbillon. Je sens mes yeux brûler, peut-être ai-je la fièvre ? La peau de mon visage, mon cou, mes bras, mon dos me brûlent. La chaleur du soleil, pendant toutes ces heures, a marqué mon corps. Tout le jour, le soleil a brûlé sur les voiles, sur le pont, sur la mer aussi, sans que j'y prenne garde. Il a allumé ses étincelles à la crête des vagues, dessinant des arcs-en-ciel dans les embruns.

Maintenant, c'est de la mer que vient la lumière, du plus profond de sa couleur. Le ciel est clair, presque sans couleur, et je regarde l'étendue bleue de la mer et le vide du ciel jusqu'au vertige.

C'est cela dont j'ai toujours rêvé. Il me semble que ma vie s'est arrêtée il y a longtemps, à l'avant de la pirogue qui dérivait sur le lagon du Morne, quand Denis scrutait le fond, à la recherche d'un poisson à harponner. Tout cela, que je croyais disparu, oublié, le bruit, le regard de la mer fascinant par ses gouffres, tout cela tourne en moi, revient, sur le *Zeta* qui avance.

Lentement le soleil descend vers l'horizon, illuminant les crêtes des vagues, ouvrant des vallées d'ombre. Comme la lumière décline et se teinte d'or, les mouvements de la mer se ralentissent. Le vent ne lance plus ses rafales. Les voiles se dégonflent, pendent entre les vergues. Tout d'un coup la chaleur est lourde, humide. Tous les hommes sont sur le pont, à l'avant du navire, ou bien assis autour des écoutilles. Ils fument, certains sont allongés torse nu sur le pont, les yeux mi-clos, en train de rêver, peut-être sous l'effet du *kandja*. L'air est calme maintenant, et la mer froisse à peine ses vagues lentes contre la coque du navire. Elle a pris une couleur violette, d'où la lumière ne sort plus. J'entends distinctement les voix, les rires des marins qui jouent aux dés à l'avant du navire, et le débit monotone du timonier

130

noir, qui parle au capitaine Bradmer sans le regarder

Tout cela est étrange, pareil à un rêve interrompu il y a très longtemps, né du miroitement de la mer quand la pirogue glissait près du Morne, sous le vide incolore du ciel. Je pense à l'endroit où je vais, et mon cœur bat plus vite. La mer est une route lisse pour trouver les mystères, l'inconnu. L'or est dans la lumière, autour de moi, caché sous le miroir de la mer. Je pense à ce qui m'attend, à l'autre bout de ce voyage, comme une terre où je serais déjà allé autrefois, et que j'aurais perdue. Le navire glisse sur le miroir de la mémoire. Mais saurai-je comprendre, quand j'arriverai ? Ici, sur le pont du *Zeta* qui avance doucement dans la lumière alanguie du crépuscule, la pensée de l'avenir me donne le vertige. Je ferme les yeux pour ne plus voir l'éblouissement du ciel, le mur sans faille de la mer.

Jour suivant, à bord

Malgré ma répugnance, j'ai dû passer la nuit à fond de cale. Le capitaine Bradmer ne veut personne sur le pont pendant la nuit. Couché à même le plancher (les matelas des marins ne m'inspirent pas confiance), la tête appuyée sur ma couverture roulée en boudin, je m'accroche à la poignée de ma cantine à cause du roulis incessant. Le capitaine Bradmer couche dans une sorte d'alcôve construite dans les structures, entre deux énormes poutres de teck à peine équarries qui soutiennent le pont. Il a même installé un rideau précaire qui lui permet de s'isoler, mais qui doit le faire suffoquer, car au petit matin j'ai vu qu'il avait écarté le rideau devant sa figure.

Nuit exténuante, à cause du roulis d'abord, mais aussi de la promiscuité. Hommes ronflant, toussant, se parlant, allant et venant sans cesse de la cale aux écoutilles pour respirer un peu d'air frais, ou pour pisser par-dessus bord sous le vent. La plupart sont des étrangers, des Comoriens, des Somalis qui parlent une langue rauque, ou des Indiens du Malabar à la peau sombre, au regard triste. Si je n'ai pas dormi un instant cette nuit, c'est aussi à cause de ces hommes. Dans l'ombre étouffante de la cale, à peine trouée par la lueur tremblotante de la veilleuse, avec les geignements de la coque balancée par les vagues, j'ai ressenti peu à peu une inquiétude absurde et irrésistible. Parmi ces hommes, n'y avait-il pas des mutins, de ces fameux pirates de l'Est africain dont on parlait tant dans les journaux de voyage que je lisais avec Laure ? Peut-être avaient-ils projeté de nous tuer, le capitaine Bradmer, moi et ceux de l'équipage qui n'étaient pas complices, afin de s'emparer du navire ? Peut-être croyaient-ils que je transportais de l'argent et des objets précieux dans cette vieille cantine dans laquelle j'avais enfermé les papiers de mon père ? Certes, j'aurais dû l'ouvrir devant eux pour qu'ils voient qu'elle ne contenait que de vieux papiers, des cartes, du linge et mon théodolite. Mais n'auraient-ils pas pensé alors qu'il y avait un double fond plein de pièces d'or ? Tandis que le navire roulait lentement, je sentais contre mon épaule nue le métal tiède de la malle, et je restais les yeux ouverts pour surveiller l'obscurité de la cale. Quelle différence avec cette première nuit passée sur le pont du *Zeta*, quand le navire avait appareillé dans mon sommeil, et que je m'étais réveillé tout à coup le matin, ébloui par la mer immense.

Où allons-nous ? Ayant maintenu le cap au nord depuis le départ, il ne fait plus de doute maintenant que nous allons vers Agalega. C'est pour les gens de cette île lointaine que le capitaine Bradmer apporte la plus grande partie de sa cargaison hétéroclite : ballots de tissu, rouleaux de fil de fer, barils d'huile, caisses de savon, sacs de riz et de farine, haricots, lentilles, et puis toutes sortes de casseroles et de plats émaillés enveloppés dans des filets. Tout cela sera vendu aux Chinois qui tiennent boutique pour les pêcheurs et les fermiers.

La présence de ces ustensiles et l'odeur des marchandises me rassurent. Est-ce là une cargaison pour des pirates ? Le *Zeta* est une épicerie flottante, et l'idée d'une mutinerie me semble tout à coup risible.

Mais je ne dors pas pour autant. Maintenant, les hommes se sont tus, mais ce sont les insectes qui commencent. J'entends galoper les cafards énormes, qui volent parfois à travers la cale en vibrant. Entre leurs galops et leurs vols, j'entends le bruit aigu des moustiques près de mon oreille. Contre eux aussi je veille, bras et visage couverts par ma chemise.

N'arrivant pas à dormir, je vais à mon tour jusqu'à l'échelle, et je passe la tête par l'écoutille ouverte. Dehors, la nuit est belle. Le vent a recommencé à souffler, tirant sur les voiles bordées aux trois quarts. C'est un vent froid qui vient du sud et chasse le navire. Après la chaleur étouffante de la cale, le vent me fait frissonner, mais c'est agréable. Je vais enfreindre les ordres du capitaine Bradmer. Muni de ma couverture de cheval, souvenir du temps du Boucan, je suis sur le pont, je marche vers la proue. À l'arrière, il y a le timonier noir, et deux marins qui lui tiennent compagnie en fumant du kandja. Je m'assois tout à fait à la proue, sous les ailes des focs, et je regarde le ciel et la mer. Il n'y a pas de lune, et pourtant mes yeux dilatés aperçoivent chaque vague, l'eau couleur de nuit, les taches de l'écume. C'est la lumière des étoiles qui éclaire la mer. Jamais je n'avais vu les étoiles comme cela. Même autrefois, dans le jardin du Boucan, quand nous marchions avec notre père sur l'« allée des étoiles », ce n'était pas aussi beau.

133

Sur terre, le ciel est mangé par les arbres, par les collines, terni par cette brume impalpable comme une haleine qui sort des ruisseaux, des champs d'herbe, des bouches des puits. Le ciel est lointain, on le voit comme à travers une fenêtre. Mais ici, au centre de la mer, il n'y a pas de limites à la nuit.

Il n'y a rien entre moi et le ciel. Je me couche sur le pont, la tête appuyée contre l'écoutille fermée, et je regarde les étoiles de toutes mes forces, comme si je les voyais pour la première fois. Le ciel bascule entre les deux mâts, les constellations tournent, s'arrêtent un instant, puis retombent. Je ne les reconnais pas encore. Ici, les étoiles sont tellement brillantes, même les plus faibles, qu'elles me semblent nouvelles. Il y a Orion, à bâbord, et vers l'est, peut-être le Scorpion, où luit Antarès. Celles que je vois avec netteté, en me retournant, à la poupe du navire, si près de l'horizon que je n'ai qu'à baisser les yeux pour les suivre dans leur lent balancement, ce sont les étoiles qui dessinent la Croix du Sud. Je me souviens de la voix de mon père, lorsqu'il nous guidait à travers le jardin obscur, et nous demandait de la reconnaître, légère et fugitive au-dessus de la ligne des collines.

Je regarde cette croix d'étoiles, et cela m'éloigne encore davantage, parce qu'elle appartient vraiment au ciel du Boucan. Je ne peux en détacher mon regard, de peur de la perdre pour toujours.

C'est comme cela que je me suis endormi, cette nuit-là, un peu avant l'aube, les yeux ouverts sur la Croix du Sud. Enroulé dans la couverture, le visage et les cheveux bousculés par les rafales du vent, écoutant les claquements du vent dans les focs et le bruit crissant de la mer contre l'étrave.

Un autre jour, en mer

Levé dès l'aube, et regardant la mer presque sans bouger, à ma place à la poupe, près du timonier noir. Le timonier est un Comorien au visage très noir d'Abyssin, mais avec des yeux d'un vert lumineux. Il est le seul qui parle vraiment avec le capitaine Bradmer. et ma qualité de passager payant me vaut l'avantage de pouvoir m'installer près de lui et de l'écouter parler. Il parle lentement, en choisissant ses mots, dans un français très pur à peine marqué d'accent créole. Il dit qu'il était autrefois à l'école des Pères de Moroni, et qu'il devait devenir prêtre. Un jour, il a tout quitté, sans raison véritable, pour devenir marin. Il y a maintenant trente ans qu'il navigue, il connaît chaque port, depuis Madagascar jusqu'à la côte d'Afrique, de Zanzibar aux Chagos. Il parle des îles, des Seychelles, de Rodrigues, et aussi des plus lointaines, Juan de Nova, Farquhar, Aldabra. Celle qu'il aime surtout, c'est Saint Brandon, qui n'appartient qu'aux tortues de mer et aux oiseaux. Hier, abandonnant le spectacle des vagues qui avancent et se refont à la même place, je me suis assis sur le pont à côté du timonier et je l'ai écouté parler au capitaine Bradmer. C'est parler devant Bradmer que je devrais dire, car le capitaine, en bon Anglais, peut rester immobile pendant des heures, assis sur son fauteuil de greffier, en fumant ses petites cigarettes vertes, pendant que le timonier parle, sans répondre autre chose qu'un grognement de vague acquiescement, une sorte de « hahum » qui ne sert qu'à rappeler qu'il est toujours là. Drôles d'histoires de mer que raconte le timonier, de sa voix lente et chantante, son regard vert scrutant l'horizon. Histoires de ports, de tempêtes, de pêche, de filles, histoires sans but et sans fin comme sa propre vie.

J'aime quand il parle de Saint Brandon, parce qu'il en

parle comme d'un paradis. C'est le lieu qu'il préfère, où il revient sans cesse par la pensée, par le rêve. Il a connu beaucoup d'îles, beaucoup de ports, mais c'est là que le ramènent les routes de la mer. « Un jour, je retournerai là-bas pour mourir. Là-bas, l'eau est aussi bleue et aussi claire que la fontaine la plus pure. Dans le lagon elle est transparente, si transparente que vous glissez sur elle dans votre pirogue, sans la voir, comme si vous étiez en train de voler au-dessus des fonds. Autour du lagon, il y a beaucoup d'îles, dix, je crois, mais je ne connais pas leurs noms. Quand je suis allé à Saint Brandon, j'avais dix-sept ans, j'étais encore un enfant, je venais de m'échapper du séminaire. Alors j'ai cru que j'arrivais au paradis, et maintenant je crois encore que c'était là qu'était le paradis terrestre, quand les hommes ne connaissaient pas le péché. J'ai donné aux îles les noms que je voulais : il y avait l'île du fer à cheval, une autre la pince, une autre le roi, je ne sais plus pourquoi. J'étais venu avec un bateau de pêche de Moroni. Les hommes étaient venus là pour tuer, pour pêcher comme des animaux rapaces. Dans le lagon, il y avait tous les poissons de la création, ils nageaient lentement autour de notre pirogue, sans crainte. Et les tortues de mer, qui venaient nous voir, comme s'il n'y avait pas de mort dans le monde. Les oiseaux de mer volaient autour de nous par milliers... Ils se posaient sur le pont du bateau, sur les vergues, pour nous regarder, parce que je crois qu'ils n'avaient jamais vu d'hommes avant nous... Alors nous avons commencé à les tuer. » Le timonier parle, ses yeux verts sont pleins de lumière, son visage est tendu vers la mer comme s'il voyait encore tout cela. Je ne peux m'empêcher de suivre son regard, au-delà de l'horizon, jusqu'à l'atoll où tout est neuf comme aux premiers jours du monde. Le capitaine Bradmer tire sur sa cigarette, il dit « hahum-hum », comme quelqu'un qui ne s'en laisse pas conter. Derrière nous deux marins noirs, dont l'un est rodriguais, écoutent, sans vraiment comprendre. Le timonier parle du lagon qu'il ne reverra plus, sauf le jour de sa mort. Il parle des îles où les pêcheurs construisent des huttes de corail, le temps de faire provision de tortues et de poissons. Il parle de la tempête qui vient chaque été, si terrible que la mer recouvre complètement les îles, balaie toute trace de vie terrestre. Chaque fois, la mer efface tout, et c'est pourquoi les îles sont toujours neuves. Mais l'eau du lagon reste belle, claire, là où vivent les plus beaux poissons du monde et le peuple des tortues.

La voix du timonier est douce quand il parle de Saint Brandon. Il me semble que c'est pour l'entendre que je suis sur ce navire, qui avance au milieu de la mer.

La mer a préparé pour moi ce secret, ce trésor. Je reçois cette lumière qui étincelle, je désire cette couleur des profondeurs, ce ciel, cet horizon sans limites, ces jours et ces nuits sans fin. Je dois apprendre davantage, recevoir davantage. Le timonier parle encore, de la table du Cap, de la baie d'Antongil, des felouques arabes qui rôdent le long de la côte d'Afrique, des pirates de Socotra ou d'Aden. Ce que j'aime, c'est le son de sa voix chantante, son visage noir où brillent ses yeux, sa haute silhouette debout devant la roue de la barre, tandis qu'il pilote notre navire vers l'inconnu, et cela se mêle au bruit du vent dans les voiles, aux embruns où brille l'arc-en-ciel, chaque fois que l'étrave rompt une vague.

Chaque après-midi, quand le jour décline, je suis à la poupe du navire, et je regarde le sillage qui brille. C'est l'instant que je préfère, quand tout est paisible, et le pont désert, à part le timonier et un marin qui surveillent la mer. Alors je pense à la terre, à Mam et à Laure si lointaines dans leur solitude de Forest Side. Je vois le regard sombre de Laure, quand je lui parlais du trésor, des joyaux et des pierres précieuses cachés par le Corsaire inconnu. M'écoutait-elle vraiment ? Son visage était lisse et fermé, et au fond de ses yeux brillait une drôle de flamme que je ne comprenais pas. C'est cette flamme que je veux voir maintenant, dans le regard infini de la mer. J'ai besoin de Laure, je veux me souvenir d'elle chaque jour, car je sais que sans elle je ne pourrai pas trouver ce que je cherche. Elle n'a rien dit quand nous nous sommes quittés, elle n'avait l'air ni triste ni gaie. Mais quand elle m'a regardé, sur le quai de la gare à Curepipe, j'ai vu encore cette flamme dans ses yeux. Puis elle s'est détournée, elle est partie avant que le train ne démarre, je l'ai vue marcher au milieu de la foule, sur la route de Forest Side, où l'attend Mam qui ne sait rien encore.

C'est pour Laure que je veux me souvenir de chaque instant de ma vie. C'est pour elle que je suis sur ce bateau, avançant toujours plus loin sur la mer. Je dois vaincre la destinée qui nous a chassés de notre maison, qui nous a tous ruinés, qui a fait mourir notre père. Quand je suis parti sur le *Zeta*, il me semble que j'ai brisé quelque chose, que j'ai rompu un cercle. Alors quand je reviendrai, tout sera changé, nouveau.

C'est à cela que je pense, et l'ivresse de la lumière entre en moi. Le soleil frôle l'horizon, mais sur la mer la nuit n'apporte pas d'inquiétude. Au contraire, il y a une douceur qui vient sur ce monde où nous sommes les seuls vivants à la surface de l'eau. Le ciel se dore et s'empourpre. La mer si sombre sous le soleil du zénith est à présent lisse et légère, pareille à une fumée violette qui se mêle aux nuages de l'horizon et voile le soleil.

J'écoute la voix chantante du timonier qui parle, peut-être pour lui-même, debout devant la barre. À côté de lui, le fauteuil du capitaine Bradmer est vide, parce que c'est l'heure où il se retire dans son alcôve pour dormir, ou pour écrire. Dans la lumière horizontale du crépuscule, la haute silhouette du timonier se détache contre l'éclat des voiles, et semble irréelle, comme le bruit chantant de ses paroles que je perçois sans les comprendre. La nuit tombe, et je pense à la silhouette de Palinurus, comme devait la voir Énée, ou encore à Typhis, sur le navire *Argo*, dont je n'ai pas oublié les paroles, lorsqu'à la nuit tombante il cherche à rassurer ses compagnons de voyage : « *Titan est entré dans les flots sans tache, pour confirmer l'heureux présage. Alors, dans la nuit, les vents appuient mieux encore sur les voiles et sur la mer, et durant ces heures silencieuses, le navire va plus vite. Mon regard ne suit plus le cours des étoiles qui quittent le ciel pour entrer dans la mer, tel Orion qui tombe déjà, ou Persée qui fait retentir la colère de l'onde. Mais mon guide est ce serpent qui enlaçant de ses anneaux sept étoiles plane toujours et ne se cache jamais.* » À haute voix, je récite les vers de Valerius Flaccus que je lisais autrefois dans la bibliothèque de mon père, et pendant un instant encore, je peux me croire à bord du navire *Argo*.

Plus tard, dans le calme du crépuscule, les hommes de l'équipage montent sur le pont. Ils sont torse nu dans la brise tiède, ils fument, ils parlent, ou ils regardent la mer comme moi.

Depuis le premier jour, j'ai hâte de parvenir à Rodrigues, le but de mon voyage, et pourtant maintenant, je souhaite que cette heure ne s'achève jamais, que le navire *Zeta*, comme *Argo*, continue éternellement à glisser sur la mer légère, si près du ciel, avec sa voile éblouie de soleil pareille à une flamme contre l'horizon déjà dans la nuit.

Une nuit en mer, encore

M'étant endormi dans la cale, à ma place contre ma cantine, je suis réveillé par la chaleur étouffante et par l'activité effrénée des cafards et des rats. Les insectes vrombissent dans l'air lourd de la cale, et l'obscurité rend leur vol plus inquiétant. Il faut dormir le visage couvert d'un mouchoir, ou d'un pan de chemise, si on ne veut pas recevoir un de ces monstres en pleine figure. Les rats sont plus circonspects, mais plus dangereux. L'autre soir, un homme a été mordu à la main par un de ces rongeurs qu'il avait dérangé dans sa quête de nourriture. La plaie s'est infectée malgré les chiffons imbibés d'arak que le capitaine Bradmer a utilisés pour le soigner, et maintenant, j'entends l'homme qui délire de fièvre sur son matelas. Les puces et les poux ne laissent guère de répit, eux non plus. Chaque matin, l'on gratte les innombrables morsures de la nuit. La première nuit que j'ai passée dans la cale, j'ai dû subir aussi les assauts des bataillons de punaises, et pour cela j'ai préféré renoncer au matelas qui m'était destiné. Je l'ai repoussé au fond de la cale, et je dors à même le plancher, enveloppé dans ma vieille couverture de cheval, ce qui a aussi l'avantage de me faire moins souffrir de la chaleur et de m'épargner l'odeur de sueur et de saumure qui imprègne ces grabats.

Je ne suis pas le seul à souffrir de la chaleur qui règne à fond de cale. Les uns après les autres, les hommes se réveillent, se parlent, et reprennent l'interminable partie de dés là où ils l'avaient laissée. Que peuvent-ils bien jouer ? Le capitaine Bradmer, à qui j'ai posé la question, a haussé les épaules et s'est contenté de répondre : « Leurs femmes. » Malgré les ordres du capitaine, les marins ont allumé à l'avant de la cale une petite lampe, une veilleuse à huile Clarke. La lumière orangée vacille dans le roulis, éclaire fantasmagoriquement les visages noirs luisant de sueur. De loin, je vois briller la sclérotique de leurs yeux, leur denture blanche. Que font-ils autour de la lampe ? Ils ne jouent pas aux dés, ils ne chantent pas. Ils parlent, l'un après l'autre, à voix basse, en un long discours à plusieurs voix entrecoupé de rires. À nouveau revient en moi la peur d'une conspiration, d'une mutinerie. Et s'ils décidaient vraiment de s'emparer du *Zeta*, s'ils nous jetaient à la mer, Bradmer, le timonier et moi ? Qui le saurait ? Qui irait les chercher dans les îles lointaines, dans le canal du Mozambique, ou sur les côtes de l'Érythrée ? J'attends sans bouger, la tête tournée vers eux, regardant entre mes cils la lumière vacillante où viennent se brûler distraitement les cafards rouges et les moustiques.

Alors, comme l'autre soir, sans faire de bruit, je monte l'échelle vers l'écoutille où souffle le vent de la mer. Enveloppé dans ma couverture, je marche pieds nus sur le pont en sentant les délices de la nuit, la fraîcheur des embruns.

La nuit est si belle, sur la mer comme au centre du monde, quand le navire glisse presque sans bruit sur le dos des vagues. Cela donne le sentiment de voler plutôt que de naviguer, comme si le vent ferme qui appuie sur les voiles avait transformé le navire en un immense oiseau aux ailes éployées.

Cette nuit encore, je m'allonge sur le pont, tout à fait à la proue du navire, contre l'écoutille fermée, abrité par le bord du bastingage. J'entends contre ma tête les cordes des focs vibrer, et le froissement continu de la mer qui s'ouvre. Laure aimerait cette musique de la mer, ce mélange d'un son aigu et de la résonance grave des vagues contre l'étrave.

Pour elle j'écoute cela, pour le lui envoyer là où elle est, jusqu'à la maison sombre de Forest Side où elle est éveillée, elle aussi, je le sais.

141

Je pense encore à son regard, avant qu'elle ne se détourne et ne marche à grands pas vers la route qui longe la voie ferrée. Je ne peux oublier cette flamme qui a brillé dans ses yeux au moment où nous nous sommes quittés, cette flamme de violence et de colère. Alors j'ai été si surpris que je n'ai su quoi faire, puis je suis monté dans le wagon, sans réfléchir. Maintenant, sur le pont du *Zeta*, avançant vers un destin que j'ignore, je me souviens de ce regard et je ressens la déchirure du départ.

Pourtant, il fallait que je parte, il ne pouvait y avoir d'autre espoir. Je pense encore au Boucan, à tout ce qui pourrait être sauvé, la maison au toit couleur de ciel, les arbres, le ravin, et le vent de la mer qui troublait la nuit, éveillant dans l'ombre de Mananava les gémissements des esclaves marrons, et le vol des pailles-en-queue avant l'aube. C'est cela que je ne veux cesser de voir, même de l'autre côté des mers, quand les cachettes du Corsaire inconnu dévoileront pour moi leurs trésors.

Le navire glisse sur les vagues, léger, aérien, sous les lumières des étoiles. Où est le serpent aux sept feux dont parlait Typhis aux marins d'*Argo* ? Est-ce Eridanus qui se lève à l'est, devant le soleil de Sirius, ou bien est-ce le Dragon allongé vers le nord, et qui porte sur sa tête le joyau d'Etamin ? Mais non, je le vois tout à coup clairement, sous l'étoile polaire, c'est le corps du Chariot, léger et précis, qui flotte éternellement à sa place dans le ciel.

Nous aussi suivons son signe, perdus au milieu des tourbillons d'étoiles. Le ciel est parcouru de ce vent infini qui gonfle nos voiles.

Maintenant je comprends où je vais, et cela m'émeut au point que je dois me lever pour calmer les battements de mon cœur. Je vais vers l'espace, vers l'inconnu, je glisse au milieu du ciel, vers une fin que je ne connais pas.

142

Je pense encore aux deux pailles-en-queue qui tour-noyaient en faisant leur bruit de crécelle au-dessus de la vallée sombre, fuyant l'orage. Quand je ferme les yeux, ce sont eux que je vois, comme s'ils étaient au-dessus des mâts.

Un peu avant l'aube, je m'endors, tandis que le *Zeta* s'en va sans cesse vers Agalega. Tous les hommes dorment à présent. Seul le timonier noir veille, son regard qui ne cille pas fixé droit dans la nuit. Lui ne dort jamais. Parfois, au début de l'après-midi, quand le soleil brûle sur le pont, il descend s'allonger dans la cale, et il fume sans parler, les yeux ouverts dans la pénombre, regardant les planches noircies au-dessus de lui.

Journée vers Agalega

Depuis combien de temps voyageons-nous ? Cinq jours, six jours ? Alors que je regarde le contenu de ma malle, dans la pénombre étouffante de la cale, la question se pose à moi avec une inquiétante insistance. Qu'importe ? Pourquoi voudrais-je le savoir ? Mais je fais de grands efforts pour me remémorer la date de mon départ, pour essayer de faire le compte des journées en mer. C'est un temps très long, des jours sans nombre, et pourtant tout cela me semble aussi très fugitif. C'est une seule interminable journée que j'ai commencée quand je suis monté sur le *Zeta*, une journée pareille à la mer, où le ciel parfois change, se couvre et s'obscurcit, où la lumière des étoiles remplace celle du soleil, mais où le vent ne cesse pas de souffler, ni les vagues d'avancer, ni l'horizon d'encercler le navire.

Au fur et à mesure que le voyage se prolonge, le capitaine Bradmer devient plus aimable avec moi. Ce matin, il m'a enseigné à faire le point à l'aide du sextant, et la méthode pour déterminer le méridien et le parallèle. Aujourd'hui, nous sommes par 12° 38 sud et 54° 30 est, et le calcul de notre situation fournit la réponse à ma question sur le temps, puisque cela signifie que nous sommes à deux jours de navigation de l'île, quelques minutes trop à l'est à cause des alizés qui nous ont fait dériver pendant la nuit. Quand il a eu fini le point, le capitaine Bradmer a rangé avec soin son sextant dans l'alcôve. Je lui ai montré mon théodolite, et il l'a regardé avec curiosité. Il a même dit, je crois : « À quoi diable cela va-t-il vous servir ? » J'ai répondu évasivement. Je ne pouvais pas lui dire que mon père l'avait acheté au temps où il se préparait à conquérir les trésors du Corsaire inconnu ! Remonté sur le pont, le capitaine est allé s'asseoir de nouveau dans son fauteuil, derrière le timonier. Comme j'étais près de lui, il m'a offert pour la deuxième fois une de ses terribles cigarettes, que je n'ai pas osé refuser, et que j'ai laissée s'éteindre seule dans le vent.

Il m'a dit : « Connaissez-vous la reine des îles ? » Il a demandé cela en anglais, et j'ai répété : « La reine des îles ? » « Oui monsieur, Agalega. On l'appelle ainsi parce qu'elle est la plus salubre et la plus fertile de l'océan Indien. » J'ai cru qu'il allait en dire davantage, mais il s'est tu. Il s'est simplement carré dans son fauteuil et il a répété d'un air rêveur : « La reine des îles... » Le timonier a haussé les épaules. Il a dit, en français : « L'île des rats. C'est plutôt comme cela qu'il faudrait l'appeler. » Alors il commence à raconter comment les Anglais ont déclaré la guerre aux rats, à cause de l'épidémie qui se répandait d'île en île. « Autrefois, il n'y avait pas de rats sur Agalega. C'était aussi un peu comme un petit paradis, comme Saint Brandon, parce que les rats sont des animaux du diable, il n'y en avait pas au paradis. Et un jour un bateau est arrivé sur l'île, venant de la Grand

144

Terre, personne ne sait plus son nom, un vieux bateau que personne ne connaissait. Il a fait naufrage devant l'île, et on a sauvé les caisses de la cargaison, mais dans les caisses il y avait des rats. Quand on a ouvert les caisses, ils se sont répandus dans l'île, ils ont fait des petits, et ils sont devenus tellement nombreux que tout était à eux. Ils mangeaient toutes les provisions d'Agalega, le maïs, les œufs, le riz. Ils étaient si nombreux que les gens ne pouvaient plus dormir. Les rats rongeaient même les noix de coco sur les arbres, ils mangeaient même les œufs des oiseaux de mer. Alors on a essayé d'abord avec des chats, mais les rats se mettaient à plusieurs et ils tuaient les chats, et ils les mangeaient, bien sûr. Alors on a essayé avec des pièges, mais les rats sont malins, ils ne se laissaient pas prendre. Alors les Anglais ont eu une idée. Ils ont fait venir par bateau des chiens, des fox-terriers, on les appelle comme ça, et ils ont promis qu'on donnerait une roupie pour chaque rat. Ce sont les enfants qui grimpaient aux cocotiers, ils secouaient les palmes pour faire tomber les rats, et les fox-terriers les tuaient. On m'a dit que les gens d'Agalega avaient tué chaque année plus de quarante mille rats, et il en reste encore ! C'est surtout au nord de l'île qu'ils sont nombreux. Les rats aiment beaucoup les noix de coco d'Agalega, ils vivent tout le temps dans les arbres. Voilà tout, c'est pour ça que votre *queen of islands* ferait mieux d'être appelée l'île des rats. »

Le capitaine Bradmer rit bruyamment. Peut-être que c'est la première fois que le timonier raconte cette histoire. Puis Bradmer recommence à fumer, dans son fauteuil de greffier, les yeux plissés par le soleil de midi.

Quand le timonier noir va s'étendre sur son matelas dans la cale, Bradmer me montre la roue de barre.

« À vous, monsieur ? »

Il dit « missié », à la manière créole. Je n'ai pas besoin

qu'il le répète. Maintenant, c'est moi qui tiens la grande roue, les mains serrées sur les poignées usées. Je sens les vagues lourdes sur le gouvernail, le vent qui pousse sur la grande voilure. C'est la première fois que je pilote un navire.

À un moment, une rafale a couché le *Zeta*, toile tendue à se rompre, et j'écoutais la coque craquer sous l'effort, tandis que l'horizon basculait devant le beaupré. Le navire est resté comme cela un long instant, en équilibre sur la crête de la vague, et je ne pouvais plus respirer. Puis tout d'un coup, d'instinct, j'ai mis la barre à bâbord, pour céder au vent. Lentement, le navire s'est redressé dans un nuage d'embruns. Sur le pont, les marins ont crié :

« Ayooo ! »

Mais le capitaine Bradmer est resté assis sans rien dire, ses yeux plissés, son éternelle cigarette verte au coin des lèvres. Cet homme-là serait capable de couler avec son navire, sans quitter son fauteuil.

Maintenant, je suis sur mes gardes. Je surveille le vent et les vagues, et quand les deux semblent appuyer trop fort, je cède en tournant la roue de barre. Je crois que je ne me suis jamais senti aussi fort, aussi libre. Debout sur le pont brûlant, les orteils écartés pour mieux tenir, je sens le mouvement puissant de l'eau sur la coque, sur le gouvernail. Je sens les vibrations des vagues qui frappent la proue, les coups du vent dans les voiles. Je n'ai jamais connu rien de tel. Cela efface tout, efface la terre, le temps, je suis dans le pur avenir qui m'entoure. L'avenir c'est la mer, le vent, le ciel, la lumière.

Longtemps, pendant des heures peut-être, je suis resté debout devant la roue, au centre des tourbillons du vent et de l'eau. Le soleil brûle mon dos, ma nuque, il est descendu le long du côté gauche de mon corps. Déjà il touche presque à l'horizon, il jette sa poussière de feu sur la mer. Je suis tellement accordé au glissement du navire que je devine chaque vide de l'air, chaque creux des vagues.

Le timonier est à côté de moi. Il regarde la mer, lui aussi, sans parler. Je comprends qu'il veut à nouveau tenir la roue de barre. Je fais durer encore un peu mon plaisir, pour sentir le navire glisser sur la courbe d'une vague, hésiter, puis repartir poussé par le vent qui pèse sur la voilure. Quand on est au creux de la vague, je fais un pas de côté, sans lâcher la roue de barre, et c'est la main sombre du timonier qui se referme sur la poignée, la tient avec force. Quand il n'est pas à la barre, cet homme est encore plus taciturne que le capitaine. Mais dès que ses mains touchent aux poignées de la roue, un changement étrange se fait en lui. C'est comme s'il devenait quelqu'un d'autre, plus grand, plus fort. Son visage maigre, brûlé par le soleil, comme sculpté dans du basalte, prend une expression aiguë, énergique. Ses yeux verts brillent, deviennent mobiles, et tout son visage exprime une sorte de bonheur que je peux comprendre à présent.

Alors il parle, de sa voix chantante, en un interminable monologue qui s'en va dans le vent. De quoi parle-t-il ? Je suis assis sur le pont, maintenant, à gauche du timonier, tandis que le capitaine Bradmer continue à fumer dans son fauteuil. Ce n'est ni pour lui, ni pour moi que parle le timonier. C'est pour lui-même, comme d'autres chanteraient, ou siffleraient.

Il parle encore de Saint Brandon, où les femmes n'ont pas le droit d'aller. Il dit : « Un jour, une jeune fille a voulu aller à Saint Brandon, une jeune fille noire de Mahé, grande et belle, elle n'avait pas plus de seize ans, je crois bien. Comme elle savait que c'était interdit, elle a demandé à son fiancé, un jeune homme qui travaillait sur un bateau de pêche, elle lui a dit : s'il te plaît

147

emmène-moi ! Lui d'abord ne voulait pas, mais elle lui disait : de quoi as-tu peur ? Personne ne le saura, j'irai déguisée en garçon. Tu diras que je suis ton petit frère, voilà tout. Alors il a fini par accepter, et elle s'est déguisée en homme, elle a mis un pantalon usé et une grande chemise, elle a coupé ses cheveux, et comme elle était grande et mince, les autres pêcheurs l'ont prise pour un garçon. Alors elle est partie avec eux sur le bateau vers Saint Brandon. Pendant toute la traversée il ne s'est rien passé, le vent était doux comme un souffle, et le ciel était bien bleu, et le bateau est arrivé à Saint Brandon en une semaine. Nul ne savait qu'il y avait une femme à bord, sauf le fiancé, bien sûr. Mais parfois le soir il lui parlait tout bas, il lui disait : si le captain apprend cela, il se mettra en colère, il me chassera. Elle lui disait : comment le saura-t-il ?

« Alors le bateau est entré dans le lagon, là où c'est comme le paradis, et les hommes ont commencé à pêcher les grosses tortues, qui sont si douces qu'elles se laissent prendre sans chercher à fuir. Jusque-là il ne s'était rien passé non plus, mais quand les pêcheurs ont débarqué sur une des îles pour passer la nuit, le vent s'est levé et la mer est devenue furieuse. Les vagues passaient par-dessus les récifs et déferlaient dans le lagon. Alors toute la nuit il y a eu une horrible tempête, et la mer a recouvert les rochers des îles. Les hommes ont quitté leurs cabanes et se sont réfugiés dans les arbres. Alors tous priaient la Vierge et les saints pour qu'ils les protègent, et le capitaine se lamentait en voyant son bateau échoué sur la côte, et les vagues allaient le réduire en miettes. Alors une vague plus haute que les autres est apparue, elle a couru vers les îles comme une bête sauvage, et quand elle est arrivée elle a arraché un rocher où les hommes s'étaient réfugiés. Puis tout d'un coup, le calme est revenu, et le soleil s'est mis à briller comme s'il n'y avait jamais eu de tempête. Alors on a entendu une voix qui pleurait, qui disait : ayoo, ayoo petit frère ! C'était le jeune pêcheur qui avait vu quand la vague avait emporté sa fiancée, mais comme il avait désobéi en amenant une femme dans les îles, il avait peur d'être puni par le capitaine, et il pleurait en disant : ayoo, petit frère ! »

Quand le timonier a fini de parler, la lumière a pris sa couleur d'or sur la mer, le ciel près de l'horizon est pâle et vide. Déjà vient la nuit, encore une nuit. Mais le crépuscule dure longtemps sur la mer, et je regarde le jour s'éteindre très lentement. Est-ce ici le même monde que j'ai connu ? Il me semble que je suis entré dans un autre monde en traversant l'horizon. C'est un monde qui ressemble à celui de mon enfance, au Boucan, où régnait le bruit de la mer, comme si le *Zeta* voguait à l'envers sur la route qui abolit le temps.

Tandis que le jour s'efface peu à peu, je me laisse encore une fois aller à la rêverie. Je sens la chaleur du soleil contre ma nuque, sur mes épaules. Je sens aussi le vent doux du soir qui va plus vite que notre navire. Tout le monde est silencieux. Chaque soir, c'est comme un rite mystérieux que chacun observe. Personne ne parle. On écoute le bruit des vagues contre l'étrave, la vibration sourde des voiles et des cordages. Comme chaque soir, les marins comoriens s'agenouillent sur le pont, à l'avant du navire, pour faire leur prière vers le nord. Leurs voix me parviennent comme un murmure assourdi, mêlé au vent et à la mer. Jamais autant que ce soir, dans le glissement rapide et le balancement lent de la coque, sur cette mer transparente et pareille au ciel, je n'ai ressenti à ce point la beauté de cette prière, qui ne s'adresse nulle part, qui se perd dans l'immensité. Je pense comme j'aimerais que tu sois ici, Laure, à côté de moi, toi qui aimes tant le chant du muezzin qui résonne

149

dans les collines de Forest Side, et que tu entendes ici cette prière, ce frémissement, tandis que le navire oscille à la façon d'un grand oiseau de mer aux ailes éblouissantes. J'aurais aimé t'emmener avec moi comme le pêcheur de Saint Brandon, moi aussi j'aurais pu dire que tu étais « petit frère » !

Je sais que Laure aurait ressenti la même chose que moi en écoutant la prière des marins comoriens au coucher du soleil. Nous n'aurions pas eu besoin d'en parler. Mais au moment même où je pense à elle, où je sens ce pincement au cœur, je comprends que c'est maintenant au contraire que je me rapproche d'elle. Laure est au Boucan, à nouveau, dans le grand jardin envahi de lianes et de fleurs, près de la maison, ou bien elle marche sur l'étroit chemin des cannes. Elle n'a jamais quitté le lieu qu'elle aimait. Au bout de mon voyage, il y a la mer qui déferle sur la plage noire de Tamarin, le ressac à l'embouchure des rivières. C'est pour retourner là-bas que je suis parti. Mais je ne reviendrai pas le même. Je reviendrai comme un inconnu, et cette vieille malle qui contient les papiers laissés par mon père sera alors chargée de l'or et des pierreries du Corsaire, le trésor de Golconde ou la rançon d'Aureng Zeb. Je reviendrai imprégné de l'odeur de la mer, brûlé par le soleil, fort et aguerri comme un soldat, pour reconquérir notre domaine perdu. C'est à cela que je rêve, dans le crépuscule immobile.

Les uns après les autres, les marins descendent dans la cale pour dormir, dans la chaleur qu'irradie la coque chauffée par le soleil de toute la journée. Je descends avec eux, je m'allonge sur les planches, la tête appuyée contre ma cantine. J'entends les bruits de l'interminable partie de dés qui recommence là où le lever du jour l'avait interrompue.

Dimanche

Nous sommes à Agalega, après cinq jours de traversée.

La côte des îles jumelles a dû être visible très tôt ce matin, au point du jour. J'ai dormi lourdement, seul à fond de cale, la tête oscillant sur le plancher, insensible à l'agitation sur le pont. Ce sont les eaux calmes de la rade qui m'ont réveillé, car je suis à tel point accoutumé au balancement incessant du navire que cette immobilité m'a inquiété.

Je monte aussitôt sur le pont, pieds nus, sans prendre la peine d'enfiler ma chemise. Devant nous, la mince bande gris-vert s'allonge, frangée par l'écume des récifs. Pour nous qui n'avons vu depuis des jours que l'étendue bleue de la mer se joignant à l'immensité bleue du ciel, cette terre, même d'un aspect aussi plat et désolé, est un émerveillement. Tous les hommes de l'équipage sont penchés sur le bastingage, à la proue, et ils regardent avidement les deux îles.

Le capitaine Bradmer a donné l'ordre d'amener, et le navire dérive à plusieurs encablures de la côte, sans approcher. Quand je demande pourquoi au timonier, il répond seulement : « Il faut attendre le moment. » C'est le capitaine Bradmer, debout à côté de son fauteuil, qui m'explique : il faut attendre le jusant pour ne pas risquer d'être entraîné par les courants contre la barrière des récifs. Quand on sera suffisamment près de la passe, on pourra mouiller l'ancre et mettre la pirogue à la mer pour aller jusqu'à la côte. La marée ne viendra qu'après midi, quand le soleil descendra. En attendant, il faut prendre patience, et se contenter de regarder le rivage si proche et si difficile à atteindre.

L'enthousiasme des marins est retombé. Maintenant,

ils sont assis sur le pont, à l'ombre de la voile qui flotte dans le vent faible, pour jouer et fumer. Malgré la proximité de la côte, l'eau est d'un bleu sombre. Penché sur le bastingage, à la poupe, je regarde passer les ombres vertes des grands squales.

Les oiseaux de mer arrivent avec le jusant. Des mouettes, des goélands, des pétrels qui tournoient et nous assourdissent de leurs cris. Ils sont affamés, et nous prennent pour une de ces barques de pêche des îles, et réclament à grands cris leur dû. Quand ils s'aperçoivent de leur erreur, les oiseaux s'éloignent et retournent à l'abri de la barrière de corail. Seuls, deux ou trois goélands continuent à tracer de grands cercles au-dessus de nous, puis à piquer vers la mer et voler au ras des vagues. Après tous ces jours passés à scruter la mer déserte, le spectacle du vol des goélands me remplit de plaisir.

Vers la fin de l'après-midi, le capitaine Bradmer se lève de son fauteuil, il donne des ordres au timonier qui les répète, et les hommes hissent les grands-voiles. Le timonier est debout à la barre, sur la pointe des pieds pour mieux voir. Nous allons aborder. Lentement, sous la poussée molle du vent de la marée montante, le *Zeta* s'approche de la barre. Maintenant, nous voyons distinctement les longues lames qui s'écrasent contre la barrière des récifs, nous entendons le grondement continu.

Quand le navire n'est plus qu'à quelques brasses des récifs, la proue dirigée droit vers la passe, le capitaine ordonne de mouiller l'ancre. L'ancre principale tombe d'abord à la mer au bout de sa lourde chaîne. Puis les marins jettent trois ancres plus petites, des ancres de frégate, à bâbord, à tribord, et à la poupe. Quand je lui demande la raison de tant de précautions, le capitaine me raconte en quelques mots le naufrage d'un trois-mâts schooner de cent cinquante tonneaux, le *Kalinda*, en 1901 : il avait mouillé l'ancre ici même, face à la passe. Puis tout le monde était descendu à terre, même le capitaine, laissant sur le navire deux mousses tamouls sans expérience. Quelques heures plus tard, la marée était montée, mais ce jour-là avec une force inhabituelle, et le courant qui se précipitait vers l'unique passe était si violent que la chaîne de l'ancre s'était rompue. Sur le rivage, les gens avaient vu le navire s'approcher, très haut au-dessus de la barre où déferlaient les rouleaux, comme s'il allait s'envoler. Puis il était retombé d'un coup sur les récifs, et en se retirant, une vague l'avait englouti vers le fond de la mer. On avait retrouvé le lendemain des morceaux de mâts, des bouts de planche, et quelques ballots de la cargaison, mais on n'avait jamais retrouvé les deux mousses tamouls.

Là-dessus le capitaine donne ordre d'amener toute la toile, et de mettre la pirogue à la mer. Je regarde l'eau sombre — il y a plus de dix brasses de fond — et je frissonne en pensant à l'ombre verte des squales qui glissent par ici, qui attendent peut-être un autre naufrage.

Dès que la pirogue est à l'eau, le capitaine se laisse glisser le long d'une corde avec une agilité que je n'aurais pas soupçonnée, et quatre marins sont avec lui. Par sécurité, on fera deux voyages, et je serai du deuxième. Penché sur le bastingage avec les autres marins, je regarde la pirogue qui file vers l'entrée de la passe. Perchée sur la crête des hautes vagues, la pirogue s'engage dans l'étroit chenal entre les récifs noirs. Un instant elle disparaît au creux d'une vague, puis elle reparaît de l'autre côté de la barrière, dans les eaux lisses du lagon. Là, elle court vers la digue où attendent les gens de l'île.

Sur le pont du *Zeta*, nous sommes impatients. Le soleil est bas quand la pirogue revient, saluée par les cris

153

de joie des marins. Cette fois c'est mon tour. Suivant le timonier, je glisse le long du câble jusqu'à la pirogue, et quatre autres marins montent à bord. Nous ramons sans voir la passe. C'est le timonier qui barre, debout pour mieux diriger. Le grondement des vagues nous avertit que la barre est proche. En effet, tout à coup je sens notre esquif soulevé par une vague rapide, et sur le sommet de la lame nous franchissons le goulet entre les récifs. Nous voilà déjà de l'autre côté, dans le lagon, à quelques brasses à peine de la longue digue de corail. À l'endroit où les vagues viennent mourir, tout près de la plage de sable, le timonier nous fait accoster et amarre la pirogue. Les marins sautent sur la digue en criant, ils disparaissent au milieu de la foule des habitants.

À mon tour, je descends. Sur le rivage, il y a beaucoup de femmes, d'enfants, des pêcheurs noirs, des Indiens aussi. Tous me regardent avec curiosité. À part le capitaine Bradmer, qui vient quand il a une cargaison, ces gens ne doivent pas souvent voir de Blanc. Et puis, avec mes cheveux longs et ma barbe, mon visage et mes bras brûlés par le soleil, mes vêtements salis et mes pieds nus, je dois être un drôle de Blanc ! Les enfants surtout m'examinent, rient sans se cacher. Sur la plage, il y a des chiens, quelques porcs noirs et maigres, des cabris qui trottinent à la recherche de sel.

Le soleil va se coucher. Le ciel s'éclaire en jaune, au-dessus des cocos, derrière les îles. Où vais-je dormir ? Je me prépare à trouver un coin sur la plage, entre les pirogues, quand le capitaine Bradmer m'offre de l'accompagner à l'hôtel. Mon étonnement au mot « hôtel » le fait rire. En fait d'hôtel, c'est une vieille maison en bois dont la propriétaire, une femme énergique, mélange de Noire et d'Indienne, loue des chambres aux rares voyageurs qui s'aventurent à Agalega. Il paraît qu'elle a même logé le chef-juge de Maurice lors de son unique visite en 1901

154

ou 1902 ! Pour dîner, la dame nous sert un cari de crabe tout à fait excellent, surtout après l'ordinaire du Chinois du *Zeta*. Le capitaine Bradmer est en verve, il questionne notre logeuse sur les habitants de l'île, et il me parle de Juan de Nova, le premier explorateur qui découvrit Agalega, et d'un colon français, un certain Auguste Leduc qui organisa la production de coprah, aujourd'hui la seule ressource de ces îles. Maintenant, les îles sœurs produisent aussi des bois rares, de l'acajou, du santal, de l'ébène. Il parle de Giquel, l'administrateur colonial, qui fonda l'hôpital et releva l'économie de l'île au début de ce siècle. Je me promets de profiter du temps de l'escale — Bradmer vient de m'annoncer qu'il doit charger une centaine de barils d'huile de coprah — pour visiter ces forêts qui sont, à ce qu'il paraît, les plus belles de l'océan Indien.

Le repas terminé, je vais m'étendre sur mon lit, dans la petite chambre au bout de la maison. Malgré la fatigue, j'ai du mal à trouver le sommeil. Après toutes ces nuits dans l'étouffement de la cale, le calme de cette chambre m'inquiète, et je sens malgré moi le mouvement des vagues qui me soulève encore. J'ouvre les volets pour respirer l'air de la nuit. Dehors, l'odeur de la terre est lourde, et le chant des crapauds rythme la nuit.

Comme j'ai hâte, déjà, de retrouver le désert de la mer, le bruit des vagues contre l'étrave, le vent vibrant dans les voiles, de sentir la coupure de l'air et de l'eau, la puissance du vide, d'entendre la musique de l'absence. Assis sur la vieille chaise défoncée, devant la fenêtre ouverte, je respire l'odeur du jardin. J'entends la voix de Bradmer, son rire, le rire de la logeuse. Ils ont l'air de bien s'amuser... Qu'importe ! Je crois que je me suis endormi comme cela, le front sur l'appui de la fenêtre.

Lundi matin

Je marche à travers l'île du sud, où se trouve le village. Jointes l'une à l'autre, les îles sœurs qui forment Agalega ne doivent pas excéder le district de la Rivière Noire. Pourtant, cela semble très grand, après ces jours sur le *Zeta*, où la seule activité consistait à aller de la cale au pont, et de la poupe à la proue. Je marche à travers les plantations de cocos et de palmistes, alignés à perte de vue. Je marche lentement, pieds nus dans la terre mêlée de sable sapée par les galeries des crabes de terre. C'est le silence aussi qui me dépayse. Ici on n'entend plus le bruit de la mer. Seul murmure le vent dans les palmes. Malgré l'heure matinale (quand je suis sorti de l'hôtel, tout le monde dormait encore), la chaleur est déjà lourde. Il n'y a personne dans les allées rectilignes, et s'il n'y avait pas la marque humaine dans cette régularité, je pourrais me croire sur une île déserte.

Mais je me trompe en disant qu'il n'y a personne ici. Depuis que je suis entré dans la plantation, je suis suivi par des yeux inquiets. Ce sont les crabes de terre qui m'observent le long du chemin, se dressent parfois en agitant leurs pinces menaçantes. À un moment, ils m'ont même interdit le passage à plusieurs, et j'ai dû faire un grand détour.

Enfin j'arrive de l'autre côté de la plantation, au nord. Les eaux calmes du lagon me séparent de l'île sœur, moins riche que celle-ci. Sur le rivage, il y a une cabane et un vieux pêcheur qui répare ses filets près de sa pirogue à sec. Il relève la tête pour me regarder, puis il recommence son travail. Sa peau noire brille à la lumière du soleil.

Je décide de retourner vers le village en longeant la côte, par la plage de sable blanc qui entoure presque toute l'île. Ici, je sens le souffle de la mer, mais je ne bénéficie plus de l'ombre des cocos. Le soleil brûle si fort que je dois ôter ma chemise pour m'envelopper la tête et les épaules. Quand j'arrive à l'extrémité de l'île, je ne peux plus attendre. J'enlève tous mes habits et je plonge dans l'eau claire du lagon. Je nage avec délices vers la barrière des récifs, jusqu'à ce que je trouve les couches froides de l'eau, et que le grondement des vagues soit tout proche. Alors je reviens vers la rive très lentement, dérivant presque sans bouger. Les yeux ouverts sous l'eau, je regarde les poissons de toutes les couleurs qui fuient devant moi, je surveille aussi l'ombre des requins. Je sens le flux d'eau froide qui vient de la passe, qui chasse les poissons et les morceaux d'algues.

Quand je suis sur la plage, je m'habille sans me sécher, et je marche pieds nus sur le sable brûlant. Plus loin, je rencontre un groupe d'enfants noirs qui vont à la pêche aux hourites. Ils ont l'âge que nous avions, Denis et moi, quand nous errions du côté de la Rivière Noire. Ils regardent avec étonnement ce « bourzois » aux habits tachés d'eau de mer, aux cheveux et à la barbe remplis de sel. Peut-être me prennent-ils pour un naufragé ? Quand je m'approche d'eux, ils s'enfuient et vont se cacher dans l'ombre de la cocoteraie.

Avant d'entrer dans le village, je secoue mes habits et je peigne mes cheveux pour ne pas faire trop mauvaise impression. De l'autre côté des récifs, je vois les deux mâts de la goélette de Bradmer. Sur la longue digue de corail, les barils d'huile sont alignés, attendant d'être embarqués. Avec la pirogue, les marins font le va-et-vient. Il reste encore une cinquantaine de barils à charger.

De retour à l'hôtel, je déjeune avec le capitaine Bradmer. Il est de bonne humeur ce matin. Il m'annonce que le chargement de l'huile sera terminé cet après-midi, et

157

que nous repartirons demain matin dès l'aube. Pour ne pas avoir à attendre la marée, nous dormirons à bord. Puis, à mon grand étonnement, il me parle de ma famille, de mon père qu'il a connu autrefois à Port Louis.

« J'ai appris le malheur qui l'a frappé, tous ses ennuis, ses dettes. Tout cela est bien triste. Vous étiez à Rivière Noire, n'est-ce pas ? »

« Au Boucan. »

« Oui, c'est cela, derrière Tamarin Estate. Je suis allé chez vous il y a bien longtemps, bien avant votre naissance. C'était du temps de votre grand-père, c'était une belle maison blanche avec un jardin magnifique. Votre père venait de se marier, je me souviens de votre mère, une toute jeune femme avec de beaux cheveux noirs et de beaux yeux. Votre père était très épris d'elle, il avait fait un mariage très romantique. » Après un silence, il ajoute : « Quel dommage que tout ait fini comme cela, le bonheur ne dure pas. » Il regarde à l'autre bout de la varangue le petit jardin où règne un cochon noir, entouré de la basse-cour qui picore. « Oui, c'est dommage... »

Mais il n'en dit pas plus. Comme s'il regrettait de s'être épanché, le capitaine se lève, met son chapeau et sort de la maison. Je l'entends parler dehors avec la logeuse, puis il reparaît :

« Ce soir, monsieur, la pirogue fera son dernier voyage à cinq heures, avant la marée. Soyez sur la digue à cette heure-là. » C'est un ordre plutôt qu'une recommandation.

Je suis donc sur la digue à l'heure dite, après une journée passée à flâner sur l'île sud, du camp à la pointe est, de l'hôpital au cimetière. Je suis impatient d'être à nouveau sur le *Zeta*, de naviguer vers Rodrigues.

Dans la pirogue qui s'éloigne, il me semble que tous les hommes ressentent cela aussi, ce désir de la haute mer. Cette fois, c'est le capitaine lui-même qui barre la pirogue, et je suis à l'avant. Je vois arriver la barre, les longs rouleaux qui s'écroulent en dressant un mur d'écume. Mon cœur bat la chamade quand l'avant de la pirogue se dresse contre la vague qui déferle. Je suis assourdi par le bruit du ressac, par les cris des oiseaux qui tournoient. « Alley-ho ! » crie le capitaine quand la vague se retire, et sous la poussée des huit avirons, la pirogue se précipite dans l'étroit goulet entre les récifs. Elle bondit par-dessus la vague qui arrive. Pas une goutte d'eau n'est tombée dans la pirogue ! Maintenant, nous glissons sur le bleu profond, vers la silhouette noire du *Zeta*.

Plus tard, à bord du navire, alors que les hommes sont installés dans la cale pour jouer ou dormir, je regarde la nuit. Sur l'île, des feux brillent, indiquant le camp. Puis la terre s'éteint, disparaît. Il ne reste plus que le néant de la nuit, le bruit des vagues sur les brisants.

Comme presque chaque soir depuis le commencement de ce voyage, je suis couché sur le pont du navire, enveloppé dans ma vieille couverture de cheval, et je regarde les étoiles. Le vent de la mer qui siffle dans le gréement annonce la marée. Je sens les premiers rouleaux qui glissent sous la coque, qui font craquer la charpente du navire. Les chaînes des ancres grincent et gémissent. Dans le ciel, les étoiles brillent d'un éclat fixe. Je les regarde avec attention, je les cherche toutes, ce soir, comme si elles allaient me dire par leurs dessins les secrets de ma destinée. Le Scorpion, Orion et la silhouette légère du Petit Chariot. Près de l'horizon, le navire Argo avec sa voile étroite et sa longue poupe, le Petit Chien, la Licorne. Et surtout, ce soir, celles qui me font ressouvenir des belles nuits du Boucan, les sept feux

159

des Pléiades, dont notre père nous avait fait apprendre par cœur les noms, que nous récitions avec Laure, comme les mots d'une formule magique : Alcyone, Électre, Maïa, Atlas, Taygète, Mérope... Et la dernière, que nous nommions après une hésitation, si petite que nous n'étions pas sûrs de l'avoir vue : Pléïone. J'aime dire leurs noms encore aujourd'hui, à mi-voix, dans la solitude de la nuit, car c'est comme si je savais qu'elles apparaissaient là-bas, dans le ciel du Boucan, par la déchirure d'un nuage.

En mer, vers Mahé

Le vent a tourné pendant la nuit. Maintenant il souffle à nouveau vers le nord, rendant toute navigation de retour impossible. Le capitaine a choisi de fuir le vent, plutôt que de se résigner à attendre à Agalega. C'est le timonier qui m'apprend cela, sans émotion. Irons-nous un jour à Rodrigues ? Cela dépend de la durée de la tempête. Grâce à elle nous avons touché Agalega en cinq jours, mais maintenant nous devons attendre qu'elle nous laisse revenir.

Je suis bien le seul à m'inquiéter de l'itinéraire. Les marins, eux, continuent de vivre et de jouer aux dés comme si rien n'importait. Est-ce le goût de l'aventure ? Non, pas cela. Ils n'appartiennent à personne, ils ne sont d'aucune terre, voilà tout. Leur monde, c'est le pont du *Zeta*, la cale étouffante où ils dorment la nuit. Je regarde ces visages sombres, brûlés par le soleil et le vent, pareils à des cailloux polis par la mer. Comme la nuit du départ, je ressens cette inquiétude sourde, irraisonnée. Ces hommes appartenaient à une autre existence, à un autre temps. Même le capitaine Bradmer, même le timonier sont avec eux, de leur côté. Eux aussi sont indifférents au

160

lieu, aux désirs, à tout ce qui m'inquiète. Leur visage est aussi lisse, leurs yeux ont la dureté métallique de la mer.

Le vent nous chasse vers le nord, à présent, toutes les voiles gonflées, l'étrave fendant la mer sombre. Heure après heure nous avançons, jour après jour. Moi, je dois me faire à cela, accepter l'ordre des éléments. Chaque jour, quand le soleil est au zénith, le timonier descend à fond de cale pour se reposer sans fermer les yeux, et c'est moi qui prends la barre.

Peut-être qu'ainsi j'apprendrai à ne plus poser de questions. Est-ce qu'on interroge la mer ? Est-ce qu'on demande des comptes à l'horizon ? Seuls sont vrais le vent qui nous chasse, la vague qui glisse, et quand vient la nuit, les étoiles immobiles, qui nous guident.

Aujourd'hui, pourtant, le capitaine me parle. Il me dit qu'il compte vendre sa cargaison d'huile aux Seychelles, où il connaît bien M. Maury. C'est M. Maury qui s'occupera de la faire transporter dans les cargos en partance pour l'Angleterre. Le capitaine Bradmer me parle de cela d'un air indifférent, en fumant sa cigarette de tabac vert, assis dans son fauteuil vissé au pont. Puis, alors que je ne m'y attends pas, il me parle à nouveau de mon père. Il a entendu parler de ses expériences et de ses projets d'électrification de l'île. Il connaît aussi les différends qui l'ont opposé jadis à son frère, et qui ont causé sa ruine. Il me parle de cela sans émotion ni commentaire. De l'oncle Ludovic il dit seulement : « A tough man », un dur. C'est tout. Ici, sur cette mer si bleue, racontés par la voix monotone du capitaine, ces événements me semblent lointains, presque étrangers. Et c'est bien pour cela que je suis à bord du *Zeta*, comme suspendu entre le ciel et la mer : non pour oublier — que peut-on oublier ? mais pour rendre la mémoire vaine inoffensive, pour que cela glisse et passe comme un reflet.

Après ces quelques mots sur mon père et le Boucan, le capitaine reste silencieux. Les bras croisés, il ferme les yeux en fumant, et je pourrais croire qu'il s'est à moitié endormi. Mais soudain il se tourne vers moi, et de sa voix étouffée qui domine à peine le bruit du vent et de la mer :

« Êtes-vous fils unique ? »

« Monsieur ? »

Il répète sa question, sans hausser la voix :

« Je vous demande si vous êtes fils unique : N'avez-vous pas de frères ? »

« J'ai une sœur, monsieur. »

« Comment s'appelle-t-elle ? »

« Laure. »

Il semble réfléchir, puis :

« Est-elle jolie ? »

Il n'attend pas ma réponse, il continue, pour lui-même :

« Elle doit être comme votre mère, belle et mieux que cela, courageuse. Avec de l'intelligence. »

Cela fait en moi comme un vertige, ici, sur le pont de ce navire, si loin de la société de Port Louis et de Cure-pipe, si loin ! J'ai cru si longtemps que nous avions vécu, Laure et moi, dans un autre monde, inconnu des gens fortunés de la rue Royale et du Champ-de-Mars, comme si dans la maison décrépite de Forest Side, comme dans la vallée sauvage du Boucan, nous étions restés invisibles. Tout à coup cela fait battre mon cœur plus vite, de colère, ou de honte, et je sens mon visage rougir.

Mais où suis-je donc ? Sur le pont du *Zeta*, un vieux schooner chargé de barriques d'huile, plein de rats et de vermine, perdu sur la mer entre Agalega et Mahé. Qui se soucie de moi et de mes rougeurs ? Qui voit mes vêtements tachés par la graisse de la cale, mon visage brûlé par le soleil, mes cheveux emmêlés par le sel, qui voit que je suis pieds nus depuis des jours ? Je regarde la tête de vieux forban du capitaine Bradmer, ses joues couleur lie-de-vin ses petits yeux fermés par la fumée de sa cigarette puante et devant lui le timonier noir, et encore les silhouettes des marins indiens et comoriens, certains accroupis sur le pont en train de fumer leur kandja, d'autres jouant aux dés ou rêvant, et je ne sens plus de honte.

Le capitaine a déjà oublié tout cela. Il me dit :

« Aimeriez-vous voyager avec moi, monsieur ? Je me fais vieux, j'ai besoin d'un second. »

Je le regarde surpris :

« Vous avez votre timonier ? »

« Lui ? Il est vieux aussi. Chaque fois que je fais escale je me demande s'il reviendra. »

L'offre du capitaine Bradmer retentit un moment en moi. J'imagine ce que serait ma vie, sur le pont du *Zeta* à côté du fauteuil de Bradmer. Agalega, Seychelles, Amirantes, ou Rodrigues, Diego Garcia, Peros Banhos. Parfois jusqu'à Farquhar, ou aux Comores, peut-être au sud vers Tromelin. La mer, sans fin, plus longue que la route à parcourir, plus longue que la vie. Est-ce pour cela que j'ai quitté Laure, que j'ai brisé le dernier lien qui me retenait au Boucan ? Alors la proposition de Bradmer me semble dérisoire, risible. Pour ne pas lui faire de peine, je dis :

« Je ne peux pas, monsieur. Je dois aller à Rodrigues. »

Il ouvre les yeux :

« Je sais, j'ai entendu parler de cela aussi, de cette chimère. »

« Quelle chimère, monsieur ? »

« Eh bien, cette chimère. Ce trésor. On dit que votre père a beaucoup travaillé là-dessus. »

Dit-il « travaillé » par ironie, ou est-ce moi qui m'irrite ?

« Qui dit cela ? »

« Tout se sait, monsieur. Mais n'en parlons plus, cela n'en vaut pas la peine. »

« Vous voulez dire que vous ne croyez pas à l'existence de ce trésor ? »

Il secoue la tête.

« Je ne crois pas que dans cette partie du monde — il montre d'un geste circulaire l'horizon — il y ait eu d'autre fortune que celle que les hommes ont arrachée à la terre et à la mer au prix de la vie de leurs semblables. »

Pendant un instant, je ressens l'envie de lui parler des plans du Corsaire, des papiers que mon père a ramassés et que j'ai recopiés et apportés avec moi dans ma malle, tout cela qui m'a aidé et consolé dans le malheur et la solitude de Forest Side. Mais à quoi bon ? Il ne comprendrait pas. Il a déjà oublié ce qu'il m'a dit, et il se laisse aller aux balancements du navire, les yeux fermés.

Moi aussi, je regarde la mer étincelante, pour ne plus penser à tout cela. Je sens dans tout mon corps le mouvement lent du bateau, qui bouge en traversant les vagues, comme un cheval qui franchit un obstacle.

Je dis encore :

« Merci de cette offre, monsieur. J'y réfléchirai. »

Lui entrouvre les yeux. Peut-être ne sait-il plus de quoi je parle. Il grogne :

« Ahum, bien sûr... Naturellement. »

C'est fini. Nous ne nous parlerons plus.

Les jours suivants, le capitaine Bradmer semble avoir changé d'attitude envers moi. Quand le timonier noir descend à fond de cale, le capitaine ne m'invite plus à la barre. C'est lui qui s'installe devant la roue, devant le fauteuil qui a l'air bizarre, ainsi abandonné par son légitime occupant. Quand il est fatigué de barrer, il appelle un marin au hasard, et lui cède la place.

Cela m'est égal. Ici, la mer est si belle que personne ne peut longtemps penser aux autres. Peut-être que l'on devient pareil à l'eau et au ciel, lisses, sans pensée. Peut-être qu'on n'a plus ni raison, ni temps, ni lieu. Chaque jour est semblable à l'autre, chaque nuit se recommence. Dans le ciel nu, le soleil brûlant, les dessins figés des constellations. Le vent ne change pas : il souffle au nord, chassant le navire.

Les amitiés se nouent entre les hommes, se défont. Personne n'a besoin de personne. Sur le pont — car depuis le chargement des barriques d'huile je ne supporte plus d'être enfermé dans la cale — j'ai fait connaissance d'un marin rodriguais, un Noir athlétique et enfantin, du nom de Casimir. Il ne parle que le créole, et un pidgin anglais qu'il a appris en Malaisie. Grâce à ces deux langues, il m'apprend qu'il a fait plusieurs fois la traversée vers l'Europe, et qu'il connaît la France et l'Angleterre. Mais il n'en tire pas vanité. Je l'interroge sur Rodrigues, je lui demande le nom des passes, des îlots, des baies. Connaît-il une montagne qui s'appelle le « Commandeur » ? Il me cite le nom des principales montagnes, Patate, Limon, Quatre Vents, le Piton. Il me parle des « manafs », les Noirs des montagnes, des gens sauvages qui ne viennent jamais sur la côte.

Sur le pont, à cause de la chaleur, les autres marins se sont installés pour la nuit, malgré l'interdiction du capitaine. Ils ne dorment pas. Ils sont allongés les yeux ouverts, ils parlent à voix basse. Ils fument, ils jouent aux dés.

Un soir, juste avant d'arriver à Mahé, il y a une dispute. Un Comorien musulman est pris à partie par un Indien ivre de kandja, pour un motif incompréhensible.

165

Ils s'empoignent par leurs habits, roulent sur le pont. Les autres s'écartent, forment le cercle, comme pour un combat de coqs. Le Comorien est petit et maigre, il a rapidement le dessous, mais l'Indien est tellement ivre qu'il roule à côté de lui et ne parvient plus à se redresser. Les hommes regardent le combat sans rien dire. J'entends la respiration rauque des combattants, le bruit des coups maladroits, leurs grognements. Puis le capitaine sort de la cale, il regarde un instant le combat, et il donne un ordre. C'est Casimir le bon géant qui les sépare. Il les prend en même temps par la ceinture et les soulève comme s'ils n'étaient que de simples ballots de linge, et les dépose chacun à un bout du pont. Comme cela tout rentre dans l'ordre.

Le lendemain soir, nous sommes en vue des îles. Les marins poussent des cris aigus quand ils aperçoivent la terre, une ligne à peine visible, pareille à un nuage sombre sous le ciel. Un peu plus tard les hautes montagnes apparaissent. « C'est Mahé », dit Casimir. Il rit de plaisir. « Là, l'île Platte, et là, Frégate. » Au fur et à mesure que le navire s'approche, d'autres îles apparaissent, parfois si lointaines que le passage d'une vague les dérobe à notre regard. L'île principale grandit devant nous. Bientôt arrivent les premières mouettes, qui tournoient en glapissant. Il y a aussi des frégates, les plus beaux oiseaux que j'aie jamais vus, d'un noir brillant, avec leurs ailes immenses éployées, et leurs longues queues fourchues qui flottent derrière elles. Elles glissent dans le vent au-dessus de nous, vives comme des ombres, faisant crépiter les sacs rouges à la base de leur bec.

C'est ainsi à chaque fois que nous arrivons vers une terre nouvelle. Les oiseaux viennent voir de près ces étrangers. Qu'apportent ces hommes ? Quelle menace de mort ? Ou bien, peut-être, de la nourriture, du poisson,

166

des calmars, ou même quelque cétacé accroché aux flancs du navire ?

L'île de Mahé est devant nous, à deux milles à peine. Je distingue dans la pénombre chaude du crépuscule les rochers blancs de la côte, les anses, les plages de sable, les arbres. Nous remontons la côte est, pour rester dans le vent jusqu'à la pointe la plus au nord, en passant près des deux îlots dont Casimir me dit les noms : Conception, Thérèse, et il rit parce que ce sont des noms de femmes. Les deux mornes sont devant nous, leur sommet encore au soleil.

Après les îlots, le vent faiblit, devient une brise légère, la mer est couleur d'émeraude. Nous sommes tout près de la barrière de corail, frangée d'écume. Les huttes des villages apparaissent, pareilles à des jouets, au milieu des cocos. Casimir énumère les villages pour moi : Bel Ombre, Beau Vallon, Glacis. La nuit tombe, et la chaleur pèse, après tout ce vent. Quand nous arrivons devant la passe, de l'autre côté de l'île, les lumières de Port Victoria brillent déjà. C'est dans la rade, à l'abri des îles, que le capitaine Bradmer donne l'ordre d'amener les voiles et de mouiller l'ancre. Déjà les marins se préparent à mettre la pirogue à la mer. Ils ont hâte d'être à terre. Je décide de dormir sur le pont, enroulé dans ma vieille couverture, à l'endroit que j'aime, d'où je peux voir les étoiles dans le ciel.

Je suis seul à bord avec le timonier noir, et un Comorien silencieux. J'aime cette solitude, ce calme. La nuit est lisse, profonde, la terre est proche et invisible, elle s'interpose comme un nuage, comme un songe. J'écoute le clapotis des vagues contre la coque, et le grincement rythmé de la chaîne d'ancre autour de laquelle le navire pivote dans un sens, puis dans l'autre.

Je pense à Laure, à Mam, si loin maintenant, à l'autre bout de la mer. Est-ce la même nuit qui les recouvre, la même nuit sans bruit ? Je descends dans la cale pour essayer d'écrire une lettre que je pourrais envoyer demain de Port Victoria. À la lueur d'une veilleuse, j'essaie d'écrire. Mais la chaleur est suffocante, il y a l'odeur de l'huile, le crissement des insectes. Mon corps, mon visage sont ruisselants de sueur. Les mots ne viennent pas. Que pourrais-je écrire ? Laure, elle, m'a prévenu, quand je suis parti : n'écris qu'une seule lettre, pour dire : je reviens. Sinon c'est inutile. C'est elle : tout ou rien. De peur de ne pas tout avoir, elle a choisi le rien. c'est son orgueil.

Puisque je ne peux lui écrire, pour lui dire de loin comme tout est beau, ici, sous le ciel de la nuit, à la dérive sur l'eau lisse de la rade, dans ce bateau abandonné, à quoi bon écrire ? Je remets l'écritoire et le papier dans la malle, que je ferme à clef, et je remonte sur le pont pour respirer. Le timonier noir et le Comorien sont assis près de l'écoutille, ils fument et parlent doucement. Plus tard le timonier s'allongera sur le pont, enveloppé dans un drap qui ressemble à un linceul, les yeux ouverts. Depuis combien d'années n'a-t-il pas dormi ?

Port Victoria

Je cherche un bateau qui m'emmènera à Frégate. C'est la curiosité plutôt que l'intérêt véritable qui me pousse à aller sur cette île où mon père a cru autrefois reconnaître le dessin de la carte figurant dans les papiers relatifs au trésor du Corsaire. En fait, c'est le plan de Frégate qui lui a permis de comprendre que la carte du Corsaire était faussement orientée est-ouest, et qu'il fallait la faire basculer de 45° pour obtenir sa véritable orientation.

Un pêcheur noir accepte de m'emmener là-bas, à trois ou quatre heures de mer selon la force du vent. Nous partons tout de suite, après que j'ai acheté chez le Chinois des biscuits et quelques cocos pour la soif. Le pêcheur ne m'a posé aucune question. Il n'a emporté comme provision qu'une vieille bouteille d'eau. Il hisse la voile oblique sur sa vergue, et la fixe à la longue barre comme font les pêcheurs indiens.

Dès que nous franchissons la passe, nous entrons à nouveau dans l'aire du vent, et la pirogue file, inclinée sur la mer sombre. Nous serons à Frégate dans trois heures. Le soleil est haut dans le ciel, il marque midi. À l'avant de la pirogue, assis sur un tabouret, je regarde la mer, et la masse sombre des mornes qui s'éloigne.

Nous allons vers l'est. Sur l'horizon tendu comme un fil, je vois les autres îles, les montagnes, bleues, irréelles. Pas un oiseau ne nous accompagne. Le pêcheur est debout à l'arrière, appuyé sur la longue barre.

Vers trois heures, en effet, nous sommes devant la barrière de corail de Frégate. L'île est petite, sans hauteurs. Elle est entourée de sable où sont des cocotiers, et quelques huttes de pêcheurs. Nous franchissons la passe, et nous abordons à une digue de corail où sont assis trois ou quatre pêcheurs. Des enfants se baignent, courent tout nus sur la plage. En retrait, enfouie dans la végétation, il y a une maison en bois avec varangue, en mauvais état, et une plantation de vanilliers. Le pêcheur me dit que c'est la maison de M. Savy. C'est en effet le nom de la famille qui possède certains des plans que mon père a copiés, et l'île leur appartient. Mais ils vivent à Mahé.

Je marche sur la plage, entouré des enfants noirs qui rient et m'interpellent, étonnés de voir un étranger. Je prends le sentier qui longe la propriété Savy, et je traverse l'île dans toute sa largeur. De l'autre côté, il n'y a pas de plage, ni de mouillage. Juste des criques rocheuses. L'île est si étroite que les jours de tempête les embruns doivent la traverser.

Quand je reviens à la digue, une heure à peine a passé. Il n'y a pas d'endroit pour dormir ici, et je n'ai guère envie de m'attarder. Quand le pêcheur me voit revenir, il détache l'amarre et hisse la vergue oblique le long du mât. La pirogue glisse vers le large. Les vagues de la marée haute recouvrent la digue, passent entre les jambes des enfants qui crient. Ils font des gestes, ils plongent dans l'eau transparente.

Dans ses notes, mon père dit qu'il a écarté la possibilité que le trésor du Corsaire fût dans Frégate, à cause de la petitesse de l'île, de l'insuffisance d'eau, de bois, de ressources. Pour ce que j'ai pu voir, il avait raison. Il n'y a ici aucun point de repère durable, rien qui puisse servir à dresser un plan. Les écumeurs des mers qui parcouraient l'océan Indien en 1730 ne seraient pas venus ici. Ils n'auraient pas trouvé ce qu'ils voulaient, cette sorte de mystère naturel qui allait avec leur dessein, qui était un défi au temps.

Pourtant, tandis que la pirogue s'éloigne de Frégate, file vers l'ouest inclinée par le vent, je ressens comme un regret. L'eau claire du lagon, les enfants nus courant sur la plage, et cette vieille maison de bois abandonnée au milieu des vanilliers, cela me rappelle le temps du Boucan. C'est un monde sans mystère, et c'est pour cela que je sens ce regret.

Que vais-je trouver à Rodrigues ? Et si c'était ainsi, s'il n'y avait rien là-bas non plus, que le sable et les arbres ? La mer étincelle maintenant aux rayons obliques du soleil couchant. À la poupe, le pêcheur est toujours debout, appuyé sur la barre. Son visage sombre n'exprime rien, ni impatience, ni ennui. Il regarde seulement la silhouette des deux mornes qui grandit devant nous, les gardiens de Port Victoria déjà noyé dans la nuit.

Port Victoria, encore. Du pont du *Zeta* je regarde le va-et-vient des pirogues qui déchargent l'huile. L'air est chaud et lourd, sans souffle. La lumière qui se réverbère sur le miroir de la mer me fascine, me plonge dans un état de rêverie. J'écoute les bruits lointains du port. Parfois un oiseau passe dans le ciel, et son cri me fait sursauter. J'ai commencé à écrire une lettre pour Laure, mais la lui enverrai-je jamais ? J'aimerais plutôt qu'elle vienne, maintenant, pour la lire par-dessus mon épaule. Assis en tailleur sur le pont, la chemise ouverte, les cheveux emmêlés, la barbe longue et blanchie de sel comme un proscrit : voilà ce que je suis en train de lui écrire. Je lui parle aussi de Bradmer, du timonier qui ne dort jamais, de Casimir.

Les heures glissent, sans laisser de traces. Je me suis allongé sur le pont, à l'ombre du mât de misaine. J'ai remis dans la malle l'écritoire et la feuille de papier où je n'ai pu écrire que quelques lignes. Plus tard, c'est la chaleur du soleil sur mes paupières qui me réveille. Le ciel est toujours aussi bleu, et il y a le même oiseau qui tourne en criant. Je reprends la feuille de papier, et j'écris machinalement les vers qui sont revenus dans ma mémoire pendant que je dormais :

« Jamque dies auraeque vocant, rursusque capessunt
Aequora, qua rigidos eructat Bosporos amnes... »

Je reprends la lettre où je l'avais arrêtée. Mais est-ce bien à Laure que j'écris ? Dans le silence chaud de la rade, au milieu des étincelles et des reflets, avec, devant moi, la côte grise et les hautes ombres bleues des mornes, ce sont d'autres mots qui viennent en moi : pourquoi ai-je tout abandonné, pour quelle chi-

171

mère ? Ce trésor que je poursuis depuis tant d'années en rêve, existe-t-il vraiment ? Est-il bien dans son caveau, joyaux et pierreries qui attendent de réverbérer la lumière du jour ? Existe-t-il, ce pouvoir qu'il recèle et qui ferait basculer le temps, qui abolirait le malheur et la ruine, la mort de mon père dans la maison ruinée de Forest Side ? Mais je suis peut-être le seul à posséder la clef de ce secret, et maintenant, je m'approche. Là-bas, au bout de ma route, il y a Rodrigues, où tout va enfin s'ordonner. Le rêve ancien de mon père, celui qui a guidé ses recherches, et qui a hanté toute mon enfance, je vais enfin pouvoir le réaliser ! Je suis le seul qui peux le faire. C'est la volonté de mon père, et non la mienne, puisque lui ne quittera plus la terre de Forest Side. C'est cela que je veux écrire maintenant, mais non pas pour l'envoyer à Laure. Quand je suis parti, c'était pour arrêter le rêve, pour que la vie commence. J'irai au bout de ce voyage, je sais que je dois trouver quelque chose.

C'est cela que je voulais dire à Laure quand nous nous sommes séparés. Mais elle l'a compris dans mon regard, elle s'est détournée et elle m'a laissé libre de partir.

Il y a si longtemps que j'attends ce voyage ! Il me semble que je n'ai jamais cessé d'y penser. C'était dans le bruit du vent quand la mer remontait l'estuaire, à Tamarin, dans les vagues qui couraient sur les étendues vertes des cannes, dans le bruit d'eau du vent à travers les aiguilles des filaos. Je me souviens du ciel uni, au-dessus de la Tourelle, et de sa pente vertigineuse vers l'horizon, au crépuscule. Le soir, la mer devenait violette, tachée de reflets. Maintenant, le soir envahit la rade de Port Victoria et il me semble que je suis tout près de l'endroit où le ciel rencontre la mer. N'est-ce pas le signe qu'a suivi le navire Argo, dans sa course vers l'éternité ?

172

Comme la nuit arrive, le marin de quart sort de la cale, où il a dormi tout l'après-midi, nu dans la chaleur suffocante. Il a seulement revêtu un pagne et son corps brille de sueur. Il s'accroupit à l'avant, en face d'un sabord de pavois, et il urine longuement dans la mer. Puis il va s'asseoir près de moi, le dos appuyé au mât, et il fume. Dans la pénombre, son visage brûlé est éclairé bizarrement par la sclérotique de ses yeux. Nous restons longtemps côte à côte, sans rien nous dire.

Vendredi, je crois

Le capitaine Bradmer avait raison de ne pas chercher à lutter contre le vent du sud. Sitôt la cargaison débarquée, à l'aube, le *Zeta* a traversé la passe, et devant les îlots il a trouvé le vent d'ouest qui nous permet de retourner. Allégé, toutes ses voiles gonflées, le *Zeta* file à bonne allure, un peu incliné comme un vrai clipper. La mer sombre est secouée de longues lames qui viennent de l'est, peut-être d'une tempête lointaine, sur les côtes de Malabar. Elles déferlent sur l'étrave et ruissellent sur le pont. Le capitaine a fait verrouiller les écoutilles avant, et les hommes qui ne participent pas à la manœuvre sont descendus à fond de cale. Moi, j'ai pu obtenir de rester sur le pont, à la poupe, peut-être simplement parce que j'ai payé mon passage. Le capitaine Bradmer ne semble pas se soucier des vagues qui balaient le pont jusqu'aux pieds de son fauteuil. Le timonier, jambes écartées, tient la roue de barre, et le bruit de ses paroles se perd dans le vent et le fracas de la mer.

Pendant la moitié du jour le navire court ainsi, penché sous le vent, ruisselant d'écume. Mes oreilles sont pleines du bruit des éléments, cela emplit mon corps et vibre au fond de moi. Je ne peux plus penser à rien d'autre. Je regarde le capitaine accroché aux bras de son fauteuil, son visage rougi par le vent et le soleil, et il me semble qu'il y a dans son expression quelque chose d'inconnu, de violent et d'obstiné, qui inquiète comme la folie. Le *Zeta* n'est-il pas à la limite de sa résistance ? Les lourdes lames qui le frappent à bâbord le font pencher dangereusement, et malgré le bruit de la mer, j'entends craquer toute la structure du navire. Les hommes se sont réfugiés à l'arrière pour éviter les paquets de mer. Eux aussi regardent droit devant eux, vers la proue, avec le même regard fixe. Tous nous attendons quelque chose, sans savoir quoi, comme si le fait de détourner un instant notre regard pouvait être fatal.

Longtemps nous restons ainsi, pendant des heures, agrippés aux filins, au bastingage, regardant l'étrave plonger dans la mer sombre, écoutant le fracas des vagues et du vent. Les coups de la mer sur le gouvernail sont si forts que le timonier a du mal à tenir la roue de barre. Sur ses bras les veines sont gonflées, et son visage est tendu, presque douloureux. Au-dessus des voiles les nuages d'embrun s'élèvent, fument, éclairés d'arcs-en-ciel. Plusieurs fois je pense à me lever pour demander au capitaine pourquoi nous allons ainsi, avec toute la toile. Mais c'est l'expression dure de son visage qui me retient de le faire, et aussi la peur de tomber.

Soudain, sans raison, Bradmer donne l'ordre d'amener les focs et les voiles d'étai, et de prendre des ris. Pour permettre la manœuvre, le timonier met la barre à bâbord, et le navire se redresse. Les voiles flottent, claquent comme des bannières. Tout est redevenu normal Quand le *Zeta* reprend son cap, il va doucement, et ne s'incline plus. Au bruit formidable des voiles succède le sifflement dans les agrès.

Pourtant, Bradmer n'a pas bougé. Son visage est tou jours rouge, fermé, son regard ne s'est pas détourné

Maintenant le timonier est allé s'étendre dans la cale, pour se reposer, les yeux ouverts sans ciller sur le plafond noirci. C'est le Rodriguais Casimir qui est à la barre, et j'entends sa voix chantante quand il parle au capitaine. Sur le pont mouillé, les marins ont recommencé leur partie de dés et leurs palabres, comme si rien ne s'était passé. Mais s'est-il vraiment passé quelque chose ? Simplement la folie de ce ciel bleu, de cette mer qui donne le vertige, du vent qui emplit les oreilles, cette solitude, cette violence.

Le *Zeta* avance facilement, à peine freiné par les vagues. Sous le soleil brûlant de midi, le pont est déjà sec, couvert d'étincelles de sel. L'horizon est immobile, coupant, et la mer féroce. En moi les pensées, les souvenirs reviennent, et je m'aperçois que je parle seul. Mais qui y prend garde ? Ne sommes-nous pas tous ainsi, fous de la mer, Bradmer, le timonier noir, Casimir, et tous les autres ? Qui nous écoute parler ?

En moi les souvenirs reviennent, le secret du trésor au terme de cette route. Mais la mer abolit le temps. Ces vagues, de quel temps viennent-elles ? Ne sont-ce pas celles d'il y a deux cents ans, quand Avery fuyait les côtes de l'Inde avec son butin fabuleux, quand sur cette mer flottait le pavillon blanc de Misson, portant écrit en lettres d'or :

Pro Deo et Libertate

Le vent ne vieillit pas, la mer n'a pas d'âge. Le soleil, le ciel sont éternels.

Je regarde, au loin, chaque tête d'écume. Il me semble que je sais maintenant ce que je suis venu chercher. Il me semble que je vois en moi-même, comme quelqu'un qui aurait reçu un songe.

Saint Brandon

Après ces journées, ces semaines sans rien d'autre à voir que le bleu de la mer et du ciel, et les nuages qui font glisser leur ombre sur les vagues, le marin qui guette à la proue aperçoit, devine plutôt qu'il n'aperçoit, la ligne grise d'une terre, et un nom va et vient sur le pont, « Saint Brandon !... Saint Brandon ! » et c'est comme si nous n'avions jamais rien entendu d'aussi important de notre vie. Tout le monde se penche sur le bastingage, cherche à voir. Derrière la roue de barre, le timonier plisse les yeux, son visage est tendu, anxieux. « Nous y serons avant la nuit », dit Bradmer. Sa voix est pleine d'une impatience enfantine.

« C'est vraiment Saint Brandon ? »

Ma question le surprend. Il répond avec brusquerie :

« Que voulez-vous que ce soit ? Il n'y a pas d'autre terre à moins de quatre cents milles, sauf Tromelin qui est derrière nous, et Nazareth, un tas de rochers à fleur d'eau, au nord-ouest. » Il ajoute tout de suite : « Oui, c'est bien Saint Brandon. » C'est le timonier surtout qui regarde les îles, et je me souviens de ce qu'il racontait, l'eau couleur de ciel, où sont les plus beaux poissons du monde, les tortues, les peuples d'oiseaux de mer. Les îles où ne vont pas les femmes, et la légende de celle que la tempête avait emportée.

Mais le timonier ne parle pas. Il pilote le navire vers la ligne encore sombre qui apparaît au sud-est. Il veut arriver là-bas avant la nuit, franchir la passe. Tous, nous regardons dans la même direction, avec impatience.

Le soleil touche l'horizon quand nous entrons dans les eaux de l'archipel. Soudain les fonds deviennent clairs. Le vent faiblit. La lumière du soleil est plus douce, plus diffuse. Les îles s'écartent devant la proue du

navire, elles sont aussi nombreuses qu'un troupeau de
cétacés. En fait, c'est une seule grande île circulaire, un
anneau dont émergent quelques îlots de corail sans végétation. Est-ce là le paradis dont parlait le Comorien ?
Mais au fur et à mesure que nous entrons dans l'atoll,
nous ressentons ce qu'il y a d'étrange ici. Une paix, une
lenteur que je n'ai ressenties nulle part ailleurs, qui
viennent de la transparence de l'eau, de la pureté du ciel,
du silence.

Le timonier dirige le *Zeta* droit vers la ligne des premiers écueils. Le fond est tout proche, marqué de coraux
et d'algues, couleur de turquoise malgré l'ombre de la
nuit. Nous nous glissons entre les récifs noirs où la
haute mer lance de temps à autre des jets de vapeur. Les
îles rares sont encore loin, pareilles à des animaux
marins endormis, mais tout à coup je m'aperçois que
nous sommes au milieu de l'archipel. Sans nous en rendre compte, nous sommes au centre de l'atoll.

Le capitaine Bradmer est penché lui aussi sur le bastingage. Il regarde les fonds si proches qu'on distingue
chaque coquillage, chaque branche de corail. La lumière
du soleil qui s'éteint au-delà des îles ne parvient pas à
voiler la clarté de la mer. Nous sommes tous silencieux,
pour ne pas rompre le charme. J'entends Bradmer mur-
murer, pour lui-même. Il dit, en anglais : « land of the
sea », le pays de la mer.

Au loin, on entend à peine le grondement de la mer
sur les brisants. Il ne doit jamais cesser, comme autrefois auprès de Tamarin, bruit d'un labeur éternel.

La nuit descend sur l'atoll. C'est la nuit la plus douce
que j'aie connue. Après la brûlure du soleil et le vent, la
nuit ici est une récompense, chargée d'étoiles qui
trouent le ciel mauve. Les marins ont ôté leurs habits,
ils plongent les uns après les autres, et nagent sans bruit
dans l'eau légère.

Je fais comme eux, je nage longtemps dans l'eau si douce que je la sens à peine pareille à un frisson qui m'entoure. L'eau du lagon me lave, me purifie de tout désir, de toute inquiétude. Longtemps je glisse sur la surface lisse comme un miroir, jusqu'à ce que les voix des marins me parviennent assourdies, mêlées aux cris des oiseaux. Tout près de moi, je vois la forme sombre de l'île que le timonier appelle La Perle et, un peu plus loin, entourée d'oiseaux comme un cétacé, l'île Frégate. Demain, j'irai sur leurs plages, et l'eau sera plus belle encore. Les lumières qui brillent à travers les écoutilles du *Zeta* me guident tandis que je nage. Quand je grimpe à la corde à nœuds accrochée au beaupré, la brise me fait frissonner.

Cette nuit-là, personne n'a dormi vraiment. Sur le pont, les hommes ont parlé et fumé toute la nuit, et le timonier est resté assis à la poupe, à regarder les reflets des étoiles sur les eaux de l'atoll. Même le capitaine est resté à veiller, assis dans son fauteuil. De ma place, près du mât de misaine, je vois la braise de sa cigarette briller de temps en temps. Le vent de la mer emporte les paroles des marins, les mêle à la rumeur des vagues sur les brisants. Ici le ciel est immense et pur, comme s'il n'y avait pas d'autre terre au monde, que tout allait commencer.

Je dors un peu, la tête appuyée sur mon bras, et quand je me réveille, c'est l'aurore. La lumière est transparente, pareille à l'eau du lagon, couleur d'azur et de nacre, depuis le Boucan je n'ai pas vu de matin aussi beau. La rumeur de la mer a augmenté, elle semble le bruit de la lumière du jour. Regardant autour de moi, je vois que la plupart des marins dorment encore, comme le sommeil les a pris, couchés sur le pont, ou assis contre le bastingage. Bradmer n'est plus dans son fauteuil. Peut-être est-il en train d'écrire dans son alcôve. Seul le timonier noir est debout à la même place, à la poupe. Il regarde le lever du jour. Je m'approche de lui pour lui parler, mais c'est lui qui dit :

« Est-ce qu'il y a un endroit plus beau dans le monde ? »

Sa voix est enrouée, celle d'un homme troublé par l'émotion.

« Quand je suis venu ici pour la première fois, j'étais encore un enfant. Maintenant, je suis un vieil homme, mais ici rien n'a changé. Je pourrais croire que c'était hier. »

« Pourquoi le capitaine est-il venu ici ? »

Il me regarde comme si ma question n'avait pas de sens.

« Mais c'est pour vous ! Il voulait que vous voyiez Saint Brandon, c'est une faveur qu'il vous a faite. »

Il hausse les épaules et n'en dit pas plus. Il sait sans doute que je n'ai pas accepté de rester à bord du *Zeta*, et pour cela je ne l'intéresse plus. Il se replonge dans la contemplation du soleil qui se lève sur l'immense atoll, de la lumière qui semble jaillir de l'eau et monter vers le ciel sans nuages. Les oiseaux sillonnent le ciel, cormorans rasant l'eau où glissent leurs ombres, pétrels haut dans le vent, minuscules points d'argent tourbillonnant. Ils tournent, se croisent, crient et caquettent si fort qu'ils réveillent les hommes sur le pont, qui se mettent à parler à leur tour.

Plus tard, j'ai compris pourquoi Bradmer a fait escale à Saint Brandon. La pirogue est mise à la mer, avec six hommes de l'équipage. Le capitaine est à la barre, et le timonier debout à l'avant, un harpon à la main. La pirogue glisse sans bruit sur l'eau du lagon, vers Perle. Penché à l'avant de la pirogue, près du timonier, j'aperçois bientôt les taches sombres des tortues, près de la plage.

Nous approchons d'elles en silence. Quand la pirogue arrive sur elles, elles nous aperçoivent, mais il est trop tard. D'un geste vif, le timonier lance le harpon qui traverse en crissant la carapace, et le sang jaillit. Aussitôt, avec un cri sauvage, les hommes souquent et la pirogue file vers le rivage de l'île, entraînant la tortue. Quand la pirogue est près de la plage, deux marins sautent à l'eau, décrochent la tortue et la renversent sur la plage.

Déjà, nous repartons vers le lagon, où les autres tortues attendent sans crainte. Plusieurs fois, le harpon du timonier transperce les carapaces des tortues. Sur la plage de sable blanc, le sang coule en ruisseaux, trouble la mer. Il faut faire vite avant que l'odeur du sang n'attire les requins, qui chasseront les tortues vers les hauts fonds. Sur la plage blanche, les tortues achèvent de mourir. Il y en a dix. À coups de sabre d'abattage, les marins les dépècent, alignent sur le sable les quartiers de viande. Les morceaux sont embarqués dans la pirogue pour être fumés à bord du navire, parce qu'il n'y a pas de bois dans les îles. Ici la terre est stérile, un lieu où viennent mourir les créatures de la mer.

Quand la boucherie est terminée, tout le monde embarque dans la pirogue, les mains ruisselantes de sang. J'entends les cris aigus des oiseaux qui se disputent les carapaces des tortues. La lumière est aveuglante, je ressens un vertige. J'ai hâte de fuir cette île, ce lagon souillé de sang. Le reste du jour, sur le pont du *Zeta*, les hommes s'affairent autour du brasero où grillent les quartiers de viande. Mais je ne peux oublier ce qui s'est passé, et ce soir-là, je refuse de manger. Demain matin, à l'aube, le *Zeta* quittera l'atoll, et il ne restera rien de notre passage, que ces carapaces brisées et déjà nettoyées par les oiseaux de mer.

Dimanche, en mer

Il y a si longtemps que je suis parti ! Un mois, peut-être plus ? Jamais je ne suis resté si longtemps sans voir Laure, sans Mam. Quand j'ai dit adieu à Laure, quand je lui ai parlé pour la première fois de mon voyage vers Rodrigues, elle m'a donné l'argent de ses économies pour m'aider à payer mon passage. Mais j'ai lu dans ses yeux cet éclair sombre, cette lumière de colère, qui disaient : nous ne nous reverrons peut-être jamais. Elle m'a dit adieu, et non pas au revoir, et elle n'a pas voulu m'accompagner jusqu'au port. Il a fallu tous ces jours en mer, cette lumière, cette brûlure du soleil et du vent, ces nuits, pour que je comprenne. Maintenant je sais que le *Zeta* m'emporte vers une aventure sans retour. Qui peut connaître sa destinée ? Il est écrit ici, le secret qui m'attend, que nul autre que moi ne doit découvrir. Il est marqué dans la mer, sur l'écume des vagues, dans le ciel du jour, dans le dessin immuable des constellations. Comment le comprendre ? Je pense encore au navire *Argo*, comme il allait sur la mer inconnue, guidé par le serpent d'étoiles. C'était lui qui accomplissait sa propre destinée, et non les hommes qui le montaient. Qu'importaient les trésors, les terres ? N'était-ce pas le destin qu'ils devaient reconnaître, certains dans les combats, ou la gloire de l'amour, d'autres dans la mort ? Je pense à Argo, et le pont du *Zeta* est autre, se transfigure. Et ces marins comoriens, indiens, à la peau sombre, le timonier toujours debout devant sa roue, son visage de lave où les yeux ne cillent pas, et même Bradmer, avec ses yeux plissés et sa face d'ivrogne, est-ce qu'ils n'errent pas depuis toujours, d'île en île, à la recherche de leur destinée ?

Est-ce la réverbération du soleil sur les miroirs mouvants des vagues qui m'a troublé la raison ? Il me semble être hors du temps, dans un autre monde, si différent, si loin de tout ce que j'ai connu, que jamais plus je ne pourrai retrouver ce que j'ai laissé. C'est pour cela que je sens ce vertige, cette nausée : j'ai peur d'abandonner ce que j'ai été, sans espoir de retour. Chaque heure, chaque jour qui passe est semblable aux vagues de la mer qui courent contre l'étrave, soulèvent brièvement la coque, puis disparaissent dans le sillage. Chacune m'éloigne du temps que j'aime, de la voix de Mam, de la présence de Laure.

Le capitaine Bradmer est venu vers moi ce matin, à la poupe du navire :

« Demain ou après-demain, nous serons à Rodrigues. »

Je répète :

« Demain ou après-demain ? »

« Demain, si le vent se maintient. »

Ainsi le voyage s'achève. Pour cela sans doute tout me semble différent.

Les hommes ont fini la provision de viande. Pour moi, je me suis contenté du riz épicé, cette chair me faisant horreur. Chaque soir, depuis quelques jours, je sens venir la fièvre. Enroulé dans ma couverture, je grelotte à fond de cale, malgré la chaleur torride. Que faire, si mon corps m'abandonne ? Dans la malle, j'ai trouvé le flacon de quinine acheté avant de partir, et j'avale un cachet avec ma salive.

La nuit est tombée sans que je m'en rende compte.

Tard dans la nuit, je m'éveille le corps en sueur. À côté de moi, assis en tailleur et le dos appuyé contre la coque, un homme au visage noir que la lumière de la veilleuse éclaire étrangement. Je me redresse sur un coude, et je reconnais le timonier, ses yeux fixes. De sa voix chantonnante, il me parle, mais je ne comprends pas bien le sens de ses paroles. J'entends qu'il me pose

182

des questions sur le trésor que je vais chercher à Rodrigues. Comment le sait-il ? C'est sans doute le capitaine Bradmer qui le lui a dit. Il interroge, et je ne lui réponds pas, mais cela ne le déroute pas. Il attend, puis il pose une autre question, une autre encore. Enfin, cela cesse de l'intéresser, et il se met à parler de Saint Brandon, où il viendra pour mourir, à ce qu'il dit. J'imagine son corps étendu au milieu des carapaces des tortues. Je me rendors bercé par le son de ses paroles.

En vue de Rodrigues

L'île apparaît sur la ligne de l'horizon. Elle surgit de la mer, dans le ciel jaune du soir, avec ses hautes montagnes bleues sur l'eau sombre. Peut-être que ce sont les oiseaux de mer qui m'ont alerté d'abord, en criant au-dessus de nous.

Je vais à la proue, pour mieux voir. Les voiles gonflées par le vent d'ouest font courir l'étrave après les vagues. Le navire tombe dans les creux, se relève. L'horizon est très net, tendu. L'île monte et descend derrière les vagues, et les sommets des montagnes semblent nés du fond de l'océan.

Jamais aucune terre ne m'a donné cette impression : cela ressemble aux pics des Trois Mamelles, plus hauts encore, cela forme un mur infranchissable. Casimir est à côté de moi à l'avant. Il est heureux de m'annoncer les montagnes, de dire leurs noms.

Le soleil est caché derrière l'île maintenant. Les hautes montagnes se détachent avec violence contre le ciel pâle.

Le capitaine fait réduire les voiles. Les hommes montent aux vergues pour prendre les ris. Nous allons à la vitesse des vagues, vers l'île sombre, les focs brillant à la lumière du crépuscule comme les ailes des oiseaux de mer. Je sens grandir en moi l'émotion, tandis que le navire s'approche de la côte. Quelque chose s'achève, la liberté, le bonheur de la mer. Maintenant il va falloir chercher asile, parler, interroger, être au contact de la terre.

La nuit tombe très lentement. Maintenant, nous sommes dans l'ombre des hautes montagnes. Vers sept heures, nous franchissons la passe, vers le fanal rouge allumé au bout de la jetée. Le navire longe les récifs. J'entends la voix d'un marin qui sonde à tribord, et crie les chiffres : « Dix-sept, dix-sept, seize, quinze, quinze... »

Au bout du chenal, commence la jetée de pierre.

J'entends l'ancre tomber à l'eau, dévider la chaîne. Le *Zeta* est immobile le long du quai, et sans attendre la coupée, les hommes sautent à terre, parlent bruyamment à la foule qui attend. Je suis debout sur le pont, pour la première fois depuis des jours, des mois peut-être, je suis habillé, j'ai enfilé mes chaussures. Ma cantine est prête, à mes pieds. Le *Zeta* part dès demain, après midi, quand l'échange des marchandises sera fini.

Je dis adieu au capitaine Bradmer. Il me serre la main, visiblement ne sait pas quoi dire. C'est moi qui lui souhaite bonne chance. Le timonier noir est déjà à fond de cale, il doit être allongé, ses yeux fixes regardant le plafond enfumé.

Sur le quai, les rafales de vent me font tituber, à cause du poids de la cantine sur l'épaule. Je me retourne, je regarde encore la silhouette du *Zeta* contre le ciel pâle, avec ses mâts inclinés et le réseau de ses cordages. Peut-être que je devrais retourner sur mes pas, remonter à bord. Dans quatre jours, je serais à Port Louis, je prendrais le train, je marcherais sous la pluie fine vers la

184

maison de Forest Side, j'entendrais la voix de Mam, je verrais Laure.

Un homme m'attend sur le quai. Je reconnais à la lueur du fanal la silhouette athlétique de Casimir. Il prend ma cantine et marche avec moi. Il va me montrer le seul hôtel de l'île, près de Government House, un hôtel tenu par un Chinois, il paraît qu'on peut y manger aussi. Je marche derrière lui, dans la nuit, à travers les ruelles de Port Mathurin. Je suis à Rodrigues.

Rodrigues, Anse aux Anglais,
1911

C'est comme cela qu'un matin de l'hiver 1911 (en
août, je crois, ou au début septembre) j'arrive sur les
collines qui dominent l'Anse aux Anglais, où va s'ac-
complir toute ma recherche.

Depuis des semaines, des mois, j'ai parcouru Rodrigues, depuis le sud où s'ouvre l'autre passe, devant l'île
Gombrani, jusqu'au chaos de laves noires de la baie Malgache, au nord, en passant par les hautes montagnes du
centre de l'île, à Mangues, à Patate, à Montagne Bon Dié.
Ce sont les notes recopiées sur le livre de Pingré qui
m'ont guidé. « À l'est du Grand Port, écrit-il en 1761, on
ne trouvoit plus assez d'eau pour porter notre pirogue,
ou bien cette eau communiquant avec la pleine mer étoit
trop agitée pour porter un bâtiment aussi fragile. M. de
Pingré renvoya donc les pirogues par le chemin qui les
avoit amenées, avec ordre de venir nous rejoindre le lendemain à l'*Enfoncement des Grandes Pierres à Chaux...* »
Et ailleurs : « Les montagnes des Quatre Passes sont à
pic, et comme il n'y a là presque point de récifs, et que la
côte est directement exposée au vent, la mer bat si violemment contre la côte qu'il y auroit plus que de l'im-
prudence à hazarder de franchir ce passage. » Lue à la

189

lumière tremblante de ma bougie, dans la chambre de l'hôtel à Port Mathurin, la relation de Pingré me rappelle la fameuse lettre écrite par un vieux marin emprisonné à la Bastille, et qui avait mis mon père sur la piste du trésor : « Sur la côte ouest de l'île, à un endroit où la mer bat en côte, se trouve une rivière. Suivez la rivière, vous trouverez une source, contre la source un tamarinier. À dix-huit pieds du tamarinier commencent les maçonneries qui cachent un immense trésor. »

Très tôt ce matin, j'ai marché le long de la côte, avec une sorte de hâte fiévreuse. J'ai traversé le pont Jenner, qui marque les limites de Port Mathurin. Plus loin, j'ai franchi à gué la rivière Bambous, devant le petit cimetière. À partir de là, il n'y a plus de maisons, et le chemin le long de la côte se resserre. Sur la droite, j'emprunte la route qui monte vers les bâtiments de la Cable & Wireless, la compagnie anglaise du télégraphe, au sommet de la pointe Vénus.

J'ai contourné les bâtiments du télégraphe, peut-être par crainte de rencontrer un de ces Anglais, qui font un peu peur aux gens de Rodrigues.

Le cœur battant, je vais jusqu'au sommet de la colline. C'est bien là, j'en suis sûr maintenant, que Pingré est venu en 1761 pour observer le transit de la planète Vénus, avant les astronomes qui accompagnaient le lieutenant Neate en 1874, et qui ont donné son nom à la pointe Vénus.

Le vent violent de l'est me fait tituber. Au pied de la falaise, je vois les courtes vagues venues de l'océan qui traversent la passe. Juste au-dessous de moi, ce sont les bâtiments de la Cable & Wireless, longues baraques de bois peintes en gris et blindées de plaques de tôle boulonnées comme des paquebots. Un peu plus haut, parmi les vacoas, j'aperçois la maison blanche du directeur, sa varangue où sont tirés les stores. À cette heure, les bureaux du télégraphe sont encore fermés. Seul, un Noir assis sur les marches d'un hangar fume sans me regarder.

Je continue à travers les broussailles. Bientôt j'arrive au bord de la falaise, et je découvre la grande vallée. Je comprends d'un seul coup que j'ai enfin trouvé l'endroit que je cherchais.

L'Anse aux Anglais s'ouvre largement sur la mer, de chaque côté de l'estuaire de la rivière Roseaux. De là où je suis, je vois toute l'étendue de la vallée, jusqu'aux montagnes. Je distingue chaque buisson, chaque arbre, chaque pierre. Il n'y a personne dans la vallée, pas une maison, pas une trace humaine. Seulement les pierres, le sable, le mince filet d'eau de la rivière, les touffes de la végétation désertique. Mon regard suit le cours du ruisseau jusqu'au fond de la vallée, où se dressent les hautes montagnes encore sombres. Je pense un instant au ravin de Mananava, quand avec Denis je m'arrêtais, comme au seuil d'un territoire interdit, guettant le cri grêle des pailles-en-queue.

Ici, il n'y a pas d'oiseaux dans le ciel. Seulement les nuages qui surgissent de la mer, au nord, et filent vers les montagnes, en faisant courir leurs ombres sur le fond de la vallée.

Je reste longtemps debout en haut de la falaise, dans le vent violent. Je cherche un passage pour descendre. Là où je suis, c'est impossible. Les rochers sont à pic au-dessus de l'estuaire de la rivière. Je remonte vers le haut de la colline, en me frayant un passage à travers les broussailles. Le vent passe à travers les feuilles des vacoas en faisant un gémissement qui augmente encore l'impression de solitude de cet endroit.

Un peu avant d'arriver au sommet de la colline, je trouve un passage : c'est un éboulis qui descend jusqu'à la vallée.

Maintenant, je marche dans la vallée de la rivière Roseaux, sans savoir où aller. Vue d'ici, la vallée semble large, limitée au loin par les collines noires et par les hautes montagnes. Le vent du nord qui entre par l'embouchure de la rivière apporte la rumeur de la mer, soulève de petits tourbillons de sable pareil à de la cendre, qui m'ont fait croire un instant à l'arrivée de gens à cheval. Mais ici le silence est étrange, à cause de toute cette lumière.

De l'autre côté des collines de la Pointe Vénus, il y a la vie bruyante de Port Mathurin, le marché, le va-et-vient des pirogues dans la baie Lascars. Et ici, tout est silencieux, comme sur une île déserte. Que vais-je trouver ici ? Qui m'attend ?

Jusqu'à la fin du jour je marche dans le fond de la vallée, au hasard. Je veux comprendre où je suis. Je veux comprendre pourquoi je suis venu jusqu'ici, ce qui m'a inquiété, alerté. Sur le sable sec des plages de la rivière, à l'aide d'une brindille, je trace le plan de la vallée : l'entrée de l'Anse, flanquée à l'est et à l'ouest par les grands rochers basaltiques. Le cours de la rivière Roseaux, remontant en ligne presque droite vers le sud, puis s'incurvant avant de s'engager dans les gorges, entre les montagnes. Je n'ai pas besoin de comparer avec le plan du Corsaire, tel qu'il figure dans les documents de mon père : je suis bien sur le lieu même du trésor.

De nouveau, je ressens l'ivresse, le vertige. Il y a tant de silence ici, tant de solitude ! Seul le passage du vent dans les rochers et les broussailles, apportant la rumeur lointaine de la mer sur les récifs, mais c'est le bruit du monde sans hommes. Les nuages courent dans le ciel éblouissant, fument, disparaissent derrière les collines. Je ne peux plus garder le secret pour moi ! Je voudrais crier, de toutes mes forces, pour qu'on m'entende, au-delà de ces collines, plus loin même que cette île, de l'autre côté de la mer, jusqu'à Forest Side, et que mon cri traverse les murs et aille jusqu'au cœur de Laure.

Ai-je crié vraiment ? Je ne sais, ma vie est déjà semblable à ces rêves où le désir et sa réalisation ne font qu'un. Je cours dans le fond de la vallée, je bondis par-dessus les roches noires, par-dessus les ruisseaux, je cours le plus vite que je peux à travers les broussailles, au milieu des tamariniers brûlés par le soleil. Je ne sais pas où je vais, je cours comme si je tombais, écoutant le bruit du vent dans mes oreilles. Puis je tombe sur la terre grise, sur les pierres aiguës, sans même ressentir la douleur, hors d'haleine, le corps trempé de sueur. Je reste longtemps couché sur la terre, la tête tournée vers les nuages qui fuient toujours vers le sud.

Maintenant je sais où je suis. J'ai trouvé le lieu que je cherchais. Après ces mois d'errance, je ressens une paix, une ardeur nouvelles. Les jours qui ont suivi ma découverte de l'Anse aux Anglais, j'ai préparé mes recherches. Chez Jérémie Biram à Douglas Street, j'ai acheté les objets indispensables : un pic, une pelle, de la corde, une lampe tempête, de la toile à voile, du savon, et des provisions de bouche. J'ai complété la panoplie de l'explorateur avec un de ces grands chapeaux de fibre de vacoa que portent ici les manafs, les Noirs des montagnes. Pour le reste, j'ai décidé que les quelques habits que je possède et ma vieille couverture de cheval devraient suffire. J'ai déposé le maigre argent qui me reste à la banque Barclay's, dont le gérant, un Anglais serviable au visage parcheminé, se contente de noter que je suis venu à Rodrigues pour affaires, et me propose, comme il est représentant de la compagnie postale Elias Mallac, de garder mon courrier.

Quand tous mes préparatifs sont terminés, comme

chaque midi je vais chez le Chinois manger du riz et du poisson. Il sait que je pars, et il vient me voir à ma table après le repas. Il ne me pose pas de questions à propos de mon départ. Comme la plupart des gens que j'ai rencontrés à Rodrigues, il croit que je vais laver les ruisseaux des montagnes à la recherche d'or. Je me suis bien gardé de démentir ces bruits. Il y a quelques jours, comme j'achevais mon dîner dans cette même salle, deux hommes ont demandé à me parler, deux Rodriguais. D'emblée, ils ont ouvert devant moi une petite bourse de peau et ont fait couler sur la table un peu de terre noire mêlée de parcelles brillantes. « Est-ce que c'est de l'or, monsieur ? » J'ai tout de suite reconnu, grâce aux leçons de mon père, la pyrite de cuivre qui a trompé tant de prospecteurs, et qu'on appelle pour cela « l'or du sot ». Les deux hommes me regardaient avec anxiété à la lumière de la lampe à huile. Je n'ai pas voulu les décevoir trop brutalement : « Non, ce n'est pas de l'or, mais cela annonce peut-être que vous allez en trouver. » Je leur ai conseillé aussi de se procurer un flacon d'eau régale pour ne pas risquer les erreurs. Ils sont repartis, à moitié satisfaits, avec leur bourse de cuir. C'est comme cela, je crois, que j'ai acquis la réputation d'être un prospecteur.

Après le déjeuner, je monte dans la carriole à cheval que j'ai louée pour le voyage. Le cocher, un vieux Noir jovial, charge ma malle et le matériel que j'ai acheté. Je monte à côté de lui et nous partons à travers les rues vides de Port Mathurin, vers l'Anse aux Anglais. Nous longeons Hitchens Street et la maison Begué, puis nous remontons Barclay's Street jusqu'à la maison du gouverneur. Nous allons ensuite vers l'ouest, devant le temple et le Dépôt, à travers le domaine Raffaut. Des enfants noirs courent un instant derrière la charrette, puis ils se lassent et retournent nager dans l'eau du port. Nous franchissons le pont de bois sur la rivière Lascars. À cause du soleil, j'ai enfoncé mon grand chapeau de manaf sur ma tête, et je ne peux m'empêcher de penser à l'éclat de rire de Laure si elle pouvait me voir dans cet appareil, cahoté dans cette charrette, avec le vieux cocher noir en train de crier après la mule pour la faire avancer.

Quand nous arrivons en haut de la colline de la pointe Vénus, devant les bâtiments du télégraphe, le cocher décharge la malle et les autres ustensiles, ainsi que les sacs de jute contenant mes provisions. Puis après avoir empoché son dû, il s'éloigne en me souhaitant bonne chance (toujours cette légende du chercheur d'or), et je reste seul au bord de la falaise, avec tout mon chargement, dans le silence bruissant du vent, avec l'impression bizarre d'avoir été débarqué sur le rivage d'une île déserte.

Le soleil descend vers les collines de l'ouest, et déjà l'ombre s'étend au fond de la vallée de la rivière Roseaux, agrandit les arbres, aiguise les pointes des feuilles des vacoas. Maintenant je ressens une inquiétude confuse. J'appréhende de descendre au fond de cette vallée, comme si c'était un domaine interdit. Je reste immobile au bord de la falaise, regardant le paysage tel que je l'ai découvert la première fois.

C'est le vent violent qui me décide. J'ai repéré, à mi-chemin de la pente du glacis, une plate-forme de pierres qui pourra me protéger du froid de la nuit et de la pluie. C'est là que je choisis d'installer mon premier campement, et je descends la lourde malle sur mon épaule. Malgré l'heure tardive, le soleil brûle sur la pente, et j'arrive à la plate-forme inondé de sueur. Je dois me reposer un long moment avant de retourner chercher le matériel, la pelle et le pic, les sacs de provisions et la bâche qui va me servir de tente.

195

La plate-forme est tout à fait semblable à un balcon, appuyée sur de gros blocs de lave assemblés au-dessus du vide. La construction est certainement très ancienne, car les vacoas de grande taille ont poussé sur la plate-forme, leurs racines écartant même les murs de lave. Plus loin, en amont de la vallée, j'aperçois d'autres plates-formes identiques, à flanc de colline. Qui a construit ces balcons ? Je pense aux marins d'autrefois, aux chasseurs de baleines américains qui venaient boucaner. Mais je ne peux m'empêcher d'imaginer le passage ici du Corsaire que je suis venu rechercher. C'est lui, peut-être, qui a fait construire ces postes, afin de mieux observer les travaux de « maçonnerie » dans lesquels il avait décidé de cacher son trésor !

À nouveau, je sens en moi comme un vertige, une fièvre. Tandis que je vais et viens sur la pente de la colline en portant mes effets, tout d'un coup, au fond de la vallée, parmi les arbres desséchés et les silhouettes des vacoas, il me semble les apercevoir, là : des ombres marchant à la file, venant de la mer, portant les sacs lourds et les pics, se dirigeant vers l'ombre des collines de l'ouest !

Mon cœur bat fort, mon visage ruisselle de sueur. Je dois m'allonger sur le sol, en haut de la falaise, et regarder le ciel jaune du crépuscule pour calmer mon agitation.

La nuit vient vite. Je me hâte d'installer mon bivouac avant que tout ne devienne obscur. Dans le lit de la rivière, je trouve des branches d'arbre abandonnées par la crue, et du petit bois pour faire du feu. Les grosses branches me servent à confectionner une charpente de fortune sur laquelle je fixe la toile à voile. Je consolide le tout au moyen de quelques grosses pierres. Quand tout est installé, je suis trop fatigué pour songer à faire du feu, et je me contente de manger quelques biscuits de mer, assis sur la plate-forme. La nuit est tombée d'un coup, noyant la vallée au-dessous de moi, effaçant la mer et les montagnes. C'est une nuit froide, minérale, sans bruits inutiles, avec seulement le vent sifflant dans les broussailles, le craquement des pierres qui se rétractent après la brûlure du jour, et, au loin, le grondement des vagues sur les récifs.

Malgré la fatigue, malgré le froid qui me fait grelotter, je suis heureux d'être ici, dans cet endroit dont j'ai rêvé si longtemps sans même savoir qu'il existait. Au fond de moi, je sens un frémissement continu, et j'attends, les yeux grands ouverts, guettant la nuit. Lentement, les astres glissent vers l'ouest, descendent vers l'horizon invisible. Le vent violent secoue la toile derrière moi, comme si je n'avais pas terminé mon voyage. Demain, je serai là, je verrai le passage des ombres. Quelque chose m'attend, quelqu'un. C'est pour le trouver que je suis venu jusqu'ici, que j'ai quitté Mam et Laure. Je dois être prêt pour ce qui va apparaître dans cette vallée, au bout du monde. Je me suis endormi assis à l'entrée de ma tente, le dos contre une pierre, les yeux ouverts sur le ciel noir.

Depuis longtemps je suis dans cette vallée. Combien de jours, de mois ? J'aurais dû tenir un calendrier comme Robinson Crusoé, en taillant des encoches sur un morceau de bois. Dans cette vallée solitaire, je suis perdu comme dans l'immensité de la mer. Les jours suivent les nuits, chaque journée nouvelle efface celle qui l'a précédée. Pour cela je prends des notes sur les cahiers achetés chez le Chinois de Port Mathurin, pour qu'il reste une trace du temps qui passe.

Que reste-t-il ? Ce sont des gestes qui se répètent, tandis que je parcours chaque jour le fond de la vallée à la recherche de points de repère. Je me lève avant le jour, pour profiter des heures fraîches. À l'aube, la vallée est extraordinairement belle. À la première lueur du jour, les blocs de lave et les schistes scintillent de rosée. Les arbustes, les tamariniers et les vacoas sont encore sombres, engourdis par le froid de la nuit. Le vent souffle à peine, et au-delà de la ligne régulière des cocos, j'aperçois la mer immobile, d'un bleu obscur sans reflets, retenant ses grondements. C'est l'instant que j'aime le mieux, quand tout est suspendu, comme en attente. Toujours le ciel très pur et vide, où passent les premiers oiseaux de mer, les fous, les cormorans, les frégates qui franchissent l'Anse aux Anglais et vont vers les îlots, au nord.

Ce sont les seuls êtres vivants que je vois ici depuis que je suis arrivé, à part quelques crabes de terre qui creusent leurs trous dans les dunes de l'estuaire, et les populations de minuscules crabes de mer qui courent sur la vase. Quand les oiseaux repassent au-dessus de la vallée, je sais que c'est la fin du jour. Il me semble que je connais chacun d'eux, et qu'eux aussi me connaissent, cette ridicule fourmi noire qui rampe au fond de la vallée.

Chaque matin, je reprends l'exploration, avec les plans que j'ai établis la veille. Je vais d'un repère à l'autre, en mesurant la vallée à l'aide de mon théodolite, puis je reviens en traçant un arc de cercle de plus en plus grand, pour examiner chaque arpent de terrain. Bientôt le soleil brille, allume ses étincelles de lumière sur les roches aiguës, dessine les ombres. Sous le soleil de midi, la vallée change d'aspect. Elle est alors un endroit très dur, hostile, hérissé de pointes et d'épines. La chaleur monte à cause de la réverbération du soleil, malgré les rafales de vent. Je sens sur mon visage la brûlure d'un four, et je titube au fond de la vallée, les yeux pleins de larmes.

Je dois m'arrêter, attendre. Je vais jusqu'à la rivière, pour boire un peu d'eau au creux de ma main. Je m'assois à l'ombre d'un tamarinier, le dos appuyé contre les racines dénudées par les crues. J'attends, sans bouger, sans penser à rien, tandis que le soleil tourne autour de l'arbre et commence sa chute vers les collines noires.

Parfois encore, je crois voir ces ombres, ces silhouettes fugitives, en haut des collines. Je marche sur le lit de la rivière, les yeux brûlants. Mais les ombres s'effacent, elles retournent dans leurs cachettes, elles se confondent avec les troncs noirs des tamariniers. C'est cette heure que je crains surtout, quand le silence et la lumière pèsent sur ma tête, et que le vent est comme un couteau chauffé.

Je reste à l'ombre du vieux tamarinier, près de la rivière. C'est lui que j'ai vu en premier, quand je me suis réveillé, en haut, sur le promontoire. Je suis allé vers lui, et je pensais peut-être à la lettre du trésor qui parle de ce tamarinier, près de la source. Mais il m'a semblé alors le véritable maître de cette vallée. Il n'est pas très grand, et pourtant, lorsqu'on est à l'abri de ses branches, dans son ombre, on sent une paix profonde. Maintenant je conn s bien son tronc noueux, noirci par le temps, le soleil et la sécheresse, ses branches tortueuses, qui portent le feuillage aux fines dentelures si léger, si jeune. Sur le sol, autour de lui, sont les longues gousses dorées gonflées de graines. Chaque jour, je viens là avec mes cahiers et mes crayons, et je suce les graines acides en réfléchissant à de nouveaux plans, loin de la chaleur torride qui règne sous ma tente.

J'essaye de situer les lignes parallèles et les cinq points qui ont servi de repères sur le plan du Corsaire. Les points étaient certainement les sommets des montagnes qu'on aperçoit à l'entrée de l'Anse. Le soir, avant la nuit, je suis allé jusqu'à l'embouchure de la rivière, et j'ai vu les sommets des montagnes encore éclairés par le soleil, et j'ai senti à nouveau cette émotion, comme si quelque chose allait apparaître.

Sur le papier je trace sans cesse les mêmes lignes : la courbe de la rivière que je connais, puis la vallée rectiligne qui s'enfonce entre les montagnes. Les collines, de chaque côté, sont des forteresses de basalte au-dessus de la vallée.

Aujourd'hui, quand le soleil décline, je décide de remonter le flanc de la colline de l'est, à la recherche des marques des « organeaux » laissées par le Corsaire. S'il est réellement venu ici, comme cela semble de plus en plus clair, il est impossible que le marin n'ait pas laissé ces marques sur les rochers de la falaise, ou sur quelque pierre à demeure. La pente du glacis est plus praticable de ce côté, mais le sommet recule au fur et à mesure que je grimpe. Ce qui, vu de loin, me semblait une paroi unie, est une série de marches qui me désorientent. Bientôt je suis si loin de l'autre versant que j'ai du mal à distinguer la tache blanche de la voile qui me sert d'abri. Le fond de la vallée est un désert gris et vert parsemé de blocs noirs, où le lit de la rivière disparaît. À l'entrée de la vallée, je vois la haute falaise de la pointe Vénus. Comme je suis seul ici, bien que les hommes soient proches ! C'est peut-être cela qui m'inquiète le plus : je pourrais mourir ici, personne ne s'en apercevrait. Peut-être un pêcheur d'hourites verrait un jour les restes de mon bivouac et viendrait. Ou bien tout serait emporté par les eaux et par le vent, confondu avec les pierres et les arbres brûlés.

Je regarde attentivement la colline ouest, en face de moi. Est-ce une illusion ? Je vois un M majuscule sculpté dans la roche, un peu au-dessus de la pointe Vénus. À la lumière frisante du crépuscule, il paraît avec netteté, comme fracturé dans la montagne par une main géante. Plus loin, au sommet d'un piton, il y a une tour en pierres à demi ruinée, que je n'avais pas vue en installant mon campement juste en dessous.

La découverte de ces deux repères me trouble. Sans attendre, je dévale la pente de la colline, et je traverse la vallée en courant, pour arriver avant la nuit. Je traverse le cours d'eau de la rivière Roseaux en faisant jaillir l'eau fraîche, puis je remonte la colline de l'ouest, par l'éboulis que j'ai emprunté la première fois.

Arrivé en haut de la pente, je cherche en vain le dessin du « M » : il s'est défait devant moi. Les pans de rocher qui formaient les jambes du « M » se sont écartés, et au centre, il y a une sorte de plateau où croissent des arbustes bousculés par le vent. Tandis que j'avance, penché pour lutter contre les bourrasques, j'entends des pierres s'écrouler. Entre les euphorbes et les vacoas, je crois apercevoir des formes brunes qui s'échappent. Ce sont des cabris sauvages, peut-être échappés d'un troupeau de manafs.

Enfin, j'arrive devant la tour. Au sommet de la falaise, elle surplombe la vallée déjà dans l'ombre. Comment ne l'ai-je pas vue depuis mon arrivée ? C'est une tour écroulée sur un côté, faite de larges blocs de basalte assemblés sans mortier. D'un côté, il y a les restes d'une porte, ou d'une meurtrière. J'entre à l'intérieur de la ruine, je m'accroupis pour m'abriter du vent. Par l'ouverture, je vois la mer. Dans le crépuscule, elle est sans fin, d'un bleu imprégné de violence, voilée à l'horizon par la brume grise qui la confond avec le ciel.

Du haut de la falaise, on embrasse la mer depuis la rade de Port Mathurin jusqu'à la pointe est de l'île. Je comprends alors que cette tour bâtie à la hâte n'est ici que pour surveiller la mer et prévenir l'arrivée d'ennemis. Qui a fait construire cette vigie ? Ce ne peut être l'Amirauté britannique, qui ne craignait plus rien de la mer, étant maîtresse de la route des Indes. D'ailleurs, ni la marine anglaise, ni celle du roi de France n'auraient fait une construction aussi précaire, aussi isolée. Pingré ne parle pas de cette construction dans le récit de son voyage, lors de la première observation du transit de Vénus en 1761. En revanche, je me souviens maintenant du premier camp anglais à la pointe Vénus, en 1810, sur le site du futur observatoire, là où je suis, précisément. Le Mauritius Almanach, lu à la bibliothèque Carnegie, parlait d'une petite « batterie » construite à l'intérieur de la gorge, surveillant la mer. Tandis que la nuit tombe, mon esprit fonctionne avec une sorte de hâte nerveuse, comme dans ces rêveries qui conduisent au sommeil. Pour moi-même, je récite à voix haute les phrases que j'ai lues si souvent dans la lettre de Nageon de Lestang, écrite d'une main longue et penchée sur un papier déchiré :

« Pour une première marque, prenez une pierre de pgt
En prendre la 2° V, là faire Sud Nord,
un cullot de même.
Et de la source Est faire un angle comme un organeau
La marque sur la plage de la source.

Pour $\frac{e}{o}$ passez à la gauche

Pour là chacun de la marque BnShe
Là frottez contre la passe, sur quoi trouverez que pensez.
Cherchez : : S
Faire x — 1 do m de la diagonale dans la direction
du Comble du Commandeur. »

Je suis en ce moment assis sur les ruines de la vigie du Comble du Commandeur, tandis que l'ombre emplit déjà la vallée. Je ne sens plus la fatigue, ni les coups du vent froid, ni la solitude. Je viens de découvrir la première marque du Corsaire inconnu.

Les jours qui ont suivi la découverte du Comble du Commandeur, j'ai parcouru le fond de la vallée, en proie à une fièvre qui allait par instants jusqu'au délire. Je me souviens (bien que cela se trouble et s'échappe comme un rêve) de ces journées brûlantes sous le soleil d'avril, à l'époque des grands cyclones, je m'en souviens comme d'une chute dans un vide vertical, et de la brûlure de l'air quand ma poitrine soulève un poids de souffrance. De l'aube au crépuscule, je suis la marche du soleil dans le ciel, des collines solitaires de l'est jusqu'aux montagnes qui dominent le centre de l'île. Je vais à la manière du soleil, en arc de cercle, le pic sur l'épaule, mesurant au théodolite les accidents du terrain qui sont mes seuls points de repère. Je vois l'ombre des arbres girer lentement, s'allonger sur la terre. La chaleur du soleil me brûle à travers mes habits, et continue de me brûler au long des nuits, m'empêchant de dormir, se mêlant au froid qui sort de la terre. Certains soirs, je suis si fatigué de marcher que je me couche là où me prend la nuit, entre deux blocs de lave, et que je dors jusqu'au matin, quand la faim et la soif me réveillent.

Une nuit, je me réveille au centre de la vallée, je sens sur moi le souffle de la mer. Sur mon visage, dans mes yeux, il y a encore la tache éblouissante du soleil. C'est une nuit de lune noire, comme disait mon père autrefois. Les étoiles emplissent le ciel, et je les contemple, pris par cette folie. Je parle tout haut, je dis : je vois le dessin, il est là, je le vois. Le plan du Corsaire inconnu n'est autre que le dessin de la Croix du Sud et de ses « suiveuses », les « belles de nuit ». Sur l'étendue immense de la vallée, je vois briller les pierres de lave. Elles sont allumées comme des étoiles dans l'ombre poussiéreuse. Je marche vers elles, les yeux agrandis, je sens sur mon visage la braise de leurs lumières. La soif, la faim, la solitude tourbillonnent en moi, de plus en plus vite. J'entends une voix qui parle, avec les intonations de mon père. Cela me rassure d'abord puis me fait frissonner, car je m'aperçois que c'est moi qui parle. Pour ne pas tomber, je m'assois sur la terre, près du grand tamarinier qui m'abrite le jour. Le frisson continue ses vagues sur mon corps, je sens entrer en moi le froid de la terre et de l'espace.

Combien de temps suis-je resté là ? Quand je rouvre les yeux, je vois d'abord le feuillage du tamarinier au-dessus de moi, et les ocelles du soleil à travers les feuilles. Je suis couché entre les racines. À côté de moi, il y a un enfant et une jeune fille, aux visages sombres, vêtus de haillons comme les manafs. La jeune fille a un chiffon dans ses mains, qu'elle tord pour faire tomber des gouttes d'eau sur mes lèvres.

L'eau coule dans ma bouche, sur ma langue gonflée. Chaque gorgée que je bois me fait du mal.

L'enfant s'éloigne, revient, rapportant un chiffon imbibé d'eau de la rivière. Je bois encore. Chaque goutte réveille mon corps, réveille une douleur, mais c'est bien.

La jeune fille parle au garçon, dans un créole que je comprends à peine. Je suis seul avec la jeune manaf.

Quand je fais des efforts pour me relever, elle m'aide à m'asseoir. Je voudrais lui parler, mais ma langue refuse encore de bouger. Le soleil est déjà haut dans le ciel, je sens la chaleur qui monte dans la vallée. Au-delà de l'ombre du vieux tamarinier, le paysage est éblouissant, cruel. À l'idée qu'il faudrait que je traverse cette zone de lumière, je sens une nausée.

L'enfant revient. Il porte dans sa main un gâteau-piment, il me l'offre d'un geste si cérémonieux que cela me donne envie de rire. Je mange lentement le gâteau, et dans ma bouche endolorie, le piment fait du bien. Je partage ce qui reste du gâteau, je l'offre à la jeune fille et au garçon. Mais ils refusent.

« Où habitez-vous ? »

Je n'ai pas parlé en créole, mais la jeune manaf semble avoir compris. Elle montre les hautes montagnes, au fond de la vallée. Elle dit, je crois : « Là-haut. »

C'est une véritable manaf, silencieuse, sur ses gardes. Depuis que je suis assis et que je parle, elle s'est reculée, elle est prête à partir. L'enfant s'est éloigné aussi, il me regarde à la dérobée.

Tout à coup, ils s'en vont. Je voudrais les appeler, les retenir. Ce sont les premiers êtres humains que je vois depuis des mois. Mais à quoi bon les appeler ? Ils s'en vont sans hâte, mais sans se retourner, sautant de pierre en pierre, ils disparaissent dans les fourrés. Je les vois un instant après sur le flanc de la colline de l'ouest, pareils à des cabris. Ils disparaissent dans le fond de la vallée. Ce sont eux qui m'ont sauvé.

Je reste à l'ombre du tamarinier jusqu'au soir, presque sans bouger. De grosses fourmis noires courent le long des racines, inlassablement, en vain. Vers la fin du jour, j'entends les cris des oiseaux de mer qui traversent le ciel au-dessus de l'Anse aux Anglais. Les moustiques dansent. Avec des précautions de vieillard, je me mets en route à travers la vallée je regagne mon campement. Demain, j'irai à Port Mathurin, pour y attendre le premier bateau en partance. Ce sera peut-être le *Zeta* ?

Il y a ces jours à Port Mathurin, loin de l'Anse aux Anglais, ces jours à l'hôpital — le médecin-chef Camal Boudou qui m'a dit seulement ces mots : « You could have died of exposure. » *Exposure*, c'est un mot que je garde en moi, il me semble qu'aucun autre ne peut mieux exprimer ce que j'ai ressenti cette nuit-là, avant que les enfants manafs ne me donnent à boire. Pourtant je ne peux me résoudre à partir. Ce serait un échec terrible ; la maison du Boucan, notre vie tout entière seraient perdues pour Laure et pour moi.

Alors ce matin, avant le jour, je quitte l'hôtel du Port Mathurin, et je retourne vers l'Anse aux Anglais. Je n'ai pas besoin de carriole cette fois : toutes mes affaires sont restées dans mon bivouac, enveloppées dans la toile à voile, assujetties par quelques pierres.

J'ai décidé aussi d'engager un homme pour m'aider dans mes recherches. À Port Mathurin, l'on m'a parlé de la ferme des Castel, derrière les bâtiments de la Cable & Wireless, où je trouverai sûrement quelqu'un.

J'arrive devant l'Anse aux Anglais quand le soleil se lève. Dans la fraîcheur du matin, avec l'odeur de la mer, tout me semble nouveau, transformé. Le ciel au-dessus des collines de l'est est d'un rose très doux, la mer brille

208

comme l'émeraude. Dans la lumière de l'aurore les arbres et les vacoas ont des formes inconnues.

Comment ai-je pu oublier si vite cette beauté ? L'exaltation que je ressens aujourd'hui ne ressemble plus à la fièvre qui m'a rendu fou et m'a fait courir à travers la vallée. Maintenant je comprends ce que je suis venu chercher : c'est une force plus grande que la mienne, un souvenir qui a commencé avant ma naissance. Pour la première fois depuis des mois, il me semble que Laure est devenue proche, que la distance qui nous sépare ne compte plus.

Je pense à elle, prisonnière de la maison de Forest Side, et je regarde le paysage de l'aurore pour lui envoyer cette beauté et cette paix. Je me souviens du jeu que nous faisions parfois, dans les combles de la maison du Boucan ; chacun à un bout du grenier sombre, un numéro ancien de l'*Illustrated London News* ouvert devant nous, nous nous efforcions de nous envoyer des images ou des mots par la pensée. Laure va-t-elle encore gagner à ce jeu, comme elle savait gagner autrefois ? Je lui envoie tout cela : la ligne pure des collines, découpées contre le ciel rose, la mer d'émeraude, le vent, les vols lents des oiseaux de mer qui viennent de la baie Lascars et se dirigent vers le soleil levant.

Vers midi, étant monté au Comble du Commandeur, dans la tour ruinée de la Vigie du Corsaire, je découvre le ravin. Au fond de la vallée, il ne pouvait pas m'apparaître à cause d'un éboulis qui en cache l'entrée. A la lumière du zénith, j'aperçois distinctement la blessure sombre qu'il fait dans le flanc de la colline de l'est.

Je le repère avec soin par rapport aux arbres de la vallée. Puis je vais parler avec le fermier, près des bâtiments du télégraphe. Sa ferme, telle que je l'ai vue en venant sur la route de Port Mathurin, est plutôt un abri précaire contre le vent et la pluie, demi enfoui dans un enfoncement du terrain. Comme j'approche, une masse noire se lève en grognant, un porc à demi sauvage. Puis c'est un chien, crocs en avant. Je me souviens des leçons de Denis, jadis, dans les champs : un bâton, une pierre ne servent à rien. Il faut deux pierres, celle qu'on lance, et celle qui menace. Le chien recule, mais défend la porte de la maison.

« Monsieur Castel ? »

Un homme apparaît, torse nu, vêtu d'un pantalon de pêcheur. C'est un Noir grand et fort, au visage marqué. Il écarte son chien, m'invite à entrer.

L'intérieur de la ferme est sombre, enfumé. Les seuls meubles sont une table et deux chaises. Au fond de la pièce unique, une femme vêtue d'une robe fanée fait la cuisine. À côté d'elle, il y a une petite fille, claire de peau.

M. Castel m'invite à m'asseoir. Lui reste debout, m'écoute poliment, tandis que je lui explique ce que je veux. Il approuve de la tête. Il viendra m'aider de temps en temps, et son fils adoptif, Fritz, m'apportera à manger chaque jour. Il ne me demande pas pourquoi nous allons creuser la terre. Il ne pose aucune question.

Cet après-midi, j'ai décidé de continuer mes recherches plus au sud, vers le haut de la vallée. J'abandonne l'abri du tamarinier où j'ai maintenant installé mon campement, et je remonte le cours de la rivière Roseaux. La rivière sinue sur le lit sablonneux, forme des méandres, des îles, mince filet d'eau qui n'est que l'aspect externe d'un cours d'eau souterrain. Plus haut, la rivière n'est plus qu'un ruisseau coulant sur un lit de galets noirs, au milieu des gorges. Je suis déjà tout près des contreforts des montagnes. La végétation est encore plus clairsemée, buissons d'épines, acacias, et toujours les vacoas aux feuilles en lames de sabre.

Le silence est dense ici, et je marche en faisant le moins de bruit possible. Au pied des montagnes, le ruisseau se divise en plusieurs sources, dans des ravins de schistes et de lave. Tout à coup, le ciel se couvre, la pluie arrive. Les gouttes sont larges et froides. Au loin, tout en bas de la vallée, j'aperçois la mer voilée par l'orage. À l'abri d'un tamarinier, je regarde la pluie avancer sur la vallée étroite.

Puis je le vois : c'est la jeune fille qui m'a secouru l'autre jour, quand je délirais de soif et de fatigue. Elle a un visage d'enfant, mais elle est grande et svelte, vêtue d'une jupe courte à la manière des femmes manafs et d'une chemise en haillons. Ses cheveux sont longs et bouclés comme ceux des Indiennes. Elle avance le long de la vallée, la tête baissée à cause de la pluie. Elle se dirige vers mon arbre. Je sais qu'elle ne m'a pas encore vu, et j'appréhende l'instant où elle m'apercevra. Va-t-elle crier de peur et s'enfuir ? Elle marche sans bruit, avec des mouvements souples d'animal. Elle s'arrête pour regarder du côté du tamarinier, et elle me voit. Un instant son beau visage lisse montre de l'inquiétude. Elle reste immobile, en équilibre sur une jambe, appuyée sur son long harpon. Ses vêtements sont collés à son corps par l'eau de pluie, et ses longs cheveux noirs font paraître plus lumineuse la couleur cuivrée de sa peau.

« Bonjour ! »

Je dis cela d'abord, pour chasser l'inquiétude du silence qui règne ici. Je fais un pas vers elle. Elle ne bouge pas, me regarde seulement. L'eau de pluie coule sur son front, sur ses joues, le long de ses cheveux. Je vois qu'elle tient dans la main gauche un collier de liane où sont enfilés des poissons.

« Vous êtes allée à la pêche ? »

Ma voix résonne bizarrement. Comprend-elle ce que je dis ? Elle va jusqu'au tamarinier, et elle s'assoit sur une racine, à l'abri de la pluie. Son visage reste tourné vers la montagne.

« Vous habitez dans la montagne ? »

Elle fait oui de la tête. Elle dit de sa voix chantante :
« C'est vrai que vous cherchez de l'or ? »

Je suis étonné, moins par la question, que par la langue. Elle parle le français presque sans accent.

« On vous a dit cela ? Oui, je cherche de l'or, c'est vrai. »

« En avez-vous trouvé ? »

Je ris.

« Non, je n'en ai pas encore trouvé. »

« Et vous croyez vraiment qu'il y a de l'or par ici ? »

Sa question m'amuse :

« Pourquoi, vous ne le croyez pas ? »

Elle me regarde. Son visage est lisse, sans crainte comme celui d'un enfant.

« Tout le monde est si pauvre ici. »

Elle tourne encore la tête vers le mont Limon qui a disparu dans le nuage de pluie. Un instant, nous regardons tomber la pluie sans rien dire. Je vois ses habits mouillés, ses jambes minces, ses pieds nus posés bien à plat sur la terre.

« Comment vous appelez-vous ? »

J'ai demandé cela presque malgré moi, peut-être pour retenir un peu de cette jeune fille étrange, qui va bientôt disparaître dans la montagne. Elle me regarde de ses yeux sombres, profonds, comme si elle pensait à autre chose. Elle dit enfin :

« Je m'appelle Ouma. »

Elle se lève, elle prend la liane où sont accrochés les poissons, son harpon, et elle part, elle marche vite le long du ruisseau, dans la pluie qui faiblit. Je vois sa silhouette souple bondir de pierre en pierre, pareille à un cabri, puis elle s'efface au milieu des fourrés. Tout cela s'est passé si vite que j'ai du mal à croire que je n'ai pas imaginé cette apparition, cette jeune fille sauvage et

212

belle qui m'a sauvé la vie. Le silence m'enivre. La pluie a cessé tout à fait, et le soleil brille avec force dans le ciel bleu. À la lumière, les montagnes paraissent plus hautes, inaccessibles. En vain je scrute les pentes des montagnes, du côté du mont Limon. La jeune fille a disparu, elle s'est confondue avec les murailles de pierre noire. Où vit-elle, dans quel village de manafs ? Je pense à son nom étrange, un nom indien, dont elle a fait résonner les deux syllabes, un nom qui me trouble. Enfin, je redescends en courant vers mon campement, en bas de la vallée, sous le vieux tamarinier.

À l'ombre de l'arbre, je passe la fin du jour à étudier les plans de la vallée, et je marque au crayon rouge les points qu'il faudra sonder. Quand je vais les repérer sur le terrain, non loin du deuxième point, je distingue clairement une marque sur une pierre à demeure : quatre trous réguliers poinçonnés en carré. Je me rappelle tout à coup la formule de la lettre du Corsaire inconnu : « Cherchez :: » Mon cœur bat plus vite quand je me retourne vers le levant et que j'aperçois effectivement la forme de la vigie du Comble du Commandeur dans la diagonale de l'axe nord-sud.

Tard ce jour-là, je découvre la première marque de l'organeau, sur le glacis de la colline de l'est.

C'est en cherchant à établir la ligne est-ouest qui coupe la rivière Roseaux aux limites de l'ancien maré-cage que j'ai trouvé l'organeau.

Marchant boussole à la main, le dos au soleil, je tra-verse une dénivellation que je crois être le lit d'un ancien affluent. J'arrive sur la falaise de l'est, abrupte à cet endroit. C'est une muraille de basalte presque verti-cale, qui s'est partiellement écroulée. Sur l'un des pans près du sommet, je vois la marque.

« L'organeau ! L'organeau ! »

Je répète cela à mi-voix. Je cherche un chemin pour

213

atteindre le haut de la falaise. Les pierres s'éboulent sous mes pieds, je m'agrippe aux arbustes pour escalader. Arrivé près du sommet, j'ai du mal à retrouver le rocher qui porte la marque. Vu d'en bas, le signe était net, avec sa forme de triangle équilatéral inversé qui était celle des organeaux des ancres marines au temps des corsaires. À la recherche de ce signe, je sens mon sang battre dans mes tempes. Se peut-il que j'aie été victime d'une illusion ? Sur tous les rochers, je vois des marques en forme d'angle, résultat d'anciennes fractures. Plusieurs fois, je parcours le rebord de la falaise, glissant sur les éboulis.

En bas, dans la vallée, le jeune Fritz Castel, venu m'apporter mon repas, s'est arrêté au pied de la falaise et regarde. C'est la direction de son regard qui me montre mon erreur. Les pans de basalte se ressemblent tous, et ceux qui m'ont servi de repère sont plus hauts, j'en suis sûr. Je grimpe plus haut et j'arrive en effet à un deuxième palier, qui coïncide avec la limite de la végétation. Là, devant moi, sur une grande roche noire, brille le triangle de l'organeau, magnifique, inscrit dans la roche dure avec une régularité que seule peut obtenir une main armée d'un ciseau. Tremblant d'émotion, je m'approche de la pierre, je l'effleure du bout des doigts. Le basalte est chaud de lumière, doux et lisse comme une peau, et je sens sous mes doigts le bord coupant du triangle renversé, comme ceci :

Je dois nécessairement trouver le même signe de l'autre côté de la vallée, selon une ligne est-ouest. L'autre versant est loin, même avec une lunette je ne pourrais pas le voir. Déjà les collines de l'ouest sont dans l'ombre, et je remets au lendemain la recherche de l'autre organeau.

Quand le jeune Fritz est reparti, je retourne là-haut. Je reste longtemps assis sur la roche friable, à regarder l'étendue de l'Anse aux Anglais que prend la nuit. Il me semble que, pour la première fois, je ne la vois pas avec mes yeux, mais avec ceux du Corsaire inconnu qui est venu ici il y a cent cinquante ans, qui a tracé le plan de son secret sur le sable gris de la rivière, puis l'a laissé s'effacer, ne laissant que les marques frappées dans la pierre dure. J'imagine comme il tenait le ciseau et le maillet pour graver ce signe, et les coups devaient retentir jusqu'au fond de la vallée déserte. Dans la paix de l'Anse, où passe par instants le froissement rapide du vent, et le grondement intermittent de la mer, je peux entendre les coups du ciseau sur la pierre, réveillant les échos dans les collines. Ce soir, couché à même la terre entre les racines du vieux tamarinier, enveloppé dans ma couverture comme naguère sur le pont du *Zeta*, je rêve à la vie nouvelle.

Aujourd'hui, dès l'aube je suis au pied de la falaise de l'ouest. La lumière éclaire à peine les roches noires, et dans l'échancrure de l'Anse, la mer est d'un bleu translucide, plus clair que le ciel. Comme chaque matin, j'entends les cris des oiseaux de mer qui traversent la baie, escadrilles de cormorans, mouettes et fous lançant leurs appels rauques, en route vers la baie Lascars. Jamais je n'ai été aussi content de les entendre. Il me semble que leurs cris sont des saluts qu'ils m'adressent en passant au-dessus de l'Anse, et je leur réponds en criant moi aussi. Quelques oiseaux volent au-dessus de moi, des sternes aux ailes immenses, des pétrels rapides. Ils tournent près de la falaise, puis rejoignent les autres sur la mer. J'envie leur légèreté, la rapidité avec laquelle ils glissent dans l'air, sans s'attacher à la terre. Alors je me vois, accroché au fond de cette vallée stérile, mettant des jours, des mois à reconnaître ce que le regard des oiseaux a balayé en un instant. J'aime les voir, je partage un peu de la beauté de leur vol, un peu de leur liberté.

Ont-ils besoin d'or, de richesses ? Le vent leur suffit, le ciel du matin, la mer qui regorge de poissons, et ces rochers qui émergent, leur seul abri contre les tempêtes.

Je me suis dirigé guidé par l'intuition vers la falaise noire, où j'ai distingué des anfractuosités depuis l'autre versant de la vallée. Le vent me bouscule, m'enivre, tandis que je grimpe en m'aidant des broussailles. Tout à coup, le soleil apparaît au-dessus des collines de l'est, magnifique, éblouissant, allumant les étincelles sur la mer.

J'examine la falaise morceau par morceau. Je sens la brûlure du soleil qui monte lentement. Vers midi, j'entends un appel. C'est le jeune Fritz qui m'attend en bas, près du campement. Je redescends pour me reposer. Mon enthousiasme du matin est bien retombé. Je me sens las, découragé. À l'ombre du tamarinier, je mange le riz blanc en compagnie de Fritz. Quand il a fini de manger, il attend en silence, les yeux fixés au loin, dans cette attitude impassible qui caractérise les Noirs d'ici.

Je pense à Ouma, si farouche, si mobile. Reviendra-t-elle ? Chaque soir, avant le coucher du soleil, je longe la rivière Roseaux jusqu'aux dunes, je cherche ses traces. Pourquoi ? Que pourrais-je lui dire ? Mais il me semble qu'elle est la seule qui comprenne ce que je suis venu chercher ici.

Cette nuit, quand les étoiles apparaissent une à une dans le ciel, au nord, le petit Chariot, puis Orion, Sirius, je comprends soudain mon erreur : lorsque j'ai situé la

216

ligne est-ouest, en partant de la marque de l'organeau, je me suis servi comme repère du nord magnétique indiqué par ma boussole. Le Corsaire qui traçait ses plans et marquait ses points de repère sur les rochers n'utilisait pas la boussole. C'était certainement l'étoile du nord qui lui servait d'indication, et c'est par rapport à cette direction qu'il a établi la perpendiculaire est-ouest. La différence entre le nord magnétique et le nord stellaire étant de 7°36, cela signifie une différence de près de cent pieds à la base de la falaise c'est-à-dire sur l'autre pan de roche qui forme le premier contrefort du Comble du Commandeur.

Je suis tellement ému par cette découverte que je ne peux me résoudre à attendre jusqu'au lendemain. Muni de ma lampe tempête, pieds nus, je marche jusqu'à la falaise. Le vent souffle avec violence, portant les nuages d'embruns. À l'abri des racines du vieux tamarinier, je n'avais pas entendu la tempête. Mais ici elle me fait tituber, elle siffle dans mes oreilles et fait vaciller la flamme de la lampe.

Je suis maintenant au pied de la falaise noire, et je cherche un passage. La paroi est tellement abrupte que je dois prendre la lampe entre mes dents pour escalader. Ainsi, j'arrive jusqu'à une corniche, à mi-hauteur, et je commence à chercher la marque, le long de la falaise qui s'effrite. Éclairée par la lampe, la paroi de basalte prend un aspect étrange, infernal. Chaque creux, chaque fissure me fait tressaillir. Je parcours ainsi toute la corniche, jusqu'au ravin qui sépare ce pan de falaise du piton qui domine la mer. Je suis étourdi par les rafales de vent froid, par le grondement de la mer toute proche, par l'eau qui ruisselle sur mon visage. Alors que je m'apprête à redescendre, épuisé, j'aperçois une large roche au-dessus de moi, et je sais que le signe doit être là, j'en suis sûr. C'est le seul rocher visible de n'importe quel point de la vallée. Pour l'atteindre, je dois faire un détour, suivre un chemin qui s'éboule. Quand j'arrive enfin devant le rocher, avec la lampe tempête entre mes dents, je vois l'organeau. Il est gravé avec une telle netteté que j'aurais pu le voir sans la lampe. Ses bords sont coupants sous mes doigts comme s'ils avaient été sculptés hier. La pierre noire est froide, glissante. Le triangle est dessiné la pointe vers le haut, à l'inverse de l'organeau de l'ouest. Il semble sur le rocher un œil mystérieux qui regarde de l'autre côté du temps, contemplant éternellement l'autre versant de la vallée, sans faiblir, chaque jour, chaque nuit. Un frisson parcourt mon corps. Je suis entré dans un secret plus fort, plus durable que moi. Jusqu'où me conduira-t-il ?

Après cela, j'ai vécu dans une sorte de rêve éveillé, où se mêlaient la voix de Laure, et celle de Mam sur la varangue du Boucan, au message du Corsaire inconnu, et à l'image fugitive d'Ouma glissant entre les buissons, vers le haut de la vallée. La solitude s'est resserrée sur moi. Hormis le jeune Fritz Castel, je ne vois personne. Même lui ne vient plus aussi régulièrement. Hier (ou avant-hier, je ne sais plus) il a posé la marmite de riz sur une pierre, devant le campement, puis il est reparti en escaladant la colline de l'ouest, sans répondre à mes appels. Comme si je lui faisais peur.

À l'aube, je suis allé comme chaque matin vers l'estuaire de la rivière. J'ai pris ma trousse de toilette, avec rasoir, savon et brosse, ainsi que le linge à laver. Posant le miroir sur un caillou, j'ai commencé par raser ma barbe, puis j'ai coupé mes cheveux qui tombaient sur mes épaules. Dans le miroir, j'ai regardé mon visage maigre, noirci par le soleil, mes yeux brillants de fièvre. Mon nez, qui est mince et busqué comme chez tous les mâles du nom de L'Étang, accentue encore l'expression perdue, presque famélique, et je crois bien qu'à force de marcher sur ses traces, j'ai commencé à ressembler au Corsaire inconnu qui a habité ces lieux.

J'aime bien être ici, à l'estuaire de la rivière Roseaux, là où commencent les dunes de la plage, où l'on entend la mer toute proche, sa respiration lente, tandis que le vent entre par rafales au milieu des euphorbes et des roseaux, et fait grincer les palmes. Ici, à l'aube, la lumière est si douce, si calme, et l'eau lisse comme un miroir. Quand j'ai fini de me raser, de me laver et de laver mon linge, alors que je m'apprête à retourner vers le campement, je vois Ouma. Elle est debout devant la rivière, son harpon à la main, et elle me regarde sans gêne, avec quelque chose de moqueur dans le regard. J'ai souvent espéré la rencontrer ici, sur la plage, à la marée basse, quand elle revient de la pêche, et pourtant je suis étonné et je reste immobile, avec mon linge mouillé qui s'égoutte à mes pieds.

Dans la lumière du jour qui commence, près de l'eau, elle est encore plus belle, sa robe de toile et sa chemise trempées d'eau de mer, son visage couleur de cuivre, couleur de lave, brillant de sel. Elle est ainsi, debout, une jambe tendue et son corps incliné sur sa hanche gauche, tenant dans sa main droite le harpon de roseau à la pointe de bois d'ébène, la main gauche appuyée sur son épaule droite, drapée dans ses vêtements mouillés, telle une statue antique. Je reste à la regarder, sans oser parler, et je pense malgré moi à Nada, si belle et mystérieuse, comme elle apparaissait autrefois sur les images des anciens journaux, dans la pénombre du grenier de notre maison. Je fais un pas en avant, et j'ai le sentiment de rompre un enchantement. Ouma se détourne, elle s'en va à grandes enjambées le long du lit de la rivière.

« Attendez ! » J'ai crié cela sans réfléchir, en courant derrière elle.

Ouma s'arrête, elle me regarde. Dans ses yeux je lis l'inquiétude, la méfiance. Je voudrais parler pour la retenir, mais il y a si longtemps que je n'ai parlé à âme qui vive, les mots me manquent. Je voudrais lui parler des traces que j'ai cherchées, sur la plage, le soir, avant la marée. Mais c'est elle qui me parle. Elle me demande de sa voix chantante, moqueuse :

« Avez-vous trouvé enfin de l'or ? »

Je secoue la tête, et elle rit. Elle s'assoit sur ses talons, un peu en retrait, sur le sommet d'une dune. Pour s'asseoir, elle ramène sa jupe entre ses jambes d'un geste que je n'ai jamais vu aucune femme faire. Elle s'appuie sur le harpon.

« Et vous, avez-vous pêché quelque chose ? »

Elle secoue la tête à son tour.

« Vous rentrez chez vous, dans la montagne ? »

Elle regarde le ciel.

« Il est encore tôt. Je vais essayer encore, vers la pointe. »

« Je peux venir avec vous ? »

Elle se lève sans répondre. Puis elle se retourne vers moi :

« Venez. »

Elle part sans m'attendre. Elle marche vite dans le sable, avec cette démarche animale, le long harpon sur l'épaule.

Je jette le ballot de linge mouillé dans le sable, sans me soucier du vent qui risque de l'emporter. Je cours derrière Ouma. Je la rejoins près de la mer. Elle marche le long des vagues qui déferlent, les yeux fixés vers le large. Le vent plaque sa robe mouillée sur son corps mince. Dans le ciel encore gris du matin, passent mes compagnons-oiseaux, glapissant et faisant leur bruit de crécelle.

« Vous aimez les oiseaux de mer ? »

220

Elle s'arrête, le bras levé vers eux. Son visage brille dans la lumière. Elle dit :

« Ils sont beaux ! »

Dans les rochers au bout de la plage, la jeune fille bondit avec agilité, sans effort, pieds nus sur les arêtes tranchantes. Elle va jusqu'à la pointe, devant l'eau profonde, bleu d'acier. Quand j'arrive près d'elle, elle me fait signe de m'arrêter. Sa longue silhouette penchée sur la mer, le harpon levé, elle guette dans les profondeurs, près des bancs de coraux. Elle reste un long moment comme cela, parfaitement immobile, puis, d'un coup, elle s'élance en avant et disparaît dans l'eau. Je regarde la surface, je cherche un bouillonnement, un remous, une ombre. Alors que je ne sais plus où regarder, à quelques brasses de moi la jeune fille fait surface, essoufflée. Elle nage lentement jusqu'à moi, elle jette sur les rochers un poisson transpercé. Elle sort de l'eau avec le harpon, son visage est pâle de froid. Elle dit :

« Il y en a un autre par là. »

Je prends le harpon, et à mon tour je plonge tout habillé dans la mer.

Sous l'eau, je vois le fond trouble, les paillettes d'algues qui étincellent. Le bruit des vagues sur la barrière de corail fait un crissement aigu. Je nage sous l'eau vers les coraux, le harpon serré contre mon corps. Je fais deux fois le tour des coraux sans rien voir. Quand je remonte à la surface, Ouma est penchée vers moi, elle crie :

« Là, par là ! »

Elle plonge. Sous l'eau, je vois son ombre noire qui glisse près du fond. Dans un nuage de sable, la vieille sort de sa cachette et passe lentement devant moi. Presque seul, le harpon jaillit de ma main et cloue le poisson. Le sang fait un nuage dans l'eau autour de moi. Je remonte aussitôt à la surface. Ouma nage à côté de moi,

221

elle monte avant moi sur les rochers. C'est elle qui saisit le harpon, puis qui tue le poisson en l'assommant sur la roche noire. À bout de souffle, je reste assis, grelottant de froid. Ouma me tire par le bras.

« Viens, il faut marcher ! »

Tenant les deux poissons par les ouïes, elle bondit déjà de roche en roche vers la plage. Dans les dunes, elle cherche une liane pour enfiler les poissons. Maintenant nous marchons ensemble vers le lit de la rivière Roseaux. À l'endroit où la rivière fait un étang profond, couleur de ciel, elle pose les poissons sur la berge et elle plonge dans l'eau douce, elle s'asperge la tête et le corps comme un animal qui se baigne. Au bord de la rivière, je ressemble à un grand oiseau mouillé, et cela la fait rire. Je me jette dans l'eau à mon tour, en soulevant de grandes gerbes, et nous passons un long moment à nous éclabousser en riant. Quand nous sortons de l'eau, je suis étonné de ne plus sentir le froid. Le soleil est déjà haut, et les dunes près de l'estuaire sont brûlantes. Nos habits mouillés collent à notre peau. À genoux dans le sable, Ouma essore sa jupe et sa chemise, du haut vers le bas, enlevant une manche puis l'autre. Sa peau couleur de cuivre brille au soleil, et les ruisseaux d'eau coulent de ses cheveux alourdis, le long de ses joues, sur sa nuque. Le vent souffle par rafales, fait frissonner l'eau de la rivière. Nous ne parlons plus. Ici, devant cette rivière, sous la lumière dure du soleil, écoutant le bruit triste du vent dans les roseaux et la rumeur de la mer, nous sommes seuls sur la terre, les derniers habitants peut-être, venus de nulle part, réunis par le hasard d'un naufrage. Jamais je n'ai imaginé que cela pourrait m'arriver, que je pourrais ressentir une chose pareille. C'est une force qui naît en moi, qui se répand dans tout mon corps, un désir, une brûlure. Nous restons assis longtemps dans le sable, attendant que nos habits soient secs. Ouma ne

222

bouge pas non plus, assise sur ses talons comme elle sait le faire, à la manière des manafs, ses longs bras noués autour de ses jambes, son visage tourné vers la mer. La lumière brille sur ses cheveux emmêlés, je vois son profil pur, son front droit, l'arête de son nez, ses lèvres. Ses habits flottent dans le vent. Il me semble que maintenant plus rien d'autre n'a d'importance.

C'est Ouma qui décide de partir. Elle se lève soudain, sans prendre appui sur le sol, elle ramasse les poissons. Accroupie au bord de la rivière, elle les prépare d'une façon que je n'ai jamais vue auparavant. Avec la pointe de son harpon, elle fend le ventre des poissons et les étripe. Elle lave l'intérieur avec du sable et les rince dans l'eau de la rivière. Elle jette les abats au loin, pour l'armée des crabes qui attend.

Elle a fait tout cela vite, et en silence. Puis elle efface les traces au bord de la rivière avec de l'eau. Quand je lui demande pourquoi elle agit ainsi, elle répond :

« Nous, les manafs, nous sommes marrons. »

Plus loin, je récupère mon linge presque sec, couvert de sable blanc. Je marche derrière elle, jusqu'au campement. Quand elle arrive là, elle pose le poisson que j'ai harponné sur une pierre plate, et elle dit :

« C'est à toi. »

Comme je proteste pour le lui rendre, elle dit :

« Tu as faim, je vais te faire à manger. »

Elle ramasse à la hâte des brindilles sèches. Avec quelques roseaux verts, elle fabrique une sorte de claie qu'elle installe au-dessus des branches. Je lui offre mon briquet d'amadou, mais elle secoue la tête. Elle prépare du lichen sec, et accroupie, le dos au vent, elle frappe des silex l'un contre l'autre, très vite, sans s'arrêter, jusqu'à ce que les pierres échauffées laissent pleuvoir des étincelles. Au creux du foyer, le lichen commence à fumer. Ouma le prend dans ses mains avec précaution, et elle

223

souffle lentement. Quand la flamme jaillit, elle place le lichen sous les branches sèches, et bientôt le feu crépite. Ouma se redresse. Son visage est éclairé par une joie enfantine. Sur la claie de roseaux verts, le poisson rôtit, et je sens déjà l'odeur appétissante. Ouma a raison : je meurs de faim.

Quand le poisson est cuit, Ouma pose la claie sur le sol. À tour de rôle, en nous brûlant les doigts, nous prenons des bouchées de chair. Je crois bien que jamais je ne mangerai rien de meilleur que ce poisson grillé sans sel sur la claie de roseaux verts.

Quand nous avons fini de manger, Ouma se lève. Elle éteint avec soin le feu, en le recouvrant de sable noir. Puis elle prend l'autre poisson qu'elle a roulé dans la terre pour l'abriter du soleil. Sans dire un mot, sans me regarder, elle s'en va. Le vent dessine la forme de son corps dans ses vêtements délavés par l'eau de mer et le soleil. Sur son visage brille la lumière, mais ses yeux sont deux taches d'ombre. Je comprends qu'elle ne doit pas parler. Je comprends que je dois rester, cela fait partie de son jeu, du jeu qu'elle joue avec moi.

Souple et rapide comme un animal, elle glisse entre les buissons, elle saute de roche en roche au fond de la vallée. Debout à côté du vieux tamarinier, je la vois un moment encore, escaladant le flanc de la colline, pareille à un cabri sauvage. Elle ne se retourne pas, ne s'arrête pas. Elle marche vers la montagne, vers le mont Lubin, elle disparaît dans l'ombre qui couvre les pentes de l'ouest. J'entends battre mon cœur, mes pensées bougent lentement. La solitude revient dans l'Anse aux Anglais, plus effrayante. Assis près de mon campement, tourné vers le couchant, je regarde les ombres qui avancent.

Alors, ces jours-là me conduisent plus loin encore dans mon rêve. Ce que je cherche m'apparaît chaque jour davantage, avec une force qui m'emplit de bonheur. Depuis le lever du soleil jusqu'à la nuit, je suis en marche à travers la vallée, cherchant les points de repère, les indices. La lumière éblouissante qui précède les pluies de l'hiver, les cris des oiseaux de mer, les rafales de vent du nord-ouest créent en moi une sorte d'ivresse.

Parfois, entre les blocs de basalte, à mi-chemin du glacis, sur les rives de la rivière Roseaux, j'aperçois une ombre furtive, si rapide que je ne suis jamais sûr de l'avoir réellement vue. Ouma, descendue de sa montagne, m'observe, cachée derrière un rocher, ou dans les bosquets de vacoas. Quelquefois, elle vient accompagnée d'un jeune garçon d'une beauté extraordinaire, qu'elle dit être son demi-frère, et qui est muet. Il reste à côté d'elle, sans oser s'approcher, l'air sauvage et curieux à la fois. Il s'appelle Sri, c'est, à ce que dit Ouma, un surnom que lui a donné sa mère parce qu'il est comme un envoyé de Dieu.

Ouma m'apporte à manger, des mets étranges enveloppés dans des feuilles de margozes, des gâteaux de riz et des hourites séchées, du manioc, des gâteaux-piments. Elle pose la nourriture sur une pierre plate, devant mon campement, comme une offrande. Je lui parle de mes découvertes, et cela la fait rire. Sur un cahier, j'ai noté les signes que j'ai trouvés au fil des jours. Elle aime bien que je les lui lise à haute voix : pierres marquées d'un cœur, de deux poinçons, d'un croissant de lune. Pierre marquée de la lettre M selon les clavicules de Salomon, pierre marquée d'une croix. Une tête de serpent, une tête de femme, trois coups de poinçon en triangle. Pierre marquée d'une chaise, ou d'un Z, qui évoque le message du corsaire. Rocher tronqué. Rocher sculpté en toit. Pierre ornée d'un grand cercle. Pierre dont l'ombre dessine un chien. Pierre marquée d'un S et de deux poinçons. Pierre marquée d'un « chien turc » (chien rampant, sans bout de pattes). Roches portant une ligne de poinçons indiquant le sud-sud-ouest. Roche cassée et brûlée.

Ouma veut voir aussi les signes que j'ai rapportés, laves aux formes étranges, obsidienne, pierres portant des fossiles. Ouma les prend dans ses mains et les regarde avec attention comme si elles étaient magiques. Parfois elle m'apporte des objets étranges qu'elle a trouvés. Un jour, elle m'apporte une pierre couleur de fer, lisse et lourde. C'est une météorite, et le contact de mes mains avec ce corps tombé du ciel il y a peut-être des millénaires me fait frissonner comme un secret.

Presque chaque jour, maintenant, Ouma vient à l'Anse aux Anglais. Elle attend à l'ombre d'un arbre, en haut de la vallée, pendant que je mesure les distances, et aussi quand je creuse les trous de sonde, parce qu'elle a peur que le bruit n'attire des gens du voisinage. Plusieurs fois, le jeune Fritz et le fermier Begué sont venus me voir, et m'ont aidé à creuser des trous près de l'estuaire de la rivière. Ces jours-là, Ouma n'apparaît pas, mais je sais qu'elle est quelque part aux alentours, cachée derrière les arbres, dans un recoin où la couleur de sa peau passe inaperçue.

Avec Fritz, je place des jalons. Ce sont des roseaux que j'ai préparés à cet effet, et qu'il faut planter tous les cent pas pour tracer les lignes droites. Je vais alors vers le haut de la vallée, parmi les signes que j'ai reconnus, pierres poinçonnées, angles marqués, tas de cailloux disposés en triangle, etc., et je trace le prolongement des droites à l'aide du théodolite, pour les inscrire à l'intérieur du cadran initial (la grille du Corsaire). Le soleil brûle et fait étinceler les pierres noires. De temps en temps, je crie au jeune Fritz de venir me rejoindre, et il plante à mes pieds un nouveau jalon. En plissant les yeux, je peux voir toutes les lignes qui se rejoignent sur le lit de la rivière Roseaux, et les nœuds apparaissent, où je pourrai creuser mes trous de sonde.

Avec Fritz, plus tard nous creusons des trous près de la colline de l'ouest, au pied du Comble du Commandeur. La terre est dure et sèche, et tout de suite nos pics heurtent la roche basaltique. Chaque fois que je commence un nouveau trou de sonde, je suis plein d'impatience. Est-ce que nous allons enfin trouver un signe, une trace du passage du Corsaire, peut-être le commencement des « maçonneries » ? En fait de trésor, un matin, tandis que Fritz et moi creusons au pied de la colline dans le sol sablonneux, soudain je sens sous ma pioche rouler une boule légère que je crois bien avoir pris, dans ma folie, pour le crâne de quelque marin enseveli à cet endroit. L'objet roule sur le sable, et tout à coup, sort ses pattes et ses pinces ! C'est un gros crabe de terre que j'ai surpris dans son sommeil. Le jeune Fritz, plus prompt que moi, l'assomme d'un coup de pelle. Tout joyeux, il interrompt son travail pour aller chercher de l'eau dans la marmite, et ayant allumé le feu, il prépare un court-bouillon avec le crabe !

Le soir, quand la lumière décline et que la vallée est silencieuse et calme, je sais qu'Ouma n'est pas loin. Je sens son regard qui m'observe du haut des collines. Parfois je l'appelle, je crie et j'écoute l'écho qui répète son nom jusqu'au fond de la vallée : « Ou-ma-a ! »

Son regard est à la fois proche et lointain comme celui d'un oiseau qui vole et dont on n'aperçoit l'ombre que lorsqu'elle fait cligner le soleil. Même si je reste longtemps sans la voir à cause de Fritz Castel ou de Begué (car jamais aucune femme manaf ne se montre aux habitants de la côte), j'aime sentir son regard sur moi, sur la vallée.

Peut-être que tout ceci lui appartient, qu'elle est, ainsi

que ceux de son peuple, la véritable maîtresse de la vallée. Croit-elle seulement au trésor que je cherche ? Parfois, quand la lumière du jour n'est pas encore très sûre, je crois la voir marcher au milieu des blocs de lave, accompagnée de Sri, et se baisser pour examiner les pierres, comme si elle suivait une trace invisible.

Ou bien elle marche le long de la rivière jusqu'à l'estuaire, sur la plage où bat la mer. Debout devant l'eau transparente, elle regarde vers l'horizon, au-delà de la barrière de corail. Je m'approche d'elle, je regarde aussi la mer. Son visage est tendu, presque triste.

« À quoi penses-tu, Ouma ? »

Elle sursaute, elle tourne vers moi son visage, et ses yeux sont pleins de tristesse. Elle dit :

« Je ne pense à rien, je ne pense qu'à des choses impossibles. »

« Qu'est-ce qui est impossible ? »

Mais elle ne répond pas. La lumière du soleil vient ensuite, augmente tout. Ouma est immobile, dans le vent froid, avec l'eau de la rivière qui coule entre ses pieds, repousse la lèvre de la vague. Ouma secoue la tête comme si elle voulait chasser une gêne, elle prend ma main et elle m'attire vers la mer.

« Viens, nous allons pêcher des hourites. »

Elle prend le long harpon qu'elle a planté dans la dune, au milieu des autres roseaux. Nous allons vers l'est, là où la côte est encore dans l'ombre. Le lit de la rivière Roseaux s'incurve derrière les dunes et reparaît tout près de la falaise noire. Il y a des touffes de roseaux jusqu'au bord de la mer. Quand nous approchons, des nuées d'oiseaux minuscules, couleur d'argent, s'échappent en piaillant : « wiiit ! wiiit ! »

« C'est ici que se mettent les hourites, l'eau est plus chaude. »

Elle marche vers les roseaux, puis, tout d'un coup, elle

228

enlève sa chemise et sa jupe. Son corps brille à la lumière du soleil, long et mince, couleur de cuivre sombre. Elle avance dans la mer, sur les rochers, et elle disparaît sous l'eau. Son bras surnage un instant, armé du long harpon, puis il n'y a plus que la surface de la mer, les vagues courtes. Après quelques instants, l'eau s'ouvre et Ouma sort comme elle est entrée, en glissant. Elle vient jusqu'à moi, sur la plage, elle décroche l'hourite dégouttante d'encre, et elle la retourne. Elle me regarde. Il n'y a pas de gêne en elle, simplement la beauté sauvage.

« Viens ! »

Je n'hésite pas. Je me déshabille à mon tour et je plonge dans l'eau froide. Tout d'un coup je me souviens de ce que j'ai perdu depuis tant d'années, la mer à Tamarin quand avec Denis nous nagions nus à travers les vagues. C'est une impression de liberté, de bonheur. Je nage sous l'eau tout près du fond, les yeux ouverts. Du côté des rochers, j'aperçois Ouma qui fouille avec son harpon dans les anfractuosités, et le nuage d'encre qui monte. Nous nageons ensemble à la surface. Ouma jette la deuxième hourite sur la plage, après l'avoir retournée. Elle me tend le harpon. Son sourire brille dans son visage, son souffle est un peu rauque. Je plonge à mon tour vers les rochers. Je rate une première hourite et je cloue une deuxième sur le sable du fond, au moment où elle bondit en arrière en lâchant son encre.

Ensemble nous nageons dans l'eau transparente du lagon. Quand nous sommes tout près de la barrière des récifs, Ouma plonge devant moi, disparaît si vite que je ne peux la suivre. Elle apparaît un instant plus tard, une vieille au bout de son harpon. Mais elle décroche le poisson encore vivant, et elle le jette au loin, vers le rivage. Elle me fait signe de ne pas parler. Elle prend ma main, et ensemble, nous nous laissons couler sous l'eau. Alors je vois une ombre menaçante qui va et vient devant nous : un requin. Il tourne — deux ou trois fois, puis s'éloigne. À bout de souffle, nous remontons à la surface. Je nage vers le rivage, tandis qu'Ouma plonge encore. Quand j'arrive à la plage, je vois qu'elle a capturé à nouveau le poisson. À côté de moi, elle court sur le sable blanc. Son corps étincelle au soleil comme le basalte. Avec des gestes précis et rapides, elle ramasse les hourites et la vieille, et elle les enterre dans le sable, près des dunes.

« Viens. Nous allons nous sécher. »

Je suis allongé sur le sable. À genoux, elle prend du sable sec dans ses mains, et elle saupoudre mon corps du haut en bas.

« Mets-moi aussi du sable. »

Je prends le sable léger dans mes mains, et je le laisse couler sur ses épaules, sur son dos, sur sa poitrine. Maintenant, nous ressemblons tout à fait à deux pierrots enfarinés, et cela nous fait rire.

« Quand le sable tombe, nous sommes secs », dit Ouma. Nous restons sur la dune, près des roseaux, habillés de sable blanc. Il n'y a que le bruit du vent dans les roseaux et le grondement de la mer qui monte. Personne d'autre que les crabes qui sortent les uns après les autres de leurs trous, leurs pinces dressées. Dans le ciel, le soleil est au zénith déjà, il brûle au centre de cette solitude.

Je regarde le sable qui sèche sur l'épaule et le dos d'Ouma, et qui tombe par petits ruisseaux, découvrant la peau luisante. Le désir monte en moi avec violence, brûle comme le soleil sur ma peau. Quand je pose mes lèvres sur la peau d'Ouma, elle tressaille, mais elle ne s'écarte pas. Ses longs bras noués autour de ses jambes, elle appuie sa tête sur ses genoux, elle regarde ailleurs. Mes lèvres descendent le long de sa nuque, sur sa peau douce et brillante où glisse le sable en pluie d'argent.

230

Mon corps tremble maintenant, et Ouma relève la tête, elle me regarde avec inquiétude :

« Tu as froid ? »

« Oui... Non. » Je ne sais plus très bien ce qui m'arrive. Je grelotte nerveusement, ma respiration est oppressée.

« Qu'est-ce que tu as ? »

Ouma se lève soudain. Avec des gestes rapides, elle s'habille. Elle m'aide à enfiler mes vêtements, comme si j'étais malade.

« Viens te reposer à l'ombre, viens ! »

Est-ce la fièvre, la fatigue ? La tête me tourne. Avec peine, je suis Ouma à travers les roseaux. Elle marche très droite, portant les hourites au bout de son harpon, comme des fanions, tenant le poisson par les ouïes.

Quand nous arrivons au campement, je m'allonge sous la tente, je ferme les yeux. Ouma est restée dehors. Elle prépare le feu pour faire cuire le poisson. Elle fait cuire aussi dans la braise des galettes de pain qu'elle a apportées ce matin. Quand le repas est prêt, elle me l'apporte sous la tente, et elle me regarde manger sans rien prendre. La chair du poisson grillé est exquise. Je mange avec mes doigts, à la hâte, et je bois l'eau fraîche qu'Ouma a été puiser en haut de la rivière. À présent je me sens mieux. Enveloppé dans ma couverture malgré la chaleur je regarde Ouma, son profil tourné vers l'extérieur, comme si elle guettait. Plus tard, la pluie commence à tomber, fine d'abord, puis à larges gouttes. Le vent secoue la toile à voile au-dessus de nous, fait grincer les branches du tamarinier.

C'est quand la lumière du jour décline que la jeune fille me parle d'elle, de son enfance. Elle parle en hésitant, de sa voix chantante, avec de longs silences, et le bruit du vent et de la pluie sur la tente se mêle à ses paroles.

231

« Mon père est manaf, un Rodriguais des hauts. Mais il est parti d'ici pour naviguer sur un bateau de la British India, un grand bateau qui allait jusqu'à Calcutta. C'est en Inde qu'il a rencontré ma mère, il l'a épousée, et il l'a ramenée ici parce que sa famille ne voulait pas de ce mariage. Il était plus âgé qu'elle, et il est mort de fièvres au cours d'un voyage, quand j'avais huit ans, alors ma mère m'a placée chez les sœurs à Maurice, à Ferney. Elle n'avait pas assez d'argent pour m'élever. Je crois aussi qu'elle voulait se remarier et qu'elle craignait que je ne sois une gêne pour elle... Au couvent, j'aimais bien la mère supérieure, elle m'aimait beaucoup aussi. Quand elle a dû retourner en France, comme ma mère m'avait abandonnée, elle m'a emmenée avec elle, à Bordeaux, et puis près de Paris. J'étudiais et je travaillais dans le couvent. Je crois que la mère voulait que je devienne religieuse, et c'est pour cela qu'elle m'avait emmenée. Mais quand j'avais treize ans, je suis tombée malade, et tout le monde a cru que j'allais mourir, parce que j'étais tuberculeuse... Alors ma mère a écrit de Maurice, elle a dit qu'elle voulait que je revienne vivre avec elle. Au début, je ne voulais pas, je pleurais, je croyais que c'était parce que je ne voulais pas quitter la mère du couvent, mais c'était parce que j'avais peur de retrouver ma vraie mère, et la pauvreté sur l'île, dans les montagnes. La mère du couvent elle aussi pleurait, parce qu'elle m'aimait bien, et puis elle avait espéré que j'allais devenir religieuse moi aussi, et comme ma mère n'est pas chrétienne, elle a gardé la religion de l'Inde, pour cela la mère du couvent savait que j'allais être détournée de la vie religieuse. Et puis je suis partie quand même, j'ai fait un long voyage seule sur le bateau, à travers le canal de Suez et la mer Rouge. Quand je suis arrivée à Maurice, j'ai trouvé ma mère, mais je ne me souvenais plus d'elle, et j'étais étonnée de voir qu'elle

232

était si petite, enveloppée dans ses voiles. À côté d'elle, il y avait un petit garçon, et elle m'a dit que c'était Sri, l'envoyé de Dieu sur la terre... »

Elle s'arrête de parler. La nuit est proche maintenant. Au-dehors, la vallée est déjà dans l'ombre. La pluie a cessé, mais on entend l'eau dégouliner sur la tente, quand le vent secoue les branches du vieux tamarinier.

« Au début, c'était difficile de vivre ici, parce que je ne connaissais rien de la vie chez les manafs. Je ne savais rien faire, je ne pouvais pas courir, ni pêcher, ni faire du feu, je ne savais même pas nager. Et je ne pouvais pas parler, parce que personne ne parlait le français, et ma mère ne parlait que le bhojpuri et le créole. C'était terrible, j'avais quatorze ans, et j'étais comme un enfant. Au début les voisins se moquaient de moi, ils disaient que ma mère aurait mieux fait de me laisser chez les bourgeois. Moi j'aurais bien voulu m'en aller, mais je ne savais pas où aller. Je ne pouvais plus retourner en France, parce que j'étais une manaf et personne n'aurait voulu de moi. Et puis j'aimais bien mon petit frère, Sri, il était si doux, si innocent, je crois que ma mère avait raison de dire qu'il était l'envoyé de Dieu... Alors j'ai commencé à apprendre tout ce que j'ignorais. J'ai appris à courir pieds nus sur les rochers, à attraper les cabris à la course, à faire du feu, et à nager et à plonger pour pêcher les poissons. J'ai appris à être une manaf, à vivre comme les marrons, en me cachant dans la montagne. Mais j'aimais bien être ici avec eux, parce qu'ils ne mentent jamais, ils ne font de mal à personne. Les gens des côtes, à Port Mathurin, sont pareils aux gens de Maurice, ils mentent et ils vous trompent, c'est pour cela que nous restons cachés dans les montagnes... »

Maintenant, il fait tout à fait nuit. Le froid vient sur la vallée. Nous sommes couchés l'un contre l'autre, je sens la chaleur du corps d'Ouma contre mon corps, nos jambes sont emmêlées. Oui, c'est tout à fait comme si nous étions les seuls êtres humains vivants sur la terre. La vallée de l'Anse aux Anglais est perdue, elle dérive en arrière, dans le vent froid de la mer.

Je ne tremble plus maintenant, je ne ressens plus aucune hâte, plus aucune crainte. Ouma, elle aussi, a oublié qu'elle doit sans cesse fuir, se cacher. Comme tout à l'heure dans les roseaux, elle enlève ses habits, et elle m'aide à me déshabiller aussi. Son corps est lisse et chaud, encore recouvert de sable par endroits. Elle rit en effaçant les taches de sable sur mon dos, sur ma poitrine. Puis nous sommes l'un dans l'autre, sans que j'aie pu comprendre. Son visage est renversé en arrière, j'entends son souffle, je sens les battements de son cœur, et sa chaleur est en moi, immense, plus forte que tous ces jours brûlants sur la mer et dans la vallée. Comme nous glissons, comme nous nous envolons dans le ciel nocturne, au milieu des étoiles, sans pensées, silencieux et écoutant le bruit de nos souffles unis comme la respiration des dormeurs. Nous restons serrés l'un contre l'autre, pour ne pas sentir le froid des pierres.

J'ai enfin trouvé le ravin où jaillissait autrefois une source, aujourd'hui tarie. C'est celui que j'ai aperçu dans les premiers temps de mon arrivée à l'Anse aux Anglais, et que j'avais jugé trop éloigné du lit de la rivière pour figurer sur le plan du Corsaire.

Mais au fur et à mesure que je plante les jalons prolongeant les droites des premiers repères, je suis conduit vers l'est de la vallée. Un matin, alors que j'arpente seul le fond de l'Anse aux Anglais, près de la marque de l'organeau ouest, je décide de prospecter le long de la ligne qui va de l'organeau vers la pierre marquée de quatre points que j'ai trouvée sur le premier contrefort de la falaise est, et que le document du Corsaire désigne par « Cherchez S : : ».

N'ayant d'autres jalons que les bouts de roseaux plantés à intervalles irréguliers, j'avance lentement sur le fond de la vallée. Un peu avant midi, je parviens au sommet de la falaise de l'est, ayant parcouru et balisé plus de mille pieds français. Comme j'arrive en haut de la falaise, j'aperçois au même moment la faille du ravin et la borne qui le désigne. C'est un bloc de basalte de six pieds de haut environ, planté dans la terre poudreuse de la colline de telle façon qu'il doit être visible du fond de la vallée, depuis l'ancien estuaire. Il est seul de son espèce, tombé du surplomb basaltique qui culmine au-dessus de la falaise. Je suis certain qu'il a été transporté ici par des hommes, peut-être roulé sur des rondins et redressé, à la manière des roches druidiques. Sur ses côtés sont encore nettes les encoches faites pour permettre le passage des cordes. Mais ce qui frappe mon regard, c'est la marque que le rocher porte en haut, exactement au centre : une gouttière droite, de l'épaisseur d'un doigt, longue de six pouces environ, creusée dans la pierre au moyen d'un ciseau. Cette gouttière est dans l'exact prolongement de la ligne que j'ai suivie depuis l'organeau de l'ouest, et désigne l'ouverture du ravin.

Le cœur battant, je m'approche et je vois le ravin pour la première fois. C'est un couloir d'érosion qui traverse l'épaisseur de la falaise et va en se rétrécissant jusqu'à l'Anse aux Anglais. Un éboulis de pierres obstrue son entrée et c'est pour cela que je n'ai pas encore eu l'idée de l'explorer. Vue de la vallée, l'entrée du ravin se confond avec les autres éboulements de la falaise. Et du sommet de la colline est, le ravin tel que je l'ai vu la première fois ressemble à un effondrement du sol sans profondeur.

235

Il n'y a qu'un chemin qui pouvait me conduire jusqu'à lui, c'est la ligne que j'ai suivie, qui part de l'organeau ouest, traverse le lit de la rivière Roseaux au point 95 (à l'exacte intersection de la ligne nord-sud), passe par le centre de la pierre marquée de quatre poinçons (le point S du document du Corsaire) et qui m'a conduit jusqu'au bloc de basalte où elle se confond avec le tracé de la gouttière sculptée par le ciseau du Corsaire.

Je suis tellement ému par cette découverte que je dois m'asseoir pour reprendre mes esprits. Le vent froid se charge de me rappeler à moi. Avec hâte, je descends la pente du ravin jusqu'au fond. Je suis alors dans une sorte de puits ouvert en forme de fer à cheval, large d'à peu près vingt-cinq pieds français, et dont le couloir descend jusqu'à l'éboulis qui ferme l'entrée, sur une longueur d'une centaine de pieds.

C'est ici, je n'en doute plus, que se trouve la clef du mystère. C'est ici, quelque part, sous mes pieds, que doit se trouver le caveau — c'est-à-dire le coffre de marine qui était scellé à l'avant des navires — dans lequel le Corsaire inconnu a enfermé ses fabuleuses richesses, pour les mettre à l'abri des Anglais et de la cupidité de ses propres hommes. Quelle meilleure cachette pouvait-il trouver que cette faille naturelle dans l'épaisseur de la falaise, invisible de la mer et de la vallée, et fermée par le verrou naturel de l'éboulement et des alluvions du torrent ? Je ne peux attendre d'avoir de l'aide. Je vais jusqu'au campement et je reviens avec tout ce dont j'aurai besoin : le pic, la pelle, le long fer de sonde, une corde, et une provision d'eau potable. Jusqu'au soir sans m'arrêter, je sonde et je creuse le fond du ravin, à l'endroit que désigne à ce que je crois la gouttière du bloc de basalte.

Vers la fin du jour, alors que l'ombre commence à

obscurcir le fond du ravin, le foret entre obliquement dans le sol, mettant au jour l'entrée d'une cachette à demi comblée par la terre. Cette terre est d'ailleurs d'une couleur plus claire, preuve selon moi qu'elle a été remise pour boucher cette grotte.

M'aidant des mains pour déplacer les blocs de basalte, j'agrandis l'ouverture. Mon cœur bat dans mes tempes, mes vêtements sont trempés de sueur. Le trou s'agrandit, laisse apparaître une cavité ancienne, fortifiée au moyen de pierres sèches disposées en arc de cercle. Bientôt j'entre dans la caverne jusqu'à la taille. Je n'ai pas assez de place pour manœuvrer le pic et je dois creuser avec mes mains, dégager les blocs en pesant sur le foret comme sur un levier. Puis le métal résonne sur la pierre. Je ne peux aller plus loin, j'ai atteint le fond : la cachette est vide.

C'est la nuit déjà. Le ciel vide, au-dessus du ravin, s'assombrit lentement. Mais l'air est si chaud qu'il me semble que le soleil brûle encore, sur les parois de pierre, sur mon visage, sur mes mains, à l'intérieur de mon corps. Assis au fond du ravin, devant la cachette vide, je bois toute l'eau qui me reste dans la gourde, une eau chaude et sans goût qui ne parvient pas à me rassasier.

Pour la première fois depuis longtemps, je pense à Laure, il me semble que je sors de mon rêve. Que penserait-elle de moi si elle me voyait ainsi, couvert de poussière, au fond de cette tranchée, les mains ensanglantées à force d'avoir creusé ? Elle me regarderait de son regard sombre et brillant, et je sentirais la honte. Maintenant, je suis trop fatigué pour bouger, pour penser, pour sentir quoi que ce soit. J'attends la nuit avec soif, avec désir, et je m'allonge à la place où je suis, au fond du ravin, la tête appuyée sur une des pierres noires que j'ai arrachées à la terre. Au-dessus de moi, entre les hautes parois de pierre, le ciel est noir. Je vois les étoiles. Ce sont des morceaux de constellations brisées, dont je ne peux plus connaître le nom.

Le matin, quand je sors du ravin, je vois la silhouette d'Ouma. Elle est assise près du campement, à l'ombre d'un arbre, et elle m'attend. À côté d'elle, il y a Sri, qui me regarde venir sans bouger.

Je m'approche de la jeune fille, je m'assois à côté d'elle. Dans l'ombre, son visage est sombre, mais ses yeux brillent avec force. Elle me dit :

« Il n'y a plus d'eau dans le ravin. La fontaine a séché. »

Elle dit « fontaine » pour source, à la manière créole. Elle dit cela calmement, comme si c'était de l'eau que j'avais cherchée dans le ravin.

La lumière du matin brille sur les pierres, dans le feuillage des arbres. Ouma est allée chercher de l'eau à la rivière dans la marmite, et maintenant elle prépare la bouillie de farine des femmes indiennes, le *kir*. Quand la bouillie est cuite, elle me sert dans une assiette en émail. Elle-même puise avec ses doigts à même la marmite.

De sa voix tranquille et chantante, elle me parle encore de son enfance, en France, dans le couvent des religieuses, et de sa vie, lorsqu'elle est revenue vivre avec sa mère, chez les manafs. J'aime comme elle me parle. J'essaie de l'imaginer, le jour où elle a débarqué du grand paquebot, vêtue de son uniforme noir, les yeux éblouis par la lumière.

Je lui parle moi aussi de mon enfance, au Boucan, de Laure, des leçons de Mam sous la varangue, le soir, et des aventures avec Denis. Quand je lui parle de notre voyage en pirogue, au Morne, ses yeux brillent.

« Je voudrais bien aller sur la mer, moi aussi. »

Elle se lève, elle regarde du côté du lagon.

« De l'autre côté, il y a beaucoup d'îles. des îles où vivent les oiseaux de mer. Emmène-moi là-bas, pour pêcher. »

J'aime quand son regard brille comme cela. C'est décidé, nous irons sur les îles, à l'île aux Fous, à Baladirou, peut-être même au sud, jusqu'à Gombrani. J'irai à Port Mathurin pour louer une pirogue.

Pendant deux jours et deux nuits, la tempête souffle. Je vis replié sous ma tente, ne mangeant que des biscuits salés, presque sans sortir. Puis, le matin du troisième jour, le vent cesse. Le ciel est d'un bleu éclatant, sans nuages. Sur la plage, je trouve Ouma debout, comme si elle n'avait pas bougé tout ce temps. Quand elle me voit elle me dit :

« J'espère que le pêcheur apportera la pirogue aujourd'hui. »

Une heure plus tard, en effet, la pirogue aborde sur la plage. Avec la provision d'eau et une boîte de biscuits, nous embarquons. Ouma est à la proue, son harpon à la main, elle regarde la surface du lagon.

À la baie Lascars, nous débarquons le pêcheur, et je promets de lui ramener la pirogue le lendemain. Nous nous éloignons, la voile tendue dans le vent d'est. Les hautes montagnes de Rodrigues s'élèvent derrière nous, encore pâles dans la lumière du matin. Le visage d'Ouma est éclairé de bonheur. Elle me montre le Limon, le Piton, le Bilactère. Quand nous franchissons la passe, la houle fait tanguer la pirogue, et les embruns nous enveloppent. Mais plus loin, nous sommes à nouveau dans le lagon, à l'abri des récifs. Pourtant l'eau est sombre, traversée de reflets mystérieux.

Devant la proue, une île apparaît : c'est l'île aux Fous. Avant même de les apercevoir, nous entendons le bruit des oiseaux de mer. C'est un roulement continu, régulier, qui emplit le ciel et la mer.

Les oiseaux nous ont vus, ils volent au-dessus de la pirogue. Des sternes, des albatros, des frégates noires, et les fous géants, qui tournoient en glapissant.

L'île n'est plus qu'à une cinquantaine de brasses, à tribord. Du côté du lagon, c'est une bande de sable, et vers le large, des rochers sur lesquels viennent se briser les vagues de l'océan. Ouma est venue près de moi à la barre, elle dit à voix basse, près de mon oreille :

« C'est beau !... »

Jamais je n'ai vu autant d'oiseaux. Ils sont des milliers sur les rochers blancs de guano, ils dansent, ils s'envolent et se reposent, et le bruit de leurs ailes vrombit comme la mer. Les vagues déferlent sur les récifs, recouvrent les rochers d'une cascade éblouissante, mais les fous n'ont pas peur. Ils écartent leurs ailes puissantes et ils se soulèvent dans le vent au-dessus de l'eau qui passe, puis ils retombent sur les rochers.

Un vol serré passe au-dessus de nous en criant. Ils tournent autour de notre pirogue, obscurcissant le ciel, fuyant contre le vent, leurs ailes immenses étendues, leur tête noire à l'œil cruel tournée vers les étrangers qu'ils haïssent. Ils sont maintenant de plus en plus nombreux, leurs cris stridents nous étourdissent. Certains nous attaquent, piquent vers la poupe de la pirogue, et nous devons nous abriter. Ouma a peur. Elle se serre contre moi, elle bouche ses oreilles avec ses mains :

« Partons d'ici ! Partons d'ici ! »

Je mets la barre à tribord, et la voile reprend le vent en claquant. Les fous ont compris. Ils s'éloignent, prennent de l'altitude, et continuent à nous surveiller en tournoyant. Sur les rochers de l'île, le peuple d'oiseaux continue à sauter par-dessus les flots d'écume.

Ouma et moi sommes encore troublés par la peur.

Nous fuyons sous le vent, et longtemps après que nous avons quitté les parages de l'île, nous entendons les cris stridents des oiseaux et le vrombissement de leurs ailes. À un mille de l'île aux Fous, nous trouvons un autre îlot, sur la barrière des récifs. Au nord, les vagues de l'océan déferlent sur les rochers, avec un bruit de tonnerre. Ici, il n'y a presque pas d'oiseaux, sauf quelques sternes qui planent au-dessus de la plage.

Dès que nous avons abordé, Ouma ôte ses habits et elle plonge. Je vois briller son corps sombre entre deux eaux, puis elle disparaît. Plusieurs fois, elle refait surface pour respirer, son harpon dressé vers le ciel.

À mon tour, je me déshabille et je plonge. Je nage les yeux ouverts près du fond. Dans les coraux, il y a des milliers de poissons dont je ne connais même pas les noms, couleur d'argent, zébrés de jaune, de rouge. L'eau est très douce et je glisse près des coraux, sans effort. En vain je cherche Ouma.

Quand je reviens sur la rive, je m'étends dans le sable, et j'écoute le bruit des vagues derrière moi. Les sternes planent dans le vent. Il y a même quelques fous venus de leur île pour me regarder en criant.

Longtemps après, alors que le sable blanc a séché sur mon corps, Ouma sort de l'eau devant moi. Son corps brille dans la lumière comme du métal noir. Autour de sa taille, elle porte une liane tressée où elle a accroché ses proies, quatre poissons, une dame berri, un capitaine, deux gueules pavées. Elle plante le harpon sur le rivage, la pointe vers le haut, elle défait sa ceinture et elle place les poissons dans un trou de sable qu'elle recouvre d'algues mouillées. Puis elle s'assoit sur la plage et elle saupoudre son corps de sable.

À côté d'elle, j'entends son souffle encore rauque de fatigue. Sur sa peau sombre le sable brille comme de la poudre d'or. Nous ne parlons pas. Nous regardons l'eau

241

du lagon, en écoutant le bruit puissant de la mer derrière nous. C'est comme si nous étions là depuis des jours et des jours, ayant tout oublié du monde. Au loin, les hautes montagnes de Rodrigues changent lentement de couleur, le creux des anses est déjà dans l'ombre. La marée est haute. Le lagon est gonflé, lisse, d'un bleu profond. L'étrave de la pirogue repose à peine sur la plage, avec sa proue cambrée qui ressemble à un oiseau de mer.

Plus tard, quand le soleil est descendu, nous mangeons. Ouma se lève, le sable glisse sur son corps en pluie légère. Elle ramasse les varechs séchés, les bouts de bois déposés par le flux. Avec mon briquet à amadou, je mets le feu aux brindilles. Quand la flamme jaillit, le visage d'Ouma est éclairé d'une joie sauvage qui m'attire vers elle. Ouma fabrique une claie avec quelques brindilles mouillées, elle prépare les poissons. Puis elle étouffe le feu avec des poignées de sable, et elle pose la claie à même les braises. L'odeur des poissons grillés nous emplit de bonheur, et bientôt nous mangeons, les doigts brûlés, à la hâte.

Quelques oiseaux de mer sont venus, attirés par les déchets. Ils tracent de grands cercles contre le soleil, puis ils se posent sur la plage. Avant de manger, ils nous regardent, la tête penchée de côté.

« Ils ne sont plus méchants maintenant, ils nous connaissent. »

Les fous ne se posent pas sur le sable. Ils plongent vers les morceaux et les prennent au vol en faisant jaillir des nuages de poudre. Il y a même des crabes qui sortent de leurs trous, l'air poltron et féroce en même temps.

« Il y a beaucoup de monde ! » dit Ouma en riant.

Quand nous avons fini de manger, Ouma accroche nos habits au harpon, et nous nous couchons dans le sable brûlant, à l'ombre de ce parasol improvisé. Nous nous enterrons dans le sable, l'un à côté de l'autre. Peut-être qu'Ouma s'endort, comme cela, tandis que je regarde son visage aux yeux fermés, son beau front lisse où les cheveux bougent dans le vent. Quand elle respire, le sable glisse sur sa poitrine, fait briller son épaule à la lumière comme une pierre. Du bout des doigts, je caresse sa peau. Mais Ouma ne bouge pas. Elle respire lentement, la tête appuyée sur son bras replié, tandis que le vent emporte le sable en petits ruisseaux sur son corps immense. Devant moi, je vois le ciel vide, et Rodrigues brumeuse sur le miroir du lagon. Les oiseaux de mer volent au-dessus de nous, se sont posés sur la plage, à quelques pas de nous. Ils n'ont plus peur, ils sont devenus nos amis.

Je crois que ce jour est sans fin, comme la mer.

Pourtant le soir vient, et je marche sur la plage, entouré des oiseaux qui volent en poussant des cris inquiets. Il est trop tard pour songer à retourner à Rodrigues. La marée baisse, dénude les plateaux de corail dans le lagon, et nous risquerions de nous échouer, ou de briser la pirogue. Ouma vient de me rejoindre à la pointe de l'île. Nous nous sommes rhabillés à cause du vent de la mer. Les oiseaux de mer nous suivent en volant, se posent sur les rochers devant nous en poussant des cris étranges. Ici, la mer est libre. Nous voyons les vagues qui se brisent, au bout de leur voyage.

Quand je m'assois à côté d'Ouma, elle m'entoure de ses bras, elle appuie sa tête contre mon épaule. Je sens son odeur, sa chaleur. Le vent qui souffle est un vent de crépuscule, qui porte déjà l'ombre. Ouma frissonne contre moi. C'est ce vent qui l'inquiète, qui inquiète aussi les oiseaux et les fait sortir de leurs refuges, haut dans le ciel, criant vers les dernières lueurs du soleil au-dessus de la mer.

La nuit arrive vite. Déjà l'horizon s'efface et l'écume cesse de briller. Nous retournons de l'autre côté de l'île, sous le vent. Ouma prépare une couche pour la nuit. Elle étale des varechs séchés sur la dune, en haut de la plage. Nous nous enroulons dans nos vêtements pour ne pas sentir l'humidité. Les oiseaux ont cessé leur vol affolé. Ils se sont mis sur la plage, non loin de nous, et nous entendons dans l'ombre leurs caquetages, leurs claquements de bec. Serré contre Ouma, je respire l'odeur de son corps et de ses cheveux, je sens le goût de sel sur sa peau et sur ses lèvres.

Puis je sens sa respiration qui se calme, et je reste immobile, les yeux ouverts sur la nuit, écoutant le fracas des vagues qui montent derrière nous, de plus en plus proches. Les étoiles sont si nombreuses, aussi belles que lorsque j'étais couché sur le pont du *Zeta*. Devant moi, près des taches noires des montagnes de Rodrigues, il y a Orion et les Belles de nuit, et tout à fait au zénith, près de la Voie lactée, comme autrefois, je cherche les grains brillants des Pléiades. Comme autrefois, j'essaie d'apercevoir la septième étoile, Pléione, et au bout du Grand Chariot, Alcor. En bas, à gauche, je reconnais la Croix du Sud, et je vois apparaître lentement, comme s'il naviguait vraiment sur la mer noire, le grand navire Argo. Je voudrais entendre la voix d'Ouma, mais je n'ose pas la réveiller. Je sens contre moi le mouvement lent de sa poitrine qui respire, et cela se mêle au fracas rythmé de la mer. Après cette journée si longue, pleine de lumière, nous sommes dans une nuit profonde et lente qui nous pénètre et nous transforme. C'est pour cela que nous sommes ici, pour vivre ce jour et cette nuit, loin des autres hommes, à l'entrée de la haute mer, parmi les oiseaux.

Est-ce que nous avons dormi vraiment ? Je ne sais plus. Je suis immobile, longtemps, sous le souffle du vent, sentant les coups terribles des vagues dans le socle de corail, et les étoiles girent lentement jusqu'à l'aube.

Au matin, Ouma est blottie dans le creux de mon corps, elle dort malgré le soleil qui éblouit ses paupières. Le sable mouillé par la rosée est collé sur sa peau sombre, coule en petits ruisseaux le long de sa nuque, se mélange au désordre des vêtements. Devant moi, l'eau du lagon est verte, et les oiseaux ont quitté la plage : ils recommencent leur ronde, ailes éployées dans le vent, yeux perçants qui guettent les fonds marins. Je vois les montagnes de Rodrigues, le Piton, le Bilactère, et le Diamant isolé sur la rive, nets et clairs. Il y a des pirogues qui glissent avec leur voile gonflée. Dans quelques instants, nous devrons remettre nos habits crissants de sable, nous monterons dans la pirogue, et le vent tirera sur la voile. Ouma restera à moitié endormie à l'avant, couchée au fond de la pirogue. Nous quitterons notre île, nous partirons, nous irons vers Rodrigues, et les oiseaux de mer ne nous accompagneront pas.

Lundi 10 août (1914)

Je fais le compte des jours, ce matin, seul au fond de l'Anse aux Anglais. Il y a plusieurs mois que j'ai commencé, suivant l'exemple de Robinson Crusoé, mais n'ayant pas de bois à entailler, ce sont des marques que j'ai faites sur les couvertures de mes cahiers d'écolier. C'est comme cela que je parviens à cette date, pour moi extraordinaire, puisqu'elle m'indique qu'il y a maintenant exactement quatre ans que je suis arrivé à Rodrigues. Cette découverte me bouleverse tellement que je ne peux plus rester en place. À la hâte, j'enfile mes chaussures poussiéreuses, pieds nus car il y a bien longtemps que je n'ai plus de chaussettes. Dans la cantine, je sors la veste grise souvenir de mes jours dans les bureaux de W. W. West à Port Louis. Je boutonne ma chemise jusqu'au col, mais impossible de trouver une cravate, la mienne ayant servi à attacher les pans de la voile qui me sert de tente une nuit d'orage. Sans chapeau, les cheveux et la barbe longs comme un naufragé, le visage brûlé de soleil, et vêtu de cette veste de bourgeois et chaussé de ces vieilles bottes, j'aurais été la risée des gens de Rempart Street à Port Louis. Mais ici, à Rodrigues, on est moins difficile, et je suis passé à peu près inaperçu.

Les bureaux de la Cable & Wireless sont encore vides à cette heure. Seul, un employé indien me regarde avec indifférence, même quand je lui pose, le plus poliment du monde, ma question saugrenue.

« Excusez-moi, monsieur, quel jour sommes-nous ? »

Il semble réfléchir. Sans bouger de sa place, sur les marches de l'escalier, il dit :

« Lundi. »

J'insiste :

« Mais quelle date ? »

Après un autre silence, il énonce :

« Lundi 10 août 1914. »

Tandis que je descends le long du chemin, entre les vacoas, vers la mer, je sens une sorte de vertige. Il y a si longtemps que je vis dans cette vallée solitaire, dans la compagnie du fantôme du Corsaire inconnu ! Seul avec l'ombre d'Ouma, qui disparaît parfois si longtemps que je ne sais plus si elle existe vraiment. Il y a si longtemps que je suis loin de ma maison, de ceux que j'aime. Le souvenir de Laure et de Mam me serre le cœur, comme un pressentiment. Le ciel bleu m'éblouit, la mer semble brûler. Il me semble que je viens d'un autre monde, d'un autre temps.

Quand j'arrive à Port Mathurin, je suis tout à coup dans la foule. Ce sont des pêcheurs qui retournent chez eux, à la baie Lascars, ou des fermiers des montagnes venus pour le marché. Des enfants noirs courent à côté de moi, en riant, puis se cachent quand je les regarde. À force de vivre dans son domaine, je crois que je me suis mis à ressembler un peu au Corsaire. Un drôle de corsaire sans bateau, sorti tout poussiéreux et guenilleux de sa cachette.

Passé la case Portalis, je suis au centre de la ville, dans Barclay's Street. À la banque, tandis que je retire mes dernières économies (de quoi acheter biscuits marins, cigarettes, huile, café, et une pointe de harpon pour la pêche aux hourites), j'entends la première rumeur de cette guerre vers laquelle le monde semble se précipiter avec frénésie. Un exemplaire récent du *Mauricien* sur le mur de la banque affiche les nouvelles reçues d'Europe par télégraphe : la déclaration de guerre de l'Autriche à la Serbie après l'attentat de Sérajevo, la mobilisation en France et en Russie, les préparatifs de guerre en Angleterre. Ces nouvelles sont vieilles de dix jours déjà !

J'erre un long moment dans les rues de cette ville, où personne ne semble se rendre compte de la destruction qui menace le monde. La foule se presse devant les magasins, à Duncan Street, chez les Chinois de Douglas Street, sur le chemin du débarcadère. Un instant, je pense à aller parler au docteur Camal Boudou, au dispensaire, mais j'ai honte de mes habits en haillons et de mes cheveux trop longs.

Dans les bureaux de la Compagnie Elias Mallac, une lettre m'attend. Je reconnais sa belle écriture penchée, sur l'enveloppe, mais je n'ose pas la lire tout de suite. Il y a trop de monde dans le bureau de poste. Je la tiens dans ma main en marchant dans les rues de Port Mathurin, tout le temps que je fais mes courses. Ce n'est que lorsque je suis de retour dans l'Anse aux Anglais, assis dans mon campement sous le vieux tamarinier, que je peux ouvrir la lettre. Sur l'enveloppe je lis la date de l'envoi : 6 juillet 1914. La lettre n'a qu'un mois.

Elle est écrite sur une feuille de papier indien, léger, fin et opaque, que je reconnais rien qu'au craquement qu'il fait entre les doigts. C'est le papier sur lequel notre père aimait écrire, ou tracer ses plans. Je croyais que ces feuilles avaient toutes disparu lors de notre déménagement du Boucan. Où Laure les a-t-elle trouvées ? Je pense qu'elle a dû les garder tout ce temps, comme si elle les avait réservées pour m'écrire. De voir son écriture penchée, élégante, cela me trouble au point que je ne peux lire pendant un instant. Puis je lis ses mots à mi-voix, pour moi-même :

Mon cher Ali,

Tu vois, je ne sais pas tenir parole. J'avais juré de ne t'écrire que pour te dire un seul mot : reviens ! Et voici que je t'écris sans savoir ce que je vais te dire.
Je vais d'abord te donner quelques nouvelles, qui, comme tu l'imagines, ne sont pas fameuses. Depuis ton départ, tout ici est devenu encore plus triste. Mam a cessé toute activité, elle ne veut même plus aller en ville pour essayer d'arranger nos affaires. C'est moi qui suis allée à plusieurs reprises pour tenter d'apitoyer nos créanciers. Il y a un Anglais, un certain M. Notte (c'est un nom qui ne s'invente pas !), qui menace de saisir les trois meubles que nous avons encore à Forest Side. J'ai réussi à l'arrêter, en faisant des promesses, mais pour combien de temps ? Assez de cela. Mam est bien

248

faible. Elle parle encore d'aller se réfugier en France, mais les nouvelles qui arrivent parlent toutes de guerre. Oui, tout est bien sombre en ce moment, il n'y a plus guère d'avenir.

Mon cœur se serre tandis que je lis ces lignes. Où est la voix de Laure, elle qui ne se plaignait jamais, qui refusait ce qu'elle appelait les « jérémiades » ? L'inquiétude que je ressens n'est pas celle de la guerre qui menace le monde. C'est plutôt le vide qui s'est creusé entre moi et ceux que j'aime, qui me sépare d'eux irrémédiablement. Je lis tout de même la dernière ligne, où il me semble reconnaître un bref instant la voix de Laure, sa moquerie :

« Je ne cesse pas de penser au temps où nous étions heureux, au Boucan, aux journées qui n'en finissaient pas. Je souhaite que pour toi, là où tu es, il y ait aussi de belles journées, et du bonheur, à défaut de trésors. »

Elle signe seulement d'une initiale, « L », sans formule d'adieu. Elle n'a jamais aimé les serrements de main ni les embrassades. Que me reste-t-il d'elle, entre mes mains, dans cette vieille feuille de papier indien ?

Je replie la lettre avec soin, et je la range avec mes papiers dans la cantine, près de l'écritoire. Dehors, la lumière de midi étincelle, fait briller avec force les pierres sur le fond de la vallée, aiguise les feuilles des vacoas. Le vent apporte le bruit de la marée qui monte. Les moucherons dansent à l'entrée de la tente, peut-être sentent-ils l'orage ? Il me semble que j'entends encore la voix de Laure, qui s'adresse à moi de l'autre côté de la mer, qui m'appelle au secours. Malgré le bruit de la mer et du vent, le silence est partout ici, la solitude éblouit dans la lumière.

Je marche au hasard à travers la vallée, encore vêtu de ma veste grise trop grande pour moi, les pieds écorchés par les bottines dont le cuir s'est desséché. Je marche sur les traces que je connais, le long des lignes du plan du Corsaire et de ses amorces, un grand hexagone terminé par six pointes, qui n'est autre que l'étoile du sceau de Salomon, et qui répond aux deux triangles inversés des organeaux.

Je traverse plusieurs fois l'Anse aux Anglais, le regard errant sur le sol, écoutant le bruit de mes pas qui résonne. Je vois chaque pierre que je connais, chaque buisson, et sur le sable des dunes, à l'estuaire de la rivière Roseaux, les traces de mes propres pas, qu'aucune pluie n'a lavées. Je relève la tête, et je vois au fond de la vallée les montagnes bleues, inaccessibles. C'est comme si je voulais me souvenir de quelque chose de lointain, d'oublié, du grand ravin sombre de Mananava, peut-être, là où commençait la nuit.

Je ne peux plus attendre. Ce soir, quand le soleil descend vers les collines, au-dessus de la pointe Vénus, je marche jusqu'à l'entrée du ravin. Avec fièvre, j'escalade les blocs qui ferment l'entrée, et je creuse à coups de pic dans les parois du ravin, au risque d'être enterré sous un éboulement. Je ne veux plus penser à mes calculs, aux jalons. J'entends les coups de mon cœur, le bruit rauque de ma respiration oppressée, et le fracas des pans de terre et de schiste qui s'effondrent. Cela me soulage, me libère de mon anxiété.

Avec fureur, je jette les blocs de roche qui pèsent cent livres contre les parois de basalte, au fond du ravin, je sens l'odeur de salpêtre qui flotte dans l'air surchauffé. Je suis ivre, je crois, ivre de solitude, ivre de silence, et c'est pour cela que je fais éclater les pierres, et que je parle seul, que je dis : « Ici ! Ici !... Là ! Encore, là !... »

Au fond du ravin, je m'attaque à un groupe de pierres basaltiques, si grosses et anciennes que je ne peux douter qu'elles aient été roulées du haut des collines noires. Il faudrait plusieurs hommes pour les déplacer, mais je ne peux me résoudre à attendre la venue des Noirs des fermes, Raboud, Adrien Mercure, ou Fritz Castel. Au prix de grands efforts, ayant creusé un trou de sonde sous la première pierre basaltique, je parviens à glisser la pointe de mon pic et je presse sur le manche comme sur un levier. Le bloc bouge un peu, j'entends la terre tomber dans une cavité profonde. Mais le manche du pic casse net, et je tombe violemment contre la paroi rocheuse.

Je reste un long moment à moitié assommé. Quand je reviens à moi, je sens le liquide chaud qui coule dans mes cheveux, sur ma joue : mon sang. Je suis trop faible pour me relever, et je reste couché au fond du ravin, appuyé sur un coude, tenant mon mouchoir appuyé sur l'occiput pour empêcher le sang de couler.

Un peu avant la nuit, je suis tiré de ma torpeur par un bruit à l'entrée du ravin. Dans mon délire, je prends le manche de la pioche pour me défendre, au cas où ce serait un chien sauvage, ou peut-être un rat affamé. Puis je reconnais la silhouette mince de Sri, sombre dans la lumière éblouissante du ciel. Il marche en haut du ravin, et quand je l'appelle, il descend le long du glacis.

Son regard est effrayé, mais il m'aide à me relever et à marcher jusqu'à l'entrée du ravin. Je suis blessé et faible, mais c'est moi qui lui dis, comme à un animal effarouché : « Viens, allons, viens ! » Nous marchons ensemble au fond de la vallée, vers le campement. Ouma m'attend. Elle apporte de l'eau dans la marmite, et en puisant l'eau dans le creux de sa main, elle lave ma blessure où le sang a collé les cheveux. Elle dit :

« Vous aimez vraiment l'or ? »

Je lui parle de la cachette que j'ai trouvée sous les pierres de basalte, des signes qui indiquent ces pierres et ce ravin, mais je suis véhément et confus, et elle doit croire que je suis fou. Pour elle, le trésor ne compte pas, elle méprise l'or comme tous les manafs.

La tête entourée de mon mouchoir taché de sang, je mange le repas qu'elle m'a apporté, du poisson séché et du kir. Après le repas, elle s'assoit à côté de moi et nous restons longtemps sans rien dire, devant le ciel clair qui précède la nuit. Les oiseaux de mer traversent l'Anse aux Anglais, par groupes, vers leurs refuges. Maintenant, je ne ressens plus d'impatience, ni de colère.

Ouma appuie sa tête contre mon épaule, comme aux premiers temps que nous nous sommes connus. Je sens l'odeur de son corps, de ses cheveux.

Je lui parle de ce que j'aime, les champs du Boucan, les Trois Mamelles, la vallée sombre et dangereuse de Mananava, où volent toujours les deux pailles-en-queue. Elle écoute sans bouger, elle pense à autre chose. Je sens que son corps ne s'abandonne plus. Quand je veux la rassurer, la caresser, elle s'écarte, elle met ses bras autour de ses longues jambes, comme elle fait quand elle est seule.

« Qu'est-ce que tu as ? Tu es fâchée ? »

Elle ne répond pas. Nous marchons ensemble jusqu'aux dunes, dans la nuit qui commence. L'air est si doux, si léger au commencement de l'été, le ciel pur commence à s'illuminer d'étoiles. Sri est resté assis près du campement, immobile et droit comme un chien de garde.

« Raconte encore, quand tu étais enfant. »

Je parle lentement, en fumant une cigarette, sentant l'odeur de miel du tabac anglais. Je parle de tout cela, de notre maison, de Mam qui lisait les leçons sous la varangue, de Laure qui allait se cacher dans son arbre du bien et du mal, de notre ravin. Ouma m'interrompt pour me poser des questions, sur Mam, sur Laure surtout. Elle m'interroge sur elle, sur ses toilettes, sur ce qu'elle aimait, et je la crois jalouse. Tant d'attention de cette fille sauvage pour une jeune fille de la bourgeoisie m'amuse. Je crois que, pas à un seul moment, je n'ai compris alors ce qui se passait en elle, ce qui la tourmentait, la rendait vulnérable. Dans l'obscurité, je distingue à peine sa silhouette assise à côté de moi dans les dunes. Quand je veux me relever pour retourner au campement, elle me retient par le bras.

« Reste encore un peu. Parle-moi encore de là-bas. »

Elle veut que je lui parle encore de Mananava, des champs de canne où nous courions avec Denis, puis le ravin qui s'ouvrait dans la forêt mystérieuse, et le vol lent des oiseaux étincelants de blancheur.

Puis elle me parle d'elle, encore, de son voyage en France, le ciel si sombre et si bas qu'on dirait que la lumière va s'éteindre pour toujours, les prières dans la chapelle, et les chants qu'elle aimait. Elle me parle de Hari, et de Govinda qui grandit au milieu des troupeaux, là-bas, dans le pays de sa mère. Un jour, Sri a fabriqué une flûte avec un roseau, et il s'est mis à jouer, tout seul dans la montagne, et c'est ainsi que sa mère a compris qu'il était l'envoyé du Seigneur. C'est lui, quand elle est revenue vivre chez les manafs, qui lui a enseigné à rattraper les cabris à la course, c'est lui qui l'a guidée la première fois jusqu'à la mer, pour pêcher les crabes et les hourites. Elle parle aussi de Soukha et Sari, le couple d'oiseaux de lumière qui savent parler, et qui chantent pour le Seigneur dans le pays de Vrindavan, elle dit que

253

ce sont eux que j'ai vus autrefois, devant l'entrée de Mananava.

Plus tard, nous retournons au campement. Jamais encore nous n'avons parlé comme cela, doucement, à voix basse, sans nous voir, à l'abri du grand arbre. C'est comme si le temps n'existait plus, ni rien d'autre au monde que cet arbre, ces pierres. Quand nous sommes allés loin dans la nuit, je m'allonge sur le sol pour dormir, devant l'entrée de la tente, la tête appuyée contre mon bras. J'attends qu'Ouma vienne me rejoindre. Mais elle reste immobile à sa place, elle regarde Sri qui est assis sur une pierre, un peu à l'écart, et leurs silhouettes éclairées par le ciel sont pareilles à celles des guetteurs nocturnes.

Quand le soleil monte dans le ciel, au-dessus des montagnes, je suis sous la tente, assis en tailleur devant la cantine qui me sert de pupitre, et je dessine une nouvelle carte de l'Anse aux Anglais, où je trace toutes les lignes qui unissent les jalons, faisant apparaître peu à peu une sorte de toile d'araignée dont les six points d'amarrage forment cette grande étoile de David dont les deux triangles inversés des organeaux, à l'est et à l'ouest, étaient la première figuration.

Je ne pense plus à la guerre, aujourd'hui. Il me semble que tout est neuf et pur. En relevant la tête, tout d'un coup, j'aperçois Sri qui me regarde. Je ne le reconnais pas tout de suite. D'abord je crois que c'est un des enfants de la ferme Raboud qui est descendu accompagner son père à la pêche. C'est son regard que je reconnais, sauvage, inquiet, mais aussi doux et brillant, et qui va droit vers moi, sans se détourner. Je laisse là mes papiers, je marche vers lui, sans hâte, pour ne pas l'effrayer. Quand je suis à dix pas de lui, le jeune garçon se retourne et s'éloigne. Il va sans se presser, sautant sur les rochers et se retournant pour m'attendre.

« Sri ! Viens !... » J'ai crié, bien que je sache qu'il ne peut m'entendre. Mais il continue à s'éloigner vers le fond de la vallée. Alors je le suis sur le chemin, sans chercher à le rattraper. Sri bondit légèrement sur les rochers noirs, et je vois sa silhouette fine qui semble danser devant moi, puis qui disparaît entre les broussailles. Je crois l'avoir perdu, mais il est là, à l'ombre d'un arbre, ou dans un creux de rocher. Je ne le vois que lorsqu'il se remet à marcher.

Pendant des heures, je suis Sri à travers la montagne. Nous sommes haut, au-dessus des collines, sur les flancs des montagnes dénudées. Au-dessous de moi, je vois les pentes rocheuses, les taches sombres des vacoas et des arbustes épineux. Ici, tout est nu, minéral. Le ciel est magnifiquement bleu, les nuages venus de l'est courent au-dessus de la mer, passent sur la vallée en jetant une ombre rapide. Nous continuons à monter. Parfois je ne vois même plus mon guide, et quand je l'aperçois, loin devant moi, dansant rapide et léger, je ne suis pas sûr de ne pas avoir vu un cabri, un chien sauvage.

À un moment je m'arrête pour regarder la mer, au loin, comme je ne l'ai jamais vue encore : immense, brillante et dure à la lumière du soleil, traversée par la longue frange silencieuse des brisants.

Le vent souffle en rafales froides qui mettent des larmes dans mes yeux. Je reste assis sur une pierre pour reprendre mon souffle. Quand je recommence à marcher, j'ai peur d'avoir perdu Sri. Les yeux plissés, je le cherche, vers le haut de la montagne, sur les pentes sombres des vallons. Alors que je suis sur le point de renoncer à le retrouver, je le vois, entouré d'autres enfants, avec un troupeau de cabris, sur l'autre versant de la montagne. J'appelle, mais l'écho de ma voix fait fuir les

255

enfants, qui disparaissent avec leurs chèvres, au milieu des broussailles, et des pierres.

Je vois ici les traces des hommes : ce sont des sortes de cercles de pierres sèches, semblables à ceux que j'ai trouvés lorsque je suis arrivé la première fois à l'Anse aux Anglais. Je remarque aussi des sentiers à travers la montagne, à peine marqués, mais que je peux apercevoir parce que la vie sauvage que je mène depuis quatre ans à l'Anse aux Anglais m'a appris à repérer le passage des hommes. Comme je m'apprête à descendre de l'autre côté de la montagne pour chercher les enfants, je vois Ouma tout à coup. Elle vient jusqu'à moi, et sans prononcer un mot, elle me prend par la main et elle me guide vers le haut de la falaise, là où le terrain forme une sorte de glacis en surplomb.

De l'autre côté du vallon, sur la pente aride, le long d'un torrent asséché, je vois des huttes de pierres et de branches, quelques champs minuscules protégés du vent par des murets. Des chiens nous ont sentis et aboient. C'est le village des manafs.

« Tu ne dois pas aller plus loin, dit Ouma. Si un étranger venait, les manafs seraient obligés de partir plus loin dans la montagne. »

Nous marchons le long de la falaise, jusqu'au versant nord de la montagne. Nous sommes face au vent. En bas, la mer est infinie, sombre, tachée de moutons. Vers l'est, il y a le miroir de turquoise du lagon.

« La nuit, on voit les lumières de la ville », dit Ouma. Elle montre la mer : « Et par là, on peut voir arriver les bateaux. »

« C'est beau ! » Je dis cela presque à voix basse. Ouma s'est assise sur ses talons, comme elle fait, en nouant ses bras autour de ses genoux. Son visage sombre est tourné vers la mer, le vent bouscule ses cheveux. Elle se tourne vers l'ouest, du côté des collines.

« Tu devrais redescendre, il va faire nuit bientôt. »

Mais nous restons assis, immobiles dans les bourrasques de vent, sans pouvoir nous séparer de la mer, pareils à des oiseaux en train de planer très haut dans le ciel. Ouma ne me parle pas, mais il me semble que je ressens tout ce qu'il y a en elle, son désir, son désespoir. Elle ne dit jamais cela, mais c'est pour cela qu'elle aime tant aller jusqu'au rivage, plonger dans la mer, nager vers les brisants armée de son long harpon, et regarder les hommes de la côte, cachée derrière les rochers.

« Veux-tu partir avec moi ? »

Le son de ma voix, ou bien ma question la fait sursauter. Elle me regarde avec colère, ses yeux brillent.

« Partir ? Pour aller où ? Qui voudrait de moi ? »

Je cherche des mots pour l'apaiser, mais elle dit avec violence :

« Mon grand-père était marron, avec tous les Noirs marrons du Morne. Il est mort quand on a écrasé ses jambes dans le moulin à cannes, parce qu'il avait rejoint les gens de Sacalavou dans la forêt. Alors mon père est venu vivre ici, à Rodrigues, et il s'est fait marin pour voyager. Ma mère est née au Bengale, et sa mère était musicienne, elle chantait pour Govinda. Moi, où pourrais-je aller ? En France, dans un couvent ? Ou bien à Port Louis, pour servir ceux qui ont fait mourir mon grand-père, ceux qui nous ont achetés et vendus comme des esclaves ? »

Sa main est glacée, comme si elle avait de la fièvre. Tout d'un coup, Ouma se lève, elle marche vers la pente, à l'ouest, là où les chemins se séparent, là où elle m'a attendu tout à l'heure. Son visage est calme à nouveau, mais ses yeux brillent encore de colère.

« Il faut que tu partes maintenant. Tu ne dois pas rester ici. »

Je voudrais lui demander de me montrer sa maison,

257

mais elle s'en va déjà, sans se retourner, elle descend vers le vallon obscur où sont les huttes des manafs. J'entends des voix d'enfants, des chiens qui aboient. L'ombre arrive vite.

Je descends le long des pentes, je cours à travers les buissons d'épines et les vacoas. Je ne vois plus la mer, ni l'horizon, rien que l'ombre des montagnes qui s'agrandit dans le ciel. Quand j'arrive dans la vallée de l'Anse aux Anglais, il fait nuit, et la pluie tombe doucement. Sous mon arbre, à l'abri de ma tente, je reste recroquevillé, immobile, et je sens le froid, la solitude. Je pense alors au bruit de la destruction, qui grandit chaque jour, qui roule, pareil au grondement d'un orage, ce bruit qui est maintenant sur toute la terre, et que personne ne peut oublier. C'est cette nuit-là que j'ai décidé de partir pour la guerre.

Ils sont réunis ce matin, à l'entrée du ravin : il y a
Adrien Mercure, un grand Noir d'une force herculéenne
qui a été autrefois « foreman » dans les plantations de
coprah à Juan de Nova, Ernest Raboud, Célestin Prosper,
et le jeune Fritz Castel. Quand ils ont su que j'avais
découvert la cachette, ils sont venus aussitôt, toutes
affaires cessantes, chacun avec sa pelle et un bout de
corde. Quiconque nous aurait vus traverser ainsi la vallée de l'Anse aux Anglais, eux avec leurs pelles et leurs
grands chapeaux de vacoa, et moi à leur tête, avec ma
barbe et mes cheveux longs et mes habits déchirés, la
tête encore bandée d'un mouchoir, aurait pu croire à
une mascarade imitant le retour des hommes du Corsaire, venus reprendre leur trésor !

L'air frais du matin nous encourage, et nous commen-
çons à creuser autour des blocs de basalte, au fond du
ravin. La terre, friable en surface, devient aussi dure que
de la roche au fur et à mesure que nous creusons. À tour
de rôle, nous donnons de grands coups de pic, tandis que
les autres s'emploient à déblayer vers la partie la plus
large du ravin. C'est alors que me vient l'idée que ces
pierres et cette terre amoncelées à l'entrée du ravin, et
que j'avais prises pour un verrou naturel dû au ruisselle-

259

ment des eaux dans le lit de l'ancien torrent sont en réalité les matériaux déblayés lorsque les hommes du Corsaire ont excavé les cachettes au fond du ravin. À nouveau, je ressens cette impression étrange que le ravin tout entier est le résultat d'une création humaine. À partir d'une simple faille dans la falaise basaltique, l'on a creusé, fouillé, jusqu'à donner l'aspect de cette gorge, que les eaux de pluie ont remodelée pendant près de deux cents ans. C'est une impression étrange, presque effrayante, comme celle que doivent ressentir les chercheurs qui mettent au jour les anciennes tombes d'Égypte, dans le silence et la lumière inhumaine du désert.

Vers midi, la base du plus gros bloc de basalte est sapée à tel point qu'une simple poussée devra suffire à faire basculer la roche sur le fond du ravin. Ensemble, nous appuyons du même côté de la roche qui roule sur quelques mètres, entraînant une avalanche de poussière et de cailloux. Devant nous, exactement au point indiqué par la rainure gravée sur la pierre à demeure, en haut de la falaise, il y a un trou béant encore caché par la poussière qui flotte dans l'air. Sans plus attendre, je me mets à plat ventre et je passe mon corps dans l'ouverture. Il faut plusieurs secondes pour que mes yeux s'accoutument à l'obscurité : « Qu'est-ce qu'il y a ? Qu'est-ce qu'il y a ? » J'entends derrière moi les voix des Noirs impatientés. Au bout d'un temps très long, je recule, je sors ma tête du trou. Je sens une sorte de vertige, le sang cogne dans mes tempes, dans mes jugulaires. De toute évidence, cette deuxième cachette est vide aussi.

À coups de pic, j'agrandis l'ouverture. Peu à peu, nous mettons au jour une sorte de puits qui s'enfonce jusqu'à la base de la falaise du cul-de-sac. Le fond du puits est formé par la même roche couleur de rouille qui alterne au fond du ravin avec les saillies de basalte. Le jeune

Fritz descend dans le puits où il disparaît tout entier, et il remonte. Il secoue la tête :

« Il n'y a rien. »

Mercure hausse les épaules avec mépris.

« C'est la fontaine des cabris. »

S'agit-il vraiment d'un de ces anciens abreuvoirs pour les troupeaux ? Mais pourquoi s'être donné tant de mal alors que la rivière Roseaux est à deux pas ? Les hommes s'en vont avec leurs pelles et leurs cordes. J'entends leurs rires s'éteindre quand ils franchissent l'entrée du ravin. Seul le jeune Fritz Castel est resté à côté de moi, debout devant la cachette béante, comme s'il attendait mes instructions. Il est prêt à recommencer le travail, à poser de nouveaux jalons, à creuser de nouveaux trous de sonde. Peut-être qu'il s'est laissé prendre par la même fièvre que moi, celle qui fait tout oublier, le monde et les hommes, à la recherche d'un mirage, d'un éclat de lumière.

« Il n'y a plus rien à faire ici. » Je lui parle à voix basse, comme si je m'adressais à moi-même. Il me regarde de ses yeux brillants, sans comprendre.

« Toutes les cachettes sont vides. »

Nous sortons à notre tour du boyau brûlant du ravin. En haut du glacis, je contemple l'étendue de cette vallée, les touffes vert sombre des tamariniers et des vacoas, les formes fantastiques des roches de basalte, et surtout ce mince filet d'eau couleur de ciel qui serpente vers le marécage et les dunes. Les lataniers et les cocotiers font un écran mouvant devant la mer, et quand le vent souffle, j'entends le bruit des brisants, une respiration endormie.

Où chercher maintenant ? Là-bas, près des dunes, dans le marécage où battait autrefois la mer ? Dans ces grottes, sur l'autre rive, au pied de la tour ruinée de la Vigie du Commandeur ? Ou bien là-haut, très loin, dans

261

les montagnes sauvages des manafs, aux sources de la
rivière Roseaux, là où vivent les troupeaux de chèvres,
dans les anfractuosités cachées par les buissons d'épines ? Il me semble maintenant que toutes les lignes de
mes plans s'effacent, et que les signes inscrits sur les
pierres ne sont que des traces d'orage, la morsure des
éclairs, le glissement du vent. Le désespoir m'envahit et
me rend faible. J'ai envie de dire à Fritz :

« C'est fini. Il n'y a plus rien à trouver ici, allons-
nous-en. »

Le jeune garçon me regarde avec tellement d'insistance, ses yeux brillent si fort que je n'ose pas lui communiquer mon désespoir. Le plus fermement que je
peux, je marche au fond de la vallée, vers mon campement sous le tamarinier. Je dis :

« Nous allons faire des recherches là-bas, du côté
ouest. Il faut sonder, poser des jalons. Tu verras, nous
finirons par trouver. Nous allons chercher partout, de
l'autre côté, et puis aussi en haut de la vallée. Nous ne
laisserons pas un pouce de terrain sans avoir cherché.
Nous trouverons ! »

Croit-il ce que je lui dis ? Il semble rasséréné par mes
paroles. Il dit :

« Oui, monsieur, nous trouverons, si les manafs n'ont
pas trouvé avant nous ! »

L'idée du trésor du Corsaire dans les mains des
manafs le fait rire. Mais il ajoute, tout à coup devenu
sérieux :

« Si les manafs trouvaient l'or, ils le jetteraient à la
mer ! »

Et s'il disait vrai ?

L'inquiétude que je ressens maintenant depuis des

semaines, ce bruit qui gronde au-delà des mers comme le bruit de l'orage, et que je ne peux oublier, ni le jour ni la nuit, voici qu'aujourd'hui je les perçois dans toute leur violence.

Parti de bonne heure pour Port Mathurin, dans l'espoir d'une nouvelle lettre de Laure, j'arrive à travers les broussailles et les vacoas devant les bâtiments de la Cable & Wireless, à la pointe Vénus, et je vois le rassemblement des hommes devant la maison du télégraphe. Les Rodriguais attendent devant la varangue, certains discutant debout, d'autres assis à l'ombre, sur les marches de l'escalier, le regard absent, fumant une cigarette.

Dans ma folie des jours passés au fond du ravin, pour trouver la deuxième cachette du Corsaire, je n'ai plus pensé vraiment à la gravité de la situation en Europe. Pourtant, l'autre jour, en passant devant l'immeuble de la Mallac & Cº, j'ai lu avec la foule le communiqué affiché à côté de la porte, arrivé de Port Louis sur le bateau des postes. Cela parlait de mobilisation générale pour la guerre qui a commencé là-bas, en Europe. L'Angleterre a déclaré la guerre à l'Allemagne, aux côtés de la France. Lord Kitchener fait appel à tous les volontaires, dans les colonies et les *dominions*, au Canada, en Australie, et aussi en Asie, aux Indes, en Afrique. J'ai lu l'affiche, puis je suis retourné à l'Anse aux Anglais, peut-être dans l'espoir de trouver Ouma, de lui parler de cela. Mais elle n'est pas venue, et ensuite le bruit des travaux au fond du ravin a dû lui faire peur.

Comme j'avance vers le bâtiment du télégraphe, personne ne fait attention à moi, malgré mes habits déchirés et mes cheveux trop longs. Je reconnais Mercure, Raboud, et un peu à l'écart, le géant Casimir, le marin du *Zeta*. Lui aussi me reconnaît, et son visage s'éclaire. Les yeux brillants de contentement, il m'explique que l'on attend ici les instructions pour l'engagement. C'est pour cela qu'il n'y a ici que des hommes ! Les femmes n'aiment pas la guerre.

Casimir me parle de l'armée, des navires de guerre où il espère qu'on le prendra, pauvre bon géant ! Il parle déjà des combats qu'il va livrer dans ces pays qu'il ne connaît pas, contre un ennemi dont il ignore le nom. Puis un homme, un Indien employé au télégraphe, apparaît sur la varangue. Il commence à lire une liste de noms, ceux qu'on va communiquer aux bureaux du recrutement à Port Louis. Il lit les noms très lentement, dans le silence qui maintenant s'est appesanti sur les lieux, avec sa voix chantante et nasillarde où l'accent anglais déforme les syllabes.

« Hermitte, Corentin, Latour, Sifflette, Lamy, Raffaut... »

Il lit ces noms, et les rafales du vent les emportent et les dispersent dans la lande, parmi les lames des vacoas et les roches noires, ces noms qui résonnent déjà étrangement, comme des noms de morts, et j'ai envie tout à coup de m'enfuir, de retourner dans ma vallée, là où personne ne pourra me trouver, disparaître sans laisser de traces dans le monde d'Ouma, parmi les roseaux et les dunes. La voix lente énumère les noms et je frissonne. Jamais encore je n'ai ressenti cela, comme si elle allait prononcer mon nom parmi ces noms, qu'il fallait qu'elle dise mon nom, parmi ceux de ces hommes qui vont quitter leur monde pour se battre contre nos ennemis.

« Portalis, Haouet, Céline, Bégué, Hitchen, Castor, Pichette, Simon... »

Je peux partir encore, je pense au ravin, aux lignes qui s'entrecroisent sur le fond de la vallée et qui font briller les points de repère comme des balises, je pense à tout ce que je vis depuis des mois et des années, cette beauté pleine de lumière, le bruit de la mer, les oiseaux libres.

Je pense à Ouma, à sa peau, à ses mains lisses, son corps de métal noir qui glisse sous l'eau du lagon. Je peux partir, il est encore temps, loin de cette folie, quand les hommes rient et exultent chaque fois que l'Indien prononce leur nom. Je peux partir, chercher un endroit où j'oublierai cela, où je n'entendrai plus le bruit de la guerre dans le bruit de la mer et du vent. Mais la voix chantonnante continue de prononcer les noms, ces noms déjà irréels, noms des hommes d'ici qui vont mourir là-bas, pour un monde qu'ils ignorent.

« Ferney, Labutte, Jérémiah, Rosine, Médicis, Jolicœur, Victorine, Imboulla, Ramilla, Illke, Ardor, Grancourt, Salomon, Ravine, Roussety, Perrine, Perrine cadet, Azie, Cendrillon, Casimir... »

Quand l'Indien prononce son nom, le géant se redresse et saute à pieds joints en criant. Son visage exprime un tel contentement naïf qu'on pourrait croire qu'il vient de gagner un pari, ou qu'il a appris une bonne nouvelle. Et pourtant, c'est le nom de sa mort qu'il vient d'entendre.

Peut-être est-ce à cause de cela que je ne me suis pas enfui vers l'Anse aux Anglais, pour chercher un endroit où je pourrais oublier la guerre. Je crois que c'est à cause de lui, de son bonheur au moment où il a entendu son nom.

Quand l'Indien a fini de lire les noms de sa liste, il reste un instant immobile, avec le papier qui tremble dans les rafales du vent, et il demande, en anglais :

« Y a-t-il d'autres volontaires ? »

Et presque malgré moi je monte l'escalier de fonte jusqu'à la varangue, et je lui donne mon nom, pour qu'il l'ajoute à la liste. Tout à l'heure, Casimir a donné le signal de la joie, et maintenant, la plupart des Rodriguais dansent sur place et chantent. Quand je descends l'escalier, certains m'entourent et me serrent les mains.

La fête se prolonge sur la route qui longe la mer jusqu'à Port Mathurin, et nous traversons les rues de la ville dans le bruit et la foule, pour nous rendre à l'hôpital où doit avoir lieu l'examen médical. En fait d'examen, c'est une simple formalité qui ne dure qu'une ou deux minutes. À tour de rôle, nous entrons torse nu dans le bureau torride, où Camal Boudou, flanqué de deux infirmiers, examine sommairement les volontaires et leur remet une feuille de route tamponnée. Je m'attends à ce qu'il me pose des questions, mais il regarde seulement mes dents et mes yeux. Il me remet la feuille, et au moment où je m'en vais, il dit seulement, de sa voix douce et grave, et alors son visage d'Indien n'exprime rien : « Vous aussi vous partez pour le casse-pipe ? » Puis il appelle le suivant, sans attendre de réponse. Sur la feuille, je lis la date de mon départ : 10 décembre 1914. Le nom du navire est laissé en blanc, mais la destination du voyage est inscrite : Portsmouth. C'est fait, je suis engagé. Je ne verrai même pas Laure et Mam avant de partir pour l'Europe, puisque le départ se fera vers les Seychelles.

Chaque jour, pourtant, je retourne au ravin, comme si j'allais enfin trouver ce que je cherche. Je ne puis me détacher de cette faille dans les flancs de la vallée, sans herbe, sans arbre, sans rien qui bouge ou qui vive, avec seulement la lumière qui se réverbère sur les pentes rouillées de la montagne et les roches de basalte. Le matin, avant que le soleil ne brûle trop, et au crépuscule du soir, je marche jusqu'au fond du cul-de-sac et je regarde les trous que j'ai découverts au pied de la falaise. Je m'allonge sur la terre, je passe mes doigts sur la bouche du puits, sur la paroi lissée par l'eau ancienne, et je rêve. De tous côtés, le fond du ravin est marqué par les coups de pic furieux, et la terre est trouée de cratères que la poussière commence déjà à emplir. Quand le vent force en ululant à l'intérieur du ravin, passe en rafales violentes en haut de la falaise, de petites avalanches de terre noire coulent à l'intérieur de ces trous, font retentir les cailloux au fond des cachettes. Combien de temps faudra-t-il pour que la nature referme le puits du Corsaire que j'ai ainsi mis au jour ? Je pense à tous ceux qui viendront après moi, dans dix ans peut-être, dans cent ans, et c'est pour eux que je décide alors de reboucher les cachettes. Dans la vallée, je trouve de grosses pierres plates que je porte à grand-peine jusqu'à la bouche des puits. D'autres cailloux plus petits, ramassés sur place, me servent à combler les interstices, et m'aidant de la pelle, je jette de la terre rouge par-dessus, que je tasse à grands coups de pelle. Le jeune Fritz Castel m'aide dans ce travail, sans comprendre. Mais il ne pose jamais de questions. Tout cela n'aura été pour lui, depuis le commencement, qu'une suite de rites incompréhensibles et un peu effrayants.

Quand tout est fini, je regarde avec satisfaction le monticule qui cache les deux cachettes du Corsaire, au fond du ravin. Il me semble qu'en accomplissant ce travail, j'ai fait un pas nouveau dans ma quête, que je suis devenu en quelque sorte le complice de cet homme mystérieux dont je suis depuis si longtemps la trace.

C'est le soir surtout que j'aime à rester dans le ravin. Quand le soleil approche de la ligne dentelée des collines de l'ouest, près du Comble du Commandeur, la lumière parvient presque jusqu'au fond du long corridor de pierre, éclaire de façon étrange les pans de rocher, allume le mica des schistes. Je reste assis, là, à l'entrée du ravin, et je regarde l'ombre avancer à travers la vallée silencieuse. Je guette chaque détail, chaque mouvement dans ce pays de pierres et d'épines. J'attends l'arrivée des oiseaux de mer, mes amis, qui chaque soir quittent les côtes du sud, l'île Pierrot, Gombrani, et volent vers leur refuge au nord, là où la mer se brise sur la barrière de corail.

Pourquoi font-ils cela ? Quel ordre secret les guide chaque soir le long de cette voie, au-dessus du lagon ? Comme j'attends les oiseaux de mer, j'attends aussi Ouma, j'attends de la voir marcher sur le lit de la rivière, mince et sombre, portant les hourites au bout de son harpon, ou un collier de poissons.

Parfois, elle vient, elle plante son harpon dans le sable, près des dunes, comme si c'était le signal pour que je vienne la voir. Quand je lui dis que j'ai trouvé la deuxième cachette du Corsaire, et qu'elle était vide, Ouma éclate de rire : « Alors il n'y a plus d'or, il n'y a plus rien ici ! » Je suis d'abord irrité, mais son rire est communicatif et bientôt je ris avec elle. Elle a raison.

Quand nous nous sommes aperçus que le puits était vide, notre tête devait être comique ! Ouma et moi nous courons vers les dunes, nous traversons les roseaux, et les nuées d'oiseaux d'argent s'envolent devant nous en piaillant. Nous enlevons nos vêtements à la hâte, et nous plongeons ensemble dans l'eau claire du lagon, si douce qu'on sent à peine lorsque notre corps entre dans l'autre élément. Nous glissons sous l'eau près des coraux, longtemps, sans reprendre notre souffle. Ouma ne cherche même pas à pêcher des poissons. Elle s'amuse seulement à les poursuivre sous l'eau, à débusquer les vieilles rouges dans leurs recoins sombres. Jamais nous n'avons été aussi gais, depuis que nous savons que les cachettes du trésor sont vides ! Un soir, tandis que nous regardons les étoiles apparaître au-dessus des montagnes, elle dit :

« Pourquoi cherches-tu de l'or ici ? »

Je voudrais lui parler de notre maison au Boucan, de

notre jardin sans limites, de tout ce que nous avons perdu, puisque c'est cela que je cherche. Mais je ne sais pas le lui dire, et elle ajoute, tout bas, comme si elle se parlait à elle-même :

« L'or ne vaut rien, il ne faut pas avoir peur de lui, il est comme les scorpions qui ne piquent que celui qui a peur. »

Elle dit cela simplement, sans forfanterie, mais avec dureté, comme quelqu'un qui est sûr. Elle dit encore :

« Vous autres, le grand monde, vous croyez que l'or est la chose la plus forte et la plus désirable, et c'est pour cela que vous faites la guerre. Les gens vont mourir partout pour posséder l'or. »

Ces paroles font battre mon cœur, parce que je pense à mon engagement. Un instant, j'ai envie de tout dire à Ouma, mais ma gorge se serre. Il ne me reste plus que quelques jours à vivre ici, près d'elle, dans cette vallée, si loin du monde. Comment parler de la guerre à Ouma ? Pour elle c'est le mal, je crois qu'elle ne me le pardonnerait pas, et qu'elle s'enfuirait aussitôt.

Je ne peux pas lui parler. Je tiens sa main dans la mienne, serrée très fort pour bien sentir sa chaleur, je respire son souffle sur ses lèvres. La nuit est douce, une nuit d'été, et le vent a cessé quand la mer est étale, les étoiles sont nombreuses et belles, tout est plein de paix et de joie. Pour la première fois, je crois, je goûte le temps qui passe sans impatience ni désir, mais avec tristesse, en pensant que plus rien de tout cela ne peut revenir, que cela va être détruit. Plusieurs fois, je suis sur le point d'avouer à Ouma que nous n'allons plus nous revoir, mais c'est son rire, son souffle, l'odeur de son corps, le goût du sel sur sa peau qui m'arrêtent. Comment troubler cette paix ? Je ne peux retenir ce qui va être brisé, mais je peux croire encore au miracle.

Chaque matin, comme la plupart des Rodriguais, je suis devant le bâtiment du télégraphe, en quête de nouvelles.

Les communiqués en provenance de l'Europe sont affichés sous la varangue, à côté de la porte du télégraphe. Ceux qui savent lire traduisent en créole aux autres. Dans la bousculade, je parviens à lire quelques lignes : il est question des armées de French, de Haig, et des troupes françaises de Langle, de Larrezac, des batailles en Belgique, des menaces sur le Rhin, du front sur l'Oise, près de Dinant, dans les Ardennes, près de la Meuse. Je connais ces noms pour les avoir appris au collège, mais que peuvent-ils signifier pour la plupart des Rodriguais ? Pensent-ils à ces noms comme à des sortes d'îles, où le vent balance les palmes des cocos et des lataniers, où l'on entend, comme ici, le bruit incessant de la mer sur les récifs ? Je ressens la colère, l'impatience, car je sais que dans peu de temps, quelques semaines peut-être, je serai là-bas, sur les bords de ces fleuves inconnus, dans cette guerre qui balaie tous les noms.

Ce matin, quand le jeune Fritz Castel est venu, j'ai fait quelque chose qui ressemble à un testament. Muni de mon théodolite, j'ai calculé pour la dernière fois la droite est-ouest qui passe exactement par les deux signes de l'organeau, sur les rives de la vallée, et j'ai déterminé l'endroit où cette droite rencontre l'axe nord-sud tel que l'indique la boussole, avec la différence légère donnée par la direction du nord stellaire. Au point de rencontre de ces deux droites, c'est-à-dire au centre de la vallée de la rivière Roseaux, aux limites du terrain marécageux qui forme une langue de terre entre les deux bras de la rivière, j'ai apporté une lourde pierre de basalte, ayant la forme d'une borne. Pour faire venir cette pierre, j'ai dû la faire glisser avec l'aide du jeune Noir sur un chemin de roseaux et de branches rondes, disposé sur le lit de la rivière. J'ai attaché une corde à la borne et, tirant et poussant à tour de rôle, nous l'avons amenée de l'autre bout de la vallée, sur une distance de plus d'un mille, jusqu'au point que j'ai marqué B sur mes plans, un peu en hauteur sur une butte de terre qui avance dans l'estuaire et se trouve entourée d'eau à marée haute.

Tout ce travail nous a occupés presque tout le jour. Fritz Castel m'a aidé sans me poser de questions. Puis il est retourné chez lui.

Le soleil est bas dans le ciel quand, muni d'un ciseau à froid et d'un gros caillou en guise de maillet, je commence à tracer mon message pour le futur. Sur le sommet de la borne, j'ai tracé une rainure longue de trois pouces, qui correspond à la droite qui relie les organeaux est-ouest. Sur le flanc de la borne, du côté sud, j'ai marqué les principaux points de repère correspondant aux jalons du Corsaire. Il y a le M majuscule qui représente les pointes du Comble du Commandeur, les : : poinçonnés sur la roche, la gouttière désignant le ravin, et le point indiquant la pierre la plus au nord, à l'entrée de l'estuaire. Sur la face nord de la borne, j'ai marqué au moyen de cinq poinçons les cinq principaux jalons du Corsaire : le Charlot, le Bilactère, le mont des Quatre Vents, qui forment le premier alignement sud-sud-est, et le Commandeur et le Piton qui forment un deuxième alignement légèrement divergent.

J'aurais voulu graver aussi les triangles de la grille du Corsaire, inscrits dans le cercle qui passe par les organeaux et par la pierre la plus au nord, et dont cette borne, je m'en aperçois, est le centre. Mais la surface de la pierre est trop inégale pour permettre d'inscrire avec mon ciseau émoussé un dessin aussi précis. Je me contente de marquer, à la base de la borne, en lettres

271

majuscules, mes initiales, AL. En dessous, la date, en chiffres romains :

X   XII   MCMXIV

Cet après-midi, le dernier sans doute que je passe ici, dans l'Anse aux Anglais, j'ai voulu profiter de la chaleur du plein été pour nager longtemps dans le lagon. Je me suis déshabillé dans les roseaux, devant la plage déserte, là où nous allions avec Ouma. Aujourd'hui, tout me semble encore plus silencieux, lointain, abandonné. Il n'y a plus les nuées d'oiseaux couleur d'argent qui jaillissaient en poussant des cris aigus. Il n'y a plus d'oiseaux de mer dans le ciel. Il n'y a que les crabes soldats qui fuient vers la vase du marécage, leurs pinces dressées vers le ciel. Je nage longuement dans l'eau très douce, frôlant les coraux que la mer est en train de découvrir. Les yeux grands ouverts sous l'eau, je vois passer les poissons des hauts-fonds, des coffres, des aiguillettes couleur de nacre, et même un laffe splendide et vénéneux, ses nageoires dorsales hérissées comme des gréements. Tout près de la barrière de corail, je débusque une vieille qui s'arrête pour me regarder, avant de s'enfuir. Je n'ai pas de harpon, mais en aurais-je eu un, je crois que je n'aurais pas eu le cœur de l'utiliser contre une seule de ces créatures silencieuses, et voir leur sang empourprer l'eau !

Sur le rivage, dans les dunes, je me suis couvert de sable et j'ai attendu que le soleil déclinant le fasse couler sur ma peau en petits ruisseaux, comme lorsque j'étais là avec Ouma.

Je regarde la mer longtemps, j'attends. J'attends peut-être qu'Ouma apparaisse sur la plage, au crépuscule, son harpon d'ébène à la main, portant des hourites en guise de trophées. Les ombres emplissent la vallée quand je marche vers le campement. Avec inquiétude, avec désir, je regarde les hautes montagnes bleues, au fond de la vallée, comme si j'allais aujourd'hui enfin voir apparaître une forme humaine dans ce pays de pierres.

Ai-je appelé : « Ouma-ah » ? Peut-être, mais alors d'une voix si faible, si étranglée qu'elle n'a éveillé aucun écho. Pourquoi n'est-elle pas ici, maintenant, plus que n'importe quel soir ? Assis sur ma pierre plate, sous le vieux tamarinier, je fume en regardant la nuit entrer dans le creux de l'Anse aux Anglais. Je pense à Ouma, comme elle écoutait quand je lui parlais du Boucan, je pense à son visage caché dans ses cheveux, au goût du sel sur son épaule. Ainsi, elle savait tout, elle connaissait mon secret, et quand elle est venue près de moi, le dernier soir, c'était pour me dire adieu. Pour cela, elle cachait son visage, et sa voix était dure et amère quand elle me parlait de l'or, quand elle disait « vous autres, le grand monde ». De ne pas avoir compris, je sens maintenant de la colère, contre elle, contre moi-même. Je marche fiévreusement dans la vallée, puis je retourne m'asseoir sous le grand arbre où la nuit a déjà commencé, je froisse les papiers dans mes mains, les cartes. Plus rien de tout cela ne m'importe ! Maintenant, je sais qu'Ouma ne viendra plus. Je suis devenu comme les autres, comme les hommes de la côte que les manafs surveillent de loin, en attendant qu'ils laissent le passage.

Dans la lumière vacillante du crépuscule, je cours à travers la vallée, je grimpe en haut des collines, pour échapper à ce regard qui vient de tous les côtés à la fois. Je trébuche sur les cailloux, je m'agrippe aux blocs de basalte, j'entends la terre s'ébouler sous mes pieds jusqu'en bas, dans la vallée. Au loin, contre le ciel jaune, les montagnes sont noires et compactes, sans une lumière, sans un feu. Où vivent les manafs ? Sur le Piton, sur le Limon, à l'est, ou sur le Bilactère au-dessus de

273

Port Mathurin ? Mais ils ne sont jamais deux nuits au même endroit. Ils dorment dans les cendres chaudes de leurs feux qu'ils étouffent au crépuscule, comme jadis les Noirs marrons dans les montagnes de Maurice, au-dessus du Morne. Je veux monter plus haut, jusqu'aux contreforts des montagnes, mais la nuit est venue, et je me cogne contre les rochers, je déchire mes habits et mes mains. J'appelle Ouma, encore, de toutes mes forces maintenant : « Ou-maaa », et mon cri résonne dans la nuit dans les ravins, fait un grondement étrange, un cri de bête qui m'épouvante moi-même. Alors je reste à demi couché contre la pente du glacis, et j'attends que le silence revienne dans la vallée. Alors tout est lisse et pur, invisible dans la nuit, et je ne veux plus penser à ce qui sera demain. Je veux être comme si rien ne s'était passé.

Ypres, hiver 1915
Somme, automne 1916

Nous ne sommes plus des néophytes, ni les uns ni les autres. Tous, nous avons eu notre part de misères, nous avons couru des dangers. Tous, Canadiens français de la 13ᵉ brigade d'infanterie, coloniaux indiens de la 27ᵉ et de la 28ᵉ division, nous avons connu l'hiver des Flandres, quand la bière gelait dans les tonneaux, les batailles dans la neige, le brouillard et les fumées empoisonnées, les bombardements incessants, les incendies dans les abris. Tant d'hommes sont morts. Nous ne connaissons plus guère la peur. Nous sommes indifférents, comme dans un rêve. Nous sommes des survivants...

Depuis des mois, sur les rives du fleuve, nous remuons la terre, la boue, jour après jour, sans savoir ce que nous faisons, sans même qu'on ait à nous le demander. Il y a si longtemps que nous sommes dans cette terre, écoutant les grondements des canons, et le chant des corbeaux de la mort, nous ne savons plus rien du temps. Y a-t-il des jours, des semaines, des mois ? Mais plutôt un seul et même jour qui revient sans cesse, nous surprend couchés dans la terre froide, affaiblis par la faim, fatigués, un seul et même jour qui gire lentement avec le soleil pâle derrière les nuages.

C'est le même jour où nous avons répondu à l'appel de Lord Kitchener, il y a si longtemps maintenant, nous ne savons plus quand tout cela a commencé, si même il y a eu un commencement. L'embarquement sur le *Dreadnought*, un château d'acier dans la brume de Portsmouth. Puis le train à travers le Nord, les convois de chevaux et d'hommes marchant sous la pluie le long de la voie ferrée vers Ypres. Ai-je vécu tout cela ? Quand était-ce ? Il y a des mois, des années ? Ceux qui étaient avec moi sur la route d'hiver des Flandres, Rémy de Québec, Le Halloco de Terre-Neuve, et Perrin, Renouart, Simon, dont j'ignore l'origine, tous ceux qui étaient là au printemps de 1915, pour prendre la relève de l'Expeditionary Force décimée dans les combats de La Bassée... Maintenant nous ne connaissons personne. Nous labourons la terre d'argile, nous creusons les tranchées, nous avançons en rampant vers la rivière l'Ancre, jour après jour, mètre par mètre, comme d'affreuses taupes, vers les collines sombres qui dominent cette vallée. Parfois, dans le silence pesant de ces champs vides, nous entendons en tressautant le tac-tac d'une mitrailleuse, l'éclatement d'un obus, loin, derrière la ligne des arbres.

Quand nous nous parlons, c'est à voix basse, des mots qui vont et viennent, des ordres répétés, contredits, déformés, des interrogations, des nouvelles d'inconnus. La nuit, un chant, quand le froid nous empêche de dormir dans nos trous, qui s'arrête aussitôt, et personne ne songe à lui dire de continuer, que le silence nous fait plus mal.

L'eau manque, malgré la pluie. Nous sommes dévorés par les poux, les puces. Nous sommes recouverts d'une croûte de boue, mêlée de crasse, de sang. Je pense aux premiers jours, quand nous montrions avec fierté nos uniformes beige clair de volontaires d'outre-mer, nos chapeaux de feutre, dans les rues de Londres au milieu

des fantassins vêtus de rouge, des escadrons de grenadiers, des lanciers de la 27e et de la 28e division de
l'armée des Indes, vêtus de leurs tuniques et coiffés de
leurs hauts turbans blancs, dans l'air glacé et sous le
soleil de décembre. Je pense à la fête dans le quartier de
Saint Paul, ces journées de Nouvel An qui ne devaient
pas s'achever, les cavalcades dans les jardins couverts de
givre, l'ivresse des dernières nuits, et l'embarquement
joyeux sur les quais de Waterloo, et l'aube en brumes
sur le pont de l'immense *Dreadnought*. Les hommes
dans leurs capotes kaki, enveloppés d'embruns, ces volontaires venus des quatre coins du monde, pleins d'espoir, guettant à l'horizon la ligne sombre des côtes françaises.

Tout cela est si loin maintenant, nous ne sommes
même plus sûrs de l'avoir vraiment vécu. La fatigue, la
faim, la fièvre ont troublé notre mémoire, ont usé la
marque de nos souvenirs. Pourquoi sommes-nous ici,
aujourd'hui ? Enterrés dans ces tranchées, le visage
noirci de fumée, les habits en loques, raidis par la boue
séchée, depuis des mois dans cette odeur de latrines et de
mort.

C'est la mort qui nous est devenue familière, indifférente. Peu à peu, elle a décimé les rangs de ceux que
j'avais connus les premiers jours, quand nous roulions
dans les wagons blindés vers la gare de Boves. Immense
foule que j'ai entrevue par instants, entre les planches
qui bouchaient les fenêtres, marchant sous la pluie vers
la vallée de l'Yser, disséminée le long des routes, divisée,
réunie, séparée de nouveau. La 5e division de Morland,
la 27e de Snow, la 28e de Bulfin, la 1re division canadienne d'Alderson, des vétérans d'octobre auxquels nous
allions nous joindre, avec l'Armée Territoriale et ceux
de la Force Expéditionnaire. Alors nous pensions à la

mort, encore, mais à une mort glorieuse, celle dont nous parlions entre nous le soir, dans les bivouacs : l'officier des Écossais qui était monté à l'assaut, à la tête de ses hommes, armé d'un sabre, contre les mitrailleuses allemandes. Sur le canal de Comines, les hommes attendaient l'ordre d'attaquer, impatients, enivrés, écoutant le bruit des canons qui roulait jour et nuit comme un tonnerre souterrain. Quand l'ordre est venu, quand on a su que les troupes du général Douglas Haig avaient commencé leur marche vers Bruges, il y a eu une explosion de joie puérile. Les soldats criaient « hurrah ! » en lançant leurs casquettes en l'air, et je pensais aux hommes de Rodrigues qui attendaient devant la bâtisse des télégraphes. Les cavaliers des escadrons français sont venus nous rejoindre au bord de la rivière Lys. Dans la lumière crépusculaire d'hiver, leurs uniformes bleus semblaient irréels, pareils à des parures d'oiseaux.

Alors nous avons commencé notre longue marche vers le nord-ouest, remontant le canal d'Ypres vers le bois de Hooges, dans la direction où grondait le tonnerre. Chaque jour nous rencontrions des troupes. C'étaient des Français et des Belges rescapés du massacre de Dixmude, qui revenaient de Ramscappelle, où les Belges avaient provoqué une immense inondation en ouvrant les vannes des écluses. Ensanglantés, en haillons, ils racontaient des histoires terrifiantes, les Allemands qui surgissaient sans cesse en hordes frénétiques et hurlantes, les combats dans la boue à l'arme blanche, à la baïonnette, au poignard, les corps traînant au fil de l'eau, accrochés aux barbelés, pris dans les roseaux.

C'est cela que je ne peux cesser d'entendre. Alors, autour de nous le cercle de feu s'est refermé, au nord, à Dixmude, à Saint-Julien, dans la forêt d'Houthulst, au sud, sur les rives de la Lys, vers Menin, Wervicq. Alors nous avançons dans un paysage désert, labouré de coups, où seuls se dressent les troncs sans branches des arbres calcinés. Nous avançons si lentement, comme en rampant : certains jours, le matin, nous apercevons au bout d'un champ le ravin, la ferme en ruine où nous savons que nous n'arriverons que le soir. La terre est lourde, elle pèse sur nos jambes, elle s'attache à nos semelles et nous fait tomber, face contre le sol. Certains ne se relèvent pas.

Dans les tranchées que nous avons creusées avant l'aube, nous rampons, en écoutant le grondement des canons, tout proche maintenant, et le cliquetis des mitrailleuses. Loin, derrière les collines, du côté d'Ypres, les Français se battent aussi. Mais nous ne voyons pas d'hommes : seulement les traces noires qu'ils font pour salir le ciel.

Le soir, Barneoud, qui est de Trois Rivières, parle de femmes. Il décrit leurs corps, leurs visages, leurs cheveux. Il dit tout cela d'une drôle de voix, enrouée et triste, comme si ces femmes qu'il décrivait étaient toutes mortes. On a ri au début, parce que c'était incongru, toutes ces femmes nues au milieu de la guerre, avec nous. La guerre ça n'est pas une histoire de femmes, c'est même le contraire, c'est la plus stérile des réunions d'hommes. Puis, tous ces corps de femmes dans cette boue, dans l'odeur de l'urine et de la pourriture, avec ce cercle de feu qui brûlait jour et nuit autour de nous, cela nous a fait frissonner, nous a emplis d'horreur. Nous lui disions, alors, en anglais, en français : Assez, shut up, tais-toi ! Cesse de parler de femmes, tais-toi ! Un soir, comme il continuait son délire, un grand diable d'Anglais l'a frappé à coups de poing, sauvagement et l'aurait peut-être tué si l'officier, le second lieutenant, n'était arrivé, revolver d'ordonnance au poing. Le lendemain, Barneoud avait disparu. Il avait été renvoyé, à ce qu'on dit, dans la 13e brigade d'infanterie, et il est mort durant les combats de Saint-Julien.

Alors déjà nous étions devenus indifférents à la mort, je crois. Chaque jour, à chaque heure nous parvenaient des bruits de ces morts, les coups sourds des obus dans la terre, les saccades des mitrailleuses, et une drôle de rumeur qui s'ensuivait. Des voix, des pas d'hommes courant dans la boue, des ordres lancés par les officiers, le branle-bas avant la contre-attaque.

Le 23 avril : suivant le premier lâcher de gaz au-dessus des lignes françaises nous contre-attaquons sous les ordres du colonel Geddes, avec la 13e brigade et les bataillons de la 3e brigade canadienne. Tout le jour nous avançons vers le nord-est, dans la direction de la forêt d'Houthulst. Au milieu de la plaine, les bombes qui creusent des cratères de plus en plus près nous obligent à fabriquer des abris pour la nuit. À la hâte, nous ouvrons des fossés de dix pieds, où nous nous enterrons à six ou sept, serrés comme des crabes. Recroquevillés, le casque d'acier enfoncé sur la tête, nous attendons jusqu'au jour suivant, presque sans oser bouger. Derrière nous, nous entendons les canons anglais qui répondent aux canons allemands. Au matin, alors que nous dormons appuyés les uns sur les autres, un sifflement d'obus nous réveille en sursaut. La déflagration est si forte que nous nous écroulons malgré l'étroitesse du boyau. Écrasé par le poids de mes camarades, je sens un liquide chaud qui coule sur mon visage : du sang. Je suis blessé, mourant peut-être ? Je repousse les corps qui sont tombés sur moi et je vois que ce sont mes camarades qui ont été tués, c'est leur sang qui coule sur moi.

Je rampe vers les autres trous d'hommes, j'appelle les survivants. Ensemble nous tirons les blessés vers l'arrière, nous cherchons un abri. Mais où ? La moitié de notre compagnie a été tuée. Le second lieutenant qui avait arrêté Barneoud a été décapité par un obus. Nous regagnons les lignes arrière. À cinq heures du soir, avec les Anglais du général Snow, nous remontons à l'assaut, par bonds de dix mètres à travers le champ maudit. À cinq heures et demie, alors que la lumière du crépuscule est en train de s'éteindre, tout d'un coup un grand nuage jaune-vert monte dans le ciel, à cinquante mètres devant nous. Le vent léger le pousse lentement vers le sud, l'étale. D'autres explosions plus proches font naître de nouveaux panaches mortels.

Mon cœur s'arrête de battre, l'horreur me paralyse ! Quelqu'un crie : « Les gaz ! » En arrière ! Nous courons vers les tranchées, à la hâte nous fabriquons des masques, avec des mouchoirs, des manteaux déchirés, des lambeaux d'étoffe arrachés, que nous mouillons avec nos maigres provisions d'eau. Le nuage avance toujours vers nous, léger, menaçant, couleur de cuivre dans la lumière du crépuscule. Déjà l'odeur âcre entre dans nos poumons, nous fait tousser. Les hommes se retournent vers l'arrière, leur visage exprime la haine, la peur. Quand l'ordre de se replier sur Saint-Julien arrive, beaucoup ont déjà commencé à courir, penchés sur la terre. Je pense aux blessés qui sont restés dans leurs trous, sur qui passe maintenant la mort. Moi aussi, je cours à travers le champ crevé d'obus, à travers les bosquets calcinés, le mouchoir mouillé d'eau boueuse serré sur mon visage.

Combien sont morts ? Combien peuvent combattre encore ? Après ce que nous avons vu, ce nuage mortel qui avançait lentement vers nous, jaune et mordoré comme un crépuscule, nous restons accrochés à nos trous, nous guettons le ciel jour et nuit, sans nous lasser. Nous nous comptons machinalement, peut-être dans l'espoir de faire apparaître de nouveau ceux dont les noms sont disponibles, ne désignent plus personne : « Simon, Lenfant, Garadec, Schaffer... Et Adrien, le petit rouquin, Gordon, il s'appelait comme ça, Gordon... Et Pommier, Antoine, dont j'ai oublié le nom de famille, qui venait de Joliette, et Léon Berre, et Raymond, Dubois, Santeuil, Reinert... » Mais est-ce que ce sont bien des noms ? Est-ce qu'ils ont vraiment existé ? Nous pensions à la mort autrement, quand nous sommes venus pour la première fois, de si loin : la mort glorieuse, au grand jour, l'étoile de sang sur la poitrine. Mais la mort est trompeuse et insidieuse, elle frappe en cachette, elle enlève les hommes pendant la nuit, dans leur sommeil, à l'insu des autres. Elle noie dans les fondrières, dans les mares de boue au fond des ravins, elle étouffe sous la terre, elle glace le corps de ceux qui sont couchés dans les lazarets, sous la toile trouée des tentes, ceux dont le visage est livide et le thorax émacié, rongés par la dysenterie, par la pneumonie, par le typhus. Ceux qui meurent sont effacés, et un jour nous nous apercevons de leur absence. Où sont-ils ? Peut-être qu'ils ont eu la chance d'être renvoyés à l'arrière, peut-être qu'ils ont perdu un œil, une jambe, qu'ils n'iront plus jamais à la guerre. Mais quelque chose nous avertit, quelque chose dans l'absence, dans le silence qui entoure leurs noms : ils sont morts.

Ainsi, comme si quelque animal monstrueux venait la nuit, dans notre sommeil précaire, s'emparait de certains d'entre nous et les emportait pour les dévorer dans son antre. Cela fait une douleur, une brûlure au fond de notre corps, qu'on n'oublie pas, quoi qu'on fasse. Depuis l'attaque au gaz du 24 avril, nous n'avons plus bougé. Nous sommes restés dans les tranchées, celles-là mêmes que nous avons commencé à creuser il y a six mois, lorsque nous sommes arrivés. Alors, devant nous, le paysage était encore intact, vallonnements d'arbres rouillés par

284

l'hiver, fermes dans leurs champs, pâturages tachés
d'eau, enclos, alignements de pommiers, et au loin, la
silhouette de la ville d'Ypres, avec sa flèche de pierre qui
émergeait de la brume. Maintenant, à travers le viseur
de la mitrailleuse, je ne vois qu'un chaos de terre et
d'arbres brûlés. Les obus ont creusé des centaines de cratères, ils ont détruit les forêts et les hameaux, et le clo-
cher d'Ypres penche comme une branche brisée. C'est le
silence, la solitude qui ont succédé au fracas d'enfer des
bombardements des premières semaines. Le cercle de
feu a diminué, comme un incendie qui a tout consumé et
qui s'éteint faute de combustible. À peine si l'on entend,
par instants, le grondement des batteries, si l'on voit des
panaches de fumée là où les obus alliés ont frappé.

Tout le monde est-il mort ? Une nuit, cette idée traverse mon esprit, alors que je suis assis sur une caisse, de
garde à l'abri du blindage de la mitrailleuse. Pour trom-
per l'envie de fumer, je mâche un bâton de réglisse que
m'a donné un soldat canadien dont je ne sais même pas
le nom. La nuit est froide, sans nuages, une nuit d'hiver
à nouveau. Je vois les étoiles, certaines que je ne connais
pas, qui sont les astres des ciels nordiques. Dans la clarté
de la lune qui se lève, la terre déchirée par les obus
apparaît encore plus étrangère, désertée. Dans le silence
de la nuit, le monde semble vide d'hommes et de bêtes,
pareil à un haut plateau perdu dans une région que la
vie aurait abandonnée à tout jamais. L'impression de
mort que je ressens est telle que je ne peux la supporter.
Je vais jusqu'à un camarade, qui dort assis le dos appuyé
contre la paroi de la tranchée. Je le secoue. Il me regarde
hébété, comme s'il ne se souvenait plus de l'endroit où il
était. « Viens voir ! Viens ! » Je l'attire jusqu'au mirador,
je lui montre, à travers la meurtrière de la mitrailleuse,
ce paysage glacé dans la lumière lunaire. « Regarde : il
n'y a plus personne. Tout est fini ! La guerre est finie ! »

Je parle à voix basse, mais le ton de ma voix, mon regard doivent être inquiétants, parce que le soldat se recule. Il dit : « Tu es fou ! » Je répète, avec la même voix étranglée : « Mais regarde ! Regarde ! Je te dis qu'il n'y a plus personne, ils sont tous morts ! La guerre est finie ! » D'autres soldats s'approchent tirés de leur sommeil. L'officier est là, il parle à haute voix : « Qu'est-ce qui se passe ? » Ils disent : « Il est fou ! Il dit que la guerre est finie. » D'autres : « Il dit que tout le monde est mort. » L'officier me regarde, comme s'il cherchait à comprendre. Peut-être qu'ils vont s'apercevoir que c'est vrai, que tout est fini maintenant, puisque tout le monde est mort. L'officier semble écouter le silence de la nuit, autour de nous. Puis il dit : « Allez vous coucher ! La guerre n'est pas finie, on aura assez à faire demain ! » À moi, il dit : « Allez vous coucher vous aussi. Vous êtes fatigué. » Un autre homme prend la garde, et je m'enfonce dans le creux de la tranchée. J'écoute la respiration des hommes qui sont de nouveau endormis, les seuls êtres vivants du monde, enfouis dans la terre déchiquetée.

Somme, été 1916

Pareils à des fourmis, nous marchons à travers cette plaine, au bord du grand fleuve boueux. Nous suivons sans cesse les mêmes chemins, les mêmes rainures, nous labourons les mêmes champs, creusant des trous innombrables, sans savoir où nous allons. Creusant des galeries souterraines, des couloirs, des tunnels à travers la terre lourde et noire, la terre humide qui glisse autour de nous. Nous ne posons plus de questions, nous n'avons plus désir de savoir où nous sommes, pourquoi nous sommes là. Jour après jour, depuis des mois, nous labourons, creusons, ratissons la terre, le long de la rivière,

286

face aux collines. Les premiers temps, quand nous sommes arrivés sur les bords de l'Ancre, des obus sont tombés, à gauche, à droite, et nous nous sommes jetés à plat ventre dans la boue, écoutant le sifflement sinistre des projectiles à bout de course. Les obus ont éclaté dans la terre, ont soufflé des arbres, des maisons, et les incendies brûlaient dans la nuit. Mais il n'y a pas eu de contre-attaque. Nous avons attendu, puis nous avons recommencé à creuser les tranchées, et les convois de mulets à apporter les poteaux de bois et le ciment, les tôles pour les toits. Au printemps, la pluie est tombée, fine et légère, un brouillard que dissipait l'éclat du soleil. Alors sont apparus les premiers avions, volant au-dessous des nuages. Odilon et moi les regardions en clignant des yeux, cherchant à voir qui ils étaient. Ils ont tourné, ils sont repartis vers le sud. « Ce sont des Français », dit Odilon. En face, chez les Fritz, ils n'ont que des dirigeables. On les voit quelquefois monter dans le ciel de l'aube, pareils à de grosses limaces enrubannées. « Tu verras, les avions français vont leur crever les yeux ! »

Odilon est mon camarade. C'est un Jersiais, qui parle avec un drôle d'accent que je ne comprends pas toujours. C'est un garçon de dix-huit ans, au visage angélique. Il n'a pas encore de barbe, et le froid fait rougir sa peau. Nous travaillons côte à côte depuis des mois, nous partageons les mêmes coins pour manger, pour dormir. Nous ne nous parlons jamais vraiment, sauf pour dire quelques mots, l'essentiel, juste des questions et des réponses. Il est entré dans l'armée après moi, et comme j'ai reçu le grade de caporal après la bataille d'Ypres, c'est lui que j'ai choisi comme ordonnance. Quand on voulait l'envoyer sur le front de Verdun, j'ai demandé qu'il reste avec moi. Depuis que je l'ai rencontré, il me semble que c'est moi qui dois le protéger dans cette guerre, comme si j'étais son frère aîné.

Les beaux jours sont là, les nuits sont plus belles, avec un ciel profond empli d'étoiles. Le soir, quand tout dort, nous écoutons les chants des crapauds dans les marécages, sur les rives du fleuve. C'est là que les hommes du contingent construisent les barrages de fil de fer barbelé, les miradors, cimentent les plates-formes pour les canons. Mais la nuit, quand on ne voit pas les fils de fer, ni les fosses des tranchées pareilles à des tombes ouvertes, on peut oublier qu'il y a la guerre, grâce à la douceur des chants des crapauds.

Les cadavres des chevaux sont arrivés par train à la gare d'Albert. Ils ont été transportés dans des tombereaux le long des chemins boueux, jusque sur les rives de l'Ancre. Chaque jour, les tombereaux apportent des montagnes de carcasses de chevaux morts, et les versent dans les champs d'herbes près de la rivière. Nous entendons les glapissements des corneilles et des corbeaux qui suivent les tombereaux. Un jour, nous marchons le long des rives de l'Ancre, pour travailler aux tranchées, et nous traversons un grand champ d'avoine et d'éteules où sont allongés les cadavres des chevaux morts à la guerre. Les corps sont déjà noirs et puants, et les vols de corbeaux se répandent en criant. Nous ne sommes pas des néophytes, tous nous avons vu la mort, les camarades que les balles des mitrailleuses jettent en arrière, pliés en deux comme par un coup de poing invisible, ceux que les obus éventrent ou décervellent. Mais quand nous traversons ce champ où sont étendues les centaines de carcasses de chevaux morts, nous avons les jambes tremblantes et la nausée aux lèvres.

Cela, c'était le commencement de la guerre, et nous ne le savions pas. Nous pensions alors que la fin des combats était proche, que partout, autour de nous, le pays était désert, semblable à ces charniers où l'on déversait les chevaux morts. Devant nous, c'était comme la mer :

288

ces collines, ces forêts, si sombres malgré la lumière de l'été, presque irréelles, sur lesquelles seuls les corbeaux avaient le droit de voler.

Qu'y avait-il là-bas ? Nos ennemis, silencieux, invisibles. Là-bas, ils vivaient, ils parlaient, ils mangeaient, ils dormaient comme nous, mais nous ne les voyions jamais. Parfois, le bruit des mitrailleuses, au loin, vers le nord-ouest, ou vers le sud, nous disait qu'ils existaient toujours. Ou bien le ronronnement aigu d'un avion qui filait entre deux nuages, qu'on ne revoyait plus.

Alors nous travaillons à faire des routes. Chaque jour, les camions apportent des cargaisons de cailloux qu'ils déversent en tas de loin en loin, sur les rives de l'Ancre. Les soldats de l'Armée Territoriale et de la Nouvelle Armée viennent avec nous pour construire ces routes, pour préparer la voie ferrée qui doit traverser le fleuve jusqu'à Hardecourt. Personne ne pourrait reconnaître le pays après ces quelques mois. Là où, au commencement de l'hiver, il n'y avait que des pâturages, des champs, des bois, quelques vieilles fermes, maintenant s'étend un réseau de routes de pierres, de voies ferrées, avec leurs abris en tôle, leurs hangars pour les camions et les avions, les tanks, les canons, les munitions. Par-dessus tout cela, les équipes de camouflage ont mis de grandes bâches brunes, des toiles, qui imitent des prairies galeuses. Quand le vent souffle, les toiles claquent comme les voiles d'un navire, et on entend la musique stridente dans les fils de fer barbelé. Les canons puissants ont été enterrés, au centre de grands cratères, paraissant des sortes de fourmilions géants, des crabes de terre malfaisants. Sans cesse les wagons vont et viennent, apportent les cargaisons d'obus : les 37 et les 47 de la marine, mais aussi les 58, les 75. Au-delà de la voie ferrée, les hommes creusent les tranchées sur les rives de l'Ancre, bétonnent les plates-formes pour les canons, construisent les abris fortifiés. Dans les plaines, au sud d'Hardecourt, près d'Albert, d'Aveluy, de Mesnil, là où la vallée se resserre, on a construit des décors en trompe l'œil : fausses ruines, faux puits qui abritent des mitrailleuses. Avec des uniformes usés, on fabrique des pantins bourrés de paille, qui imitent des cadavres de soldats étendus sur la terre. Avec des morceaux de tôle et des branches, on dresse de faux arbres creux pour abriter des guetteurs, des fusils-mitrailleurs, des obusiers. Sur les routes, les voies ferrées, les ponts, on a mis de grands rideaux de raphia couleur d'herbe, des bottes de foin. Avec une vieille péniche ramenée des Flandres, le Corps Expéditionnaire a préparé une canonnière fluviale qui descendra l'Ancre jusqu'à la Somme.

Maintenant que l'été est là, avec les jours si longs, nous sentons une énergie nouvelle, comme si tout ce que nous voyons se préparer ici n'était qu'un jeu, et nous ne pensons plus à la mort. Odilon, après le désespoir des mois d'hiver passés dans la boue de l'Ancre, est devenu gai et confiant. Le soir, après les journées de travail sur les routes et les voies ferrées, il parle avec les Canadiens, en buvant du café, avant le couvre-feu. Les nuits sont étoilées, et je me souviens des nuits du Boucan, du ciel de l'Anse aux Anglais. Pour la première fois depuis des mois, nous nous laissons aller à des confidences. Les hommes parlent de leurs parents, de leur fiancée, de leur femme et de leurs enfants. Les photos circulent, vieux bouts de carton salis et moisis, où, à la lumière tremblante des lampes, apparaissent les visages en train de sourire, les silhouettes lointaines, fragiles comme des spectres. Odilon et moi n'avons pas de photos, mais j'ai dans la poche de ma veste la dernière lettre que j'ai reçue de Laure, à Londres, avant d'embarquer sur le *Dreadnought*. Je l'ai tellement lue et relue que je pourrais la réciter par cœur, avec ses mots à demi moqueurs et un peu tristes, comme je les aime. Elle me parle de Mananava, où l'on se retrouvera un jour, quand tout cela sera fini. Y croit-elle ? Mais un soir, dans la nuit, je ne peux m'empêcher de parler à Odilon de Mananava, des deux pailles-en-queue qui tournent au-dessus du ravin, au crépuscule. Est-ce qu'il m'a écouté ? Je crois qu'il s'est endormi, la tête sur son sac, dans l'abri souterrain qui nous sert de baraquement. Cela m'est égal. J'ai besoin de parler encore, pas pour lui, mais pour moi-même. Pour que ma voix aille au-delà de cet enfer jusqu'à l'île où Laure est dans le silence de la nuit, les yeux grands ouverts, écoutant le frémissement de la pluie, comme autrefois dans la maison du Boucan.

Il y a si longtemps que nous travaillons à monter ce décor, que nous ne croyons plus à la réalité de la guerre. Ypres, les marches forcées dans les Flandres, c'est bien loin. La plupart de mes camarades n'ont pas connu cela. Au commencement, ces travaux de trompe-l'œil les faisaient rire, eux qui attendaient de sentir l'odeur de la poudre, d'entendre le tonnerre des canons. Maintenant ils ne comprennent plus, ils s'impatientent. « Est-ce que c'est ça la guerre ? » demande Odilon après une journée harassante passée à creuser des galeries de mines, des tranchées. Le ciel au-dessus de nous est plombé, lourd. Les orages crèvent en averses brutales, et quand vient l'heure de la relève, nous sommes trempés comme si nous étions tombés dans la rivière.

Le soir, dans l'abri souterrain, les hommes jouent aux cartes, rêvent tout haut en attendant le couvre-feu. Les nouvelles circulent, les combats à Verdun, et nous entendons pour la première fois ces noms étranges qui vont revenir si souvent : Douaumont, le ravin de la Dame, le fort de Vaux, et ce nom qui me fait frissonner malgré moi, le Mort-Homme. Un soldat, un Canadien anglais, nous parle du tunnel de Tavannes, où sont entassés les

blessés et les mourants, tandis qu'au-dessus éclatent les
obus. Il raconte les lueurs des explosions, les fumées, les
bruits déchirants des mortiers de 370, de tous ces hommes qui sont en ce moment mutilés et brûlés. Est-il possible que nous soyons déjà en été ? Certains soirs, au-
dessus des tranchées, le coucher de soleil est d'une
beauté extraordinaire. Grands nuages écarlates et violets
suspendus dans le ciel gris, doré. Ceux qui meurent à
Douaumont voient-ils cela ? J'imagine la vie dans le ciel,
si haut au-dessus de la terre comme avec les ailes des
pailles-en-queue. On ne verrait plus les tranchées, ni les
trous des obus, on serait loin.

Tous, nous savons que le combat est proche maintenant.
Les préparatifs auxquels nous travaillons depuis le début
de l'hiver sont terminés. Les équipes ne partent plus vers le
canal, les trains ne circulent presque plus. Dans les abris,
sous les bâches, les canons sont prêts, les fusils-mitrailleurs
sont dans les rotondes au bout des tranchées.

Vers la mi-juin, les soldats de Rawlinson ont commencé à arriver. Anglais, Écossais, bataillons indiens,
sud-africains, australiens, divisions qui reviennent des
Flandres, de l'Artois. Nous n'avons encore jamais vu
tant d'hommes. Ils débarquent de tous côtés, avancent le
long des routes, sur les voies ferrées, ils s'installent dans
les kilomètres de tranchées que nous avons creusées. On
dit que l'attaque aura lieu le 29 juin. Dès le 24, les
canons entrent en action. Sur toute la rive de l'Ancre, au
sud, sur la rive de la Somme, là où sont les forces françaises, les déflagrations des canons font un roulement
assourdissant. Après ces jours de silence, cette longue
attente recroquevillée, nous sentons l'ivresse, la fièvre
dans nos corps, nous tremblons d'impatience.

Le jour, la nuit, les canons tonnent, et une lueur
rouge embrase le ciel autour de nous, au-dessus des collines.

Là-bas, de l'autre côté, ils restent silencieux. Pourquoi ne répondent-ils pas ? Est-ce qu'ils sont partis ? Comment résistent-ils à ce déluge de feu ? Depuis six jours et six nuits nous sommes tenus éveillés, nous scrutons le paysage devant nous. Le sixième jour, la pluie commence à tomber, une pluie torrentielle, qui transforme les tranchées en ruisseaux de boue. Les canons se taisent plusieurs heures, comme si le ciel lui-même était entré en guerre !

Tapis dans les abris, nous regardons la pluie tomber tout le jour, jusqu'au soir, et une inquiétude monte en nous, comme si cela ne devait plus s'arrêter. Les Anglais parlent des inondations dans les Flandres, des hordes d'habits verts nageant dans le marécage de la Lys. Pour la plupart, c'est la déception de voir l'attaque remise. Ils scrutent les nues, et quand, vers le soir, Odilon annonce que les nuages sont moins épais, qu'on voit même un pan de ciel, tout le monde crie : « Hurrah ! » Peut-être n'est-il pas trop tard ? Peut-être l'attaque aura-t-elle lieu dans la nuit ? Nous regardons l'ombre envahir peu à peu la vallée de l'Ancre, noyer les forêts et les collines, devant nous. C'est une nuit étrange qui arrive, aucun d'entre nous ne dort vraiment. Vers l'aurore, alors que je me suis assoupi, la tête appuyée sur mes genoux, le brouhaha de l'attaque me réveille en sursaut. La lumière est déjà intense, éblouissante, l'air qui souffle dans la vallée est sec et chaud, comme je n'en ai pas senti depuis Rodrigues et l'Anse aux Anglais. Des rives encore mouillées, monte un brouillard léger, brillant, et c'est ce que je distingue à ce moment-là, qui entre en moi et me trouble : l'odeur d'été, la terre, l'herbe. Ce que je vois aussi, entre les montants de l'abri, les moucherons qui dansent dans la lumière, bousculés par le vent. Il y a une telle paix, alors, tout semble suspendu, arrêté.

Tous, nous sommes debout dans la tranchée boueuse,

casques enfoncés, baïonnettes au canon. Nous regardons par-dessus le talus, le ciel clair où gonflent des nuages blancs, légers comme des duvets. Nous sommes tendus, nous écoutons les bruits, les doux bruits de l'été, l'eau de la rivière qui coule, les insectes stridulants, l'alouette qui chante. Nous attendons avec une impatience douloureuse dans le silence de cette paix, et quand viennent les premiers grondements du canon, au nord, au sud, à l'est, nous tressaillons. Bientôt, derrière nous, les gros calibres anglais commencent à tonner, et à leurs coups puissants répondent en écho les grondements de tremblement de terre des impacts des obus, de l'autre côté du fleuve. Le bombardement est formidable, il résonne pour nous de façon incompréhensible après cette journée de pluie, dans ce ciel tout à fait pur, avec cette belle lumière brillante de l'été.

Au bout d'un temps infini, le vacarme des explosions s'arrête. Le silence qui suit est plein d'ivresse et de douleur. À sept heures trente exactement, l'ordre d'attaque arrive de tranchée en tranchée, répété par les sergents et les caporaux. Quand je le crie à mon tour, je regarde le visage d'Odilon, je capte son dernier regard. Maintenant je suis en train de courir, penché en avant, accroché des deux mains à mon fusil, vers la rive de l'Ancre où les pontons sont couverts de soldats. J'entends le tac-tac des mitrailleuses devant moi, derrière moi. Où sont les balles ennemies ? Sans cesser de courir nous franchissons les pontons amarrés, dans un vacarme de chaussures sur les lattes de bois. L'eau de la rivière est lourde, couleur de sang. Les hommes glissent dans la boue, sur l'autre rive, tombent. Ne se relèvent pas.

Les collines sombres sont au-dessus de moi, je sens leur menace, comme un regard qui transperce. Les fumées noires montent de tous côtés, fumées sans feux, fumées de mort. Les coups de fusil isolés claquent. Les saccades des mitrailleuses sortent de la terre, au loin, sans qu'on sache d'où. Je cours derrière le groupe d'hommes, sans chercher à me cacher, vers l'objectif qui nous a été désigné depuis des mois : les collines brûlées qui nous séparent de Thiepval. Les hommes courent, nous rejoignent sur la droite, dans un champ défoncé par les obus : ce sont ceux du 10e Corps, du 3e Corps, et les divisions de Rawlinson. Au milieu du champ, immense et vide, les arbustes brûlés par les gaz et les obus semblent des épouvantails. Le bruit des fusils-mitrailleurs éclate tout à coup, droit devant moi, au bout du champ. À peine un léger nuage de fumée bleuâtre, qui flotte ici et là, à la limite des collines sombres ; les Allemands sont enterrés dans les trous d'obus, ils balaient le champ avec leurs F.-M. Déjà les hommes tombent, brisés, pantins sans ficelles, s'écroulent par groupes de dix, vingt. Est-ce qu'on a donné des ordres ? Je n'ai rien entendu, mais je me suis couché sur le sol, je cherche des yeux un abri : un trou d'obus, une tranchée, une motte accrochée à une souche. Je rampe dans le champ. Autour de moi, je vois des formes qui rampent comme moi, pareilles à de grandes limaces, le visage caché par leurs fusils. D'autres sont immobiles, la face dans la terre boueuse. Et les claquements des fusils qui résonnent dans le ciel vide, les saccades des F.-M. devant, derrière, partout, laissant flotter dans le vent tiède leurs petits nuages bleus, transparents. À force de ramper dans la terre molle, je trouve ce que je cherche : un bloc de rocher, à peine grand comme une borne, oublié dans le champ. Contre elle je me couche, le visage si près de la pierre que je peux voir chaque fissure, chaque tache de mousse. Je reste immobile, le corps douloureux, les oreilles pleines du vacarme des bombes qui ont fini de tomber. Je pense, je dis tout haut : c'est maintenant qu'il faudrait leur en envoyer ! Où sont les autres hommes ? Y a-t-il encore des hommes sur cette terre, ou seulement ces larves affligeantes et dérisoires, ces larves qui rampent et puis s'arrêtent, disparaissent dans la boue ? Je reste si longtemps couché, la tête contre la pierre, écoutant les F.-M. et les fusils que mon visage devient froid comme la pierre. Puis j'entends les canons, derrière moi. Les obus explosent dans les collines, les nuages noirs des incendies montent dans le ciel chaud.

J'entends les ordres d'attaquer, lancés par les officiers, comme tout à l'heure. Je cours de nouveau droit devant moi, vers les trous d'obus où sont enterrés les F.-M. Ils sont là, en effet, pareils à de grands insectes brûlés, et les corps des Allemands morts semblent leurs propres victimes. Les hommes courent en rangs serrés vers les collines. Les F.-M. cachés dans d'autres trous balaient le champ, tuent les hommes par dix, par vingt. Avec deux Canadiens, je boule dans un trou d'obus occupé par des corps d'Allemands. Ensemble, nous jetons par-dessus bord les cadavres. Mes camarades sont pâles, leur visage est taché de boue et de fumée. Nous nous regardons sans rien nous dire. Le bruit des armes de toute façon couvrirait nos paroles. Cela couvre même nos pensées. Protégé par le blindage du F.-M., je regarde le but à atteindre : les collines de Thiepval sont toujours aussi sombres, aussi lointaines. Jamais nous n'y arriverons.

Vers deux heures de l'après-midi, j'entends sonner la retraite. Aussitôt, les deux Canadiens se précipitent hors de l'abri. Ils courent vers la rivière, si vite que je ne peux les suivre. Je sens le souffle des canons devant moi, j'entends le hurlement des obus lourds qui passent au-dessus de nous. Nous n'avons que quelques minutes pour regagner la base, l'abri des tranchées. Le ciel est plein de fumées, la lumière du soleil, si belle ce matin, est maintenant salie, ternie. Quand j'arrive enfin dans la tran-

296

chée, à bout de souffle, je regarde ceux qui y sont déjà, j'essaie de reconnaître leur regard dans leurs visages fatigués, ce regard vide, absent, des hommes qui ont échappé à la mort. Je cherche le regard d'Odilon, et mon cœur bat fort dans ma poitrine parce que je ne le reconnais pas. Je parcours la tranchée à la hâte, jusqu'à l'abri de nuit. « Odilon ? Odilon ? » Les hommes me regardent sans comprendre. Savent-ils seulement qui est Odilon ? Il y en a tant qui manquent. Tout le reste du jour, tandis que les bombardements continuent, j'espère, contre toute raison, que je vais le voir enfin apparaître au bord de la tranchée, avec son visage tranquille d'enfant, son sourire. Le soir, l'officier fait l'appel, met une croix devant les noms des absents. Combien manquent chez nous ? Vingt hommes, trente, peut-être davantage. Effondré contre le remblai, je fume en buvant du café âcre, regardant le ciel nocturne si beau.

Le lendemain, et les jours suivants, la rumeur court que nous avons été vaincus à Thiepval, comme à Ovillers, à Beaumont-Hamel. On dit que Joffre, le général en chef des forces françaises, a demandé à Haig de prendre Thiepval à tout prix, et que Haig a refusé d'envoyer ses troupes à un nouveau massacre. Est-ce que nous avons perdu cette guerre ?

Personne ne parle. Chacun mange vite, en silence, boit le café tiède, fume, sans regarder le voisin. Ce sont ceux qui ne sont pas revenus qui gênent les vivants, qui les inquiètent. Parfois, je pense à Odilon comme à un vivant, dans mon demi-sommeil, et quand je me réveille, je le cherche des yeux. Peut-être est-il blessé, dans l'infirmerie d'Albert, renvoyé en Angleterre ? Mais au fond de moi, je sais bien qu'il est tombé la face contre le champ de boue, malgré tout ce soleil devant la ligne sombre des collines que nous n'avons pas pu atteindre.

Maintenant, tout a changé. Notre division décimée lors de l'attaque de Thiepval a été répartie dans le 12e et le 15e Corps, au sud et au nord d'Albert. Nous nous battons sous les ordres de Rawlinson, en « ouragan ». Chaque nuit, les colonnes de l'infanterie légère avancent, d'une tranchée à l'autre, rampant sans bruit à travers les champs mouillés. Nous allons loin à l'intérieur du territoire ennemi, et sans le ciel étoilé, magnifique, je ne saurais pas que nous allons chaque nuit plus au sud. C'est l'expérience à bord du *Zeta*, et les nuits de l'Anse aux Anglais qui m'ont permis de m'en apercevoir.

Avant le lever du jour, les canons commencent le bombardement, brûlent les forêts devant nous, les hameaux, les collines. Puis, dès que l'aube paraît, les hommes montent à l'assaut, prennent position dans les trous d'obus, tirent au fusil sur les lignes ennemies. Un instant plus tard, on sonne la retraite, et tous reviennent en arrière sains et saufs. Le 14 juillet, après l'attaque, pour la première fois la cavalerie anglaise charge à découvert au milieu des trous de bombes. Avec le Corps australien, nous entrons dans Pozières, qui n'est plus qu'un tas de ruines.

L'été brûle, jour après jour. Nous dormons là où l'attaque nous a conduits, n'importe où, couchés à même la terre, abrités du serein par un morceau de toile. Nous ne pouvons plus penser à la mort. Chaque nuit, sous les étoiles, nous avançons en file indienne au milieu des collines. Parfois, brille l'éclair d'une fusée, on entend claquer des coups de feu, au hasard. Nuits tièdes et vides, sans insectes, sans animaux.

Au début de septembre, nous rejoignons la Ve Armée du général Gough, et avec ceux qui sont restés sous les ordres de Rawlinson, nous marchons encore plus au sud, vers Guillemont. Dans la nuit, nous remontons la voie ferrée vers le nord-est, dans la direction des bois. Ils sont autour de nous, encore plus sombres, menaçants : le bois des Trônes, derrière nous, le bois de Leuze, au sud, et devant nous le bois des Bouleaux. Les hommes attendent, dans le calme de la nuit, sans dormir. Je crois qu'aucun de nous ne peut s'empêcher de rêver à ce qui existait ici, avant cette guerre ; cette beauté, ces bois de bouleaux immobiles où l'on entendait le cri de l'effraie, les murmures des ruisseaux, les bonds des lapins de garenne. Ces bois où vont les amants, après le bal, l'herbe encore tiède de la lumière du jour où les corps roulent et s'enlacent en riant. Les bois, le soir, quand des villages montent les fumées bleues, si tranquilles, et sur les sentiers les silhouettes des petites vieilles qui fagotent. Aucun de nous ne dort, nous gardons les yeux grands ouverts sur la nuit — peut-être la dernière ? Nos oreilles écoutent avec attention, notre corps capte la moindre vibration, le moindre signe de cette vie qui semble disparue. Avec une appréhension douloureuse, nous attendons le moment où les premiers tirs des canons de 75 vont déchirer la nuit, derrière nous, et pour faire pleuvoir l'« ouragan » de feu sur les grands arbres, éventrer la terre, ouvrir le chemin terrible de l'attaque.

Avant l'aube, il commence à pleuvoir. Une bruine fine et fraîche qui pénètre les habits, mouille le visage et fait frissonner. Alors, presque sans appui de bombardement, les hommes se lancent à l'attaque des trois bois, par vagues successives. Derrière nous, la nuit s'éclaire fantastiquement, du côté de l'Ancre, où la IVᵉ Armée fait une attaque de diversion. Mais pour nous c'est un combat silencieux, cruel, souvent à l'arme blanche. Les unes après les autres, les vagues de fantassins passent sur les tranchées, s'emparent des F.-M., poursuivent l'ennemi jusque dans les bois. J'entends des coups de feu claquer tout près de nous, dans le bois des Bouleaux. Couchés dans la terre mouillée, nous tirons au hasard, dans la direction du sous-bois. Les fusées éclairantes éclatent au-dessus des arbres, sans bruit, retombent en pluie d'étincelles. En courant vers le bois, je bute sur un obstacle : c'est le cadavre d'un Allemand étendu sur le dos dans l'herbe. Il tient encore à la main son Mauser, mais son casque a roulé à quelques pas. La voix des officiers crie : « Cessez le feu ! » Le bois est à nous. Partout, dans la lumière grise de l'aube, je vois les corps des Allemands, couchés dans l'herbe sous la pluie fine. Il y a des cadavres de chevaux partout, dans les champs, et déjà les croassements des corbeaux résonnent tristement. Malgré la fatigue, les hommes rient, chantonnent. Notre officier, un Anglais rouge et jovial, cherche à m'expliquer : « Ces salopards, ils ne nous attendaient pas !... » Mais je me détourne, et je l'entends qui répète sa phrase à un autre. Je ressens une fatigue intense, qui me fait tituber et me donne la nausée. Les hommes bivouaquent dans le sous-bois, dans les campements allemands. Tout était prêt pour leur réveil, il paraît que le café était même déjà chaud. Ce sont les Canadiens qui le boivent en riant. Je suis allongé sous les grands arbres, la tête contre l'écorce fraîche, et je m'endors dans la belle lumière du matin.

Les pluies lourdes de l'hiver arrivent. Les eaux de la Somme et de l'Ancre envahissent les berges. Nous sommes prisonniers des tranchées conquises, enfoncés dans la boue, recroquevillés dans les abris de fortune. Nous avons oublié déjà l'ivresse de ces combats qui nous ont conduits jusqu'ici. Nous avons conquis Guillemont, la ferme de Falfemont, Ginchy, et dans la journée du 15 septembre, Morval, Gueudecourt, Lesbœufs, repoussant les Allemands sur leurs tranchées d'arrière, en haut des coteaux, à Bapaume, au Transloy. Maintenant, nous sommes prisonniers des tranchées, de l'autre côté de la rivière, prisonniers des pluies et de la boue. Les jours sont gris, froids, rien ne se passe. Parfois résonne au loin le bruit des canons, sur la Somme, dans les bois autour de Bapaume. Parfois, en pleine nuit, nous sommes réveillés par des éclairs. Mais ce ne sont pas les lueurs de l'orage. « Debout ! » crient les officiers. On fait son sac dans le noir, on part, le dos courbé, dans la boue glacée qui s'accroche. On avance vers le sud, le long des chemins creux, près de la Somme, sans voir où l'on va. À quoi ressemblent tous ces fleuves dont on parle tant ? L'Yser, la Marne, la Meuse, l'Aisne, l'Ailette, la Scarpe ? Des fleuves de boue sous le ciel bas, des eaux lourdes qui charrient les débris des forêts, les poutres brûlées, les chevaux morts.

Près de Combles, nous rencontrons les divisions françaises. Ils sont plus pâles, plus meurtris que nous. Visages aux yeux enfoncés, uniformes déchirés, tachés de boue. Certains n'ont même plus de chaussures, mais des lambeaux ensanglantés autour des pieds. Dans le convoi, un officier allemand. Les soldats le malmènent, l'insultent à cause des gaz qui ont tué tant des nôtres. Lui, très fier malgré son uniforme en haillons, tout à coup les repousse. Il crie, dans un français parfait : « Mais c'est vous qui avez utilisé les gaz les premiers ! C'est vous qui nous avez obligés à nous battre de cette façon ! C'est vous ! » Le silence qui suit est impressionnant. Chacun détourne le regard, et l'officier reprend sa place au milieu des prisonniers.

Plus tard, nous entrons dans un village. Je n'ai jamais su le nom de ce village, dans l'aube grise, les rues sont désertes, les maisons en ruine. Sous la pluie, nos bottes résonnent étrangement, comme si nous étions arrivés au bout du monde, à la frontière même du néant. Nous campons dans les ruines du village, et tout le jour pas-

301

sent les convois, les camionnettes de la Croix-Rouge. Quand la pluie cesse, c'est un nuage de poussière qui voile le ciel. Plus loin, dans les tranchées qui continuent les rues du village, on entend à nouveau le grondement des canons, et très loin, le hoquet des obus.

Devant des feux de planches, aux coins des décombres, Canadiens, Territoriaux, Français fraternisent, échangent des noms. D'autres, on ne leur demande rien, ils ne disent rien. Ils continuent à errer dans les rues, sans savoir s'arrêter. Ils sont épuisés. On entend au loin des coups de fusil, faibles comme des pétards d'écolier. Nous sommes à la dérive sur un pays inconnu, vers un temps incompréhensible. C'est toujours le même jour, la même nuit sans fin qui nous harcèlent. Il y a si longtemps que nous n'avons parlé. Si longtemps que nous n'avons prononcé un nom de femme. Nous haïssons la guerre au plus profond de nous-mêmes.

Partout, autour de nous, les rues crevées, les maisons effondrées. Sur la voie ferrée miraculeusement intacte, les wagons sont renversés, éventrés. Des corps sont accrochés aux machines, pareils à des pantins de chiffon. Dans les champs qui entourent le village, il y a des cadavres de chevaux à perte de vue, gros et noirs comme des éléphants morts. Les corbeaux voltigent au-dessus des charognes, leurs cris grinçants font sursauter les vivants. Entrent dans la ville des cohortes de prisonniers, lamentables, minés de maladies et de blessures. Avec eux, des mules, des chevaux boiteux, des ânes maigres. L'air est empoisonné : les fumées, l'odeur des cadavres. Une exhalaison de cave. Un obus allemand a rebouché un tunnel où des Français s'étaient abrités pour dormir. Un homme perdu cherche sa compagnie. Il s'accroche à moi, il répète : « Je suis du 110e d'infanterie. Du 110e. Vous savez où ils sont ? » Dans un trou d'obus, au pied de la chapelle en ruine, la Croix-Rouge a dressé une table, où morts et mourants sont entassés les uns sur les autres. Nous dormons dans la tranchée de Frégicourt, puis, la nuit suivante, dans la tranchée des Portes de Fer. Nous continuons notre marche dans la plaine. La nuit, les lumières minuscules des postes d'artillerie sont nos seuls repères. Sailly-Saillisel est devant nous, enveloppé d'un nuage noir pareil à celui d'un volcan. Le canon tonne tout près, au nord, sur les collines de Batack, au sud, dans le bois de Saint-Pierre-Vaast. Combats de rue dans les villages, la nuit, à la grenade, au fusil, au revolver. Des soupiraux en ruine, les F.-M. balaient les carrefours, fauchent les hommes. J'entends le martèlement, je respire l'odeur de soufre, de phosphore, dans les nuages les ombres dansent. « Attention ! Ne tirez pas ! » Avec des hommes que je ne connais pas (Français ? Anglais de Haig ?) je suis recroquevillé dans un fossé. La boue. L'eau manque depuis des jours. La fièvre brûle mon corps, je suis secoué de vomissements. L'odeur âcre emplit ma gorge, malgré moi je crie : « Les gaz ! Ce sont les gaz qui arrivent !... » Il me semble que je vois le sang couler, sans s'arrêter, inonder les trous, les fossés, entrer dans les maisons détruites, ruisseler sur les champs défoncés, à l'heure de l'aurore.

Ce sont deux hommes qui me portent. Ils me traînent en me soutenant sous les épaules, jusqu'à l'abri de la Croix-Rouge. Je reste couché sur le sol, si longtemps que je suis devenu comme une pierre brûlante. Puis je suis dans la camionnette qui cahote et zigzague pour éviter les trous des bombes. Dans le lazaret, à Albert, le médecin ressemble à Camal Boudou. Il regarde ma température, il palpe mon ventre. Il dit : « Typhus. » Il ajoute (mais je crois que j'ai dû rêver cela) : « Ce sont les poux qui gagnent les guerres. »

Vers Rodrigues, été 1918-1919

Enfin la liberté : la mer. Pendant toutes ces années terribles, ces années mortes, c'est cela que j'attendais : le moment où je serais sur le pont du paquebot, avec la foule des soldats démobilisés qui retourneraient vers l'Inde, vers l'Afrique. Nous regarderions la mer du matin jusqu'au soir, et même la nuit, quand la lune allume le sillage. Passé le canal de Suez, les nuits sont si douces. Nous nous échappons des cales pour dormir sur le pont. Je m'enroule dans ma couverture militaire, le seul souvenir que je rapporte de l'armée avec ma veste kaki, et le sac de toile dans lequel sont mes papiers. Il y a si longtemps que je dors dehors, dans la boue, que le bois du pont avec au-dessus de moi la voûte constellée, me semble le paradis. Avec les autres soldats, nous parlons, en créole, en pidgin, nous chantons, nous racontons des histoires interminables. Déjà la guerre est une légende, transformée par l'imagination du conteur. Sur le pont, avec moi, il y a des Seychellois, des Mauriciens, des Sud-Africains. Mais pas un seul des Rodriguais qui avaient répondu à l'appel en même temps que moi, devant les bureaux du télégraphe. Je me souviens de la joie de Casimir lorsque son nom a été appelé. Se peut-il que je sois le seul survivant, échappé au massacre par la grâce des poux ?

Maintenant, c'est à Laure que je pense. Quand cela est permis, je vais tout à fait à la proue, près du cabestan, et je regarde l'horizon. Je pense au visage de Laure, en regardant le bleu sombre de la mer, en regardant les nuages. Nous sommes au large d'Aden, puis nous passons le cap Gardafui, vers ces grands ports dont les noms autrefois nous faisaient rêver, Laure et moi, du temps du Boucan : Mombasa, Zanzibar. Nous allons vers l'équateur, et l'air brûle déjà, les nuits sont sèches, brillantes d'étoiles. Je guette les poissons volants, les albatros, les dauphins. Chaque jour, il me semble que je vois Laure davantage, que j'entends mieux sa voix, que je perçois l'ironie de son sourire, la lumière de ses yeux. Dans la mer d'Oman, une tempête magnifique arrive. Pas un nuage dans le ciel, un vent furieux qui pousse les vagues contre le paquebot, falaise mouvante contre quoi cognent les béliers de la mer. Poussé de côté, le navire roule considérablement, les vagues balaient le pont inférieur, où nous sommes. Bon gré mal gré, il faut abandonner notre villégiature et redescendre dans la fournaise écœurante des cales. Les matelots nous informent qu'il s'agit de la queue d'une tempête qui passe sur Socotora, et en effet, le soir même, des pluies torrentielles s'abattent sur le navire, inondent les cales. Nous nous relayons pour pomper, pendant que les ruisseaux balaient le fond des cales entre nos jambes, entraînant les rebuts et les immondices ! Mais quand le calme revient sur la mer et dans le ciel, quelle illumination ! Autour de nous, l'immensité bleue de la mer où avancent lentement, avec nous, les longues lames frangées d'écume.

Les escales dans les ports de Mombasa, de Zanzibar, la route jusqu'à Tamatave, tout cela est passé très vite. Je n'ai guère quitté ma place sur le pont, sauf quand le soleil brûle, l'après-midi, ou quand tombent les averses.

Je n'ai pour ainsi dire pas quitté la mer des yeux, je l'ai regardée changer de couleur et d'humeur, parfois lisse, sans vagues, frissonnante dans le vent, d'autres fois si dure, sans horizon, grise de pluie, rugissante, lâchant contre nous ses paquets. Je pense à nouveau au *Zeta*, au voyage à l'Anse aux Anglais. Tout cela me semble si lointain, Ouma glissant sur le sable de la rivière, son harpon à la main, son corps endormi contre moi, sous le ciel illuminé. Ici, enfin, grâce à la mer, je retrouve le rythme, la couleur du rêve. Je sais que je dois retourner à Rodrigues. Cela est en moi, il faut que j'y aille. Laure le comprendra-t-elle ?

Quand enfin la longue pirogue qui fait le va-et-vient dans la rade de Port Louis aborde le quai, la foule, le bruit, les odeurs m'étourdissent, comme à Mombasa, et un instant j'ai envie de retourner sur le grand paquebot qui va continuer son voyage. Mais soudain, dans l'ombre des arbres de l'Intendance, je vois la silhouette de Laure. L'instant d'après, elle me serre dans ses bras, elle m'entraîne à travers les rues, vers la gare. Malgré l'émotion, nous parlons sans hâte, comme si nous nous étions quittés d'hier. Elle me pose des questions sur le voyage, sur l'hôpital militaire, elle me parle des lettres qu'elle m'a écrites. Puis elle dit : « Mais pourquoi est-ce qu'on t'a coupé les cheveux comme à un bagnard ? » Là, je peux répondre : à cause des poux ! Et cela fait un moment de silence. Puis elle recommence à me questionner, sur l'Angleterre, sur la France, tandis qu'on marche vers la gare, à travers les rues que je ne reconnais plus.

Depuis toutes ces années, Laure a changé, et je crois que si elle ne s'était pas tenue à l'écart, habillée dans la même robe blanche qu'elle portait quand je suis parti pour Rodrigues, je ne l'aurais pas reconnue. Dans le wagon de deuxième classe qui roule vers Rose Hill et

309

Quatre Bornes, je remarque son teint pâle, les cernes sous ses yeux, les rides amères de chaque côté de sa bouche. Elle est toujours belle, avec cette flamme dans son regard, cette vivacité inquiète que j'aime, mais avec quelque chose de fatigué, d'affaibli.

Mon cœur se serre quand nous approchons de la maison, à Forest Side. Sous la pluie qui semble n'avoir pas cessé depuis des années, elle est encore plus sombre et triste. Du premier coup d'œil, je vois la varangue qui s'écroule, les herbes qui envahissent le petit jardin, les carreaux cassés qu'on a réparés avec du papier huilé. Laure suit mon regard, elle dit tout bas : « Nous sommes pauvres, maintenant. » Ma mère vient au-devant de nous, elle s'arrête sur les marches de la varangue. Son visage est tendu, inquiet, sans sourire, elle abrite ses yeux de sa main comme pour chercher à nous voir. Pourtant nous ne sommes qu'à quelques mètres. Je comprends qu'elle est presque aveugle. Quand je suis contre elle, je prends ses mains. Elle me serre contre elle, sans rien dire, longuement.

Malgré la détresse, l'abandon de cette maison, ce soir-là, et les jours qui suivent, je suis heureux, comme je ne l'ai pas été depuis longtemps. Il me semble que je me suis retrouvé, que je suis redevenu moi-même.

Décembre : malgré les pluies qui tombent chaque après-midi sur Forest Side, cet été-là est le plus beau et le plus libre que j'aie connu depuis longtemps. Grâce au magot que j'ai reçu le jour de la démobilisation — avec la Médaille Militaire et la D.C.M. (Medal for Distinguished Conduct in the Field), et le grade de Warrant Officer de première classe — nous sommes à l'abri du besoin pour quelque temps, et je peux parcourir la région comme bon me semble. Souvent Laure vient avec moi, et nous partons sur les bicyclettes que j'ai achetées à Port Louis, à travers les plantations de canne, vers Henrietta, vers Quinze Cantons. Ou bien nous prenons la route de Mahébourg, encombrée de charrettes, jusqu'à Nouvelle France, puis les chemins boueux vers Cluny, ou à travers les plantations de thé de Bois Chéri. Le matin, quand nous sortons de la brume de Forest Side, le soleil brille sur les feuillages sombres, le vent fait onduler les champs de canne. Nous roulons sans souci, en zigzaguant entre les flaques, moi avec ma veste d'uniforme, Laure dans sa robe blanche et coiffée d'un grand chapeau de paille. Dans les champs, les femmes en *gunny* s'arrêtent de travailler pour nous regarder passer. Sur la route de Quinze Cantons, vers une heure, nous croisons les femmes qui reviennent des champs. Elles marchent lentement en balançant leurs longues jupes, leur houe en équilibre sur la tête. Elles nous interpellent en créole, elles se moquent de Laure qui pédale avec sa robe serrée entre ses jambes.

Un après-midi, avec Laure, nous roulons au-delà des Quinze Cantons, et nous traversons la rivière du Rempart. Le chemin est si difficile que nous devons abandonner nos bicyclettes, cachées à la hâte au milieu des cannes. Malgré le soleil brûlant, le chemin ressemble par endroits à un torrent de boue, et nous devons nous déchausser. Comme autrefois, nous marchons pieds nus dans la boue tiède, et Laure a retroussé sa robe blanche à la manière d'une culotte indienne.

Le cœur battant, je vais au-devant, dans la direction des pics des Trois Mamelles qui dominent les champs de cannes comme d'étranges termitières. Le ciel, tout à l'heure si clair, s'est rempli de grands nuages. Mais nous n'y prenons pas garde. Mus par le même désir, nous marchons le plus vite que nous le pouvons à travers les

feuilles aiguës des cannes, sans nous arrêter. La plantation cesse à la rivière Papayes. Après, ce sont les grands
champs d'herbes où se dressent de loin en loin les tas de
cailloux noirs, que Laure appelle les tombeaux des martyrs, à cause des gens qui sont morts en travaillant dans
les champs de canne. Puis, au bout de cette steppe, entre
les pics des Trois Mamelles, on arrive devant l'étendue
des terres du bord de mer, de Wolmar jusqu'à Rivière
Noire. Quand nous sommes au col, le vent de la mer nous
frappe. De grands nuages roulent au-dessus de la mer. Le
vent nous enivre après la chaleur des champs de canne.
Nous restons un moment sans bouger, devant le paysage
qui s'étend devant nous, comme si le temps n'avait pas
passé, comme si c'était seulement hier que nous avions
quitté le Boucan. Je regarde Laure. Son visage est dur et
fermé, mais elle respire difficilement, et quand elle se
tourne vers moi, je vois que ses yeux brillent de larmes.
C'est la première fois qu'elle revoit la scène de notre
enfance. Elle s'assoit dans l'herbe, et je m'installe à côté
d'elle. Nous regardons sans parler ces collines, les ombres
des ruisseaux, les dénivellations du terrain. En vain je
cherche notre maison, près des bords de la rivière Boucan, derrière la Tourelle du Tamarin. Toute trace d'habitation a disparu, et, à la place des fourrés, il y a de
grandes friches brûlées. C'est Laure qui parle la première,
comme pour répondre aux questions que je me pose.

« Notre maison n'est plus là, l'oncle Ludovic a tout
fait raser depuis longtemps, pendant que tu étais à
Rodrigues, je crois. Il n'a même pas attendu que le juge-
ment soit rendu. »

La colère étrangle ma voix :

« Mais pourquoi, comment a-t-il osé ? »

« Il a dit qu'il voulait utiliser les terres pour la canne,
qu'il n'avait pas besoin de la maison. »

« Quelle lâcheté ! Si j'avais su cela, si j'avais été là... »

312

« Qu'est-ce que tu aurais fait ? On ne pouvait rien faire. J'ai tout caché à Mam, pour ne pas la bouleverser davantage. Elle n'aurait pas supporté tant d'acharnement à faire disparaître notre maison. »

Les yeux brouillés, je regarde l'étendue magnifique devant moi, la mer qui étincelle sous le soleil qui s'approche, et l'ombre de la Tourelle du Tamarin qui s'allonge. À force de scruter les rives du Boucan, il me semble que je vois quelque chose, comme une cicatrice parmi les broussailles, là où étaient la maison et le jardin, et la tache sombre du ravin où nous allions rêver, perchés sur le vieil arbre. Laure parle encore, pour me consoler. Sa voix est calme, son émotion est maintenant passée.

« Tu sais, cela n'a plus d'importance que la maison ait disparu. C'est si loin maintenant, c'est une autre vie. Ce qui compte c'est que tu sois revenu, et puis Mam est bien vieille, elle n'a que nous. Qu'est-ce que c'est, une maison ? Une vieille baraque percée où il pleuvait, rongée par les carias ? Il ne faut pas regretter ce qui n'existe plus. »

Mais moi, la voix assourdie, pleine de rage :

« Non, je ne peux pas l'oublier, je ne l'oublierai jamais ! »

Interminablement, je regarde le paysage figé sous le ciel mobile. Je scrute chaque détail, chaque point d'eau, chaque bosquet, depuis les gorges de la Rivière Noire jusqu'au Tamarin. Sur le rivage, il y a des fumées, du côté de Grande Rivière Noire, de Gaulette. Peut-être que Denis est là, comme autrefois dans la case du vieux Cook, et il me semble qu'à force de regarder, avec cette lumière dorée qui illumine le rivage et la mer, je vais deviner les ombres des enfants que nous étions, en train de courir à travers les hautes herbes, pieds nus, visages griffés, habits déchirés, dans ce monde sans limites, guettant dans le crépuscule le vol des deux pailles-en-queue au-dessus du mystère de Mananava.

L'ivresse du retour est bien vite passée. D'abord il y a eu cette place dans les bureaux de W. W. West, cette place que j'avais occupée il y a longtemps, et que l'on feignait de croire que j'avais quittée pour aller à la guerre. L'odeur de la poussière à nouveau, la chaleur moite qui filtrait à travers les volets avec le brouhaha de Rempart Street. Les employés, indifférents, les clients, les marchands, les comptables... Pour tous ces gens, il ne s'était rien passé. Le monde n'avait pas bougé. Pourtant, un jour, en 1913, me racontait Laure, du temps que j'étais à Rodrigues, le peuple affamé, réduit à la misère par les cyclones, s'était massé devant la gare : une foule d'Indiens, de Noirs, venus des plantations, des femmes en *gunny* avec leurs enfants dans les bras, tous, sans crier, sans faire de bruit, ils s'étaient réunis devant la gare, et ils avaient attendu l'arrivée du train des hauts, celui qui amène chaque jour de Vacoas et de Curepipe les Blancs, propriétaires des banques, des magasins, des plantations. Ils les avaient attendus longtemps, patiemment d'abord, puis au fur et à mesure que le temps passait, avec plus de rancœur, plus de désespoir. Que se serait-il passé si les Blancs étaient venus ce jour-là ? Mais, prévenus du danger, les Blancs n'avaient pas

314

pris le train pour Port Louis. Ils étaient restés chez eux, en attendant que la police règle l'affaire. Alors la foule avait été dispersée. Il y avait peut-être eu quelques magasins chinois pillés, des pierres dans les vitres du Crédit Foncier ou même de W. W. West. Et tout avait été réglé.

Dans les bureaux règne mon cousin Ferdinand, le fils de l'oncle Ludovic. Il affecte de ne pas me connaître, de me traiter comme son serviteur. La colère monte en moi, et si je résiste à l'envie de le bousculer, c'est à cause de Laure, qui aimerait tant que je reste. Comme autrefois, chaque instant libre, je le consacre à marcher sur les quais du port, au milieu des marins et des dockers, près du marché au poisson. Ce que je voudrais par-dessus tout, c'est revoir le *Zeta*, le capitaine Bradmer et le timonier comorien. Longtemps j'ai attendu, à l'ombre des arbres de l'Intendance, espérant voir arriver le schooner, avec son fauteuil rivé sur le pont. C'est en moi déjà, je sais que je repartirai.

Dans ma chambre, à Forest Side, le soir, j'ouvre la vieille cantine rouillée par les séjours à l'Anse aux Anglais, et je regarde les papiers du trésor, les plans, les croquis et les notes que j'ai accumulés, et que j'ai renvoyés de Rodrigues avant de partir pour l'Europe. Quand je les regarde, c'est Ouma que je vois, son corps plongeant d'un trait dans la mer, nageant libre, son long harpon à la pointe d'ébène à la main.

Chaque jour grandit en moi le désir de retourner à Rodrigues, de retrouver le silence et la paix de cette vallée, le ciel, les nuages, la mer qui n'appartiennent à personne. Je veux fuir les gens du « grand monde », la méchanceté, l'hypocrisie. Depuis que le *Cernéen* a fait paraître un article sur « Nos héros de la guerre mondiale », dans lequel mon nom est cité, et où l'on m'attribue des actes de bravoure purement imaginaires, nous

315

voilà tout à coup, Laure et moi, sur toutes les listes d'invités aux fêtes, à Port Louis, à Curepipe, à Floréal. Laure m'accompagne, vêtue de sa même robe blanche usée, nous causons et nous dansons. Nous allons au Champ-de-Mars, ou bien prendre le thé à la Flore. Je pense sans cesse à Ouma, aux cris des oiseaux qui passent chaque matin au-dessus de l'Anse. Ce sont les gens d'ici qui me semblent imaginaires, irréels. Je suis las de ces faux honneurs. Un jour, sans prévenir Laure, je laisse à Forest Side mon complet gris d'employé de bureau, et je m'habille avec la vieille veste kaki et le pantalon que j'ai ramenés de la guerre, salis et déchirés par les séjours dans les tranchées, ainsi que mes insignes d'officier et mes décorations, la M.M. et la D.C.M., et l'après-midi, à la fermeture des bureaux de W. W. West, toujours avec ce déguisement, je vais m'asseoir dans le salon de thé de la Flore, après avoir bu quelques verres d'arak. C'est à partir de ce jour-là que les invitations du beau monde ont cessé comme par enchantement.

Mais l'ennui que je ressens, et mon désir de fuir sont tels que Laure ne peut pas ne pas les voir. Un soir, elle m'attend à l'arrivée du train, à Curepipe, comme autrefois. La pluie fine de Forest Side a mouillé sa robe blanche et ses cheveux, et elle s'abrite sous une large feuille. Je lui dis qu'elle ressemble à Virginie, et cela la fait sourire. Nous marchons ensemble sur la route boueuse, avec les Indiens qui retournent chez eux avant la nuit. Tout à coup, Laure dit :

« Tu vas repartir, n'est-ce pas ? »

Je cherche une réponse qui la rassure, mais elle répète :

« Tu vas partir bientôt, n'est-ce pas ? Dis-moi la vérité. »

Sans attendre ma réponse, ou parce qu'elle la connaît, elle se met en colère :

« Pourquoi ne dis-tu rien ? Pourquoi faut-il que j'apprenne tout par les autres ? »

Elle hésite à dire cela, puis :

« Cette femme, là-bas, avec laquelle tu vis comme un sauvage ! Et ce stupide trésor que tu t'obstines à chercher ! »

Comment sait-elle cela ? Qui lui a parlé d'Ouma ?

« Jamais nous ne pourrons être comme avant, plus jamais il n'y aura de place pour nous ici ! »

Les paroles de Laure me font mal, parce que je sais qu'elles sont vraies. Je lui dis :

« Mais c'est pour cela qu'il faut que je parte. C'est pour cela que je dois réussir. »

Comment lui dire cela ? Déjà elle s'est reprise. Elle essuie les larmes qui coulent sur ses joues du revers de sa main, elle se mouche de façon enfantine. La maison de Forest Side est devant nous, sombre, pareille à un bateau échoué en haut de ces collines, à la suite d'un déluge.

Ce soir, après le dîner avec Mam, Laure est plus gaie. Sous la varangue, nous parlons du voyage, du trésor. L'air enjoué, Laure dit :

« Quand tu auras trouvé le trésor, nous viendrons te rejoindre là-bas. Nous aurons une ferme, nous travaillerons nous-mêmes, comme les pionniers du Transvaal. »

Alors, peu à peu nous rêvons tout haut, comme autrefois dans le grenier du Boucan. Nous parlons de cette ferme, des bêtes que nous aurons, car tout recommencera, loin des banquiers et des avocats. Parmi les livres de mon père, j'ai trouvé le récit de François Leguat, et je lis les passages où il est question de la flore, du climat, de la beauté de Rodrigues.

Attirée par le bruit de nos voix, Mam sort de sa chambre. Elle vient jusque dehors, et son visage éclairé par la lampe tempête de la varangue me semble aussi jeune, aussi beau qu'au temps du Boucan, lorsqu'elle nous

317

expliquait les leçons de grammaire ou qu'elle nous lisait des passages de l'histoire sainte. Elle écoute nos paroles insensées, nos projets, puis elle nous embrasse, elle nous serre contre elle : « Tout cela, ce sont des rêves. »

Cette nuit-là, vraiment, la vieille maison en ruine de Forest Side est un bateau qui traverse la mer, qui va en tanguant et en craquant, dans le bruit doux de la pluie, vers l'île nouvelle.

En retrouvant le *Zeta*, il me semble que j'ai retrouvé la vie, la liberté, après tant d'années d'exil. Je suis à ma place de toujours, à la poupe, à côté du capitaine Bradmer assis sur son fauteuil vissé au pont. Cela fait deux jours déjà que nous allons vent arrière vers le nord-est, le long du 20e parallèle. Quand le soleil est haut dans le ciel, Bradmer se lève de son fauteuil, et comme autrefois, il se tourne vers moi : « Voulez-vous essayer, monsieur ? »

Comme si nous n'avions pas cessé de naviguer ensemble tout ce temps-là.

Debout, pieds nus sur le pont, les mains agrippées à la roue, je suis heureux. Il n'y a personne sur le pont, seulement deux marins comoriens, la tête enveloppée dans leur voile blanc. J'aime entendre à nouveau le vent dans les haubans, voir la proue monter contre les vagues. Il me semble que le *Zeta* monte vers l'horizon, jusqu'à la naissance du ciel.

Je crois que c'est hier, quand j'allais pour la première fois vers Rodrigues, et que debout sur le pont, je sentais le navire bouger comme un animal, le passage sous l'étrave des lourdes vagues, le goût du sel sur mes lèvres, le silence, la mer. Oui, je crois que je n'ai jamais quitté

319

cette place, à la barre du *Zeta*, poursuivant une croisière dont le but sans cesse recule, et que tout le reste n'a été qu'un rêve. Rêve de l'or du Corsaire inconnu, dans le ravin de l'Anse aux Anglais, rêve de l'amour d'Ouma, son corps couleur de lave, l'eau des lagons, les oiseaux de mer. Rêve de la guerre, les nuits glacées des Flandres, les pluies de l'Ancre, de la Somme, les nuages des gaz et les éclairs des obus.

Quand le soleil redescend derrière nous, et que je vois l'ombre des voiles sur la mer, le capitaine Bradmer reprend la barre. Debout, son visage rouge plissé à cause des reflets sur les vagues, il n'a pas changé. Sans que je le lui demande, il me raconte la mort du timonier.

« C'était en 1916, ou au début de 17, peut-être... On arrivait à Agalega, il est tombé malade. Fièvre, diarrhées, il délirait. Le médecin est venu voir, il a ordonné la quarantaine, parce que c'était le typhus... Ils avaient peur de la contagion. Il ne pouvait déjà plus manger ni boire. Il est mort le lendemain, le médecin n'était même pas revenu... Alors, monsieur, je me suis mis en colère. Puisqu'on ne voulait pas de nous, j'ai fait jeter toute la marchandise à la mer, devant Agalega, et nous sommes repartis vers le sud, jusqu'à Saint Brandon... C'était là qu'il avait dit qu'il voulait finir... Alors, on lui a accroché un poids aux pieds et on l'a jeté à la mer, devant les récifs, là où il y a cent brasses de fond, là ou l'eau est si bleue... Quand il a coulé, nous avons dit des prières, et moi j'ai dit : timonier, mon ami, te voilà chez toi, pour toujours. La paix soit avec toi. Et les autres ont dit : Amen... On est restés deux jours devant l'atoll, il faisait si beau, pas un nuage, et la mer si calme... On est restés à regarder les oiseaux, et les tortues qui nageaient près du bateau... On a pêché quelques tortues, pour boucaner, et puis on est repartis. »

Sa voix est hésitante, couverte par le vent. Le vieil

homme regarde droit devant lui, au-delà des voiles gonflées. Dans la lumière de la fin du jour, son visage est
tout à coup celui d'un homme fatigué, indifférent à
l'avenir. Maintenant, je comprends mon illusion : l'histoire est passée, ici comme ailleurs, et le monde n'est
plus le même. Il y a eu des guerres, des crimes, des vio-
lations, et à cause de cela la vie s'est défaite.

« Maintenant, c'est drôle, je n'ai pas retrouvé de timonier. Lui, il savait tout de la mer, jusqu'à Oman... C'est
comme si le bateau ne savait plus très bien où il va...
C'est drôle, n'est-ce pas ? C'était lui le maître, il tenait le
bateau dans ses mains... »

Alors, en regardant la mer si belle, le sillage éblouissant qui trace une route sur l'eau impénétrable, je ressens à nouveau l'inquiétude. J'ai peur d'arriver à Rodrigues, j'ai peur de ce que je vais y trouver. Où est Ouma ?
Les deux lettres que je lui ai envoyées, la première de
Londres, avant le départ pour les Flandres, la deuxième
de l'hôpital militaire du Sussex, sont restées sans réponse. Sont-elles seulement arrivées ? Est-ce qu'on écrit
aux manafs ?

La nuit, je ne descends pas dans la cale pour dormir. À l'abri des ballots arrimés sur le pont, je dors
enroulé dans ma couverture, la tête sur mon sac de
soldat, en écoutant les coups de la mer et le vent dans
les voiles. Puis je me réveille, je vais uriner par-dessus
le bastingage, et je retourne m'asseoir pour regarder
le ciel plein d'étoiles. Comme il est long, le temps de la
mer ! Chaque heure qui passe me lave de ce que je dois
oublier, me rapproche de la figure éternelle du timonier. N'est-ce pas lui que je dois retrouver, à la fin de
mes voyages ?

Aujourd'hui, le vent ayant tourné, nous naviguons au
plus près, les mâts penchés à soixante degrés, tandis que
l'étrave frappe la mer mauvaise avec des nuages

d'écume. Le nouveau timonier est un Noir au visage impassible. À côté de lui, malgré l'inclinaison du pont, le capitaine Bradmer est assis dans son vieux fauteuil vissé au pont, et il regarde la mer en fumant. Toute tentative de ma part d'entamer une conversation s'est heurtée aux deux mots qu'il grogne sans me regarder : « Oui, monsieur ? » « Non, monsieur. » Le vent souffle contre nous par rafales, et la plupart des hommes se sont réfugiés dans la cale, sauf les négociants rodriguais qui ne veulent pas quitter leurs ballots sur le pont. À la hâte, les marins ont tendu une bâche cirée sur les marchandises, et ont fermé les écoutilles avant. J'ai glissé mon sac de soldat sous la bâche et malgré le soleil, je me suis enveloppé dans ma couverture.

Le *Zeta* fait de grands efforts pour remonter la mer, et je ressens en moi tous les craquements de la coque, les gémissements des mâts. Couché sur son flanc, le *Zeta* reçoit les coups des vagues puissantes qui viennent sur nous en fumant. À trois heures, le vent est si violent que je pense à un cyclone, mais les nuages sont rares, seulement des cirrus pâles qui barrent le ciel en d'immenses queues. Ce n'est pas un ciel d'ouragan.

Le *Zeta* a du mal à garder le cap. C'est Bradmer qui est à la barre, arc-bouté sur ses jambes courtes, grimaçant à cause des embruns. Malgré le peu de toile, le poids du vent fait geindre le navire. Combien de temps tiendra-t-il ainsi ?

Puis, d'un coup, les rafales sont moins violentes, la mâture du *Zeta* se redresse. Il est près de cinq heures du soir, et dans la belle lumière chaude apparaissent légèrement, au-dessus de l'horizon véhément, les montagnes de Rodrigues.

Tout de suite, tout le monde est sur le pont. Les Rodriguais chantent et crient, même les Comoriens taciturnes parlent. Je suis à la proue avec les autres, et je contemple cette ligne bleue, trompeuse comme un mirage, qui fait palpiter mon cœur.

C'est comme cela que j'ai rêvé d'arriver, depuis si longtemps, quand j'étais dans l'enfer de la guerre, dans les tranchées au milieu de la boue et des immondices. C'est mon rêve que je vis, tandis que le *Zeta* s'élève comme une nacelle sur la sphère de la mer sombre, parmi les éclats de l'écume, vers les montagnes transparentes de l'île.

Le soir, accompagnés des frégates et des sternes, nous passons Gombrani, puis la pointe de Plateau, et la mer devient huileuse. Déjà brillent au loin les lumières des balises. La nuit est tombée sur le versant nord des montagnes. Ma crainte est passée. Maintenant, j'ai hâte de débarquer. Le navire glisse, toutes toiles dehors, et je regarde la digue qui s'approche. Avec les Rodriguais, je suis penché sur le bastingage, mon sac à la main, prêt à sauter à terre.

Au moment de débarquer, alors que les enfants montent déjà à bord, je me retourne pour voir le capitaine Bradmer. Mais lui a donné ses ordres, et je vois seulement son visage, vaguement éclairé par la lumière des balises, sa silhouette marquée par la fatigue et la solitude. Sans se retourner vers moi, le capitaine descend dans la cale pour fumer et dormir, et peut-être penser au timonier qui ne quittait jamais le navire. Je marche vers les lumières de Port Mathurin, avec en moi cette image inquiète, et je ne sais pas encore que c'est la dernière que je garderai de Bradmer et de son navire.

À l'aube, j'arrive dans mon domaine, à la Vigie du Commandeur, là où j'ai aperçu pour la première fois, il y a bien longtemps, l'Anse aux Anglais. Ici, en apparence, rien n'a changé. La grande vallée est toujours noire et solitaire devant la mer. Tandis que je descends la pente, entre les lames des vacoas, en faisant ébouler la terre sous mes pieds, je cherche à reconnaître tous ces endroits où j'ai vécu, qui m'étaient familiers : la tache sombre du ravin, sur la rive droite, avec le grand tamarinier, les blocs de basalte où sont gravés les signes, le mince cours d'eau de la rivière Roseaux qui serpente entre les buissons jusqu'au marécage, et au loin, les sommets des montagnes qui servaient de points de repère. Il y a des arbres que je ne connais pas, des badamiers, des cocotiers, des hyophorbes.

Quand j'arrive au centre de la vallée, je cherche en vain le vieux tamarinier sous lequel j'avais installé mon campement jadis, et qui nous avait protégés, Ouma et moi, quand les nuits étaient douces. À la place de mon arbre, je vois un monticule de terre sur lequel croissent des buissons d'épines. Je comprends qu'il est là, couché sous la terre, là où l'a brisé un ouragan, et de ses racines et de son tronc est né ce monticule pareil à une tombe. Malgré le soleil qui brûle mon dos et ma nuque, je reste longtemps assis là, sur ce monticule au milieu des broussailles, en cherchant à retrouver mes traces. C'est là, à la place de mon arbre, que je décide de construire mon abri.

Je ne connais plus personne à Rodrigues. La plupart de ceux qui sont partis avec moi, répondant à l'appel de Lord Kitchener, ne sont pas revenus. Pendant les années de guerre, il y a eu la famine, parce que les bateaux n'apportaient plus rien, ni riz, ni huile, ni conserves, à cause du blocus. Les maladies ont décimé la population, le typhus surtout, qui a fait mourir les gens dans les montagnes, faute de médicaments. Les rats sont partout maintenant, ils courent dans les rues de Port Mathurin en plein jour. Qu'est devenue Ouma, qu'est devenu son

frère, dans ces montagnes désertiques, sans ressource ?
Que sont devenus les manafs ?

Seul Fritz Castel est resté, dans la ferme isolée, près
du télégraphe. Maintenant, c'est un jeune homme de
dix-sept ou dix-huit ans, au visage intelligent, à la voix
grave, dans lequel j'ai peine à reconnaître l'enfant qui
m'aidait à poser les jalons. Les autres hommes, Raboud,
Prosper, Adrien Mercure, ont disparu, comme Casimir,
comme tous ceux qui ont répondu à l'appel. « Fin'
mort », répète Fritz Castel, quand je prononce leurs
noms.

Avec l'aide de Fritz Castel, j'ai construit une hutte de
branches et de palmes, devant le tombeau du vieux
tamarinier. Combien de temps vais-je rester ? Maintenant, je sais que les jours sont comptés. L'argent ne
manque pas (la prime de l'armée est encore presque
intacte) mais c'est le temps qui va me manquer. Ce sont
les jours, les nuits qui se sont retirés de moi, qui m'ont
affaibli. Je sais cela tout de suite, dès que je suis à nouveau dans l'Anse, dans ce silence, entouré de la puissance des murailles de basalte, entendant le bruit
continu de la mer. Est-ce que je peux vraiment espérer
encore quelque chose de ce lieu, après tout ce qui a
détruit le monde ? Pourquoi suis-je revenu ?

Tous les jours, je reste immobile, pareil à ces blocs de
basalte qui sont au fond de la vallée comme les restes
d'une cité disparue. Je ne veux pas bouger. J'ai besoin de
ce silence, de cette stupeur. Le matin, à l'aube, je vais
jusqu'à la plage, parmi les roseaux. Je m'assois là où,
autrefois, Ouma me couvrait de sable pour me faire
sécher dans le vent. J'écoute la mer gronder sur l'arc des
brisants, j'attends le moment où elle monte par le goulot
de la passe, soufflant ses nuages d'écume. Puis je l'écoute
redescendre, glisser sur les fonds huileux, découvrir les

secrets des flaques. Le soir, le matin, le vol des oiseaux de la mer à travers la baie, marquant les limites du jour. Je pense aux nuits si belles, qui venaient si simplement dans la vallée, sans peur. Les nuits où j'attendais Ouma, les nuits où je n'attendais personne, les nuits où je guettais les étoiles, chacune à sa place dans le cosmos, dessinant leurs figures éternelles. Maintenant, la nuit qui vient me trouble, m'inquiète. Je sens la morsure du froid, j'écoute les bruits des pierres. La plupart des nuits, je suis recroquevillé au fond de la hutte, les yeux grands ouverts, je grelotte sans pouvoir dormir. L'inquiétude est si grande que je dois quelquefois retourner à la ville, pour dormir dans la chambre étroite de l'hôtel chinois, après avoir barricadé la porte avec la table et la chaise.

Que m'est-il arrivé ? Les journées sont longues à l'Anse aux Anglais. Souvent le jeune Fritz Castel vient s'asseoir sur le tumulus de l'arbre, devant ma hutte. Nous fumons et nous parlons, ou plutôt c'est moi qui parle, de la guerre, des attaques à l'arme blanche dans les tranchées, des lumières des bombes. Lui, m'écoute, en disant « Oui, monsieur », « Non, monsieur », sans impatience. Pour ne pas le décevoir, je l'envoie creuser des trous de sonde. Mais les anciens plans que j'ai dessinés n'ont plus de sens pour moi. Les lignes se brouillent devant mes yeux, les angles s'ouvrent, les repères se confondent.

Quand Fritz Castel est parti, je vais m'installer sous le grand tamarinier, à l'entrée du ravin, et je regarde en fumant la vallée où la lumière est si changeante. Quelquefois, j'entre dans le ravin pour sentir, comme autrefois, la brûlure de la lumière sur mon visage et sur ma poitrine. Le ravin est tel que je l'ai laissé : les rochers qui obstruent la première cachette, les marques des coups de pic, la grande entaille en forme de gouttière sur le basalte qui surplombe. Que suis-je venu chercher ici ?

Maintenant, je sens partout le vide, l'abandon. C'est comme un corps vidé par la fièvre, où tout ce qui brûlait et palpitait n'est plus que frisson, faiblesse. Pourtant, j'aime cette lumière dans le ravin, cette solitude. J'aime aussi le ciel si bleu, la forme des montagnes au-dessus de la vallée. C'est peut-être à cause de cela que je suis revenu.

Le soir, dans la dérive du crépuscule, assis dans le sable des dunes, je rêve à Ouma, à son corps de métal. Avec la pointe d'un silex, j'ai dessiné son corps sur un bloc de basalte, là où commencent les roseaux. Mais quand j'ai voulu écrire la date, je me suis aperçu que je ne savais plus quel était le jour, ni le mois. J'ai pensé un instant courir jusqu'au bureau du télégraphe, comme autrefois, pour demander : quel jour sommes-nous ? Mais je me suis aperçu aussitôt que cela ne signifierait rien pour moi, que la date n'avait plus aucune importance.

Ce matin, dès le lever du soleil, je suis parti vers les montagnes. Au début, il me semble que je suis un chemin connu entre les arbustes et les vacoas. Mais bientôt, la réverbération du soleil me brûle, brouille ma vue. Au-dessus de moi, il y a l'étendue de la mer, bleue et dure, qui enserre l'île. Si Ouma est ici quelque part, je la retrouverai. J'ai besoin d'elle, c'est elle qui détient les clefs du secret du chercheur d'or. C'est cela que je crois, et mon cœur bat fort dans ma poitrine tandis que j'escalade la montagne Limon, à travers les éboulis. Est-ce par ici que je suis venu la première fois, quand je suivais la silhouette fugitive de Sri, comme si j'allais à la rencontre du ciel ? Le soleil est au-dessus de moi, au zénith, il boit les ombres. Nulle cachette, nul repère.

Maintenant, je suis perdu au milieu des montagnes, entouré de pierres et de buissons tous semblables. Les sommets brûlés se dressent de tous les côtés contre le ciel éclatant. Pour la première fois depuis des années, je crie son nom : « Ou-ma-ah ! » Debout, face à la montagne fauve, je crie : « Ou-ma-ah ! » J'entends le bruit du vent, un vent qui brûle et aveugle. Vent de lave et de vacoas qui arrête l'esprit. « Ou-ma-ah ! » Encore, tourné vers le nord, cette fois, vers la mer qui souffle. Je monte vers le sommet du Limon, et je vois les autres montagnes qui m'entourent. Les fonds des vallées sont dans l'ombre déjà. Le ciel se voile à l'est. « Ou-ma-ah ! » Il me semble que c'est mon propre nom que je crie, pour réveiller dans ce paysage désert l'écho de ma vie, que j'ai perdu durant toutes ces années de destruction. « Ouma ! Ou-ma-ah ! » Ma voix s'éraille, tandis que j'erre sur un haut plateau, cherchant en vain la trace d'une habitation, d'un corral de cabris, d'un feu. Mais la montagne est vide. Il n'y a pas de traces humaines, pas une branche brisée, pas un froissement sur la terre sèche. Seul parfois, le chemin d'un cent-pieds entre deux pierres.

Où suis-je arrivé ? J'ai dû errer des heures sans m'en rendre compte. Quand la nuit vient, il est trop tard pour songer à redescendre. Je cherche des yeux un abri, une anfractuosité dans les rochers pour m'abriter du froid de la nuit, de la pluie qui commence à tomber. Sur le flanc de la montagne déjà noyé dans l'ombre, je trouve une sorte de talus d'herbe rase, et c'est là que je m'installe pour la nuit. Le vent passe au-dessus de ma tête en sifflant. Je m'endors aussitôt, épuisé. Le froid me réveille. La nuit est noire, devant moi le croissant de lune brille d'un éclat irréel. La beauté de la lune arrête le temps.

Au lever du jour, je distingue peu à peu les formes qui m'entourent. Je m'aperçois alors avec émotion que, sans m'en rendre compte, j'ai dormi dans les ruines d'un ancien campement des manafs. Avec mes mains, je

328

creuse la terre sèche, je découvre entre les pierres les traces que je cherchais : des bouts de verre, des boîtes rouillées, des coquillages. À présent, je vois clairement les cercles des corrals, les bases des huttes. Est-ce tout ce qui reste du village qu'habitait Ouma ? Et que sont-ils devenus ? Sont-ils tous morts de fièvre et de faim, abandonnés de tous ? S'ils sont partis, ils n'ont pas eu le temps de cacher leurs traces. Ils ont dû fuir la mort qui s'abattait sur eux. Je reste immobile au milieu de ces ruines, en proie à un grand découragement.

Quand le soleil brûle à nouveau dans le ciel, je redescends la pente de la montagne Limon, à travers les buissons d'épines. Bientôt apparaissent les vacoas, les feuillages sombres des tamariniers. Au bout de la longue vallée de la rivière Roseaux, je vois la mer qui brille durement au soleil, l'étendue de la mer qui nous tient prisonniers.

L'été, l'hiver, puis encore la saison des pluies. Tout ce temps dans l'Anse aux Anglais, je l'ai rêvé, sans repères, sans comprendre ce qui se passait en moi. Peu à peu, j'ai repris ma recherche, mesurant l'écart entre les roches, traçant de nouvelles lignes dans le réseau invisible qui recouvre la vallée. C'est sur cette toile d'araignée que je vis, que je me déplace.

Jamais je ne me suis senti si proche du secret. Maintenant, je ne ressens plus l'impatience fébrile du commencement, il y a sept ou huit ans. Alors je découvrais chaque jour un signe, un symbole. J'allais et venais entre les rives de la vallée, je bondissais de roche en roche, je creusais des trous de sonde partout. Je brûlais d'impatience, de violence. Alors je ne pouvais pas entendre Ouma, je ne pouvais pas la voir. J'étais aveuglé par ce paysage de pierre, je guettais le mouvement des ombres qui me révélerait un nouveau secret.

Aujourd'hui, cela est passé. Il y a en moi une foi que je ne connaissais pas. D'où vient-elle ? Foi dans ces blocs de basalte, dans cette terre ravinée, foi dans l'eau mince de la rivière, dans le sable des dunes. Cela vient de la mer peut-être, la mer qui enserre l'île et fait son bruit profond, son bruit qui respire. Tout cela est dans mon corps, je l'ai compris enfin en revenant à l'Anse aux Anglais. C'est un pouvoir que je croyais perdu. Alors, à présent, je n'ai plus de hâte. Je reste parfois immobile pendant des heures, assis dans les dunes, près de l'estuaire, à regarder la mer sur les brisants, à guetter le passage des gasses et des mouettes. Ou bien à l'abri de ma hutte, quand le soleil est à sa place de midi, après avoir déjeuné de quelques crabes bouillis et d'un peu de lait de coco, j'écris sur les cahiers d'écolier que j'ai achetés chez le Chinois, à Port Mathurin. J'écris des lettres pour Ouma, pour Laure, des lettres qu'elles ne liront pas, où je dis des choses sans importance, le ciel, la forme des nuages, la couleur de la mer, les idées qui me viennent ici, au fond de l'Anse aux Anglais. La nuit, encore, quand le ciel est froid, et que la lune gonflée m'empêche de dormir, assis en tailleur devant la porte, j'allume la lampe tempête et je fume en dessinant des plans de recherche sur d'autres cahiers, pour noter ma progression dans le secret.

Au hasard de mes promenades sur la plage de l'Anse, je ramasse les choses bizarres rejetées par la mer, les coquillages, les oursins fossiles, les carapaces des tekteks. J'enferme ces choses précieusement dans les boîtes de biscuits vides. C'est pour Laure que je ramasse cela, et je me souviens des objets que Denis rapportait autrefois de ses courses. Dans le fond de l'Anse, avec le jeune Fritz Castel, nous sondons le sable, et je ramasse des cailloux aux formes étranges, des schistes micassés, des silex. Un matin, comme nous creusons tour à tour au pic, à l'endroit où la rivière Roseaux forme un coude vers l'ouest, suivant le tracé de son ancienne embouchure sur la mer, nous dégageons une grosse pierre de basalte, d'un noir fuligineux, qui porte au sommet une série d'encoches faites au ciseau. À genoux devant la pierre, j'essaie de comprendre. Mon compagnon me regarde avec curiosité,

331

avec crainte : quel est ce dieu que nous avons fait émer-
ger du sable de la rivière ?

« Regarde ! Guette ! »

Le jeune Noir hésite. Puis il s'agenouille à côté de
moi. Sur la pierre noire, je lui montre chaque entaille,
qui correspond aux montagnes que nous avons devant
nous, au fond de la vallée : « Regarde : ici, Limon. Là,
Lubin, Patate. Là, le grand Malartic. Ici, le Bilactère, les
deux Charlots, et là, le Comble du Commandeur, avec la
Vigie. Tout est marqué sur cette pierre. C'est là qu'il a
débarqué autrefois, il s'est servi de cette pierre pour
amarrer sa pirogue, j'en suis sûr. Ce sont tous les points
de repère qui ont servi à tracer son plan secret. » Fritz
Castel se relève. Son regard exprime toujours la même
curiosité, mêlée de crainte. De quoi a-t-il peur, de qui ?
De moi, ou de l'homme qui a marqué cette pierre, il y a
si longtemps ?

Depuis ce jour, Fritz Castel n'est pas revenu. N'est-ce
pas mieux ainsi ? Dans cette solitude, je comprends
mieux les raisons de ma présence ici, dans cette vallée
stérile. Alors, il me semble qu'il n'y a plus rien qui me
sépare de cet inconnu qui est venu ici il y a près de deux
cents ans, pour y laisser son secret avant de mourir.

Comment ai-je osé vivre sans prendre garde à ce qui
m'entourait, ne cherchant ici que l'or, pour m'enfuir
quand je l'aurais trouvé ? Ces coups de sonde dans la
terre, ces travaux de déplacement de rochers, tout cela
était une profanation. Maintenant, dans la solitude et
l'abandon, je comprends, je vois. Cette vallée tout entière
est comme un tombeau. Elle est mystérieuse, farouche,
elle est un lieu d'exil. Je me souviens des paroles
d'Ouma, lorsqu'elle s'est adressée à moi pour la première fois, son ton à la fois ironique et blessé lorsqu'elle
soignait ma plaie à la tête : « Vous aimez vraiment

l'or ? » Alors, je n'avais pas compris, j'avais été amusé par ce que je croyais être de la naïveté. Je ne pensais pas qu'il y avait autre chose à prendre, dans cette vallée âpre, je n'imaginais pas que cette fille sauvage et étrange connaissait le secret. Maintenant, n'est-il pas trop tard ?

Seul au milieu de ces pierres, avec pour unique appui ces liasses de papiers, ces cartes, ces cahiers où j'ai écrit ma vie !

Je pense au temps où je découvrais le monde, peu à peu, autour de l'Enfoncement du Boucan. Je pense au temps où je courais dans l'herbe, à la poursuite de ces oiseaux qui tournent éternellement au-dessus de Mananava. J'ai recommencé à me parler, comme autrefois. Je chante les paroles de la rivière Taniers, le refrain que nous chantions avec le vieux Cook, en nous balançant lentement :

> *Waï, waï, mo zenfant,*
> *faut travaï pou gagne so pain...*

Cette voix est à nouveau en moi. Je regarde couler l'eau de la rivière Roseaux vers l'estuaire, quand le crépuscule allège tout. J'oublie la brûlure du jour, l'inquiétude de la recherche au pied de la falaise, les trous de sonde que j'ai creusés pour rien. Quand la nuit vient, avec ce frémissement à peine sensible dans les roseaux, la rumeur douce de la mer. N'était-ce pas ainsi, autrefois, près de la Tourelle du Tamarin, quand je regardais les vallons se noyer d'ombre, que je guettais le filet de fumée du côté du Boucan ?

Enfin, j'ai retrouvé la liberté des nuits, quand, allongé sur la terre, les yeux ouverts, je communiquais avec le centre du ciel. Seul dans la vallée, je regarde s'ouvrir le monde des étoiles, et le nuage immobile de la Voie lactée. Je reconnais une à une les formes de mon enfance, l'Hydre, le Lion, le Grand Chien, Orion orgueilleux qui porte aux épaules ses joyaux, la Croix du Sud et ses suiveuses, et toujours le navire Argo, voguant dans l'espace, sa poupe tournée vers l'ouest, relevée par la vague invisible de la nuit. Je reste étendu dans le sable noir, près de la rivière Roseaux, sans dormir, sans rêver. Je sens sur mon visage la lumière douce des astres, je sens le mouvement de la terre. Dans le silence apaisé de l'été, avec le mugissement lointain des brisants, les dessins des constellations sont des légendes. Je vois tous les chemins du ciel, les points qui brillent plus fort, comme des balises. Je vois les pistes secrètes, les puits sombres, les pièges. Je pense au Corsaire inconnu, qui a dormi peut-être sur cette grève, il y a si longtemps. Peut-être a-t-il connu ce vieux tamarinier qui gît maintenant sous la terre ? N'a-t-il pas regardé avidement ce ciel qui l'avait guidé jusqu'à l'île ? Allongé sur la terre douce, après la violence des combats, les meurtres, c'est ici qu'il a goûté la paix et le repos, abrité du vent de la mer par les cocotiers et les hyophorbes. J'ai franchi le temps, dans un vertige, en regardant le ciel étoilé. Le Corsaire inconnu est ici même, il respire en moi, et c'est avec son regard que je contemple le ciel.

Comment n'y ai-je pas pensé plus tôt ? La configuration de l'Anse aux Anglais est celle de l'univers. Le plan de la vallée, si simple, à chaque instant n'a cessé de s'agrandir, de se remplir de signes, de jalons. Bientôt cet entrelacs m'a caché la vérité de ce lieu. Le cœur battant, je me lève d'un bond, je cours vers ma hutte, où la veilleuse brûle encore. À la lueur tremblante de la lampe, je cherche dans mon sac les cartes, les documents, les grilles. J'emporte les papiers et la lampe au-dehors, et assis face au sud, je compare mes plans avec les dessins de la voûte céleste. Au centre du plan, là où j'ai posé jadis ma borne, l'intersection de la ligne nord-sud avec l'axe des organeaux correspond bien à la Croix qui brille devant moi de son éclat magique. À l'est, au-dessus du ravin dont il figure exactement la forme, le Scorpion recourbe son corps dont le cœur est la rouge Antarès qui palpite à l'endroit même où j'ai mis à jour les deux cachettes du Corsaire inconnu. Je regarde vers l'est, je vois au-dessus des trois pointes formant le M de la Vigie du Commandeur les trois Marie de la ceinture d'Orion qui viennent d'apparaître au-dessus des montagnes. Au nord, vers la mer, il y a le Chariot, léger, fugitif, qui montre l'entrée de la passe, et plus loin, la courbe du navire Argo qui dessine la forme de la baie, et dont la poupe remonte l'estuaire jusqu'aux limites de l'ancien rivage. Je dois fermer les yeux à cause du vertige. Est-ce que je suis en proie à une nouvelle hallucination ? Mais ces étoiles sont vivantes, éternelles, et la terre au-dessous d'elles suit leur dessin. Ainsi, dans le firmament. où nulle erreur n'est possible, est inscrit depuis toujours le secret que je cherchais. Sans le savoir, je le voyais depuis que je regardais le ciel, autrefois, dans l'Allée des Étoiles.

Où se trouve le trésor ? Est-il dans le Scorpion, dans l'Hydre ? Est-il dans le triangle austral, qui joint au centre de la vallée les points H, D, B que j'ai situés depuis le commencement ? Est-il à la proue du navire Argo, ou à la poupe, marquées par les feux de Canope et de Miaplacidus qui brillent chaque jour sous la forme des deux rochers de basalte de chaque côté de la baie ? Est-il dans le joyau de Fomalhaut, l'astre solitaire à l'éclat qui trouble comme un regard, au-dessus de la haute mer, et qui monte au zénith tel un soleil de la nuit ?

Cette nuit, je suis resté aux aguets, sans dormir un instant, tout vibrant de cette révélation du ciel, regardant chaque constellation, chaque signe. Je me souviens des nuits étoilées du Boucan, quand je sortais sans bruit de la chambre chaude pour trouver la fraîcheur du jardin. Alors, comme maintenant, je croyais sentir sur ma peau le dessin des étoiles, et, quand le jour venait, je les recopiais dans la terre, ou dans le sable du ravin, avec de petits cailloux.

Le matin est venu, a éclairci le ciel. Comme autrefois, je me suis enfin endormi dans la lumière, non loin du monticule où gît le vieux tamarinier.

Depuis que j'ai compris le secret du plan du Corsaire inconnu, je ne ressens en moi plus aucune hâte. Pour la première fois depuis que je suis revenu de la guerre, il me semble que ma quête n'a plus le même sens. Autrefois, je ne savais pas ce que je cherchais, *qui* je cherchais. J'étais pris dans un leurre. Aujourd'hui, je suis libéré d'un poids, je peux vivre libre, respirer. À nouveau, comme avec Ouma, je peux marcher, nager, plonger dans l'eau du lagon pour pêcher les oursins. J'ai fabriqué un harpon avec un long roseau et une pointe en bois de fer. Je fais comme Ouma me l'a montré ; je plonge nu dans l'eau froide de l'aube, quand le courant de la marée montante passe à travers l'ouverture des récifs. Au ras des coraux je cherche les poissons, les gueules pavées, les vieilles, les dames beri. Parfois, je vois passer l'ombre bleue d'un requin, et je reste immobile, sans lâcher d'air, en tournant pour faire face. Maintenant je peux nager aussi loin qu'Ouma, aussi vite. Je sais faire griller les poissons sur la plage, sur des claies de roseaux verts. Près de ma hutte, j'ai semé du maïs, des fèves, des patates douces, des chouchous. J'ai mis dans un pot de fer un jeune papayer que m'a donné Fritz Castel.

À Port Mathurin, les gens se posent des questions. Le directeur de la Barclay's, un jour que je venais retirer de l'argent, me dit ·

« Eh bien ? Vous venez plus souvent en ville ? Est-ce
que cela veut dire que vous avez perdu l'espoir de trouver votre trésor ? »

Je l'ai regardé en souriant, et j'ai répondu avec assu-
rance :

« Au contraire, monsieur. Cela veut dire que je l'ai
trouvé. »

Je suis parti sans attendre d'autres questions.

En effet, presque chaque jour je vais à la digue dans
l'espoir de voir le *Zeta*. Il y a des mois qu'il n'a plus
touché Rodrigues. Le transport des marchandises et des
passagers est maintenant assuré par le *Frigate*, un vapeur de la toute-puissante British India Steamship dont
l'oncle Ludovic est le représentant à Port Louis. C'est ce
bateau qui apporte le courrier, les lettres que Laure
m'envoie depuis plusieurs semaines où elle me parle de
la maladie de Mam. La dernière lettre de Laure, datée du
2 avril 1921, est encore plus pressante : je garde l'enveloppe entre mes mains, sans oser l'ouvrir. J'attends, sous
l'auvent du débarcadère, entouré par l'agitation des marins et des dockers, regardant les nuages qui s'amoncel-
lent au-dessus de la mer. On parle d'une tempête qui
arrive, le baromètre descend d'heure en heure. Vers une
heure de l'après-midi, quand tout redevient calme, j'ouvre enfin la lettre de Laure, je lis les premiers mots qui
m'accablent :

> « Mon cher Ali, quand cette lettre te trouvera, si
> elle te trouve jamais, je ne sais pas si Mam sera
> encore de ce monde... »

Mes yeux se brouillent. Je sais que tout est fini maintenant. Plus rien ne peut me retenir ici, puisque Mam
est si mal. Le *Frigate* sera là dans quelques jours, je partirai avec lui. J'envoie un télégramme à Laure pour lui

annoncer mon retour, mais le silence est en moi, il m'accompagne partout.

La tempête a commencé à souffler cette nuit, et je suis réveillé par l'inquiétude : c'est d'abord un vent lent et continu, dans la nuit d'un noir étouffant. Au matin, je vois les nuages qui fuient au-dessus de la vallée, en lambeaux déchiquetés entre lesquels le soleil jette des éclairs. À l'abri dans ma hutte, j'entends le grondement de la mer sur les brisants, un bruit terrifiant, presque animal, et je comprends que c'est un ouragan qui est en train d'arriver sur l'île. Je ne dois pas perdre un instant. Je prends mon sac de soldat, et, laissant dans la hutte mes autres affaires, je grimpe la colline vers la pointe Vénus. Contre l'ouragan, les bâtiments du télégraphe sont le seul refuge.

Quand j'arrive devant les grands hangars gris, je vois la population du voisinage qui s'y masse : hommes, femmes, enfants, même des chiens et des porcs que les habitants ont amenés avec eux. Un Indien employé du télégraphe annonce que le baromètre est déjà au-dessous des 30. Vers midi, le vent arrive en hurlant sur la pointe Vénus. Les bâtiments se mettent à trembler, la lumière électrique s'éteint. Les trombes d'eau s'abattent sur la tôle des murs et du toit avec un bruit de cataracte. Quelqu'un allume une lampe tempête qui éclaire les visages de façon fantastique.

L'ouragan souffle tout le jour. Le soir, nous nous endormons, épuisés, sur le plancher du hangar, en écoutant les hurlements du vent et les gémissements des structures métalliques des maisons.

À l'aube, je suis réveillé par le silence. Dehors, le vent a faibli, mais on entend le rugissement de la mer sur les récifs. Les gens sont massés sur le promontoire, devant le bâtiment principal du télégraphe. Quand je m'approche, je vois ce qu'ils regardent : sur la barrière de corail, devant la pointe Vénus, il y a l'épave d'un navire naufragé. À moins d'un mille de la côte, on distingue parfaitement les mâts brisés, la coque éventrée. Il ne reste plus qu'une moitié de navire, la poupe dressée, et les vagues furieuses se brisent sur l'épave en jetant des nuages d'écume. Le nom du bateau court sur les lèvres, mais quand je l'entends, je l'ai déjà reconnu : c'est le *Zeta*. Sur la poupe, je vois bien le vieux fauteuil vissé au pont, où s'asseyait le capitaine Bradmer. Mais où est l'équipage ? Personne n'en sait rien. Le naufrage a eu lieu dans la nuit.

Je descends en courant vers le rivage, je marche le long de la côte dévastée, envahie de branches et de pierres. Je veux trouver une pirogue, quelqu'un pour m'aider, mais en vain. Il n'y a personne au bord de la mer.

Peut-être qu'à Port Mathurin, le canot de sauvetage ? Mais mon inquiétude est trop forte, je ne peux attendre. J'enlève mes vêtements, j'entre dans la mer en glissant sur les rochers, frappé par les vagues. La mer est puissante, elle franchit la barrière de corail, l'eau est trouble comme celle d'un fleuve en crue. Je nage contre le flot, si violent que je reste sur place. Le rugissement des vagues qui déferlent est juste devant moi, je vois les trombes d'écume jetées vers le ciel noir. L'épave est à cent mètres à peine, les dents aiguës des récifs l'ont coupée en deux à la hauteur des mâts. La mer couvre le pont, enveloppe le fauteuil vide. Je ne peux approcher davantage, sans risquer d'être broyé moi aussi contre les récifs. Je veux crier, appeler : « Bradmer !... » Mais ma voix est couverte par le tonnerre des vagues, je ne l'entends même pas ! Un long moment, je nage contre la mer qui franchit la barrière. L'épave est sans vie, il semble qu'il y ait des siècles qu'elle ait échoué là. Le froid m'envahit, oppresse ma poitrine. Je dois abandonner, revenir en arrière. Lentement, je me laisse porter par la houle avec les débris de la tempête. Quand je touche la rive, je suis si fatigué, et désespéré, que je ne sens même pas la blessure que je me fais au genou en heurtant un rocher.

Au début de l'après-midi, le vent cesse complètement. Le soleil brille sur la terre et la mer dévastées. Tout est fini. En titubant, au bord de l'évanouissement, je marche vers l'Anse aux Anglais. Près des bâtiments du télégraphe, tout le monde est dehors, rit, parle fort : quittes pour la peur.

Quand j'arrive au-dessus de l'Anse aux Anglais, je vois un paysage ravagé. La rivière Roseaux est un fleuve de boue sombre qui coule à grands bruits dans la vallée. Ma hutte a disparu, les arbres et les vacoas ont été déracinés, et il ne reste rien de mes plantations. Il ne reste dans le lit de la vallée que la terre zébrée de rigoles et les blocs de basalte qui ont surgi du sol. Tout ce que j'avais laissé dans ma cabane a disparu : mes vêtements, mes casseroles, mais surtout mon théodolite et la plupart de mes documents concernant le trésor.

Le jour décline vite, dans cette atmosphère de fin du monde. Encore, je marche dans le fond de l'Anse aux Anglais, à la recherche d'un objet, d'une trace qui auraient échappé à l'ouragan. Je regarde chaque endroit, mais déjà tout a changé, est devenu méconnaissable. Où est le tas de pierres qui formait la réplique du Triangle Austral ? Et ces basaltes, près du glacis, sont-ils ceux qui m'ont guidé la première fois jusqu'aux organeaux ? Le crépuscule est couleur de cuivre, couleur de métal fondu. Pour la première fois, les oiseaux de mer ne traverseront pas l'Anse pour gagner leurs abris. Où sont-ils allés ? Combien d'entre eux ont survécu à l'ouragan ? Pour la première fois aussi, les rats sont arrivés au fond de la vallée, chassés de leurs nids par les torrents de boue. Ils galopent autour de moi dans la pénombre en poussant de petits cris aigus qui m'effraient.

Au centre de la vallée, près de la rivière qui a débordé, je vois la grande stèle de basalte où j'ai gravé avant de partir pour la guerre la ligne est-ouest et les deux triangles inversés des organeaux qui dessinent l'étoile de Salomon. La stèle a résisté au vent et à la pluie, elle s'est seulement enfoncée un peu plus dans la terre, et au centre de ce pays dévasté, elle ressemble à un monument du commencement de l'espèce humaine. Qui la trouvera, un jour, et comprendra ce qu'elle signifiait ? La vallée de l'Anse aux Anglais a fermé son secret, elle a fermé ses portes, qui s'étaient un instant ouvertes pour moi seul. Sur la falaise de l'est, là où frappent les rayons du soleil couchant, l'entrée du ravin m'attire une dernière fois. Mais quand je m'approche, je m'aperçois que sous la violence du ruissellement, une partie de la falaise s'est effondrée, bouchant le corridor d'accès. Le torrent de boue qui a jailli du ravin a tout dévasté devant lui, arrachant le vieux tamarinier dont j'aimais tant l'ombre douce. Dans un an, il ne restera rien de son tronc, qu'un monticule de terre surmonté de quelques buissons épineux.

Je reste longtemps, jusqu'à la nuit, à écouter le bruit de la vallée. La rivière qui coule avec force, charriant la terre et les arbres, l'eau qui ruisselle des falaises de schistes, et au loin, le tonnerre continu de la mer.

Durant les deux jours qui me restent, je ne cesse pas de regarder la vallée. Chaque matin, je quitte de bonne heure ma chambre étroite de l'hôtel chinois et je vais jusqu'en haut de la Vigie du Commandeur. Mais je ne descends plus dans la vallée. Je reste assis au milieu des broussailles, près de la tour en ruine, et je regarde la longue vallée noire et rouge d'où ma trace a déjà disparu. Dans la mer, irréelle, suspendue à la barrière de corail, la poupe du *Zeta* est immobile sous les coups des vagues. Je pense au capitaine Bradmer, dont on n'a pas retrouvé le corps. Il était, à ce qu'on raconte, seul sur son navire, et n'a pas cherché à se sauver.

C'est la dernière image que j'emporte de Rodrigues, sur le pont du jeune *Frigate* qui avance vers le large, toutes ses tôles vibrant sous l'effort de sa machinerie Devant les hautes montagnes dénudées, qui brillent au soleil du matin, comme en équilibre pour toujours au bord des eaux profondes, l'épave brisée du *Zeta*, au-dessus de laquelle tournoient quelques oiseaux de mer, tout à fait pareille à la carcasse d'un cachalot rejetée par la tempête.

Mananava, 1922

Depuis mon retour, tout est devenu étranger, silencieux, à Forest Side. La vieille maison — la baraque, dit Laure — est comme un navire qui fait eau de partout, rafistolé tant bien que mal au moyen de bouts de tôle et de carton goudronné. L'humidité et les carias en viendront à bout bientôt. Mam ne parle plus, ne bouge plus, ne s'alimente presque plus. J'admire le courage de Laure qui reste auprès d'elle jour et nuit. Je n'ai pas cette force. Alors je marche sur les chemins de cannes, du côté de Quinze Cantons, là où l'on aperçoit les pics des Trois Mamelles et l'autre versant du ciel.

Il faut travailler, et, suivant l'idée de Laure, j'ai osé me présenter à nouveau chez W. W. West, que dirige maintenant mon cousin Ferdinand. L'oncle Ludovic est devenu vieux, il vit retiré des affaires dans la maison qu'il a fait construire près de Yemen, là où commençait jadis notre terre. Ferdinand m'a reçu avec une ironie méprisante qui autrefois m'aurait mis en colère. Maintenant, cela m'est égal. Quand il m'a dit :

« Alors, vous revenez sur les lieux que vous avez... »

J'ai suggéré :

« Hantés ? »

Même lorsqu'il a parlé des « héros de guerre comme

345

on en voit tous les jours », je n'ai pas bronché. Pour terminer, il m'a offert d'être contremaître sur leurs plantations de Médine, et j'ai dû accepter. Me voici devenu sirdar !

Je loge dans une cabane du côté de Bambous, et chaque matin je parcours à cheval les plantations pour surveiller le travail. L'après-midi, je suis dans le tintamarre de la sucrerie, pour contrôler l'arrivée des cannes, la bagasse, la qualité des sirops. C'est un travail exténuant, mais je préfère cela à l'étouffement des bureaux de W. W. West. Le directeur de la sucrerie est un Anglais, du nom de Pilling, envoyé des Seychelles par l'Agricultural Company. Au commencement, il était prévenu contre moi par Ferdinand. Mais c'est un homme juste et nos rapports sont excellents. Il parle de Chamarel, où il espère aller. Si on l'envoie là-bas, il me promet d'essayer de me faire venir aussi.

Yemen, c'est la solitude. Le matin, dans les champs immenses, les travailleurs et les femmes vêtues de *gunny* avancent comme une armée en haillons. Le bruit des serpes fait un rythme lent, régulier. Aux limites des champs, du côté de Walhalla, les hommes brisent les « chicots », les lourdes pierres, pour fabriquer les pyramides. À cheval, je traverse la plantation vers le sud, écoutant le bruit des serpes et les aboiements des sirdars. Je ruisselle de sueur. À Rodrigues, la brûlure du soleil était une ivresse, je voyais les étincelles s'allumer sur les pierres, sur les vacoas. Mais ici, la chaleur est une autre solitude sur l'étendue vert sombre des champs de canne.

C'est à Mananava que je pense, à présent, le dernier endroit qui me reste. C'est en moi depuis si longtemps, depuis les jours où nous marchions, Denis et moi, jusqu'à l'entrée des gorges. Souvent, tandis que je vais à cheval le long des chemins de cannes, je regarde vers le

346

sud, et j'imagine les cachettes, à la source des rivières. Je sais que c'est là que je dois aller, enfin.

Aujourd'hui, j'ai vu Ouma.

La coupe a commencé dans les cannes vierges, en haut des plantations. Les hommes et les femmes sont venus de tous les points de la côte, le visage inquiet, parce qu'ils savent qu'un tiers seulement va être engagé. Les autres devront retourner chez eux, avec leur faim.

Sur le chemin de la sucrerie, une femme en *gunny* est à l'écart. Elle se tourne à demi vers moi, elle me regarde. Malgré son visage caché par le grand voile blanc, je la reconnais. Mais déjà elle a disparu dans la foule qui se divise sur les chemins entre les champs. J'essaie de courir vers elle, mais je me heurte aux travailleurs et aux femmes éconduits, et tout est recouvert d'un nuage de poussière. Quand j'arrive devant les champs, je ne vois que cette épaisse muraille verte qui ondule sous le vent. Le soleil brûle la terre sèche, brûle mon visage. Je cours au hasard, le long d'un sentier, je crie : « Ouma ! Ouma !... »

De loin en loin, des femmes en *gunny* lèvent la tête, cessent de faucher l'herbe entre les cannes. Un sirdar m'interpelle, sa voix est dure. L'air un peu égaré, je l'interroge. Y a-t-il des manafs ici ? Il ne comprend pas. Des gens de Rodrigues ? Il secoue la tête. Il y en a, mais ils sont dans des camps de réfugiés, du côté du Morne. au Ruisseau des Créoles.

Chaque jour, je cherche Ouma, sur la route qui amène les *gunnies*, et le soir, devant les bureaux du comptable. au moment de la paye. Les femmes ont compris déjà, elles se moquent de moi, elles m'interpellent, elles me

347

jettent des quolibets. Alors je n'ose plus marcher sur les chemins de cannes. J'attends la nuit, et je vais à travers champs. Je croise les enfants qui glanent. Ils n'ont pas peur de moi, ils savent que je ne les dénoncerai pas. Quel âge doit avoir Sri aujourd'hui ?

Les journées, je les passe à parcourir à cheval les plantations, dans la poussière, sous le soleil qui m'étourdit. Est-elle ici, vraiment ? Toutes les femmes en *gunny* lui ressemblent, silhouettes fragiles courbées sur leur ombre, travaillant avec leurs serpes, leurs houes. Ouma ne s'est montrée à moi qu'une seule fois, comme elle faisait jadis près de la rivière Roseaux. Je pense à notre première rencontre, quand elle fuyait dans la vallée entre les arbustes, quand elle montait vers ses montagnes, agile comme un cabri. Ai-je rêvé tout cela ?

C'est ainsi que je prends la décision de tout abandonner, de tout jeter hors de moi. Ouma m'a montré ce que je dois faire, elle me l'a dit, à sa façon, sans parole, simplement en apparaissant devant moi comme un mirage, parmi tous ces gens qui viennent travailler sur ces terres qui ne seront jamais à eux : Noirs, Indiens, métis, chaque jour, centaines d'hommes et de femmes, ici à Yemen, à Walhalla, ou à Médine, à Phoenix, à Mon Désert, à Solitude, à Forbach. Centaines d'hommes et de femmes qui entassent les pierres sur les murailles et les pyramides, qui arrachent les souches, labourent, plantent les jeunes cannes, puis, au long des saisons, effeuillent les cannes, les étêtent, nettoient la terre, et quand vient l'été, avancent dans les plantations carré par carré et coupent, du matin jusqu'au soir, ne s'arrêtant que pour limer leurs faucilles, jusqu'à ce que saignent leurs mains et leurs jambes lacérées par le fil des feuilles, iusqu'à ce que le soleil leur donne la nausée et le ver-'ige.

Presque sans m'en rendre compte, j'ai traversé la

348

plantation jusqu'au sud, là où s'élève la cheminée d'une ancienne sucrerie ruinée. La mer n'est pas loin, mais on ne la voit pas, on ne l'entend pas. Seulement, dans le ciel bleu tournent par instants les oiseaux de mer, libres. C'est ici que les hommes travaillent à défricher de nouvelles terres. Sous le soleil, ils chargent les pierres noires sur les tombereaux, ils creusent la terre à coups de houe. Quand ils m'ont vu, ils se sont arrêtés de travailler, comme s'ils craignaient quelque chose. Alors, je suis venu près du tombereau et j'ai commencé moi aussi à déterrer les pierres et à les jeter avec les autres. Nous travaillons sans interruption, tandis que le soleil descend vers l'horizon, brûle nos visages. Quand un tombereau est rempli de pierres et de souches, un autre le remplace. Les murailles anciennes s'étendent loin, peut-être jusqu'au rivage de la mer. Je pense aux esclaves qui les ont construites, ceux que Laure appelle les « martyrs », qui sont morts dans ces champs, ceux qui se sont échappés vers les montagnes du sud, au Morne... Le soleil est tout près de l'horizon. Comme à Rodrigues, il me semble que sa brûlure aujourd'hui m'a purifié, m'a libéré.

Une femme en *gunny* est venue. C'est une vieille Indienne au visage desséché. Elle porte à boire aux travailleurs, du lait aigre qu'elle puise dans une marmite avec une écuelle de bois. Quand elle arrive près de moi, elle hésite, puis me tend l'écuelle. Le lait aigre rafraîchit ma gorge brûlée par la poussière.

Le dernier tombereau chargé de pierres s'éloigne. Au loin, le sifflement aigu de la chaudière annonce la fin du travail. Sans hâte, les hommes prennent leurs houes et s'en vont.

Quand j'arrive à la sucrerie, M. Pilling m'attend devant son bureau. Il regarde mon visage brûlé par le soleil, mes cheveux et mes habits couverts de poussière. Comme je lui dis que je veux désormais travailler dans les champs, à la coupe, au défrichage, il m'interrompt sèchement :

« Vous êtes incapable de faire cela, et de toute façon, c'est impossible, jamais aucun Blanc ne travaille dans les champs. » Il ajoute, plus calmement : « Je considère que vous avez besoin de repos, et que vous venez de me donner votre démission. »

L'entretien est terminé. Je marche lentement sur la route de terre, déserte maintenant. Dans la lumière du soleil couchant, les champs de canne semblent aussi grands que la mer, et de loin en loin, les autres cheminées des sucreries sont pareilles à celles des paquebots.

C'est la rumeur de l'émeute qui m'attire à nouveau vers les terres chaudes, du côté de Yemen. Il paraît que les plantations brûlent, à Médine, à Walhalla, et que les hommes sans travail menacent les sucreries. C'est Laure qui m'annonce la nouvelle, sans hausser la voix pour ne pas inquiéter Mam. Je m'habille à la hâte. Malgré la pluie fine du matin, je sors vêtu de ma chemise militaire, sans veste, sans chapeau, pieds nus dans mes souliers. Quand j'arrive en haut du plateau, près des Trois Mamelles, le soleil brille sur l'étendue des champs. Je vois les colonnes de fumée qui montent des plantations, du côté de Yemen. Je compte quatre incendies, peut-être cinq.

Je commence à descendre la falaise, en coupant à travers les broussailles. Je pense à Ouma, qui est sans doute en bas. Je me souviens du jour où, avec Ferdinand, j'ai vu les Indiens enfourner le contremaître blanc dans le four à bagasse, et le silence de la foule quand il a disparu dans la bouche flamboyante du four.

Je suis à Yemen vers midi. Je suis trempé de sueur et

350

couvert de poussière, le visage griffé par les broussailles. Les gens sont massés près de la sucrerie. Que se passe-t-il ? Les sirdars disent des choses contradictoires. Des hommes se sont enfuis vers Tamarin, après avoir mis le feu aux hangars. La police montée est à leur poursuite.

Où est Ouma ? Je m'approche des bâtiments de la raffinerie, entourés par la police qui m'interdit le passage. Dans la cour, gardés par des miliciens armés de fusils, des hommes et des femmes sont accroupis à l'ombre, les mains sur la nuque, en attendant qu'on décide de leur sort.

Alors je reprends ma course à travers la plantation, dans la direction de la mer. Si Ouma est ici, je suis sûr que c'est vers la mer qu'elle cherchera refuge. Non loin, au milieu des champs, une fumée lourde monte dans le ciel, et j'entends les cris des hommes qui luttent contre le feu. Quelque part, résonnent des coups de fusil, dans la profondeur des champs. Mais les cannes sont si hautes que je n'arrive pas à voir par-dessus les feuilles. Je cours à travers les cannes, sans savoir où je vais, tantôt d'un côté, tantôt de l'autre, écoutant les déflagrations des fusils. Tout à coup, je trébuche, je m'arrête, à bout de souffle. J'entends mon cœur vibrer dans mon corps, mes jambes tremblent. J'ai atteint les limites du domaine. Tout est silencieux, ici.

Je monte sur une pyramide de cailloux, je vois que les incendies sont déjà éteints. Seule une colonne de fumée claire monte dans le ciel, du côté de la sucrerie, indiquant que le four à bagasse s'est remis en marche.

Tout est fini, maintenant. Quand j'arrive sur la plage de sable noir, je reste immobile au milieu des troncs et des branches rejetés par la tempête. Je fais cela pour qu'Ouma me voie. La côte est déserte, sauvage comme la baie Anglaise. Je marche le long de la baie de Tamarin, dans la lumière du soleil couchant. Je suis sûr qu'Ouma

351

m'a vu. Elle me suit sans faire de bruit, sans laisser de traces. Je ne dois pas chercher à la voir. C'est son jeu. Quand je lui ai parlé d'elle, une fois Laure m'a dit de sa voix moqueuse : « Yangue-catéra ! Elle t'a jeté un sort ! » Maintenant, je crois bien qu'elle a raison.

Il y a si longtemps que je n'étais venu ici. Il me semble que je marche sur mes traces, celles que j'ai laissées quand j'allais avec Denis voir le soleil glisser sous la mer.

À la nuit, je suis de l'autre côté de la rivière Tamarin. En face, je vois scintiller les lumières du village de pêcheurs. Les chauves-souris volent dans le ciel clair. La nuit est douce et calme. Pour la première fois depuis longtemps je me prépare à dormir à la belle étoile. Dans le sable noir des dunes, au pied des tamariniers, je fais mon lit, et je me couche, les mains sous la nuque. Je reste les yeux ouverts à regarder s'embellir le ciel. J'écoute le bruit doux de la rivière Tamarin qui se mêle à la mer.

Ensuite la lune apparaît. Elle avance au milieu du ciel, la mer brille sous elle. Alors je vois Ouma, assise non loin de moi dans le sable qui luit. Elle est assise comme elle fait toujours, les bras noués autour de ses jambes, son visage de profil. Mon cœur bat très fort, je tremble, de froid peut-être ? J'ai peur que ce ne soit qu'une illusion, qu'elle disparaisse. Le vent de la mer arrive sur nous, réveille le bruit de la mer. Alors Ouma s'approche de moi, elle me prend par la main. Comme autrefois, à l'Anse aux Anglais, elle enlève sa robe, elle marche vers la mer, sans m'attendre. Ensemble nous plongeons dans l'eau fraîche, nous nageons contre les vagues. Les longues lames qui viennent de l'autre bout du monde passent sur nous. Nous nageons longtemps dans la mer noire, sous la lune. Puis nous retournons au rivage. Ouma m'entraîne jusqu'à la rivière, où nous lavons le sel de notre corps et de nos cheveux, étendus sur les cailloux du lit. L'air du large nous fait frissonner, et nous parlons à voix basse, pour ne pas éveiller les chiens du voisinage. Comme autrefois, nous nous saupoudrons de sable noir, et nous attendons que le vent fasse glisser le sable en petits ruisseaux sur notre ventre, sur nos épaules. J'ai tant de choses à dire que je ne sais par où commencer. Ouma me parle elle aussi, elle raconte la mort qui est arrivée à Rodrigues, avec le typhus, la mort de sa mère sur le bateau qui emportait les réfugiés vers Port Louis. Elle me parle du camp de Ruisseau des Créoles, et des salines de la Rivière Noire, où elle a travaillé avec Sri. Comment a-t-elle su que j'étais à Yemen, par quel miracle ? « Ce n'est pas un miracle », dit Ouma. Sa voix est presque en colère tout à coup. « Chaque jour, chaque instant, je t'ai attendu, à Forest Side, où j'allais à Port Louis, à Rempart Street. Quand tu es revenu de la guerre, j'avais tellement attendu que je pouvais attendre encore, et je t'ai suivi partout, jusqu'à Yemen. J'ai même travaillé dans les champs, jusqu'à ce que tu me voies. » Je ressens comme un vertige, et ma gorge se serre. Comment ai-je pu rester si longtemps sans comprendre ?

Maintenant, nous ne parlons plus. Nous restons allongés l'un contre l'autre, serrés très fort pour ne pas sentir le froid de la nuit. Nous écoutons la mer, et le vent dans les aiguilles des filaos, car rien d'autre n'existe au monde.

Le soleil se lève au-dessus des Trois Mamelles. Comme autrefois, du temps où j'errais avec Denis, je vois les volcans bleu-noir, contre le ciel plein de lumière. J'ai toujours aimé, je m'en souviens, le pic qui est le plus au sud, celui qui ressemble à un croc, qui est l'axe autour duquel tournent la lune et le soleil.

J'ai attendu devant le Barachois, assis dans le sable, regardant couler tranquillement la rivière. Les oiseaux de mer passent lentement au ras de l'eau, les gasses, les cormorans, les mouettes chamailleuses, à la rencontre des pirogues de pêche. Puis j'ai remonté la rivière Boucan jusqu'à Panon, en marchant lentement, avec précaution, comme sur une terre minée. Au loin, à travers les feuillages, je vois la cheminée de Yemen qui fume déjà, et je sens l'odeur suave du vesout. Un peu plus haut, je vois aussi, de l'autre côté de la rivière, la maison neuve de l'oncle Ludovic, très blanche.

J'ai mal au fond de moi, car je sais où je suis. Ici commençait notre jardin, et un peu plus haut, au bout de l'allée, j'aurais pu voir notre maison, son toit bleu brillant au soleil. J'avance au milieu des hautes herbes, griffé par les buissons d'épines. Il n'y a plus rien à voir. Tout a été détruit, brûlé, pillé depuis tant d'années. Ici peut-être, commençait notre varangue ? Il me semble reconnaître un arbre, puis un autre. Mais au même instant j'en aperçois dix semblables, tamariniers, manguiers, filaos. Je bute contre des pierres inconnues, je trébuche dans des trous. Est-ce bien ici que nous vivions ? N'est-ce pas dans un autre monde ?

Je continue, avec fièvre, sentant le sang battre dans mes tempes. Je veux retrouver quelque chose, un morceau de notre terre. Quand j'ai parlé de cela à Mam, son regard a brillé, j'en suis sûr. Je tenais sa main serrée très fort dans la mienne, pour essayer de lui donner ma vie, ma force. Je lui parlais de tout cela comme si notre maison existait encore. Je lui ai parlé comme si rien ne devait finir, jamais, et que les années perdues allaient renaître, dans la touffeur du jardin au mois de décembre, quand nous écoutions, Laure et moi, sa voix chantante nous lire l'histoire sainte.

C'est sa voix que je veux entendre ici, maintenant, dans les broussailles sauvages, parmi ces tas de pierres noires qui étaient la fondation de notre maison. En remontant vers les collines, tout d'un coup j'aperçois le ravin, où nous avions passé tant d'heures perchés sur la maîtresse branche de l'arbre, regardant couler l'eau du ruisseau sans nom. J'ai peine à le reconnaître. Alors que partout les broussailles et les herbes folles ont envahi le terrain, ici tout est pelé, aride, comme après un incendie. Mon cœur bat très fort, parce qu'ici, c'était vraiment notre domaine, à Laure et à moi, notre cachette. Mais à présent, c'est simplement un ravin, une crevasse sombre et laide, sans vie. L'arbre, notre arbre, où est-il ? Il me semble le reconnaître, vieux tronc noirci aux branches brisées, au feuillage rare. Il est si laid, si petit que je ne comprends pas comment nous avons pu y grimper autrefois. Quand je me penche au-dessus du ravin, je vois la fameuse branche où nous nous allongions, et elle est pareille à un bras décharné tendu au-dessus du vide. En bas, au fond du ravin, l'eau coule au milieu des débris de branches, des morceaux de tôle, des vieilles planches. Le ravin a servi de dépotoir lors de la démolition de notre maison.

Je n'ai rien raconté de tout cela à Mam. Cela n'avait plus d'importance. Je lui ai parlé de tout ce qui était autrefois, qui était plus réel, plus vrai, que cette terre ruinée. Je lui ai parlé de ce qu'elle aimait le plus, le jardin plein d'hibiscus, les poinsettias, les arums, et ses orchidées blanches. Je lui ai parlé du grand bassin ovale, devant la varangue, où l'on entendait chanter les crapauds. Je lui ai parlé aussi de ce que j'aimais, que je n'oublierai jamais, sa voix quand elle nous lisait une poésie, ou quand elle récitait les prières de la nuit. L'allée où nous marchions gravement tous ensemble pour regarder les étoiles, en écoutant les explications de notre père.

Je suis resté là jusqu'à la nuit, errant à travers les broussailles, à la recherche de traces, d'indices, à la recherche d'odeurs, de souvenirs. Mais c'est une terre brisée et sèche, les canaux d'irrigation sont bouchés depuis des années. Les arbres qui restent sont brûlés par le soleil. Il n'y a plus les manguiers, les néfliers, les jacquiers. Restent les tamariniers, grands et maigres, comme à Rodrigues, et les banians qui ne meurent jamais. Celui que je voudrais retrouver c'est l'arbre chalta, l'arbre du bien et du mal. Il me semble que si je parviens à le retrouver, quelque chose du temps passé serait sauvé. Dans ma mémoire, il est au bout du jardin, à la limite des friches, là où commençait le chemin qui allait vers les montagnes et les gorges de la Rivière Noire. Je traverse les broussailles, je monte à la hâte vers le haut du terrain, là où on aperçoit le mont Terre Rouge et le Brise-Fer. Alors là, tout d'un coup, je le vois

356

devant moi, au milieu des broussailles, plus grand encore qu'autrefois, avec son feuillage sombre qui fait un lac d'ombre. Je m'approche de lui, et c'est son odeur que je reconnais, un parfum doux et inquiétant qui nous faisait tourner la tête quand nous grimpions dans ses branches. Il n'a pas cédé, il n'a pas été détruit. Tout le temps que j'ai été au loin, loin de l'abri de ses feuilles, loin de ses branches, cela n'a été pour lui qu'un instant. L'eau des cyclones est passée, les sécheresses, les incendies, et même les hommes qui ont démoli notre maison, qui ont piétiné les fleurs du jardin et qui ont laissé mourir l'eau du bassin et des canaux. Mais lui est resté l'arbre du bien et du mal qui sait tout, qui voit tout. J'ai cherché les marques que nous avions faites, Laure et moi, avec un couteau, pour inscrire nos noms et notre taille. J'ai cherché la blessure de la branche que le cyclone avait arrachée. Son ombre est profonde et douce, son odeur m'enivre. Le temps a cessé de courir. L'air vibre d'insectes, d'oiseaux, la terre au-dessus de lui est humide et vivante.

Ici le monde ne connaît pas la faim, ni le malheur. La guerre, cela n'existe pas. L'arbre chalta tient le monde au loin, par la force de ses branches. Notre maison a été détruite, notre père est mort, mais rien n'est désespérant puisque j'ai retrouvé l'arbre chalta. Sous lui je peux dormir. La nuit vient au-dehors, elle efface les montagnes. Tout ce que j'ai fait, tout ce que j'ai cherché, c'était pour venir ici, à l'entrée de Mananava.

Combien de temps est passé depuis que Mam est morte ? C'était hier, ou avant-hier, je ne sais plus. Durant des jours et des nuits nous l'avons veillée, à tour de rôle, moi le jour Laure la nuit, pour qu'elle ait sans cesse une main à tenir dans ses doigts maigres. Chaque jour, je lui raconte la même histoire, celle du Boucan, où tout est éternellement jeune et beau, où brille le toit couleur d'azur. C'est un pays qui n'existe pas, il n'y a que pour nous trois qu'il existe. Et je crois qu'à force d'en parler, un peu de cette immortalité est en nous, nous unit contre la mort si proche.

Laure, elle, ne parle pas. Au contraire, elle est silencieuse, obstinée, mais c'est sa façon de lutter contre la destruction. Pour elle, j'ai rapporté un rameau de l'arbre chalta, et quand je le lui ai donné, j'ai vu qu'elle n'avait pas oublié. Ses yeux ont brillé de plaisir quand elle a pris la branche, qu'elle a posée sur sa table de chevet, ou plutôt qu'elle a jetée comme par inadvertance, car c'est ainsi qu'elle fait des objets qu'elle aime.

Il y a eu ce matin terrible, quand Laure est venue me réveiller, debout devant le lit de sangles où je dors dans la salle à manger vide. Je me souviens d'elle, ses cheveux emmêlés, cette lueur dure, violente, dans son regard.

« Mam est morte. »

C'est tout ce qu'elle a dit, et je l'ai suivie, encore engourdi de sommeil, dans la chambre sombre où brûle la veilleuse. J'ai regardé Mam, son visage maigre et régulier, sa belle chevelure répandue sur l'oreiller très blanc. Laure est allée s'allonger sur le lit de sangles à son tour, et elle s'est endormie tout de suite, les bras repliés sur son visage. Et moi je suis resté seul dans la chambre obscure avec Mam, hébété, sans comprendre, assis sur la chaise grinçante devant la veilleuse qui tremblote, prêt à chaque instant à recommencer mon histoire, à parler à mi-voix du grand jardin où nous marchions ensemble le soir, à la découverte des étoiles, à parler de ces allées jonchées de cosses de tamarin et de pétales d'hibiscus, écoutant le chant aigu des moustiques qui dansent autour de nos cheveux, et, quand on se retourne, le bonheur de voir dans la nuit bleue la grande fenêtre éclairée du bureau où mon père fume en regardant ses cartes marines.

Et ce matin, sous la pluie, dans le cimetière, près de Bigara, j'écoute la terre tomber sur le cercueil, et je regarde le visage très pâle de Laure, ses cheveux serrés dans le châle noir de Mam, les gouttes d'eau qui coulent sur ses joues comme des larmes.

Combien de temps, depuis que Mam n'est plus là ? Je ne peux pas y croire. Tout est fini, il n'y aura plus jamais sa voix parlant dans la pénombre de la varangue, plus jamais son parfum, son regard. Quand mon père est mort, il me semble que j'ai commencé à descendre en arrière, vers un oubli que je ne peux accepter, qui m'éloigne pour toujours de ce qui était ma force, ma jeunesse. Les trésors sont inaccessibles, impossibles. Ils sont l'« or du sot » que m'apportaient les Noirs chercheurs d'or à mon arrivée à Port Mathurin.

Nous nous retrouvons seuls, Laure et moi, dans cette vieille baraque vide et froide, aux volets clos. Dans la chambre de Mam, la veilleuse s'est noyée, et j'en ai allumé une autre sur la table de chevet, au milieu des fioles inutiles, près du lit aux draps livides.

« Rien ne serait arrivé si j'étais resté... Tout est de ma faute, je n'aurais pas dû la laisser. »

« Mais il fallait que tu partes ? » C'est une question que Laure se pose à elle-même.

Je la regarde avec inquiétude.

« Que vas-tu faire, maintenant ? »

« Je ne sais pas. Rester ici, je suppose. »

« Viens avec moi ! »

« Où cela ? »

« À Mananava. Nous pourrions vivre sur les *pas géométriques*. »

359

Elle me regarde avec ironie :

« Tous les trois, avec Yangue Catéra ? » C'est comme cela qu'elle appelle Ouma.

Mais ses yeux redeviennent froids. Son visage exprime la lassitude, l'éloignement.

« Tu sais bien que c'est impossible. »

« Mais pourquoi ? »

Elle ne répond pas. Son regard me traverse. Je comprends tout d'un coup que, au cours de ces années d'exil, je l'ai perdue. Elle a suivi un autre chemin, elle est devenue quelqu'un d'autre, nos vies ne peuvent plus coïncider. Sa vie est parmi les religieuses de la Visitation, là où errent les femmes sans argent, sans foyer. Sa vie est auprès des Indiennes hydropiques, des cancéreuses, qui mendient quelques roupies, un sourire, des paroles de consolation. Parmi les enfants fiévreux au gros ventre, pour qui elle fait cuire des marmites de riz, pour qui elle va arracher un peu d'argent auprès des « bourzois » de sa caste.

Un instant, sa voix a une intonation de sollicitude, comme autrefois quand je traversais pieds nus la chambre pour sortir dans la nuit.

« Que vas-tu faire, toi ? »

Je fanfaronne :

« Eh bien, je vais laver les ruisseaux, comme à Klondyke. Je suis sûr qu'il y a de l'or à Mananava. »

Oui, un instant encore, son regard brille d'amusement, nous sommes proches encore, nous sommes les « amoureux », comme disaient les gens autrefois quand ils nous voyaient ensemble.

Plus tard, je la regarde tandis qu'elle prépare sa petite valise pour aller vivre chez les religieuses de Lorette. Son visage est redevenu calme, indifférent. Seuls ses yeux brillent, d'une sorte de colère. Elle entoure ses beaux cheveux noirs du châle de Mam, et elle s'en va, sans se retourner, avec sa petite valise de carton et son

grand parapluie, haute et droite, et désormais plus rien
ne peut la retenir ni changer sa route.

Tout le jour, je suis resté à l'estuaire des rivières,
devant le Barachois, à regarder la mer descendre, découvrant les plages de sable noir. Quand la marée est basse,
de grands adolescents noirs viennent pêcher les hourites, et semblent des échassiers dans l'eau couleur de cuivre. Les plus hardis viennent me regarder. L'un d'eux,
trompé par ma chemise de l'armée, croit que je suis un
militaire anglais et m'adresse la parole dans cette langue. Pour ne pas le décevoir, je lui réponds en anglais, et
nous bavardons un moment, lui debout, appuyé sur son
long harpon, moi assis dans le sable, fumant une cigarette à l'ombre des veloutiers.
Puis il rejoint les autres jeunes gens, et j'entends leurs
voix et leurs rires décroître de l'autre côté de la rivière
Tamarin. Il ne reste plus que les pêcheurs debout dans
leurs pirogues, qui glissent lentement sur l'eau qui
reflète leur image.
J'attends que la première poussée de la marée envoie
sa vague sur le sable. Le vent arrive, le bruit de la mer,
comme autrefois, me fait frissonner. Alors, avec mon sac
militaire sur l'épaule, je remonte la rivière vers le Boucan. Avant Yemen, j'oblique vers les fourrés, là où s'ouvrait notre chemin, cette grande allée de terre rouge qui
allait droit entre les arbres jusqu'à notre maison si blanche au toit couleur d'azur. C'est sur cette allée que nous
avons marché, je m'en souviens, il y a si longtemps,
quand les huissiers et les hommes de loi de l'oncle Ludovic nous ont chassés. Maintenant, le chemin a disparu,
mangé par les herbes, et avec lui le monde qu'il rejoi-
gnait.

Comme la lumière est belle et cendrée, ici, pareille à celle qui m'enveloppait quand j'étais sous la varangue, et que je regardais le soir envahir le jardin ! Il n'y a qu'elle que je reconnaisse. J'avance au milieu des broussailles, et je ne cherche même pas à revoir l'arbre chalta, ni le ravin. Comme les oiseaux de mer, je ressens une hâte, l'inquiétude du jour qui s'achève. Maintenant, je marche vite vers le sud, guidé par le mont Terre Rouge. Soudain, devant moi, une flaque brille à la lumière du ciel : c'est le bassin aux Aigrettes, là où mon père avait installé sa génératrice. Entouré d'herbes et de roseaux, le bassin est aujourd'hui abandonné. Il ne reste rien des travaux de mon père. Les barrages, les structures de fer qui soutenaient la dynamo ont été emportés depuis longtemps, et la dynamo a été vendue pour rembourser les dettes. L'eau, la vase ont effacé le rêve de mon père. Des oiseaux s'enfuient en criant tandis que je contourne le bassin pour prendre le chemin des gorges.

Passé le Brise-Fer, je vois au-dessous de moi la vallée de la Rivière Noire, et au loin, entre les arbres, la mer qui scintille au soleil. Je suis là, devant Mananava, trempé de sueur, essoufflé, inquiet. Au moment d'entrer dans la gorge, je ressens une appréhension. Est-ce là que je dois vivre, maintenant, un naufragé ? Dans la lumière violente du soleil couchant, les ombres des montagnes, le Machabé, le Pied de Marmite, font paraître plus sombres les gorges. Au-dessus de Mananava, les falaises rouges font une muraille infranchissable. Au sud, vers la mer, je vois les fumées des sucreries et des villages, Case Noyale, Rivière Noire. Mananava est le bout du monde, d'où l'on peut voir sans être vu.

Je suis au cœur de la vallée, maintenant, dans l'ombre des grands arbres, la nuit a déjà commencé. Le vent souffle de la mer, et j'entends le bruit des feuilles, ces passages invisibles, ces galops, ces danses. Jamais je ne suis allé si loin au cœur de Mananava. Tandis que j'avance dans l'ombre sous le ciel encore très clair, la forêt s'ouvre devant moi, sans limites. Autour de moi, sont les ébènes aux troncs lisses, les térébinthes, les colophanes, les figuiers sauvages, les sycomores. Mes pieds s'enfoncent dans le tapis de feuilles, je sens l'odeur fade de la terre, l'humidité du ciel. Je remonte le lit d'un torrent. En passant je cueille des brèdes songe, des goyaves rouges, des pistaches marron. Je ressens l'ivresse de cette liberté. N'est-ce pas ici que je devais venir, depuis toujours ? N'est-ce pas ce lieu que désignaient les plans du Corsaire inconnu, cette vallée oubliée des hommes, orientée selon le tracé de la constellation d'Argo ? Comme naguère à l'Anse aux Anglais, tandis que je marche entre les arbres, j'entends battre mon cœur. Je ressens cette évidence : je ne suis pas seul à Mananava. Quelque part, non loin de moi, quelqu'un marche dans la forêt, suit un chemin qui va rejoindre le mien. Quelqu'un se glisse sans bruit entre les feuilles, et je sens son regard sur moi, un regard qui traverse tout et m'éclaire. Bientôt je suis devant la falaise que le soleil éclaire encore. Je suis au-dessus de la forêt, près de la source des rivières, et je peux regarder les feuillages qui ondulent jusqu'à la mer. Le ciel est éblouissant, le soleil glisse sous l'horizon. Je vais dormir ici, tourné vers l'ouest, au milieu des blocs de lave chauds de lumière. Ce sera ma maison, d'où je verrai toujours la mer.

Alors je vois Ouma venir vers moi, de sa marche légère, sortie de la forêt. Au même moment, je vois apparaître les deux oiseaux blancs. Très haut dans le ciel sans couleur, ils planent dans le vent, ils tournent autour de Mananava. Est-ce qu'ils m'ont vu ? Silencieux, l'un à côté de l'autre, presque sans bouger leurs ailes, pareils à deux comètes blanches, ils regardent le halo du soleil sur l'horizon. Grâce à eux le monde s'est arrêté, le cours des astres s'est suspendu. Seuls leurs corps sont en mouvement dans le vent...

Ouma est près de moi. Je sens l'odeur de son corps, la chaleur de son corps. Je dis, très bas : « Regarde ! Ce sont eux que je voyais autrefois, ce sont eux !... » Leur vol les porte vers le mont Machabé, tandis que le ciel change, devient gris. D'un seul coup ils disparaissent derrière les montagnes, ils plongent vers la Rivière Noire, et c'est la nuit.

Nous avons rêvé des jours de bonheur, à Mananava, sans rien savoir des hommes. Nous avons vécu une vie sauvage, occupés seulement des arbres, des baies, des herbes, de l'eau des sources qui jaillit de la falaise rouge. Nous pêchons des écrevisses dans un bras de la Rivière Noire, et près de l'estuaire, les crevettes, les crabes, sous les pierres plates. Je me souviens des histoires que racontait le vieux capt'n Cook, du singe Zako qui pêchait les crevettes avec sa queue.

Ici, tout est simple. À l'aube, nous nous glissons dans la forêt frissonnante de rosée, pour faire cueillette de goyaves rouges, de merises, de prunes malgaches, de cœurs-de-bœuf, ou pour ramasser les brèdes songe, les chouchous sauvages, les margozes. Nous habitons sur les lieux où ont vécu les marrons, au temps du grand Sacalavou, au temps de Senghor. « Là, regarde ! C'étaient leurs champs. Ils gardaient là leurs cochons, leurs cabris, leurs poules. Ils faisaient pousser les fèves, les lentilles, l'igname, le maïs. » Ouma me montre les murets écroulés, les tas de galets recouverts par la broussaille. Contre une falaise de lave, un buisson d'épine cache l'entrée d'une caverne. Ouma m'apporte des fleurs odoran-

364

tes. Elle les met dans sa lourde chevelure, derrière ses oreilles. « Fleurs cassi. »

Elle n'a jamais été aussi belle, avec ses cheveux noirs qui encadrent son visage lisse, son corps svelte dans sa robe de *gunny* délavée et rapiécée.

Alors je ne pense guère à l'or, je n'en ai plus l'envie. Ma batée est restée au bord du ruisseau, près de la source, et je cours la forêt en suivant Ouma. Mes vêtements sont déchirés par les branches, mes cheveux et ma barbe ont poussé comme ceux de Robinson. Avec des brins de vacoa, Ouma a tressé pour moi un chapeau, et je crois que personne ne pourrait me reconnaître dans cet accoutrement.

Plusieurs fois, nous sommes descendus jusqu'à l'embouchure de la Rivière Noire, mais Ouma a peur du monde, à cause de la révolte des *gunnies*. Nous sommes quand même allés à l'aube jusqu'à l'estuaire de Tamarin, et nous avons marché sur le sable noir. Alors tout est encore dans la brume de l'aube, et le vent qui souffle est froid. À demi cachés au milieu des vacoas, nous avons regardé la mer mauvaise, pleine de vagues qui jettent de l'écume. Il n'y a rien de plus beau au monde.

Quelquefois, Ouma va pêcher dans les eaux du lagon, du côté de la Tourelle, ou bien près des salines, pour voir son frère. Le soir, elle me rapporte le poisson et nous le faisons griller dans notre cachette près des sources.

Chaque soir, quand le soleil descend vers la mer, nous guettons, immobiles dans les rochers, l'arrivée des pailles-en-queue. Dans le ciel de lumière ils viennent très haut, en glissant lentement comme des astres. Ils ont fait leur nid en haut des falaises, du côté du mont Machabé. Ils sont si beaux, si blancs, ils planent si longtemps dans le ciel, sur le vent de la mer, que nous ne sentons plus la faim, ni la fatigue, ni l'inquiétude du lendemain. Est-ce qu'ils ne sont pas éternels ? Ouma dit que ce sont les deux oiseaux qui chantent les louanges de Dieu. Nous les guettons chaque jour, au crépuscule, parce qu'ils nous rendent heureux.

Pourtant, quand vient la nuit, je sens quelque chose qui trouble. Le beau visage d'Ouma, couleur de cuivre sombre, a une expression vide, comme si rien n'était réel autour de nous. Plusieurs fois, elle dit, à voix basse : « Un jour, je partirai... » « Où iras-tu ? » Mais elle ne dit rien d'autre.

Les saisons sont passées, un hiver, un été. Il y a si longtemps que je n'ai vu d'autres hommes ! Je ne sais comment c'était, avant, à Forest Side, à Port Louis. Mananava est immense. La seule personne qui me rattache au monde extérieur, c'est Laure. Quand je parle d'elle, Ouma dit : « Je voudrais bien la connaître. » Mais elle ajoute : « C'est impossible. » Je parle d'elle, je me souviens quand elle allait mendier de l'argent chez les riches, à Curepipe, à Floréal, pour les pauvresses, pour les damnés de la canne. Je parle des chiffons qu'elle allait chercher dans les belles maisons, pour fabriquer des suaires pour les vieilles Indiennes qui vont mourir. Ouma dit : « Tu dois retourner avec elle. » Sa voix est claire, et cela me trouble et me fait mal.

Cette nuit est froide et pure, une nuit d'hiver semblable à celles de Rodrigues, quand nous étions allongés dans le sable de l'Anse aux Anglais et que nous regardions le ciel se peupler d'étoiles.

Tout est silencieux, arrêté, le temps sur terre est celui de l'univers. Allongé sur le tapis de vacoas, enroulé avec Ouma dans la couverture de l'armée, je regarde les étoiles : Orion, à l'ouest, et serré contre la voile du navire Argo, le Grand Chien où brille Sirius, le soleil de la nuit. J'aime parler des étoiles (et je ne m'en prive pas), je dis leurs noms à haute voix, comme lorsque je les récitais à mon père, marchant dans l'Allée des Etoiles :

« Arcturus, Denebola, Bellatrix, Bételgeuse, Acomar Antarès, Shaula, Altaïr, Andromède, Fomalhaut... »

Tout à coup, au-dessus de nous, sur la voûte céleste, glisse une pluie d'étoiles. De tous côtés, les traits de lumière rayent la nuit, puis s'éteignent, certains très brefs, d'autres si longs qu'ils restent marqués sur nos rétines. Nous nous sommes relevés pour mieux voir, la tête renversée en arrière, éblouis. Je sens le corps d'Ouma qui tremble contre le mien. Je veux la réchauffer, mais elle me repousse. En touchant son visage, je comprends qu'elle pleure. Puis elle court vers la forêt, elle se cache sous les arbres, pour ne plus voir les traits de feu qui emplissent le ciel. Quand je la rejoins, elle parle d'une voix rauque, pleine de colère et de fatigue. Elle parle du malheur et de la guerre qui doivent revenir, encore une fois, de la mort de sa mère, des manafs que l'on chasse de partout, qui doivent repartir maintenant. J'essaie de la calmer, je veux lui dire : mais ce ne sont que des aérolithes ! Je n'ose pas lui dire cela, et d'ailleurs, est-ce que ce sont vraiment des aérolithes ?

À travers les feuillages, je vois les étoiles filantes glisser silencieusement dans le ciel glacé, entraînant avec elles d'autres astres, d'autres soleils. La guerre va revenir, peut-être, le ciel va de nouveau s'éclairer de la lueur des bombes et des incendies.

Nous restons longtemps serrés l'un contre l'autre sous les arbres, à l'abri des signes de la destinée. Puis le ciel redevient calme, et les étoiles recommencent à briller. Ouma ne veut pas retourner parmi les rochers. Je l'enveloppe dans la couverture et je m'endors assis à côté d'elle, semblable à un veilleur inutile.

Ouma est partie. Sous l'auvent de branches où ruisselle le serein, il n'y a que la natte de vacoas où la marque de son corps déjà s'efface. Je veux croire qu'elle va revenir, et pour ne pas y penser, je vais jusqu'au ruisseau pour laver le sable dans ma batée. Les moustiques dansent autour de moi. Les martins volent et s'appellent de leurs cris ironiques. Par moments, dans l'épaisseur de la forêt, je crois voir la silhouette de la jeune femme, bondissant entre les buissons. Mais ce ne sont que des singes qui fuient quand je m'approche.

Chaque jour je l'attends, près de la source où nous allions nous baigner et chercher les goyaves rouges. Je l'attends en jouant de la harpe d'herbe, car c'est comme cela que nous étions convenus de nous parler. Je me rappelle les après-midi où j'attendais Denis, et j'entendais le signal qui grinçait au milieu des hautes herbes, un drôle d'insecte qui répétait : vini, vini, vini...

Mais ici, personne ne répond. La nuit vient, recouvre la vallée. Seuls surnagent les montagnes qui m'entourent, le Brise-Fer, le mont Machabé, et au loin, devant la mer de métal, le Morne. Le vent souffle avec la marée. Je me souviens de ce que disait Cook, quand le vent résonnait dans les gorges. Il disait : « Écoute ! C'est Sacalavou qui gémit, parce que les Blancs l'ont poussé du haut de la montagne ! C'est la voix du grand Sacalavou ! » J'écoute la plainte, en regardant la lumière qui s'efface. Derrière moi les roches rouges de la falaise sont encore brûlantes, et au-dessous, s'étend la vallée avec toutes ses fumées. Il me semble à chaque instant que je vais entendre le bruit des pas d'Ouma dans la forêt, que je vais sentir l'odeur de son corps.

Les soldats anglais ont encerclé le camp des réfugiés, à la Rivière Noire. Depuis plusieurs jours, les rouleaux de fil de fer barbelé ont entouré le camp pour empêcher quiconque d'entrer ou de sortir. Ceux qui sont dans le camp, Rodriguais, Comoriens, gens de Diego Suarez, d'Agalega, coolies de l'Inde ou du Pakistan attendent d'être examinés. Ceux dont les papiers ne sont pas en règle devront retourner chez eux, dans leurs îles. C'est un soldat anglais qui m'apprend la nouvelle, quand je veux entrer dans le camp, pour chercher Ouma. Derrière lui, dans la poussière, entre les baraquements, je vois des enfants qui jouent au soleil. C'est la misère qui fait brûler les champs de canne, qui fait brûler la colère, qui enivre.

J'attends longtemps devant le camp, dans l'espoir de voir Ouma. Le soir, je ne veux pas retourner à Mananava. C'est dans les ruines de notre ancien domaine, au Boucan, que j'ai dormi, à l'abri de l'arbre chalta du bien et du mal. J'ai écouté avant de m'endormir les chants des crapauds dans le ravin, et j'ai senti le vent de la mer se lever avec la lune, et les vagues courir jusque dans les champs d'herbe.

À l'aube, les hommes sont venus, avec un sirdar, et je me suis caché sous mon arbre au cas où ils viendraient pour moi. Mais ce n'est pas moi qu'ils cherchent. Ils portent les *macchabées*, ces lourdes pinces de fonte qui servent à déterrer les souches et les grosses pierres. Ils ont aussi des pics, des pioches, des haches. Avec eux vient un groupe de femmes en *gunny*, leurs houes en équilibre sur leur tête. Deux cavaliers les accompagnent, deux Blancs, ceux-là, je les reconnais à leur façon de commander. L'un d'eux est mon cousin Ferdinand, l'autre un Anglais que je ne connais pas, un field manager probablement. De ma cachette sous l'arbre, je ne peux pas entendre ce qu'ils disent, mais c'est facile à comprendre. Ce sont les

369

derniers arpents de notre terre qu'on va défricher pour la canne. Je regarde tout cela avec indifférence. Je me souviens du désespoir que nous ressentions, tous, quand nous avons été chassés, et que nous allions lentement dans la voiture chargée de meubles et de malles, dans la poussière du grand chemin rectiligne. Je me souviens de la colère qui vibrait dans la voix de Laure, quand elle répétait, et déjà Mam ne protestait plus : « Je voudrais qu'il soit mort ! », en parlant de l'oncle Ludovic. Maintenant, c'est comme si tout cela concernait une autre vie. Les deux cavaliers sont partis, et de ma cachette, j'entends, atténués par le feuillage des arbres, les coups de pic dans la terre, le grincement des macchabées sur les rochers, et aussi le chant des Noirs, lent et triste, tandis qu'ils travaillent.

Quand le soleil est au zénith, je sens la faim, et je vais vers la forêt, à la recherche de goyaves et de pistaches marron. J'ai le cœur serré en pensant à Ouma dans la prison du camp, où elle a choisi de rejoindre son frère. Du haut de la colline, je vois les fumées qui montent du camp de la Rivière Noire.

C'est vers le soir que j'ai vu la poussière sur la route, le long convoi de camions qui va vers Port Louis. J'arrive au bord de la route quand passent les derniers camions. Sous les bâches entrouvertes à cause de la chaleur, j'aperçois des visages sombres, fatigués, tachés de poussière. Je comprends qu'on les emmène, qu'on emmène Ouma, n'importe où, ailleurs, pour les embarquer dans les cales d'un bateau, vers leurs pays, pour qu'ils ne demandent plus de l'eau, du riz, du travail, pour qu'ils ne mettent plus le feu aux champs des Blancs. J'ai couru un moment sur la route, dans la poussière qui recouvre tout, puis je me suis arrêté, à bout de souffle, brûlé par un point de côté. Autour de moi, des gens, des enfants me regardent sans comprendre.

Longtemps j'erre le long du rivage. Au-dessus de moi, il y a la Tourelle avec sa roche coupée, pareille à une vigie devant la mer. En grimpant à travers les broussailles, jusqu'à l'Étoile, je suis à l'endroit même où, il y a trente ans, j'ai vu venir le grand ouragan qui a détruit notre maison. Derrière moi, il y a l'horizon d'où viennent les nuages, les fumées, les traînées chargées d'éclairs et d'eau. Il me semble que c'est maintenant que j'entends vraiment le sifflement du vent, le bruit de la catastrophe qui est en marche.

Comment suis-je arrivé jusqu'à Port Louis ? J'ai marché au soleil jusqu'à l'épuisement, sur les traces des camions militaires. Je mangeais ce que je trouvais sur le bord du chemin, des cannes tombées des charrettes, un peu de riz, un bol de kir dans une hutte d'Indienne. J'évitais les villages, de peur des moqueries des enfants, ou par crainte de la police qui recherche encore les incendiaires. J'ai bu l'eau des mares, j'ai dormi dans les broussailles au bord du chemin, ou caché dans les dunes de la pointe aux Sables. La nuit, comme si j'étais encore avec Ouma, je me suis baigné dans la mer, pour rafraîchir mon corps brûlant de fièvre. J'ai nagé dans les vagues, très lentement, et c'était pareil au sommeil. Puis j'ai saupoudré mon corps de sable et j'ai attendu qu'il glisse en ruisseaux dans le vent.

Quand je suis arrivé au port, j'ai vu le bateau où étaient déjà les gens de Rodrigues, des Comores, d'Agalega. C'est un grand navire neuf, qui appartient à Abdool Rassool, l'*Union La Digue*. Il est au loin sur l'eau de la rade, et personne ne peut s'en approcher. Les soldats anglais gardent les bâtiments des douanes et les entrepôts. J'ai passé toute la nuit sous les arbres de l'Inten-

371

dance, à attendre, avec les clochards et les marins ivres. C'est la lumière grise du matin qui m'a réveillé. Il n'y avait plus personne sur les quais. Les soldats étaient retournés dans leurs camions au Fort George. Le soleil est monté lentement mais les quais sont restés vides, comme si c'était jour de congé. Puis l'*Union La Digue* a remonté ses ancres, et en fumant, il a commencé à glisser sur la mer calme, avec les oiseaux de mer qui volaient autour de ses mâts. Il est allé d'abord vers l'ouest, jusqu'à devenir un point minuscule, puis il a viré et il a glissé de l'autre côté de l'horizon, vers le nord.

C'est vers Mananava que je retourne encore, l'endroit le plus mystérieux du monde. Je m'en souviens, autrefois je croyais que c'était là que naissait la nuit, et qu'elle coulait ensuite le long des rivières jusqu'à la mer.

Je marche lentement dans la forêt mouillée, en suivant les ruisseaux. Partout, autour de moi, je sens la présence d'Ouma, dans l'ombre des ébènes, je sens l'odeur de son corps mêlé au parfum des feuilles, j'entends le frôlement de ses pas dans le vent.

Je reste près des sources. J'écoute le bruit de l'eau qui ruisselle sur les cailloux. Le vent fait étinceler le faîte des arbres. Par les trouées, je vois le ciel éblouissant, la lumière pure. Que puis-je attendre ici ? Mananava est un lieu de mort, et c'est pourquoi les hommes ne s'y aventurent jamais. C'est le domaine de Sacalavou et des Noirs marrons, qui ne sont plus que des fantômes.

À la hâte, je ramasse les quelques objets qui sont ma trace dans ce monde, ma couverture kaki, mon sac de soldat, et mes outils d'orpailleur, batée, tamis, flacon d'eau régale. Avec soin, comme Ouma me l'a enseigné,

372

j'efface mes traces, la marque de mes feux, j'enterre mes déchets.

Le paysage brille du côté de l'ouest. Loin, de l'autre côté du mont Terre Rouge, je vois la tache sombre de l'Enfoncement du Boucan, où les terres sont défrichées et brûlées. Je pense au chemin qui traverse les chassés jusqu'en haut des Trois Mamelles, je pense à la route de terre qui va au milieu des cannes jusqu'à Quinze Cantons. Laure m'attend, peut-être, ou bien elle ne m'attend pas. Quand j'arriverai, elle continuera une phrase ironique et drôle, comme si c'était hier que nous nous étions quittés, comme si le temps n'existait pas pour elle.

J'arrive à l'estuaire de la Rivière Noire à la fin du jour. L'eau est noire et lisse, le vent ne souffle pas. À l'horizon, quelques pirogues glissent, leur voile triangulaire attachée à la barre du gouvernail, à la recherche d'un courant d'air. Les oiseaux de mer commencent à arriver du sud, du nord, ils se croisent au ras de l'eau en jetant des cris inquiets. J'ai sorti de mon sac les papiers du trésor qui me restent encore, les cartes, les croquis, les cahiers de notes que j'ai écrits ici et à Rodrigues, et je les ai brûlés sur la plage. La vague qui passe sur le sable emporte les cendres. Maintenant, je sais que c'est ainsi qu'a fait le Corsaire après avoir retiré son trésor des cachettes du ravin, à l'Anse aux Anglais. Il a tout détruit, tout jeté à la mer. Ainsi, un jour, après avoir vécu tant de tueries et tant de gloires, il est revenu sur ses pas et il a défait ce qu'il avait créé, pour être enfin libre.

Sur la plage noire, je marche, dans la direction de la Tourelle, et je n'ai plus rien.

Sur la colline de l'Étoile, avant la Tourelle, je me suis installé pour la nuit. À droite, il y a l'Enfoncement du

Boucan, déjà dans l'ombre, et un peu plus loin la cheminée de Yemen qui fume. Est-ce que les hommes de peine
ont fini de nettoyer la terre, là où était notre domaine ?
Peut-être qu'ils ont abattu le grand arbre chalta à coups
de hache, notre arbre du bien et du mal. Alors il ne doit
plus rien rester de nous sur cette terre, il n'y a plus un
seul point de repère.

Je pense à Mam. Il me semble qu'elle doit encore dormir quelque part, seule dans son grand lit de cuivre,
sous le nuage de la moustiquaire. Avec elle je voudrais
parler à voix basse de ces choses qui ne finissent pas,
notre maison au toit d'azur, fragile, transparente
comme un mirage, et le jardin plein d'oiseaux où vient
la nuit, le ravin, et même l'arbre du bien et du mal qui
est aux portes de Mananava.

Me voici de nouveau à l'endroit même où j'ai vu venir
le grand ouragan, l'année de mes huit ans, lorsque nous
avons été chassés de notre maison et jetés dans le
monde, comme pour une seconde naissance. Sur la colline de l'Étoile, je sens grandir en moi le bruit de la
mer. Je voudrais parler à Laure de Nada the Lily, que
j'ai trouvée au lieu du trésor, et qui est retournée dans
son île. Je voudrais lui parler de voyages, et voir briller
ses yeux, comme lorsque nous apercevions du haut d'une
pyramide l'étendue de la mer où on est libre.

J'irai sur le port pour choisir mon navire. Voici le
mien : il est fin et léger, il est pareil à une frégate aux
ailes immenses. Son nom est *Argo*. Il glisse lentement
vers le large, sur la mer noire du crépuscule, entouré
d'oiseaux. Et bientôt dans la nuit il vogue sous les étoiles, selon sa destinée dans le ciel. Je suis sur le pont, à la
poupe, enveloppé de vent, j'écoute les coups des vagues
contre l'étrave et les détonations du vent dans les voiles.
Le timonier chante pour lui seul, son chant monotone et
sans fin, j'entends les voix des marins qui jouent aux dés

dans la cale. Nous sommes seuls sur la mer, les seuls êtres vivants. Alors Ouma est avec moi de nouveau, je sens la chaleur de son corps, son souffle, j'entends battre son cœur. Jusqu'où irons-nous ensemble ? Agalega, Aldabra, Juan de Nova ? Les îles sont innombrables. Peut-être que nous braverons l'interdit, et nous irons jusqu'à Saint Brandon, là où le capitaine Bradmer et son timonier ont trouvé leur refuge ? De l'autre côté du monde, dans un lieu où l'on ne craint plus les signes du ciel, ni la guerre des hommes.

Il fait nuit à présent, j'entends jusqu'au fond de moi le bruit vivant de la mer qui arrive.

DU MÊME AUTEUR

Aux Éditions Gallimard

LE PROCÈS-VERBAL.

LA FIÈVRE.

LE DÉLUGE.

L'EXTASE MATÉRIELLE.

TERRA AMATA.

LA GUERRE.

LES GÉANTS.

VOYAGES DE L'AUTRE CÔTÉ.

LES PROPHÉTIES DU CHILAM BALAM.

MONDO ET AUTRES HISTOIRES.

L'INCONNU SUR LA TERRE.

DÉSERT.

TROIS VILLES SAINTES.

LA RONDE ET AUTRES FAITS DIVERS.

RELATION DE MICHOACAN.

LE CHERCHEUR D'OR.

VOYAGE À RODRIGUES, *journal.*

LE RÊVE MEXICAIN OU LA PENSÉE INTERROMPUE.

PRINTEMPS ET AUTRES SAISONS, *nouvelles.*

ONITSHA.

ÉTOILE ERRANTE.

Composition SEPT à Paris.
Impression Bussière à Saint-Amand (Cher),
le 26 novembre 1992.
Dépôt légal : novembre 1992.
1ᵉʳ dépôt légal dans la collection : septembre 1988.
Numéro d'imprimeur : 3284.
ISBN 2-07-038082-3./Imprimé en France.